Shaun Herron · Satans grüne Insel

XENOS

Satans grüne Insel

von

Shaun Herron

Roman

XENOS Verlagsgesellschaft m.b.H. & Co.

Titel des Originals *„The whore-mother"*

Lizenzausgabe mit Genehmigung des Scherz Verlag,
Bern und München
Herausgeber: Xenos Verlagsgesellschaft m.b.H. & Co.,
Lottbekheide 17, 2000 Hamburg 65
Umschlaggestaltung: Klingenberg Werbeagentur GmbH,
Hamburg

1

McManus faltete den weißen Rand der *Irish News* so grade wie möglich am Satzspiegel entlang, dann fuhr er mit dem Daumennagel scharf über den Kniff und legte das Blatt auf den Tisch.

Er setzte sich und betrachtete das Papier oder eher seine Hand, die auf der ausgebreiteten Seite lag.

Callaghan, ihm gegenüber am Tisch, beobachtete ihn. Er hatte vor sich, von beiden Händen umschlossen, einen Becher mit süßem Tee. «Was ha'm Sie denn jetzt vor?» fragte er McManus.

«Mal sehn, ob ich das von oben nach unten sauber abreißen kann», sagte McManus und hob, abgedeckt durch das Gespräch, die Hand leicht vom Tisch und spreizte die Finger. Die Hand zitterte nicht. Er fuhr sich mit der Zunge über die Lippen.

«Was is' denn los mit Ihrer Hand?» sagte Callaghan.

McManus drehte langsam die Hand und musterte sie. «Wo?» fragte er blöde und sah zu Callaghan hin, wobei er die Hand wieder drehte. «Was soll mit ihr sein?» Er spürte ein leises, angenehmes Gefühl des Triumphes.

«Ha'm sie sich doch angesehn», sagte Callaghan gereizt.

«Hab ich?» Er schien nicht zu verstehen. «Nein. Das Papier hab ich mir angesehn. Ich versuch's jetzt mal.»

Er faltete das Blatt auf und begann den Rand, Zentimeter um Zentimeter, langsam abzureißen.

Powers und Kelly, die Füße auf dem alten eisernen Küchenherd, drehten den Kopf und sahen ihm zu.

«Auch so 'n Kram, den Sie auf der Universität gelernt haben, was?» sagte Callaghan.

«Halt die Klappe», sagte Powers.

McManus zerriß sorgfältig und geduldig das dünne Papier.

Lärm drang von der Straße herein – die Stimme eines Kindes; eine Frau, die rief; der Verkehr auf der Falls Road vom Ende der Straße her. Vier Männer beobachteten gespannt, wie die Seite mit einem Geräusch zerriß, als durchstöberte ein Hamster sein Nest. Der immer länger werdende Streifen hing über die Tischkante herab und zuckte unter McManus' behutsam arbeitenden Fingern.

Callaghan hob den Becher mit Tee zum Mund und schlürfte. «Das schaffen Sie nie», sagte er.

«Halt die Klappe», sagte Powers.

McManus riß das letzte Stück ab. «Ich schaff das nicht?» sagte er und zeigte Callaghan so etwas wie ein Grinsen. Es kostete ihn alle Kraft, und es war ihm klar, daß es nicht glaubhaft wirkte. Er lehnte sich auf dem Küchenstuhl zurück und begann, den Papierstreifen mit dem gelangweilten Gleichmut eines Mannes, der die Zeit totschlägt, bedächtig in drei, vier Zentimeter lange Stücke zu zerreißen.

«Was machen Sie denn jetzt schon wieder?» fragte Callaghan ihn.

«Ich zerreiß Papier», sagte McManus.

Powers sah McManus eine Weile fragend zu, dann wandte er sich wieder zum Feuer.

Kelly kicherte und warf Powers einen vielsagenden Blick zu. «Wer dumm fragt, kriegt 'ne dumme Antwort.»

McManus machte sich auf eine merkwürdige Weise mit den Papierfetzen zu schaffen. Jedes zweite Stück ließ er in der Krümmung des kleinen Fingers der linken Hand verschwinden, während er den Rest zu einem kleinen Stapel zwischen Daumen und Zeigefinger derselben Hand sammelte.

Feindselig und zugleich gespannt beobachtete Callaghan ihn bei seinem Tun. «Und was machen Sie damit, wenn alles zerrissen is'?»

«Dann verbrenn ich's.»

«Du meine Güte!»

Als McManus diese kleine Aktion beendet hatte, schloß er die Hand zur Faust und steckte sie in die Hosentasche. Er fühlte sich jetzt entspannt. Er ließ die Schnitzel aus der Krümmung seines kleinen Fingers in die Tasche fallen und behielt den Rest in der geschlossenen Hand.

«Ich denke, Sie wollen's verbrennen», sagte Callaghan in beleidigtem Ton.

«Wenn ich so weit bin», sagte McManus. «Man muß sich Zeit lassen bei einer therapeutischen Übung.»

«Eine thera ...? Was is' das denn für 'ne Übung, McManus?» fragte Powers und sah weiter ins Herdfeuer.

«Therapie. Ein Heilmittel. Es beruhigt die Nerven.» Er wußte, er hätte das nicht sagen sollen. Es war genau das, was sie in Rage brachte. So was war ihm nur allzuoft passiert.

«Sind Sie krank?»

«Nein.»

«Ha'm wohl Angst wegen der Sache mit der Kleinen?»

«Ich bin hergekommen, um gegen Soldaten zu kämpfen, nicht gegen kleine Mädchen.» Er hätte den Mund halten sollen. Er hatte es auch gewollt. Aber er konnte nicht, in diesem Fall konnte er's nicht.

«Sie ist kein kleines Mädchen. Sie ist ein Miststück von Hure, die sich mit Soldaten einläßt.»

Mund halten, sagte sich McManus: Halt deinen dämlichen Mund. Sein Akzent und seine Ausdrucksweise gingen ihnen auf die Nerven und brachten sie hoch. Seine Einstellung machte sie wild. «Ich weiß», sagte er, «ich hab's bloß noch nie gemacht, das ist alles.» Den Umschlag, frankiert und mit der Adresse drauf, hatte er in seiner Socke versteckt. Und jetzt hatte er in der Hosentasche auch das Papier für den Brief. Er brauchte ihn nur noch zu schreiben und einzustecken. Beim Gedanken daran fing er fast an zu zittern. Er würde zittern, die Knie würden ihm versagen, falls man ihn faßte. Er nahm sich zusammen, stand auf, reckte sich und warf das Papier, das er in der Hand hatte, ins Feuer. Es war feucht vom Schweiß. Eins der Stücke blieb kleben. Er löste es von der feuchten Haut und schüttelte es von seinen Fingern in den offenen Herd.

«Eine Scheißarbeit, und alles für die Katz», sagte Callaghan.

«Halt endlich die Klappe», sagte Powers.

Fünf Minuten lang saßen die vier Männer schweigend und ohne sich zu regen da, und der billige Warenhauswecker auf dem Herd verschlang mit seinem blechernen und unregelmäßigen Geticke die Sekunden. McManus dachte an den Brief, den er zu schreiben vorhatte. Er würde es im Bett machen müssen, sagte er sich, im Dunkeln; er würde eine Weile lesen, Stellen in einem Buch anstreichen, damit der Bleistift keinen Verdacht weckte, dann das Licht ausmachen, auf jedes Stück Papier ein Wort und vor jedes Wort eine Nummer schreiben. An einem Brief, auf Fetzen von Zeitungspapier geschrieben, würde seine Schwester erkennen, wie verzweifelt dringend es ihm war.

Aber wie konnte er den frankierten Umschlag aus seiner Socke holen und in die Pyjamatasche stecken? Callaghan schlief im selben Zimmer wie er, und er lauschte ununterbrochen und beobachtete ihn wie ein argwöhnischer Hund. Vielleicht war er das auch. Vielleicht war ihr Mißtrauen gegen ihn noch schwerwiegender, als er es befürchtete? Wenn das so war, dann würden seine Knie versagen. Oder er würde durchdrehen. Er schloß die Augen und zwang sich, an die praktische Ausführung seines Plans zu denken. Er mußte die Socken anbehalten, um die Brieffetzen in den Umschlag schmuggeln zu können. «Ich hab kalte Füße, Callaghan», konnte er sagen. Callaghan schlief selbst in Hemd und Unterzeug und hatte auch Socken an. Er würde nichts dabei finden. Zum Klo gehn, dachte er, und das Papier in die Socke tun. Das war es. Aufs Klo konnten sie ihn nicht gut begleiten; dort würde er alles in seine Socke stecken, runterziehen und so beiläufig herauskommen, als wenn nichts geschehen wäre. Falls er das fertigbrachte.

Heute nacht noch mußte es geschehen. Er mußte sich bewußt machen, daß er aussteigen würde. Und das konnte er erst, wenn er selbst etwas zu unternehmen begann. Seine Schwester würde tun, worum er sie bat. England, um alles in der Welt; er mußte nach England. Dort würde er sicherer sein, dort mußte sich etwas finden lassen, wo er sich verstecken könnte. Seine Gedanken wanderten in diese Richtung ab: Iren, die in England arbeiteten oder von englischen Steuergeldern Unterstützung erhielten; Iren, die sich in England vor anderen Iren versteckt hielten; Engländer, die Iren vor anderen Iren in England versteckten ... ein Schauder lief ihm den Rücken runter.

«Is' irgendwas, McManus?» Es war Powers, der starke Powers, der zielstrebige Powers, Powers, der Führer; Powers, der künftige Märtyrer, der im Geiste seinen Namen auf einem Denkmal sah ... Das war es, was Powers wollte – für Irland sterben und von aller Welt bedauert werden. Er wollte eine Ballade, in der er besungen wurde.

«Bloß das Mädchen. Ich komm schon drüber weg», sagte McManus.

«Die Universität macht schöne Schlappschwänze aus euch», erklärte Callaghan bösartig lächelnd.

Nach dem Wecker war es halb fünf. Das Mädchen arbeitete im Rathaus und war um fünf Uhr fertig. Um fünf Uhr zwanzig oder fünf Uhr fünfundzwanzig würde sie von der Bushaltestelle her um die Ecke kommen und in ihre Straße in Springfield gehn. Tag für Tag nahm sie den gleichen Weg und kam immer zur gleichen Zeit nach Hause. Wenn sie mit ihrem Soldaten verabredet war, ging sie am Abend aus; hatte er Dienst, dann blieb sie zu Hause. Der Mann war gar nicht einmal richtiger Soldat – er war auf der Schreibstube tätig oder so. Sie war Irin, war katholisch; er war Engländer, und das war politischer Verrat und Rassenschande. Der Soldat wollte zur katholischen Kirche übertreten, aber das hatte nichts zu sagen. Er war Soldat und Engländer. Er war ein Feind, sie war eine Verräterin, man hatte sie gewarnt, schuld an ihrem Schicksal hatte kein andrer als sie selbst. Ein Exempel mußte statuiert werden, die Disziplin mußte aufrechterhalten, die Solidarität gesichert werden – und Angst war ein Teil der naturgegebenen Ordnung.

«Also los», sagte Powers und ging als erster aus dem Haus auf die Straße. Callaghan trat beiseite und ließ McManus vorangehn. Wie ein Wachhund, dachte McManus, und Übelkeit überkam ihn. Er wollte, von dumpfen Vorstellungen geängstigt, davonlaufen. Er wußte, wie weit er kommen würde. Aber konnten sie denn wissen, was er im Sinn hatte? Er hatte die Nerven behalten, sich nicht verraten; er wußte genau, daß er sich nicht verraten hatte ... doch der furchtbare Gedanke bedrängte ihn, daß sie vielleicht gar nicht hinter dem Mädchen her waren. Vielleicht war er es, auf den sie es abgesehen hatten? Ihm wurde fast schwindlig. Er stolperte.

«Um Gottes willen, reißen Sie sich zusammen, McManus», sagte Powers verächtlich.

Was wurde nicht alles um Gottes willen getan.

2

Sie gingen, fast Fuß an Fuß, zu zweit hintereinander, ein kleiner, auf Verteidigung bedachter Trupp, der sich von der Falls Road fort jenseits in die anderen Wohnbezirke bewegte. Der Wagen würde stehn, wo er hinbestellt worden war, die Nummernschilder ausgewechselt, der Zündschlüssel aufgesteckt.

Es gab Schlüssel für sämtliche Wagentypen. Man brauchte sich nur einen Wagen, verschlossen oder nicht abgeschlossen, auszusuchen – in diesen Tagen schlossen die Leute sie meist ab, aber das nützte ihnen herzlich wenig –, die Tür zu öffnen, damit wegzufahren, die Schilder auszuwechseln und ihn an einem verabredeten Ort tief im Straßengewirr abzustellen. Die Männer, für die er bestimmt war, kamen dann und holten ihn sich zu gegebener Zeit. Solange die Wagen und somit die Schlüssel sich glichen, war an Nummernschilder ebenfalls leicht heranzukommen: man brauchte nur die gängigen Durchschnittstypen zu stehlen. Die Nummernschilder waren es, die Polizei und Army kontrollierten; wer kann schon einen Vierzylinder-Vauxhall oder Ford oder Austin vom anderen unterscheiden? Und wer brauchte schon einen solchen Wagen länger als ein oder zwei Stunden? Sie gingen beim Aussuchen ihrer Wagen geschickt auf Nummer sicher. Höchstwahrscheinlich würden sie ihn bereits zu Bruch gefahren oder in die Luft gejagt haben, bevor der Eigentümer überhaupt bemerkt hatte, daß er gestohlen worden war.

McManus sah kaum die langgestreckte Straße mit ihren niedrigen, flachen Häuserfronten, deren Braun Jahr um Jahr durch Belfasts Industrieschmutz geschwärzt worden war. Er bekam wohl mit, daß die Leute im Vorübergehen etwas zu ihnen sagten, daß die Kinder ihnen zuwinkten, wenn auch nicht so spontan und übermütig wie früher, daß die Männer sie ehrerbietig und respektvoll grüßten, aber alles das waren für ihn vage, kaum wirklich wahrgenommene Eindrücke. Er starrte geradeaus, suchte krampfhaft seine Fassung zu wahren, und als Powers plötzlich stehenblieb, blieb auch er stehen. Er suchte sich von der Wirrnis freizumachen, die sein Hirn wie ein Nebel umwölkte. Er mußte jetzt fahren. Immer mußte er fahren.

Er fuhr langsam, Powers neben sich. Sie hatten noch Zeit genug. Diese schäbigen Belfaster Straßen deprimierten ihn. In ihnen hatte er neun Monate lang gewohnt, sie waren sein Zuhause gewesen; bei dem Gedanken allerdings, diese Gegend könnte in irgendeinem Sinne sein Zuhause gewesen sein, schüttelte er sich. Sie war ihm zum Gefängnis geworden. Er war in der Antrim Road zu Hause, unter Protestanten des Belfaster Mittelstands. Als er, ein junger, in Ulster beheimateter Katholik, hier in die Gegend um die Falls Road kam, um in seiner romantischen Einstellung die heroische Vergangenheit wiederzubeleben, wurde ihm als erstes bewußt, daß er als Angehöriger des katholischen Mittelstandes ebensoweit von der katholischen Arbeiterklasse Ulsters entfernt war wie die Angehörigen des hiesigen protestantischen Mittelstandes. Den ersten verheerenden Schlag erlitten seine Illusionen von einer irisch-katholischen Kameradschaftlichkeit, als er erfahren mußte, wie grob und ordinär seine Gefährten waren. Sie waren zu Städtern gewordene Bauern ohne die rustikale Ursprünglichkeit der Bauern, ohne auch deren kraftvoll poetische Ausdrucksweise. Als zweites fiel ihm an ihnen etwas auf, das er «ihre zielstrebige Rücksichtslosigkeit» nannte. Und nicht zuletzt stieß ihn ihre schroffe Selbstgerechtigkeit ab. Mein Gott, wie wenig hatte das mit den Heldensagen und Legenden zu tun! Er hatte in den vergangenen neun Monaten viel nachgedacht über alles, wovon er zu Füßen seines Vaters erfahren, und was ihm sein Lehrer Bull Baillie beigebracht hatte. Reinheit, Ritterlichkeit, unbesiegbarer Heldenmut – das waren die Eigenschaften, aus denen sich das Bild jener Schar von Helden zusammenwob. Aber als er seinem Vater erzählte, er wolle der Provisorischen IRA beitreten, um sich dieser Vorbilder würdig zu erweisen, sagte der alte

Mann: «Nein, nein, Johnny, mein Junge, bitte nicht. Dieser ganze Heldenkram, das ist nichts als ein Haufen alter Geschichten.» Das mochte sein, aber diese Geschichten waren lebendig in ihm, und nur die Realität selbst konnte das aus ihm herausprügeln. Powers war diese Realität. Wut kochte plötzlich in ihm hoch. Er hatte den Fuß hart auf dem Pedal. Er trat auf die Bremse, so daß es seine Mitfahrer von den Sitzen riß.

«Was zum Teufel ist in Sie gefahren?» schrie ihn Powers an.

«Tut mir leid. Ich war in Gedanken.» Er war drauf und dran, Powers zu schlagen. Nicht nur zu schlagen. Er wollte ihm seine große arrogante Visage zertrümmern.

«In Gedanken! Erzählen Sie doch keinen Quatsch. Sie ha'm scharf auf die Bremse getreten. Das tut ein Fahrer bloß, wenn ihn die Wut packt. Was is' los mit Ihnen?»

«Nichts.»

«Nichts – verdammte Scheiße. Ich denke, wir nehmen Sie uns mal 'n bißchen vor, McManus. Los, fahr'n Sie weiter.»

Es war das erste Mal, daß einer von ihnen das Mißtrauen unverblümt andeutete, das sie ihm gegenüber hatten. Wenn sie ihn sich vornehmen wollten, dann mußten sie Grund dazu haben. Er fuhr sehr vorsichtig, suchte innerlich abzuschalten. Aber er schwitzte an den Händen, mußte sie, um das Steuer halten zu können, an seiner Hose abwischen. Er wußte, Powers beobachtete ihn dabei. Er schwitzte dadurch noch heftiger, mußte die Hände noch häufiger trockenwischen und spürte, wie die Kraft aus seinen Armen wich.

Er bog langsam in die Springfield Road ein und fuhr zu dem Häuserblock, in dem das Mädchen wohnte. Er hatte sie nie gesehen. Ihr Name war Mavis. Bei dem Gedanken an ihren Namen fühlte er, wie es ihm fast hysterisch die Kehle zuschnürte – Mavis McGonigal. Er schloß die Lippen, biß die Zähne aufeinander und suchte sich auf seine Aufgabe zu konzentrieren.

«An der nächsten Ecke rechts einbiegen», sagte Powers, und er fuhr an den Bürgersteig ran.

Ein neunjähriger Junge, der an der Ecke Posten gestanden hatte, kam zu Powers ans Wagenfenster. «Sie steigt grade aus'm Bus», sagte er und ging abwartend zur anderen Straßenseite, um sich den Spaß nicht entgehen zu lassen.

«Steig aus, Danny», sagte Powers zu Callaghan. Zu McManus sagte er: «Wenn sie am Wagen vorbeikommt, fahr'n Sie neben ihr her.»

«Ich kenn' sie nicht, hab sie nie gesehen.»

«Kelly kennt sie.» Powers stieg aus und ging mit Callaghan die Straße entlang.

«Hätte gern mal ihre Bekanntschaft gemacht», sagte Kelly von hinten. «Würd' sie gern in ihren hübschen, wackelnden Hintern beißen.»

McManus sah in den Rückspiegel.

«Die is' verdammt gut zu ficken», sagte Kelly. Und dann ärgerlich: «Wenn ich mir überlege, daß sie sich von diesem Scheißkerl von Soldaten ficken läßt!» Er dachte darüber nach. «Ha'm Sie vielleicht schon mal 'ne Protestant'sche gefickt, McManus?»

McManus sah eine Schar gackernder Mädchen die Straße heraufkommen. Eine ging etwas hinter ihnen allein.

«Ha'm Sie gehört, McManus?»

«Ja.»

«Und?»

«Passen Sie lieber auf.»

Kelly drehte sich um und sah durchs Rückfenster. «Das hinter ihnen is' sie, die Nutte.»

Powers und Callaghan kamen zum Wagen zurück. Die schnatternden Mädchen gingen an ihnen vorüber. Das allein gehende Mädchen war jetzt auf gleicher Höhe mit dem Wagen. McManus fuhr neben ihr her. Sie hatte eine gute Figur und war hübsch und wackelte mit dem Hintern.

«Sie is' scharf drauf», sagte Kelly, «sehn Sie sich an, wie die mit dem Arsch wackelt.»

Ihr langes, kastanienbraunes Haar war weich und gepflegt. McManus wollte ihr zurufen, sie solle wegrennen. Aber wohin sollte sie rennen? Fast alle Frauen auf der Straße würden sich ihr in den Weg stellen. Sie standen abwartend in den Hauseingängen und lächelten. Keiner hatte seit Wochen mit dem Mädchen gesprochen, ihr nur «Hure» nachgerufen, wenn sie vorbeikam. Die Kinder hatten mit Kreide «Hure» an die Wände des Hauses geschrieben, in dem sie mit ihren Eltern wohnte, und ihre Mütter hatten das Wort mit Ölfarbe nachgemalt, wenn der Vater des Mädchens es abgeschrubbt hatte, und ihre Väter und Brüder hatten ihn geschlagen, wenn er versuchte, die Farbe mit einer Lötlampe wegzubrennen. Und für die McGonigals gab es keinen Ort, wohin sie statt dessen hätten gehen können. So suchten sie sich mit dem Schweigen und den Feindseligkeiten abzufinden. Sie machten weite Wege, um ihre Lebensmittel in einem Distrikt einzukaufen, wo niemand sie kannte und sich infolgedessen weigern konnte, etwas an sie zu verkaufen.

Powers und Callaghan versperrten ihr den Weg. Sie versuchte auszuweichen, doch Callaghan stellte sich vor sie hin. «Augenblick, Mädchen», sagte er.

«Lassen Sie mich in Ruhe», sagte sie und versuchte, an Powers vorbeizukommen.

«Steigen Sie in den Wagen», sagte er.

Da wußte sie Bescheid. McManus sah weg.

«Lassen Sie mich in Ruhe», sagte sie verzweifelt.

Die Frauen traten aus den Häusern auf die Straße und kamen grinsend auf dem Bürgersteig heran.

Powers griff nach ihr, und sie schrie und fuhr ihm mit den Fingernägeln ins Gesicht. Er hatte ihre Hände nicht mehr fassen können. Sie zerkratzte sein Gesicht und trat ihm gegen die Schienbeine. Callaghan kam von hinten heran und umschlang sie mit den Armen. Er verklammerte die Hände über ihren Brüsten und preßte sie an sich, während er sie rückwärts wegzog. Ihre Schreie durchgellten die Straße, und mit einem Knüppel in der Hand kam ihr Vater laut brüllend aus dem Haus gestürzt. Die Frauen fielen ihn von hinten an, und er schlug vornüber aufs Gesicht. Ein Dutzend Frauen riß an ihm, suchte ihm den Knüppel zu entwinden, trat ihn und stampfte auf ihm herum. «Lauf weg, lauf!» rief er seiner

Tochter zu, während er hochzukommen versuchte und unter den Tritten wieder zu Boden sank.

Aber sie konnte nicht weglaufen. Die hintere Wagentür war offen, und Callaghan und Powers zerrten sie hinein. Kelly packte ihr Haar und half, sie in den Wagen ziehen.

«Lange hast' das nich' mehr, du dreckige kleine Hure», sagte er zu ihr und zog sie durch die Tür.

Sie hatten sie quer über ihren Knien liegen, und Powers stieg nach vorn zu McManus. «Los jetzt», zischte er und wischte sich mit der Hand das blutige Gesicht. «Zum letzten Laternenpfahl am Ende der Straße.»

Sie schrie nicht mehr; sie schluchzte nur noch zu Tode verängstigt. Die Frauen liefen die Straße entlang hinter dem Wagen her; blutüberströmt und von seinem, ihm aus den Händen gerissenen Knüppel zusammengeschlagen, folgte ihnen taumelnd ihr Vater.

Was sie brauchten, war sauber in einem Pappkarton hinten im Kofferraum verpackt – ein Kanister mit schwarzer Farbe und ein Stock zum Umrühren, eine Friseurschere und eine Wäscheleine aus Nylon. Powers und Callaghan hielten sie fest, und Kelly fesselte ihre Fußknöchel und Hände an den Laternenpfahl. «Suchen Sie sich einen freien Platz für den Wagen und lassen Sie den Motor laufen», sagte Powers zu McManus, und er fuhr den Wagen durch die Menge der Frauen und Kinder hinaus auf die offene Straße.

Ein zwölfjähriges Mädchen rührte die Farbe um und sang im Gewühl der Menge und im Gewirr aufkreischender und lachender Stimmen:

«O seht, da kommen mit blassen Gesichtern
die Männer eilend heran,
Sie kommen von Fischerhütten und Farmen
zu den Ufern des Flusses Bann.
In ihren Augen, da glüht die Rache,
zu spät, ach, die Zeit ist um,
Denn Roddy McCorley muß sterben heut,
heut auf der Brücke von Toome.»

Das Mädchen war mit solchen Liedern aufgewachsen, zu Hause und in der Konfessionsschule, die es besuchte – es war erfüllt von all den Ungerechtigkeiten, denen Irland ausgesetzt war, denn Irlands Geschichte, so brachten ihr die Lehrer bei, war «eine einzige Liste von Ungerechtigkeiten», keine davon von Iren begangen. Das Kind hatte kein Mitgefühl mit dem verstummten, schweigenden Mädchen am Laternenpfahl. Was Mavis erlitt, war kein Unrecht; sie hatte es an Solidarität und Treue zu ihrem Land fehlen lassen; sie war mit einem Soldaten verlobt; Mavis war eine Hure, und das war weder irisch noch gut.

Eine große dicke Frau packte mit ihrer mächtigen Faust Mavis' weiches, kastanienbraunes Haar, stieß ihren Kopf rückwärts gegen den Pfahl und schnitt das Haar dicht an der Kopfhaut ab. Das Mädchen hatte die Augen geschlossen, ihr Haar wurde in die Luft geworfen; Kinder kämpften darum, als es zu Boden fiel.

Als das erledigt war, nahm eine Frau mit kantigen Schultern und dem Gesicht eines verbitterten Mannes dem umrührenden, singenden Kind den Kanister mit schwarzer Farbe weg und kippte ihn über den Kopf des gefesselten Mädchens aus. Die Farbe floß dickflüssig über Kopf und Gesicht auf ihre gebräunten Schultern, verfärbte ihr hübsches blauweißes Kleid und rann über ihre kleinen Brüste an ihr herab. Wischte ihr Ich aus. Sie glich einer Stoffpuppe, vornübergeknickt mit hängendem Kopf, die Knie gebeugt, der Sprache beraubt und stumm. Sie war ein Nichts.

Abgedrängt durch die Menge, kämpfte ihr Vater mit den wütenden Frauen, um an sein Kind heranzukommen, und wurde wieder mit seinem eigenen Knüppel niedergeschlagen. Sie packten seinen Kopf, zerkratzten sein Gesicht, schlugen ihn noch mal zu Boden, traten ihn in den Leib, in den Rücken, ins Gesicht, in die Leistengegend und sprangen im Wahnwitz ihres Triumphes johlend, aufheulend und kreischend auf seinen Füßen und Schenkeln herum. Stumm lag er da.

Die Menge begann im Reigen zu tanzen; fette Frauen tanzten einen Jig um Mädchen und Laternenpfahl, sie hoben ihre

Röcke, dicke, wächserne Schenkel zuckten und schwappten wie Schweinsbäuche. Sie stichelten, sangen, grölten: «Die Soldatenhure, die Soldatenhure, die Soldatenhure», und ihre Kinder sangen und tanzten mit ihnen.

Der Vater kroch auf Händen und Knien durch die Menge, und sie traten ihn, während er vorbeikroch. Stöhnend richtete er sich auf und nahm sein Kind in die Arme, um die Schmerzen in ihren Handgelenken und Knöcheln zu lindern. Sein Gesicht war schwarz von der Farbe an ihrem Leib, und er stöhnte: «Oh, mein kleines, kleines Liebes, mein kleines, kleines Liebes, mein armes, kleines Liebes . . .», und sie konnte ihn nicht ansehen oder mit ihm sprechen, aus Angst, daß die Farbe ihr in Mund und Augen laufen würde.

Die Gewehrschüsse dröhnten laut wie aus einer Kanone, und einige der Tanzenden stürzten, nicht singend, sondern kreischend, zu Boden, nicht Blut saugend, sondern blutend. Sie lagen mit den Gesichtern nach unten auf der Straße, ihr Schreien war wie Keuchen oder wie ein langgezogenes Wehklagen oder wie das Gekrächze der Nebelhörner auf dem Belfast Lough. Die Haut ihrer fetten Beine war zerfetzt, ihre fetten Gesäße waren voller Kugeln.

Der Rückstoß riß die kleine, verkrüppelte, vogelhafte Mutter des Mädchens fast von den Füßen. Schwankend stolperte sie rückwärts, ihre Stahlbrille war vorn auf die Nase gerutscht, einer der Bügel hing herab. Sie schob die Brille zurück, und der Gewehrlauf, zu schwer für nur einen ihrer dünnen Arme, kippte vornüber. Rasch packte sie ihn wieder mit beiden Händen.

Powers und Callaghan und Kelly standen etwas abseits. Zu dritt gingen sie auf die Frau zu.

«Geben Sie das Gewehr her, Missis», sagte Powers mit seiner gebieterischen Stimme.

«Sie Schweinehund, Sie», schrie sie. «Kommen Sie mir nicht zu nah, oder ich schieß Sie nieder.» Es war wie ein Echo in ihr, und sie schrie: *«Schieß Sie nieder, schieß Sie nieder, schieß Sie nieder!»* Sie sah wild um sich, zu den Frauen, die erstarrt dastanden, und den anderen, die stöhnend vor ihr auf der

Straße lagen, und das Gewehr folgte den Bewegungen ihres Körpers. «*Miststücke ihr, ihr dreckigen Miststücke!*» schrie sie auf sie ein, schwang das Gewehr herum und richtete es auf die drei Männer.

«Du, du Scheißkerl, du dreckiger», kreischte sie Kelly an, «du hast sie da angebunden. Du bind'st sie jetzt los.»

Kelly machte das, so schnell er konnte. «Bring sie nach Haus, Sam», sagte die verkrüppelte kleine Wachtel zu ihrem Mann.

«O Mammie, Mammie», schluchzte er und zog, trug fast ihr Kind aus der feindseligen Menge.

«Steht jetzt auf, ihr hier mit euren fetten Bäuchen, und macht, daß ihr wegkommt», sagte die kleine Frau. «Nur du hier, du Dreckskerl, du bleibst», sagte sie zu Kelly.

Stöhnend und weinend und blutverschmiert humpelten die gedemütigten Frauen davon, und Powers und Callaghan zogen sich mit ihnen zurück.

«Stell dich hier vor mich hin», kreischte sie den zurückbleibenden Kelly an. «Du warst es, der sie angebunden hat», schrie sie, zielte mit dem Gewehr auf seine Beine und drückte auf den Abzug. Aber er war schwerer zu betätigen als vorher. Sie war jetzt in Panik und geschwächt durch die Erregung, und während sie den Abzugshebel mit aller Kraft zurückzuziehen versuchte, hob sich der auf Kellys Beine gerichtete Lauf. Blut und Teile seines Gedärms spritzten auf die von Farbe besudelte Straße.

Der Rückstoß zwang sie taumelnd rückwärts aufs Pflaster, und sie setzte sich. Kelly lag vor ihr, die Augen starr auf den Laternenpfahl gerichtet. Er war achtzehn. Er hatte nie eine richtige Arbeit gehabt und sich auch nie um Arbeit gekümmert. Es war nicht nötig gewesen. Er hatte von der britischen Wohlfahrt gelebt. Und jetzt brauchte er auch die nicht mehr. Die kleine Frau stand langsam auf und hob das Gewehr auf. Sie sahen ihr nach, wie sie mühselig zu ihrem Haus humpelte, zu ihrem Mann und zu ihrer Tochter.

Powers und Callaghan gingen zum Wagen. Sollte sich um das, was von Kelly noch übrig war, irgendwer anders kümmern. Er war jetzt nicht mehr einsatzfähig. McManus fuhr sie weg.

«Das ist mir ein giftiges altes Miststück», sagte Powers wie jemand, dem Unrecht geschehen war, ohne daß er einen Grund dafür sah.

In dieser Nacht brannte das Haus der McGonigals ab. Mavis war im Royal Victoria Hospital. Für ihren Vater und ihre Mutter gab es eine solche Zuflucht nicht. Die Army kümmerte sich um sie. Junge Soldaten brachten sie unter und versorgten sie.

«Hier, M'am, nehmen Sie das zu sich», sagten sie und versuchten sie dazu zu bringen, Suppe zu essen oder etwas Tee zu trinken.

Die Mutter und der Vater saßen zusammengekauert da und starrten vor sich hin, ohne etwas zu sehen. «Oh, mein armes, kleines Liebes», sagte der Mann wie in einer Litanei vor sich hin, und die Tränen rannen ihm übers Gesicht. Die Frau saß steif wie eine Tote da und starrte ohne Tränen verzweiflungsvoll ins Nichts oder auf irgend etwas Geheimes.

McManus schrieb den Brief an seine Schwester im Dunkeln unter der Bettdecke auf die schmuddeligen Fetzen Zeitungspapier. Er lautete:

1.Wenn 2.Du 3.meinen 4.nächsten 5.Brief 6.erhältst 7.tu 8.genau 9.das 10.worum 11.ich 12.bitte 13.sonst bin ich 14.ein 15.toter Mann 16.Johnny.

3

Für mißlungene Unternehmen muß eine Erklärung gefunden werden. Für einfache Unternehmen, die kläglich mißlungen sind, müssen Ausflüchte gefunden werden.

Powers stand steif vor dem Küchentisch des Hauses in Andersonstown und streifte die drei Männer, die steif dahinter saßen, mit einem kalten Blick. Ihre Stimmen drangen wie ein Geraune an sein Ohr; mit einem Teil seiner selbst horchte er auf plötzlich gestellte Fragen, seine übrige Person aber bewegte sich gleichsam in einem Bad von Obszönitäten, von Worten, die ihm allein als sein Urteil über seine Richter passend zu sein schienen.

McCann blickte Powers finster ins grimmig verschlossene Gesicht und sagte: «Es war eine klare, lächerlich einfache Sache. Vier trainierte Männer und das Vergeltungskomitee der Frauen von Springfield sollten eine lausige, ein Meter fünfzig große, ganze vierzig Kilo wiegende Hure von Kopf bis Fuß teeren und federn. Mein Gott, ein einziger von euch hätte das selbst noch in Handschellen schaffen müssen. Zugelassen wurde statt dessen, daß der alte Vater des Mädchens sie wegbrachte und ihre alte hinkende Mutter die Hälfte des Komitees niederknallte und Kellys Gedärm über die ganze Straße verspritzte. Das wird ein Nachspiel geben . . .»

Powers sah ihn fest an und dachte: «. . . Arschloch du, verdammtes Großmaul. Wann hast du zuletzt 'ne Knarre in der Hand gehabt? Was spielst du dich auf und gibst an wie 'n . . .»

Die Stille stand in der kleinen Küche wie in Blöcken, die Worte und Gedanken in schmalen, metallischen Kanälen voneinander abtrennten, sie im Bewußtsein größer erscheinen ließen und sie in der von Boshaftigkeit, Verdächtigungen und Eifersucht durchsäuerten Luft wie mit Stacheln versahen.

McCandless saß rechts am Tisch. «Es ist ein Jammer, Powers, wirklich ein Jammer», sagte er mit seiner näselnden Stimme. «Was immer wir unternehmen, und wenn es eine noch so einfache Sache ist, selbst so eine kleine Lektion in sozialer Disziplin wie diese – es muß sauber und ordentlich durchgeführt werden. Die Offizielle IRA hätte uns gern wieder hintenan. Ihr habt ihnen hiermit Gelegenheit gegeben, sich über uns lustig zu machen. Eine Strafmaßnahme, durch euch kläglich verpatzt. Wenn die katholische Gemeinde über uns lacht, von den Offiziellen ganz zu schweigen ... wie stehen wir dann da, frage ich Sie, wie? Dann sind wir vollkommen erledigt!»

Powers drehte sein steinernes Gesicht McCandless zu und dachte: «... du bist auch abgewrackt, du keifendes altes Weibsbild du ...» aber seinem Gesicht sah man nichts an als die Disziplin und den Gehorsam des guten Soldaten.

Clune sprach von dem propagandistischen Schaden, den es mit sich brachte, wenn sich hier eine verkrüppelte alte Frau gegen die Macht und die Autorität der Provisorischen IRA durchgesetzt und die Affäre zu einem Possenstück für die englische Presse gemacht hatte. «Auch in Amerika wird man davon lesen. Wollt ihr die Gelder stoppen, die von da kommen?»

Powers hörte sich das alles an. Er hatte keine Wahl. Beweise zählten hier nicht. Sie waren für diese Art von IRA-Gerichten ohne Belang. Sie hatten sowieso das Recht auf ihrer Seite; sie waren Iren; es waren das die Gerichte der Schuldlosen, denen man Unrecht getan hatte; hier nahm man sich weder die Zeit, noch neigte man dazu oder sah irgendeinen Grund, Beweismittel als stichhaltige Gegenargumente zu akzeptieren. So wartete Powers darauf, daß man ihn reden ließ.

«Also?» sagte Clune und gab ihm damit das Wort.

«Ich kann nichts dagegen sagen», sagte Powers. «Was gesagt wurde, stimmt, nichts davon ist gelogen.» Er erinnerte sich daran, daß ein Gastwirt von der Westküste ihm einmal erzählt hatte, der größte Aktivposten, über den Irland verfügte, sei «das irische Lächeln, das die Welt entwaffnet und die Feinde glauben macht, sie wären vor ihnen sicher». Die drei, die da hoffärtig wie die Heilige Dreifaltigkeit selbst saßen, waren abgewirtschaftete, ignorante Typen, aber der Gastwirt aus dem Westen hatte auch für sie ein Wort parat: «Verlassen Sie sich drauf, einem Idioten eine Lüge auftischen, ist auch eine Art von Nettigkeit.»

«Ich weiß, es ist meine Schuld», sagte Powers. «Darum mag ich auch nicht zum dritten Mal einen belastenden Bericht über McManus abgeben. Ich meine damit nicht, daß er in der Sache mit dem Mädchen schuld hat. Es ist schlimmer als das, sonst würde ich's nicht noch mal zur Sprache bringen.»

«Nun reden Sie schon!» Clune war das, mit seinem schmalen Gesicht und den heißen Augen. Er war in den Markets geboren und wollte keine Windbeutel von Universitäten und so in ihren Reihen. Schlappschwänze mit weichen Birnen nannte er sie.

Powers ließ seine Augen nicht von Clune und zielte auf dessen soziale Voreingenommenheit. «Es wird immer schlimmer mit ihm», sagte er. «Als wir das Carleton Restaurant in die Luft sprengten» (sieben Tote und fünfundvierzig Verletzte) «sagte er, der Plan dazu müsse von einem dämlichen Idioten gemacht worden sein», (der Plan stammte von Clune) «und ausgeführt hätte ihn ein Verrückter» (das war Clunes Bruder gewesen).

Er richtete die Augen auf McCann. McCanns jüngstes Unternehmen hatte das Chester Hotel zum Ziel gehabt (vier Tote, sechs Erblindete, vier, denen die Arme, und zwei, denen die Beine weggerissen worden waren, dazu zwanzig, die ins Krankenhaus gebracht werden mußten). «Er regte sich mächtig darüber auf. Er wäre hergekommen, um gegen Soldaten zu kämpfen und nicht gegen Handelsreisende und kleine Büromädchen», sagte er. «Nur ein feiger, brutaler Schurke könnte sich das ausgedacht haben, sagte er.»

«Das Mädchen, Powers. Kommen Sie endlich auf das Mädchen», sagte McCandless.

«Ja, Sir.» Powers kam zur Sache. «McManus fuhr den Wagen», sagte er. «Als wir sie an den Laternenpfahl banden, sagte ich zu ihm, er sollte die Straße in Richtung ihres Hauses im Auge behalten. Das hat er nicht getan. Er ging weg und setzte sich in den Wagen.»

«Hat er sich geweigert, den Auftrag auszuführen?» fragte McCandless.

«Das nicht, Sir. Er war dagegen, diese lausige Hure zu teeren. Er würde nicht mitgehn, sagte er zuerst. Und dann hat er einfach nicht getan, was ich ihm sagte. Ich hatte an dem Laternenpfahl alle Hände voll zu tun. Ich konnte nicht sehn, was im Rücken der Menge vor sich ging. Es war seine Aufgabe, die Straße hinter der Menge zu beobachten. Das hat er nicht getan. Deswegen konnte die Alte mit dem Gewehr sich von hinten an uns ranmachen.» Er wischte sich mit den Fingerspitzen die Mundwinkel sauber. «Er gehört nicht zu uns, Sir», sagte er zu McCandless und fügte feierlich und mit Nachdruck hinzu: «Er ist gegen uns. Er ist ein Schwächling. Er ist eine Gefahr. Über kurz oder lang rennt er uns weg, und wenn er das schafft, dann läuft er zur Army über.»

«Wissen Sie das genau?» sagte Clune.

«Ja, Sir.» Wieder wischte er sich den Mund und sagte: «Redet doch von nichts anderem. Als Befehl ausgegeben wurde, Protestanten auf der Straße zu erschießen, um die Orangisten dazu zu bringen, die katholischen Bezirke anzugreifen, sagte er, die Männer, die das Unternehmen durchführten, und diejenigen, die es befohlen hätten, gehörten nicht mal in ein Internierungslager – sie gehörten gleich an den Galgen, sagte er. Wir sollten sie anzeigen, sagte er, sie wären nichts als gemeine Mörder.» Damit lag er genau richtig. Der eigene Vater konnte die Hälfte der Frauen in den Häusern ringsum vergewaltigt haben – das geriet über kurz oder lang in Vergessenheit und man konnte damit leben, wenn aber der eigene Urgroßvater Informant gewesen war, dann pflanzte sich diese Schande bis auf die Enkel und Urenkel fort. Nichts brachte das Blut so in Wallung und ging derart auf die Nerven wie der verdammte Verdacht, daß einer ein Verräter war. Verhöre? Beweise? Das kümmerte sie einen Scheißdreck – *sie* ließen sich Zeit und nahmen die nächstbeste Chance wahr. Powers sah sie einen nach dem anderen fest an. «Ich bitte Sie jetzt, befreien Sie mich von dem Mann. Ich hab kein Vertrauen zu ihm. Er hat Kelly auf dem Gewissen. Wer von uns kommt als nächster dran?»

Stille trat ein, und das war genau, was er gewollt hatte. Er spürte den Ärger in ihnen, aus dem sich ihr Urteil zusammenbraute. Er sah, wie sie sich mühten, das in einen Rechtsspruch zu übersetzen.

Clune sagte in dieser fauligen, verpesteten Luft: «Gehn Sie, machen Sie, daß Sie rauskommen. Wir werden Sie rufen.»

Powers rauchte auf der Straße eine Zigarette und rechnete sich, gegen die Hauswand gelehnt, seine Chancen aus. McManus gehörte jetzt seit neun Monaten zu diesem Verein. Er, Powers, war von dem Tag an dabeigewesen, als der erste Schuß fiel. An seinem Eifer und seiner Loyalität war nicht zu zweifeln. Vier Soldaten und einen Polizisten hatte er auf seinem Konto. Er war in den Falls geboren und hatte nie in einem anderen Bezirk gelebt.

Die Kinder, die auf der Straße Ball und Himmel-und-Hölle spielten, riefen ihm allerlei zu. «Hallo, Pat», riefen sie oder: «Wie geht's, Mr. Powers?» War er für die Leute hier in den Falls nicht ein Held? Die Frauen in den Hauseingängen riefen: «Willst 'ne Zigarette, Pat?» oder «Tasse Tee, Pat?» Dankten sie nicht Gott, daß es Leute wie ihn gab, die sie vor den Orangisten schützten? Und hatten sie nicht vor Schreck die Hose voll, wenn die Jungs aufkreuzten? Wer ließ sich schon gern hinterrücks eins überbraten?

Mary Connors, die Witwe, kam auf der Straße vorbei und blieb stehn. Sie gab sich beiläufig.

«Heut abend, Pat?»

«Weiß noch nicht recht.»

«Ärger gehabt?»

« 'n bißchen – vielleicht.»

«Bin wie Sekt – brauchst bloß den Korken ziehn.»

«Mal sehn, Mary.»

Sie ging, von den Blicken der Frauen verfolgt, weiter. Was war schon dabei, wenn man sich mit einem der Jungs auf einen Schnack einließ.

Powers sah ihr nicht nach. Wie zum Teufel kann sie erwarten, daß ich mit 'm Steifen zu ihr in die Wohnung komme und sie's mit mir treibt, wenn ich Ärger habe wie diesen, fragte er sich gereizt und wandte seine Gedanken wieder McManus zu.

Wer war überhaupt dieser McManus mit seinem dämlichen Getue und seinen Feine-Leute-Manieren? Ein lächerlicher Student, ein Katholik aus dem Mittelstand, aufgewachsen auf der Antrim Road unter Mittelstand-Protestanten. Er hatte mindestens drei Jahre zu dem Entschluß gebraucht, der IRA beizutreten. Er mußte also lange gezweifelt haben, und an Überzeugung oder Begeisterung fehlte es ihm vermutlich auch. Er war streitsüchtig, redete unsachlich und stellte die Entscheidungen der Führerschaft in Frage. Er kam aus keinem Getto, stammte nicht aus der Arbeiterklasse, war ein unsicherer Kandidat. Oder wie Clune die Angehörigen des katholischen Mittelstands nannte, «nichts als profitgierige Scheißprotestanten, die sich bekreuzigen». Darin konnte Powers sich auf Clune da im Haus verlassen. McManus beendete erst sein Studium, bevor er sich zum Beitritt entschloß. Das war immerhin aufschlußreich. Irland: Ein Volk und eine Nation – das interessierte ihn einen Dreck. Zunächst mal bereitete er sich auf einen guten Job vor, für den Fall, daß die Grenze zwischen Irland und Irland niedergebrannt wurde; dann erst kam er, um bei dem Niederbrennen zu helfen.

Als McCandless die Tür öffnete und Powers hereinrief, war für ihn die Bilanz längst zu seinen Gunsten ausgefallen.

Aber es war nicht Clune, der redete. McCandless ergriff das Wort. «Unsere gegenwärtige Politik der Straßenmorde», sagte er in seiner, wie Powers fand, pompösen Art, «hat den Zweck, die Loyalisten dazu zu bringen, die katholischen Bezirke anzugreifen, so daß uns die Loyalität der Katholiken erhalten bleibt und wir sie noch fester in den Griff bekommen. Das brauch ich Ihnen nicht erst zu sagen, Powers.»

«Nein.» Warum dann, zum Teufel, erzählt er mir das, dieser aufgeblasene Scheißer.

«Wir müssen sie zum Kämpfen zwingen. Je mehr Chaos –

oder zumindest doch Bürgerkrieg – desto größer unsere Chance, die Briten zu verjagen, die Vereinten Nationen ins Land zu bekommen und die Grenze zu beseitigen.»

«Ja.» Das wußte jeder. Wozu diese verdammte, hochtrabende Lektion.

«Wir sind zu einer Entscheidung gekommen. Mit der Durchführung beauftragen wir Sie.»

Das ließ sich schon eher hören. «Ja, Sir.»

«Sie werden mit Callaghan und McManus losgehen und in Shankill ein Doppel Protestanten erschießen.» Ein Doppel – so ein Blödsinn. Warum sagt er nicht einfach zwei, dieses blöde Arschloch.

«Ja, Sir.» Das geht in Ordnung. Aber was ist mit McManus, du aufgeblasener Schwachkopf?

«Schießen wird McManus.» McCandless lächelte, als hätte er seine Gedanken erraten.

Du meine Güte. Ich hau den Kerl in die Pfanne, und sie geben ihm ein Gewehr!

«Und wenn er den Befehlen nicht gehorcht – wenn er sich, wie immer auch, zu drücken sucht – dann nehmt ihr ihn zum Black Mountain und kommt ohne ihn zurück.»

Ruhe bewahren, ganz ruhig jetzt. «Ja, Sir.»

«Und wenn er spurt – dann melden Sie, wie er's durchgeführt hat.»

«Ja, Sir.»

So war's prima. Sie beschuldigten ihn wegen der Sache mit Mavis McGonigal, aber sie vertrauten ihm weiterhin, soweit jedenfalls wie hier einer überhaupt dem andern traute.

Er war als Richter über McManus eingesetzt. Was er über ihn sagte, würde für diesen windigen Burschen Tod oder Leben bedeuten.

Im Vollgefühl seiner Macht ging er zurück zu ihrem Haus. Es war niemand da. Hatte er nicht zu McManus gesagt, er solle im Haus bleiben? Er begann sich einen Bericht über McManus' Verhalten bei einer Mordaktion auszudenken, die nicht stattgefunden hatte.

Er fand Callaghan und McManus an dem Briefkasten, der

nicht weit vom Haus entfernt war. Sie waren dabei, ihn mit alten Exemplaren der *Irish News* vollzustopfen.

«Hab ich euch nich' gesagt, ihr sollt das Haus nich' verlassen? Was zum Teufel treibt ihr hier?»

Callaghan sah ihn schafsköpfig an. «Wir machen das nur so zum Spaß, Pat.»

«Ich find das nich' komisch.»

«Aber ich», sagte McManus und spürte, wie ihm das Blut ins Gesicht stieg. Seine Beine gaben nach. Er fühlte sich durchschaut.

«Wollten doch bloß, daß der Postbote sich mal durch diesen ganzen Kram zu den Briefen durchgraben muß.» Die beste Lüge, sagten ihre Propagandisten, war die, die der Wahrheit am nächsten kam.

«Zu was für Briefen?»

Für den schuldbewußten McManus klang das wie eine nicht ganz aus der Luft gegriffene Anklage.

«Zu denen im Briefkasten», sagte er und suchte Powers' eindringlichen Blick zu meiden. Aber je ängstlicher er ihm auszuweichen suchte, desto bohrender fühlte er sich von ihm angestarrt. Er rollte die restlichen Zeitungen zusammen und schlug sich damit auf die verräterischen Schenkel.

Powers nahm ihm den Packen weg und durchgrub seine Taschen demonstrativ nach Streichhölzern. Er zündete das Papier an und hielt es an den Schlitz des Briefkastens. «Ist das alles, was Sie auf der Universität gelernt haben? Wollen Sie neuerdings bestimmen, wie wir vorzugehen haben, McManus?» Das war die richtige Art, mit ihm umzuspringen. War er nicht gerade bei Clune und McCann und McCandless gewesen, ohne daß diese Quatschköpfe hier wissen konnten, was sich da getan hatte?

«Ach, Pat, bitte, laß doch«, protestierte Callaghan, «meine Mutter hat grade vor 'ner Minute da einen Brief eingesteckt.»

Powers ließ das brennende Papier auf den Boden fallen, und ein Kind kam angerannt und hob es auf. «Los jetzt, zurück ins Haus», sagte er und sah McManus forschend an. Gedanken lesen – darauf verstand er sich gut, wie er meinte. Führer mußten das können.

Er glaubte von sich auch, daß er Menschen geschickt zu manipulieren verstand. Um sieben Uhr machten sie sich auf den Weg zu dem neuen Wagen, und nur Powers wußte, wohin sie fahren würden und warum sie das taten.

Callaghan fragte ihn zweimal nach ihrem Auftrag. McManus schwieg sich aus, und Powers machte sich darüber seine Gedanken.

Auch McManus dachte darüber nach und kam zu dem Schluß, daß es falsch war zu schweigen. «Falls der Wagen mit Sprengstoff beladen ist», sagte er vorsichtig, «dann würde ich, ganz gleich, wohin es geht, eine möglichst gute Straße wählen.» Er hatte das vorher nie sagen müssen. Es klang zu vorsichtig, ohne daß es beiläufig genug gewesen wäre. Powers antwortete nicht. Ihm fiel im Moment nichts dazu ein, aber er wußte, daß Schweigen eine wirksame Waffe ist.

McManus spürte die Warnung, die in seinem Schweigen lag. Er sollte vor ein Gericht gebracht werden, das stand für ihn fest. Seine Schwester mußte den Brief am anderen Morgen bekommen, falls er nicht, wenn der Postbote all das Papier im Briefkasten wegwarf, verlorenging, und am Abend würde sie im *Telegraph* lesen, daß ein Mann mit einer schwarzen Kapuze über dem Kopf in einem Graben gefunden worden sei. Wieder eine Hinrichtung durch die IRA, würde der *Telegraph* berichten. Schwäche überkam ihn, während er weiter zum Wagen ging. Wenn er jetzt losrannte, würden sie von hinten auf ihn schießen, und dabei mehr als einen Schuß abgeben müssen. Wenn er vor ein Gericht kam, würde alles mit einem Schuß erledigt sein. Die Tränen kämen ihm wahrscheinlich, wenn er sich umdrehte, um erschossen zu werden. Er hätte schon jetzt weinen mögen, aber er ging dagegen an. Es war alles so sinnlos – Angst, Kummer, Tränen, Bedauern, Verachtung. Er versuchte, jeglichen Gedanken zu unterdrücken, er fühlte kaum das Granitpflaster unter seinen Füßen und sah den Wagen nicht, als sie vor ihm standen.

«Ich werd' fahren», sagte Powers. «Setz dich neben mich, Danny. McManus nach hinten.»

McManus bemerkte Powers' selbstbewußten, lauernden Blick nicht. Er nahm rings um sich überhaupt nichts wahr, bis sie zur Castle-Kreuzung in der Innenstadt kamen. Langsam dämmerte ihm, daß sie, falls sie ihn zu einem Gericht brachten, diesen Weg nicht fahren würden. Er sah sich um.

Royal Avenue, York Street, Duncairn Gardens, die Antrim Road. Die ganze Fahrt war eine dieser bösartigen Aktionen, zu denen die Iren in ihrem fröhlich ausgelebten Sadismus fähig waren. Das Gericht war also bereits abgehalten worden, und sie brachten ihn zu dem für ihn bestimmten Graben jenseits des Stadtrandes. Was hatte es sonst für einen Grund, daß Callaghan sich seitwärts gesetzt hatte und ihn wie eine Katze beobachtete? Sie fuhren ihn an seiner eigenen Wohnung vorbei zur Hinrichtungsstätte. Das war symbolisch und sadistisch zugleich – so hatten sie es gern. Symbologie hatte das einer dieser glasäugigen amerikanischen Irland-Spezialisten bei seinem letzten Kursus auf der Universität genannt.

Aber sie bogen in die Cliftonville Road, dann in die Manor Street ein, fuhren durch Crumlin zur Agnes Street und von da nach Shankill. Sie durchquerten Shankill, fuhren weiter nach Woodvale und kehrten wieder zurück.

«Unter Ihrem Sitz, McManus», sagte Powers. «Holen Sie sich's da raus.»

Als seine Hand das Gewehr in seiner Hülle berührte, wußte er, worum es ging, und er steckte seine Hände zwischen die Schenkel, um sein Zittern zu verbergen. Er hörte, wie Powers Callaghan etwas zumurmelte, aber verstand nicht, was er sagte. Er hatte sowieso kaum hingehört.

Als er sich aufrichtete, wölbte sich ihm Callaghans Jackett wie eine Zeltspitze entgegen. Der Mann grinste.

«Suchen Sie sich zwei Shankill-Protestanten raus, McManus. An der Ecke Northumberland Street», sagte Powers mit hämisch herausfordernder Stimme.

Es war kaum Scharfsinn nötig, um zu begreifen, was gespielt wurde. Er hatte seine Gedanken nicht gut genug getarnt. Sie waren wie Tiere, die sich witternd vortasteten, immer in Angst vor Verrat, Mißtrauen und Feindseligkeit; und sie suchten damit oder mit dem, worauf ihr Verdacht sich richtete, mit der wahnwitzigen Unerbittlichkeit der an ihnen nagenden Unsicherheit fertig zu werden. Er sah schräg vor sich die Ausbuchtung in Callaghans Jackett und hob das Gewehr auf seine Knie.

Die Straße war stark bevölkert. Irgendwelche müßigen Fußgänger sollten sterben, weil Männer, die gewissenlos und ohne jede Skrupel zu töten imstande waren, seine Einstellung überprüfen wollten. Er schob die Hand durch das Loch in der Gewehrhülle, entsicherte das Gewehr und legte den Finger an den Abzug. Er hatte sich mit dem Rücken fest in die Ecke des Rückpolsters gedrückt. Man brauchte bei dieser Art Unternehmen nicht besonders raffiniert vorzugehen. Das Fenster war runtergedreht. Er mußte sich gegen die Tür hinter sich stemmen, das Gewehr als Verlängerung des linken Armes anheben und abdrücken. Andernfalls würden sie ihn, von Callaghans Revolver in Schach gehalten, zum Stadtrand fahren und ihn dort töten. Es täte ihnen leid, würden sie sagen, aber es wäre für «Irland: Ein Volk und Eine Nation, und dies ist keine Zeit für Verrat.» Verrat – das war der Alptraum, der sie nicht losließ.

Er wollte leben. Der leidenschaftliche Wille zu leben brannte ihm schmerzhaft in den Eingeweiden.

«Das ‹Boyne Water›-Pub», sagte er. Seine Kehle war ausgedörrt und wie verschnürt. Das Pub war zweihundertundfünfzig Meter entfernt zu ihrer Linken, und kurz dahinter konnten sie rechts in die Northumberland Street einbiegen und waren dann schnell wieder in der Falls Road. An der Ecke der Agnes Street lungerten immer einige Jungs herum. Er spürte die Leere in seinem Kopf.

Knapp hundert Meter vor sich sah er das «Boyne Water»-Pub. Ein halbes Dutzend junger Männer stand an der Ecke gegen die Hauswand gelehnt. Wenn sie oder er es sein mußten, dann sie.

«Los», sagte er, und Powers scherte aus und setzte sich vor drei die Straße verstopfende Wagen. Seitwärts blickend, sah McManus eine schäbige Gestalt aus dem Pub auf die Straße schwanken. Zwischen ihm und dem Säufer war das Schußfeld frei, während die Männer an der Ecke von vorübergehenden Frauen abgedeckt wurden. Er hob das Gewehr und schoß in den Torweg, in dem der Betrunkene mit kraftlos vor der Brust hängenden Armen stand und blöde um sich sah. Das Gewehr fiel zu Boden, als der Wagen mit einem Satz nach vorn schoß und McManus in den Sitz geschleudert wurde. Gleich darauf prallte er vornüber mit dem Gesicht auf, während Powers mit aufheulendem Motor und kreischenden Reifen durch den Verkehr zur Falls Road raste. Es ging alles so schnell, daß die Geräusche der Straße durch keinen Aufschrei gestört wurden. McManus sah nichts weiter als den Betrunkenen, der rückwärts in den Torweg taumelte, als hätte ihn jemand gestoßen. Das war alles. Er sah ihn nicht einmal fallen. So einfach war es, einen Menschen zu töten.

«Einer», sagte Powers, «und noch dazu ein besoffenes Schwein.»

Sie fuhren von der Falls Road in normaler Geschwindigkeit in die kleinen Nebenstraßen und hielten vor ihrer Haustür. «Reinigen Sie das Gewehr», sagte Powers und fuhr davon, um den Wagen irgendwo abzustellen. Das Gewehr reinigen. Das Wichtigste immer zuerst. Es *war* ein Säufer, suchte McManus sich zu bestärken. Er *sah aus* wie ein Säufer, sagte er. Ich jedenfalls bin *überzeugt*, daß er aussah wie ein Säufer, sagte er zu sich selbst und reinigte das Gewehr, während Callaghan ihn gespannt beobachtete.

«Die Straße wimmelte von Leuten, und Sie suchen sich ausgerechnet so 'n besoffenes Schwein raus», sagte Callaghan und spuckte in den Herd.

Einen Säufer – falls es ein Säufer war – auf der Straße umlegen, war keine Bagatelle, aber das war die Aussicht auf einen Genickschuß auch nicht. Und er hatte immerhin den Säufer, falls es einer war, herausgesucht. Das Schußfeld in Richtung der Männer an der Ecke der Agnes Street war durch die vorübergehenden Frauen und Familien blockiert. Auf sie statt auf diesen elenden Trunkenbold zu schießen, wäre als politische Provokation wirkungsvoller gewesen, aber er mußte mit seinem Leben, nachdem er es gerettet hatte, zurechtkommen. Er hätte nicht auf sie schießen können. Nur war der Betrunkene nicht genug. Das hatten sie ihm beide klargemacht. Eine verpaßte Chance? Eine lahme Ausflucht? «Ausgerechnet ein besoffenes Schwein.» Powers war losgezogen, um Meldung zu machen. Das wußte er. Sie schickten Männer mit Aufträgen los, um zu testen, ob sie nervlich versagen oder es an Loyalität fehlen lassen würden. Waren es nur die Nerven, dann schickten sie einen zum Ausruhen in den Süden. War es Mangel an Loyalität, dann landete man im Graben. «Nichts als ein besoffenes Schwein», würde Powers melden. Ihn würden sie nicht in den Süden schicken. Callaghan saß da und beobachtete ihn wie ein Raubtier.

Als Powers nach zwei Stunden mit zwei Männern zurückkam, die McManus nie vorher gesehen hatte, wußte er, daß ihnen der Betrunkene nicht genug war.

«Sie ziehn hier aus», sagte Powers. «Die hier nehmen Sie mit.»

War er früher an irgendwelchen Unternehmen beteiligt gewesen, dann hatte er sich immer selbst irgendwohin verzogen. Diesmal hatte er sich in Begleitung einer Eskorte abzusetzen, und diese Männer sprachen nicht mit ihm. Als er in sein neues Versteck in den Markets kam, bemerkte er, daß noch zwei weitere Männer in dem Haus waren. Sie sprachen nicht mit ihm. Sie sahen ihn nicht an. Er fühlte sich innerlich erstarren und machte gar nicht erst den Versuch, mit ihnen zu sprechen. Sie zeigten auf das Bett.

Er konnte nicht schlafen. Die Gedanken, die seinen Kopf durchwirbelten, ließen ihm keine Ruhe. Diese vier Männer hier in den Markets behandelten ihn, als wäre es für sie leichter, ihn über den Haufen zu schießen, als zu ihm auch nur guten Tag zu sagen. Das waren nun neun Leute, die wußten, daß hinter seinem Namen ein Fragezeichen stand. Wenn diese neun das schon wußten, dann würde es nicht lange dauern, bis auch andere es wußten, und wer traute ihm dann noch? Sie würden sich weigern, mit ihm zusammenzuarbeiten, oder abstreiten, daß sie ihn kannten. So verhielt man sich in ihren Reihen, wenn man jemand kaltstellen wollte. Wenn man ihm mißtraute, hatte er keine Chance zu überleben. Ein Mann mit einem Fragezeichen hinter seinem Namen, den die Army oder die Staatspolizei aufgriff, würde, um seine Haut zu retten, Namen und Zufluchtsorte preisgeben. Er wußte zwar nicht viel, aber für sie war das schon mehr als genug. In dieser gewalttätigen Maschinerie machte man kurzen Prozeß. Fragen stellten eine Gefahr dar; also beugte man den Fragen vor, indem man die Gefahr beseitigte. Gerichtliche Beweisführung war etwas für Scheißengländer. Hier galt die Regel: wenn dir die Gewißheit fehlt, dann verschaff sie dir. Hoffnungslos und verzweifelt überdachte er seine Fehler.

Am zweiten Tag wurde er von den Markets in ein Haus in Ardoyne gebracht. Wie die anderen Männer sprachen auch die hier nicht mit ihm. Sie alle hatten etwas an sich, das er an seinen Landsleuten nie bemerkt hatte, solange er nur mit seinen, dem Mittelstand angehörenden katholischen und protestantischen Nachbarn und Freunden außerhalb der Gettos Umgang gehabt hatte. Selbst in Ruhepausen, selbst wenn sie scheinbar Charme und Humor ausstrahlten – die sich freilich bei näherer Bekanntschaft rasch abnützten – zeigten sie eine beängstigende, unterschwellige Neigung zu plötzlichen Ausbrüchen. Er bemerkte bald, daß Redewendungen, Blicke und Verhaltensweisen, die im täglichen Leben des Mittelstandes gang und gäbe waren, diese Männer mitten im Gelächter zu den heftigsten Beleidigungen hinreißen konnten. Es war, als lauerte in ihnen eine ständig angriffsbereite Hysterie. Selbst das Haus in den Markets und das hier in Ardoyne, deren Atmosphäre von der kalten Teilnahmslosigkeit seiner Wächter bestimmt war, empfand er als Pulverfaß, an das nur die Lunte gelegt zu werden brauchte.

Sie wurde angelegt, und zwar schon an dem Abend, an dem er in das Haus in Ardoyne kam. Er wurde in ein Hinterzimmer gebracht. Das Fenster war mit Brettern vernagelt. Auf dem Boden lagen zwei Strohsäcke, und außer zwei Küchenstühlen war nichts in dem Raum. Die Tür wurde hinter ihm abgeschlossen. Seit vierundzwanzig Stunden war er weder angeredet worden, noch hatte er außer «ich muß zur Toilette» ein Wort gesprochen. Das war im Haus in den Markets gewesen. Hier hätte er statt «Toilette» auch «Bad» sagen können. Er hatte das Badezimmer von der Treppe aus gesehen.

Er legte sich auf eine der Strohmatratzen und ungefähr eine Stunde später stießen sie einen Jungen zu ihm ins Zimmer. Seine rechte Augenbraue war aufgeplatzt und blutete. Auch aus der Nase blutete er. Er mußte, dachte McManus, ungefähr fünfzehn sein. Seine Handgelenke waren fest hinterm Rücken zusammengebunden. Er schluchzte.

Der Mann, der ihn gebracht hatte, stand in der Tür und sah zu ihnen beiden hin. In seinen Augen funkelte die kalte Wut. «Dreckskerle, ihr beiden», sagte er, schlug die Tür zu und schloß ab.

Der Junge ließ sich schwer auf einen der Stühle fallen. Durch den Stoß flammte der Schmerz in ihm auf, und er weinte hemmungslos. «Ich hab's nich' getan, Mister, bestimmt nich», stieß er kläglich hervor.

«Was denn?»

«Ich hab nich' für die Soldjers spioniert.»

«Was hast du denn getan?»

«Hab bloß mit ihnen geredet, wissen Sie. Ha'm mir 'n paar Zigaretten gegeb'n. Mein Dad war Soldjer. Ich hab nix gegen die Army, wissen Sie. Aber ich würde über die Jungs hier nie was sag'n.»

«Das glaub ich.»

«Ha'm sie Sie geschlag'n?»

«Noch nicht.»

«Was ha'm Sie gemacht?»

«Ein bißchen nachgedacht.»

«Meine Hände sinn' ganz kaputt.»

Sie waren rot angeschwollen. Die Stricke schnitten ihm in die Gelenke. McManus machte sich in dem verdunkelten

Raum geduldig an ihnen zu schaffen, bis er sie gelöst hatte. «Leg dich hin», sagte er und legte sich selbst zurück.

Der Junge sprach mit einer merkwürdig näselnden Stimme. «Ich glaub, sie ha'm mir die Nase eingeschlag'n», sagte er und weinte wieder. «Meine Ma hat sich furch'bar aufgeregt. Sie kam' und ha'm mich aus'm Haus geholt.»

«Und haben dich vor ihr geschlagen?»

«Ja. Sie war auf den Knien, und sie hat schlimme Beine. Wenn sie kniet, kommt sie nich' wieder hoch. Kenn' Sie das?»

«Ja, ich weiß.»

«Lieber Gott.» Darin sammelte sich seine ganze Angst, um sich selbst und seine Mutter. «Mein Dad is' tot», sagte er verzweifelt. «O, Jäsus Christ, Dad, Dad», jammerte er einsam in Elend und Angst.

McManus setzte sich hoch und lehnte sich mit dem Rücken gegen die Wand. Das Licht auf dem Treppenabsatz ging aus, und nun war es in dem Raum total dunkel. Die Nachtkühle breitete sich aus, und er verschränkte die Arme und krümmte sich zusammen, um sich ein bißchen warm zu halten. Es war still im Haus, nur daß hin und wieder der Junge auf seinem Strohsack zusammenschauderte oder tief seufzte. Es gab keine Decke, um ihn zuzudecken. Die Nacht verdichtete sich. Die Geräusche von der Straße her erstarben allmählich. Der Junge war still. McManus döste vor sich hin, schreckte auf, erwachte und legte sich wieder zurück und döste.

Plötzlich fuhr er hoch, er hatte von Powers geträumt, der seinen Vater zusammenschlug. Er hatte ihm die Nase eingeschlagen. Seine Mutter wurde getreten, als sie ihm helfen wollte. Seine Schwester wurde ins Wasser geworfen, in einen See, den er nicht erkannte, von dem er aber im Traum wußte, daß es der Belfast Lough sein mußte. Er wachte von ihren Schreien auf, konnte ihr jedoch nicht helfen.

Um ihn war tiefe Dunkelheit. Ihn fror durch und durch. Die Wut auf seine Folterer im Traum verwandelte sich in Wut über seine eigenen schwachen, passiven Versuche, sich selbst zu behaupten. Dabei hatte er für seine Schule gekämpft, hatte für seine Universität gekämpft. Im letzten Jahr hatte er für sein Land gekämpft, als sie die amerikanischen Golden Gloves-Boxer schlugen und sie von ihrem Podest herunterholten. Aber unter diesem psychopathischen Gesindel hatte er aus Selbsterhaltungstrieb geschwiegen. Seine Erregung steigerte sich, so daß ihm ganz heiß wurde und er schließlich in Schweiß ausbrach. Ohne es gewahr zu werden, versank er, mit dem Rücken in die Wandecke gezwängt, in einen unruhigen Schlaf.

Als die Tür aufgestoßen wurde und seitwärts gegen die Wand schlug, warf er in einer Abwehrbewegung die Arme hoch. Der Junge war nicht aufgewacht. Ein Mann stand im Licht von der Tür her und drehte eine Glühbirne in die Fassung an der Decke. Er knipste das Licht an. Weder das Licht noch der Krach weckten den Jungen. Auf dem Treppenabsatz standen zwei Männer und sahen ins Zimmer.

Der Mann im Zimmer trat den Jungen gegen das Schienbein. Er fuhr verwirrt und geblendet hoch und duckte sich. «Setz dich auf den Stuhl», sagte der Mann.

«Ja, Mister.» Der Junge stützte sich auf der Strohmatratze ab und stöhnte leise vor sich hin. «Ah, meine Hände», wimmerte er.

«Wer hat den Strick abgenommen?» sagte der Mann, ohne zu McManus hinzusehen.

«Ich», sagte McManus. «Er schnitt ihm ins Fleisch. Sehn Sie sich seine Handgelenke an.»

«Wo ist der Strick?»

«In meiner Tasche.»

«Geb'n Sie her.»

«Nein.»

Der Mann grinste, und das Grinsen zog sich wie ein Ausschlag über sein Gesicht. «Meinen wohl, Sie komm' damit durch, was?»

Der Junge saß mit hängendem Kopf auf dem Stuhl.

Der Mann sagte zu ihm: «Was hast du den Soldjers erzählt, und kuck mich gefälligst an, wenn du mit mir sprichst.»

Der Junge hob den Kopf und wollte was sagen, der Mann aber schlug ihm eine gezielte Rechte ins Gesicht. Der Stuhl kippte nach hinten, der Junge gab einen erstickten Angstschrei von sich und fiel mit dem Stuhl hintenüber auf McManus.

«Schieb'n Sie ihn her», befahl der Mann. «Los, schieb'n Sie den kleinen verrotzten Maulhelden her!»

McManus hob den Jungen behutsam vom Stuhl auf die Matratze und schob den Stuhl beiseite. Er stand langsam auf, nahm den anderen Strohsack und bedeckte damit den zitternden Jungen.

«Was, zum Teufel, fällt Ihnen eigentlich ein?»

McManus hatte sich halb über den Jungen gebeugt. Er fuhr herum und stützte sich mit dem rechten Bein ab, als er dem Mann jetzt einen Haken in den Unterleib schlug. Sein Kopf sackte vornüber, während er ein langes wimmerndes Grunzen von sich gab; McManus hatte ihn jetzt in der richtigen Position. Er deckte ihn mit linken und rechten Haken ein, duckte sich und zerschlug ihm, als das Gesicht sich ihm in den Schlag senkte, mit einem Aufwärtshaken die Nase. Der Körper bäumte sich auf, sackte rückwärts zusammen und stürzte den beiden auf dem Treppenabsatz stehenden Männern vor die Füße. Sie zogen den Mann beiseite und kamen wieder zur Tür. Sie versuchten nicht, in das Zimmer einzudringen, in ihren Augen aber glomm das eigenartige Licht jenes überspannten irischen Wahnsinns, der jederzeit aufflammen kann. Einer von ihnen schrie: «Liam!», und der Laut verfing sich dumpf in seiner geöffneten Gaumenhöhle.

«Was denn?» kam es von unten.

«Komm rauf.»

«Is' einer von euch die Treppe runtergefall'n?»

«Komm rauf!»

McManus sah zu den Stühlen, aber es war zu eng hier, um damit auf sie einzuschlagen. Er konnte mit seinen Füßen und Fäusten mehr ausrichten. Er ging näher zur Tür und wartete ab. Durch die enge Tür hier hereinzukommen, das würden die drei nicht so schnell schaffen.

Liam erschien auf dem Treppenabsatz. Er sah zu dem auf dem Boden liegenden Mann mit der eingeschlagenen Nase. «Verdammt», sagte er. «Jetzt seh ich, was hier los ist.» Er warf einen Blick zu McManus ins Zimmer und ging wutschnaubend auf ihn los.

McManus nahm ihn mit einem Haken und einer graden Rechten in Empfang, die ihn mit blutig geschlagenem Mund auf den Treppenabsatz zurückwarfen. Er wollte was sagen, aber sein Mund machte nicht mit. Er zog sein Hemd aus der Hose und wischte sich mit dem unteren Rand den Mund. Er besah sich das Blut, dann gab er den anderen mit den Fingern ein Zeichen, nickte und ging wieder zum Angriff über.

Die anderen beiden folgten dicht hinter ihm. Er kam geduckt an, duckte sich noch tiefer, während er näher kam, und McManus trat zu. Der hochschnellende rechte Fuß würde einen Rugbyball quer übers Feld getrieben haben. McManus spürte den Anprall bis in die Hüfte. Er fühlte, wie der Kopf zurückschlug, und sah den Körper fallen und seitwärts dem Mann links in den Weg rollen. Der Mann rechts griff geduckt an und ließ ihm keine Zeit, sich zu verschnaufen und noch einmal zuzutreten. Er versuchte, den gesenkten Kopf mit dem Knie zu rammen, aber der Mann grub das Gesicht in seinen Oberschenkel, umschlang seine Hüfte und stemmte ihn rückwärts gegen das verschlossene Fenster. Der andere zerschmetterte den Stuhl und ging mit dem abgebrochenen Stuhlbein auf ihn los.

McManus schlug dem Mann, der ihn gegen die Fensterläden drängte, die Fäuste in den Nacken, aber er hatte den Kopf so fest in McManus' Seite gedrückt, daß die Schläge wirkungslos waren. Der Mann zog die Arme nach unten und umschlang mit hartem Griff seine Beine. McManus warf die Arme hoch, um sich vor den Schlägen mit dem Stuhlbein zu schützen, und das Holz schmetterte wieder und wieder auf seine Hände herab und traf ihn an Nacken und Schulter. Sein linker Arm sackte herab. Er stöhnte vor Schmerz und Wut, und der Mann, der seine Beine gefaßt hatte, kippte vornüber und riß McManus mit sich. Der Mann mit dem Stuhlbein schlug zu und erwischte ihn am Kinn. Es war nicht aus mit ihm, aber er schwamm. Er lag auf dem Boden, und sie traten auf ihn ein. Er rollte sich zusammen und hielt die Arme vor

Kopf und Gesicht, und sie traten und schlugen ihn auf Schultern, Schenkel, Oberkörper und in die Seite. Und auf seine Hände und Gelenke. Langsam verlor er, von Schmerzen durchzuckt, das Bewußtsein. Er hörte als letztes noch das irre Gebrüll und das gutturale Raunzen der Männer, die ihn ohnmächtig schlugen, und das Geschrei des Jungen, auf dem sie wie auf einem Sack mit Lumpen herumtrampelten.

4

McManus merkte, als er unter Qualen zu sich kam, daß er an den Stuhl gefesselt war. Nach einer Weile nahm er im Licht, das unter der Tür hereinfiel, undeutlich den an einen anderen Stuhl gefesselten Jungen wahr.

«Sind Sie da, Mister, sind Sie?» sagte der Junge. Er hatte langes Haar, aus dem sein blasses, verschwollenes und zerschundenes Gesicht gespenstisch hervorsah. «Sie ha'm Sie fürchterlich zusamm'geschlag'n, Mister», sagte er wimmernd.

Das war für ihn keine Neuigkeit und kaum ein Trost. Alle Knochen und Muskeln im Leibe schmerzten ihn von den Schlägen, sein Gesicht und sein Hals waren von halb getrocknetem Blut bedeckt; die Finger seiner zerhackten Hände waren hinter der Stuhllehne ineinanderverklebt, und die Stricke schnitten ihm in die Handgelenke.

Entschlossen suchte er sich aus seinen qualvollen Schmerzen herauszureißen und seine Verrücktheiten nüchtern ins Auge zu fassen.

«Sind Sie da, Mister, sind Sie?» Warum war es nur in Irland der Fall, daß jemand einen ansehen und dabei fragen konnte, ob man da sei? Weil wir mit so vielen, uns willkommenen Illusionen leben? Weil wir uns erst selbst anlügen und dann alle anderen? Ist Lüge so sehr ein Teil unseres Wesens geworden, daß wir uns selbst nicht mehr glauben?

Vielleicht war es kein Lügen im gewöhnlichen Sinne des Wortes? Vielleicht war es ein allgemeiner Sog, in dem Lüge und Wahrheit, Halbwahrheiten und die schrillen, kollektiven Empfindungen die Sinne überschwemmten und einen in einen Pfuhl ziehen, in dem man nicht schwimmen will? Vielleicht hielten die Stärkeren sich abseits und warteten darauf, die Verlierer zu «bedauern» – zu denunzieren, bedeutete etwas anderes, war gewichtiger und außerdem ein unfeines Wort –

und sich den Gewinnern gegenüber versöhnlich zu äußern? In Nordirland waren die Katholiken immer die Verlierer, die geborenen Verlierer. Die nüchternen, unromantischen Katholiken des Mittelstandes hatten zwar gelernt abzuwarten; aber hin und wieder gab es einen, der weniger reif, weniger berechnend und labiler war, und der geriet dann plötzlich in diesen allgemeinen Sog und war eine Zeitlang außerstande, seine eigentlichen, über den Moment hinausreichenden Interessen einzukalkulieren.

So einer bin ich, dachte McManus – mein Gott, ich bin dem stärksten Gegner gewachsen, wenn man mich mit Boxhandschuhen in den Ring stellt; aber ich lasse mich willenlos wie Wasser im Strom mitreißen, wenn die Menge brüllt oder die Lieder mich erschüttern.

Er erinnerte sich daran, wie er, die Diplomrolle in der Hand, die Abschlußfeier auf der Universität verlassen und sich auf den Weg gemacht hatte. Es war der Weg, der ihn über das Arbeitszimmer seines Freundes und ehemaligen Geschichtslehrers Bull Baillie hier in dies Haus und in diese Lage gebracht hatte.

Als das Gratulieren vorbei war, sagte er zu Bull Baillie: «Jetzt gehe ich zu den Waffen. Es gibt nichts mehr, das mich hält.» Er hörte den alten Mann schon zustimmen, noch ehe er seinen Satz zu Ende gesprochen hatte. Er brauchte die Zustimmung des alten Mannes. Bull Baillie hatte das Verlangen in ihm geweckt, mit Ossian und anderen mythischen Dichter- und Heldengestalten über die Hügel zu wandern und – wie sein Vater gesagt hatte – «in einem irischen Leichentuch umherzugehen». Es war Bull, der für ihn die Namen der politischen Parteien im Süden zum Klingen gebracht hatte, wenn er zu seinen Schülern sagte: «Hört euch die Namen an, Jungens – Fianna Fail, die Krieger des Schicksals. Fine Gael, der Stamm der Gälen! Das geht auf die Wurzeln zurück! Keine politische Partei in Irland, die nicht durch Tone über Finn und die alten Fianna auf die Gälen zurückgeht, wird sich je durchsetzen können!»

Sie glaubten ihm. Hatte er ihnen nicht Dokumente vorgelesen wie Willie Fellows' Brief an seine geliebte Mutter, bevor seine eigenen Landsleute ihn 1922 im Mountjoy-Gefängnis erschossen . . .? Ah, konnte er den Worten Willies Leben und Feuer einhauchen! McManus hatte seine Stimme noch im Ohr . . .

Während er seinem verehrten Lehrer, den er nie anders als in einem Tweedanzug gesehen hatte, seinen Entschluß mitteilte und auf Zustimmung wartete, sah er, wie Bull Baillie den struppigen alten Kopf hob, an einem Lederknopf seiner Weste nestelte und mit seitwärts geneigtem Kopf verschmitzt lächelte: «Gott bewahre», sagte er.

Nicht: «Gut, mein Junge. Großartig. Meinen Glückwunsch.» Nur: «Gott bewahre.» Und das mit ungläubiger, ironisch gefärbter, erstaunter Stimme. «Du nimmst mich auf'n Arm, Johnny.»

«Nein, das tu ich nicht.» Er fühlte die Leere in sich. Er hatte sich die Szene auf dem Weg hierher ausgemalt. So hatte er sich das nicht vorgestellt. Er war irritiert und enttäuscht. Erschrocken vielleicht sogar. Er *brauchte* Bulls Zustimmung.

«Mein Gott, laß mich erst mal einen trinken. Willst du auch einen?»

«Nein.»

Der Lehrer ging zum Büfett und schenkte sich ein. «Mein Gott. Das kann doch nicht wahr sein!»

«Doch.»

Mit geschlossenen Augen sah McManus jetzt diese Szene wie durch Nebel. Es wäre alles vielleicht ganz anders gekommen, wenn diese Begegnung nicht so verlaufen wäre. Wenn Bull anderes zu ihm gesagt hätte.

«Doch du nicht, Junge», sagte er. «Nicht der so Edle Johnny McManus.»

McManus fühlte bei diesen Worten, wie ihm der Schweiß ausbrach. Er hatte nichts gesagt. Er fühlte sich zurückgestoßen, gedemütigt. Ja, und verraten. Dieser Mann hatte ihm geholfen, sein irisches Leichentuch zu weben, und alles, was er jetzt sagte, war: «Doch du nicht – Edler Johnny McManus.» Edler Johnny hatten sie ihn genannt, als er in der Schulmannschaft boxte, weil er, so sagten sie, sich immer bei seinem Gegner entschuldigte, wenn er ihn niedergeschlagen hatte. Sie lachten damals über ihn. Jetzt lachte Bull über ihn.

Bull sagte: «Du würdest es keine Woche aushalten. Du bist nicht der Typ, der da hingehört.»

McManus saß schweigend da.

«Du bist gekränkt. Ich seh's dir an.»

Es war wohl auch noch anderes, was man ihm ansah. Er war nicht nur zurückgestoßen worden. Er war ausgeschieden. Er war nicht der Typ. Was für ein Typ war er nicht? Keiner wie Willie Fellows? Was war er dann? Irgendeiner von diesen Schwächlingen?

«Sie drehen sich selbst das Wort im Munde herum, Mr. Baillie. Ich geh jetzt.»

«Um Himmels willen, Junge, setz dich. Sprich dich aus.»

«Sagen Sie nicht immer ‹Junge› zu mir.» Aber er ging nicht. Er hätte weinen können. Er tat es nicht. Es hätte bewiesen, daß er gegen etwas ankämpfte, das er von sich selbst nicht glaubte. Nicht von sich selbst zu glauben bereit war. Seine katholischen Freunde konnten sich abseits halten und abwarten. Er würde das nicht tun, wenn er sich auch nicht klar war, warum.

Und er war nicht gekommen, um Bull Baillie zu erzählen, daß er sich zum Dienst melden wollte, um sich dann feige aus dem Staub zu machen und sich nur deswegen nach einem Job umzusehen, weil der alte Mann gesagt hatte, er wäre nicht der Typ. So kümmerlich war es, weiß der Himmel, nicht mit seiner Selbstachtung bestellt.

«Sie haben uns im Unterricht viel erzählt», sagte er.

«Alles alte Geschichten. Nichts als Geschwätz. Ich bedaure jedes Wort. Schußwaffen hat's damals noch nicht gegeben. Große Worte waren das alles, wie wenn man mit zwei halben Litern im Bauch gälische Poesie vorträgt. Daß man etwas *tat*, erwartete man nicht von sich . . .» Es schien ihm etwas zu dämmern, während er weitersprach. Oder es war ihm bereits aufgegangen angesichts der Zerstörungswut, die sich Tag und Nacht um ihn austobte. Und jetzt wurde er damit ausgerechnet in der Person und den Absichten eines seiner alten Schüler konfrontiert. «Wie kommst du dazu, zu glauben irgendwelches Unrecht, das wir erlitten, wäre groß genug, um das Töten von Frauen und Kindern in Warenhäusern zu rechtfertigen?» In seiner Empörung vermengte er alles; sie richtete sich gegen McManus, gegen ihn selbst und die Bombenleger und das irische Leichentuch.

«Mein Gott, ich bekenne mich schuldig», sagte er hilflos und setzte sich und vergaß zu trinken.

«Sie haben's uns eingetrichtert, all das über die Ungerechtigkeiten hier in Ulster, und jetzt sagen Sie mir, wir hätten kein Unrecht erlitten!» sagte McManus und gewann etwas von seinem Selbstbewußtsein zurück.

«Ach Gott, Junge, komm mir nicht mit dieser stupiden Straßenpolemik – natürlich haben wir Unrecht erlitten, aber wenn einige Katholiken zum Staatsdienst nicht zugelassen werden und deswegen aufgestanden sind und gesagt haben, wir wollen den Staat zerstören – rechtfertigt das die Tatsache, daß wir heute in unserem Land fast sechshundert Tote haben? Ist es human, sechshundert Menschen aus diesem Grunde umzubringen? Haben wir jedes Maß verloren? Steht die Verstümmlung von Kindern dafür, daß wir uns aus Prestigegründen Ämter in einem Staat verschaffen, von dem wir sagen, daß wir ihn zerstören wollen? Ulster war *kein* Nazi-Staat, und für dieses willkürliche Morden gibt es keine Entschuldigung.»

«Und keine Arbeit auf den Werften und keine Unterkünfte für obdachlose Katholiken?» sagte McManus.

«Eine Tatsache, gewiß, aber ebensosehr eine Lüge. Es stimmt, die Werften sind den Protestanten vorbehalten, aber die Häuser – das ist eine Bürgerrechts-Lüge, und die Bürgerrechtsbewegung ist von der IRA stark beeinflußt worden. In der Wohnungsverteilung hat es seit 1964 keine Diskriminierungen gegeben – und die Unruhen begannen erst fünf Jahre später, wie jeder, dem es um die Wahrheit geht, weiß. In den sechziger Jahren wurden in Ulster mehr Wohnungen gebaut als in irgendeinem westeuropäischen Land. Wir lügen und morden, und du glaubst all die verdammten Lügen, die dir aufgetischt werden, weil man in Konfessionsschulen Leute wie mich mit ihrem patriotischen Schwulst auf dich losgelassen hat, an dem wir unsre Befriedigung fanden, und der dich mit einem Haufen Illusionen vollstopfte. Bei Gott, unsere Priester und Schullehrer haben sich für eine Menge zu verantworten, und in erster Linie für die sechshundert Toten. Wir haben junge Leute wie dich für die IRA getrimmt, nicht weil wir wollten, daß ihr Menschen tötet, sondern weil wir von Emotionen beherrschte, hemmungslose Schwätzer sind, die niemals glaubten, für ihre Verfehlungen gradestehen zu müssen, und die von euch glaubten, daß ihr nicht handeln, sondern ebenfalls immer nur reden würdet. *Ihr* wart keine Ghetto-Katholiken. Wir konnten euch das eintrichtern, ohne damit Mord und Totschlag heraufzubeschwören. Aber es ist ein verdammt kleiner Unterschied zwischen den Narren, die euch *vorbereiteten,* und den IRA-Psychopathen, die euch mit Bomben und Schußwaffen ausrüsteten, als ihr bereit *wart.*»

Baillie erinnerte sich an das Glas vor ihm und trank es in einem Zuge aus. «Aber um das alles geht es nicht, mein Junge. Es gibt Grund genug zur Unzufriedenheit, und es muß vieles verändert werden. Es geht um die Morde, Johnny. Sie morden aus Willkür. Ihnen macht es Spaß, zu morden. Und du bist kein Mörder. Sie werden mit dir nicht viel Umstände machen, Johnny. Sie werden dich umbringen.»

Das war einfach lächerlich. Der alberne alte Kerl hatte nie wirklich gemeint, was er sagte. Sein Leben lang war er ein Junge unter Jungen gewesen, hatte als eine Art literarischer Figur posiert – eine Dubliner Poetenfigur, der seine Gedichte in Pubs zum Besten gab, weil sie, hätte er sie niedergeschrieben, nicht standgehalten hätten. McManus hatte Urteile darüber gehört.

Er sah seinen alten Lehrer bitter und fast feindselig an. Der Mann war nicht, was er vorgab zu sein; der Mann war ein Feigling ... «Warum sprechen Sie das nicht öffentlich aus?» sagte er und trieb ihn damit in die Enge.

«Sehr einfach, Johnny. Wer würde auf mich hören? Wer

würde mich lassen? Aber was vielleicht noch wesentlicher ist – ich hätte Angst davor.»

Das also war's? McManus dachte an seine ehemaligen protestantischen Freunde, die plötzlich, als die Aufstände und Schießereien begannen, nichts mehr mit ihm zu tun haben wollten. Als die Gewalttätigkeiten in den protestantischen Ghettos einsetzten, war er, solange er schwieg, noch gerne gesehen. Als die Aufstände in den katholischen Ghettos ausbrachen, sahen sie in ihm plötzlich den Katholiken, der auf seiten der Leute in den Ghettos war und dem man nicht trauen konnte. Auf diese Weise in die Isolation gezwungen, spürte er, in seinen Mythen befangen, seine Wut wachsen. Er suchte nach einer Lösung, die ihm aus dieser Verkrampftheit heraushelfen könnte. Und der Mann, der ihm seine Mythologien eingetrichtert hatte, lachte über die Lösung, auf die er gekommen war.

«Sieh mich an, Johnny», sagte Baillie in das Schweigen hinein. «Sieh mich an.» Der alte Mann stand auf, ging in die andere Ecke des Zimmers und hob abwehrend die Hände. «*Schieß* auf mich, Johnny. Los, *erschieß* mich – darum geht es doch jetzt bei alledem. Ums *Töten*, Junge. *Töte* mich!»

Du lieber Himmel! War das noch der Bull Baillie, den er kannte? Er ekelte sich vor ihm. Ein Feigling und ein Schmierenkomödiant dazu. Der Mann hatte für ihn keine Realität. McManus nahm die Tube mit dem zusammengerollten Pergament und stand auf.

«*Herrgott noch mal!*» sagte er und wandte sich zum Gehen.

«*Du gehörst nicht dahin, Johnny.* Sie machen dich fertig. Ich kenn' diese Typen . . .!» rief ihm der alte Mann pathetisch nach.

Er schlug die Tür hinter sich zu . . . dieser alte Narr, ein Verräter war er, ein Gespenst . . .

Die «Typen» kamen jetzt die Treppe herauf. Es waren nicht dieselben wie die in der Nacht, sondern eine Frau, die zwei Männer mitbrachte. Die Frau hatte auf einem Tablett vor sich zwei Teller mit Porridge, daneben zwei Löffel und einen winzigen Krug mit Milch. Sie war etwa dreißig, hatte schwarzes Haar und war kräftig gebaut. Ihr mächtiger Busen war so fest am Körper verschnürt, als sollten Gelüste gar nicht erst aufkommen.

«Da seid ihr ja», sagte sie. «Gut geschlafen?» Sie stellte ihnen die Teller auf den Schoß, legte die Löffel auf die Teller und goß etwas Milch auf den Porridge. «Da is' euer Frühstück. Laßt's euch schmeck'n.»

Die Hände auf dem Rücken, lehnten sich die drei gegen die Wand und beobachteten die Gefangenen.

«Ich kann nich', Missis», sagte der Junge arglos. «Meine Hände sind gebund'n.»

«Was hast du den Soldjers erzählt, McCartin?» sagte die Frau.

«Hab ihn' nix erzählt, Missis. Ehrlich. Hab nur 'n paar Zig'retten von ihn' gekriegt. Mein Dad war Soldjer . . .»

«Wofür ha'm sie dir Zig'retten gegeb'n?»

«Zum Rauch'n», sagte er naiv.

«Was hast du denen erzählt, du Rotzjunge, du?»

«Nix, Missis. Ehrlich und nich' gelog'n, Missis. Hab ihn' nix erzählt.»

«Was, McCartin? Red endlich!»

Sie knöpfte dem Jungen die Hose auf und fummelte nach seinem Penis.

«Bitte nich', Missis.» Scham und Angst standen ihm im Gesicht.

Sie nahm ihn heraus. «Ich könnt ihn abschneid'n», sagte sie.

«Ah, Missis . ..»

«Gib mal 'n Messer her.» Einer der Männer reichte ihr ein Messer. Sie legte es an das kleine Glied. «Was hast du den Soldjers erzählt. McCartin?»

McCartin begann zu weinen. «Nix, nix, nix, kein Wort», wimmerte er. «Ich schwör's zu Gott und der Heil'gen Jungfrau, nix, Missis . . .»

«Gib ihm 'n Löffel Porridge», sagte sie zu dem Mann neben ihr und reichte ihm das Messer.

Der Mann nahm einen Löffel voll Porridge und spritzte ihn dem Jungen ins Gesicht. Der Brei traf ihn zwischen den Augen und blieb kleben, etwas davon kleckerte links und rechts an seiner eingeschlagenen Nase herab. Er beugte sich vor, und ein Klümpchen Porridge fiel ihm vom Gesicht in den Schoß.

«Was hast du den Soldjers erzählt, McCartin?» sagte die Frau noch einmal mit tonloser Stimme.

«Hab ihn' nie nix erzählt, Missis. Nix, Missis, wirklich . . .»

Sie stellte sich neben ihn und wickelte eine Strähne seines langen Haares um ihre Finger. «Dein Haar is' dreckig», sagte sie und riß es mit den Wurzeln aus.

Das Kind heulte jämmerlich auf: «Oh, Jäsus Christ, Missis. Bitte, Missis.» Er wußte nicht, wie er sie abhalten oder seine Unschuld beweisen könnte.

Sie packte ein volles Haarbüschel, nahm es fest in den Griff und riß daran. McCartin schrie auf, aber es gelang ihr nicht, das Haar auszureißen. Sie stemmte ihren Fuß gegen den Stuhl, schwang sich wuchtig herum und riß ein zweites Mal. Diesmal gab das Haar nach. Aus der kahlen Stelle am Kopf des Jungen drang das Blut. Sie schlug dem Jungen mit dem Handrücken in das zerschundene Gesicht. Er kippte seitwärts um und lag hilflos in den Stuhl verkeilt, wie in einem Käfig auf dem Boden. Er schrie verzweifelt auf. Sie trat ihn mit ihren spitzen Schuhen in die Brust.

«Wenn Sie was von dem Porridge woll'n, McManus, brauch'n Sie's bloß zu sag'n.» Sie drehten die Glühbirne aus der Fassung, verließen das Zimmer und schlossen ab.

Sie mußten, von weiteren acht Männern bewacht und in zwei andere Häuser verbracht, noch zwei Tage hungern. Am dritten Tag wurden sie wieder in die Markets gebracht. McManus war jeden Tag geschlagen worden. McCartins Kopf war jetzt bedeckt mit kahlen Stellen. Der Junge weinte nicht mehr. Es schien McManus, als habe er sich in eine freiwillige Ohnmacht verkrochen. Manchmal schreckte er in seiner halb bewußtlosen Betäubung auf und stieß irgend etwas hervor. Zweimal hörte McManus ihn «Ma . . . Ma . . . Mammy» stöhnen, und kurz bevor sie das letzte Mal weggebracht wurden: «Ich wünscht', ich wär' tot.» Das wünschte sich McManus auch.

In den Markets schien es zuerst, als würden die Zügel gelockert. Aber als sie die Treppe raufgebracht wurden, sahen sie sich Gesichtern gegenüber, aus denen ihnen die kalte, lauernde Hysterie noch unverhüllter entgegenkam. Drei Männer gingen hinter ihnen die Treppe rauf. Sie kamen nur langsam voran. McManus mußte den Jungen auf den Schultern nach oben tragen. Die Männer hinter ihm sahen ihm dabei schweigend und mit Befriedigung zu.

Oben an der Treppe empfing sie ein kleiner, hagerer Jugendlicher, den McManus in seiner bürgerlichen Einstellung früher für einen Straßenjungen gehalten haben würde – einen von denen, die überall an den Straßenecken herumlungerten. Hysterie glühte im Gesicht dieses Burschen, er schien lautlos zu kreischen. Er ließ McCartin an sich vorbei, trat beiseite, um McManus Platz zu machen, und sagte: «Bleib da stehn.»

«Laß das sein, Shamus», sagte einer der Männer auf der Treppe barsch.

«Es war mein Bruder, dem du die Fresse eingetret'n hast, du dreckiges Schwein», sagte der Jugendliche. Es fuhr wie Luft aus einem geplatzten Reifen aus ihm heraus.

McManus stand seitwärts von ihm, schwach und benommen, aber auf seiner Hut. Er sah an der Armhaltung, was der Bursche vorhatte, und als der zum Tiefschlag ansetzte, drehte sich McManus weg, und die Faust streifte nur seinen Magen. Die Wucht, mit der er zugeschlagen hatte, riß den Jungen mit sich. Er verlor den Halt und strauchelte auf der obersten Stufe.

Mit McManus' Beherrschung war es vorbei. Er versetzte dem Taumelnden einen Tritt in den Leib, so daß der Mann das Bewußtsein verlor und mit gespreizten Armen hintenüber auf die Treppe fiel. McManus sprang mit beiden Füßen hoch und landete auf dem Bauch des unter ihm liegenden Mannes. Da seine Hände gefesselt waren, konnte er sich nicht halten und stürzte weiter. Er riß im Fallen die beiden unmittelbar unter ihm stehenden Männer mit; die Körperlawine wälzte sich auf den Dritten und rollte weiter, bis sie an der untersten Stufe liegenblieb.

Doch zu weiteren Schlägereien kam es nicht. Sie rappelten sich auf, die Männer hoben den qualvoll aufschreienden Jugendlichen von der Treppe, und einer von ihnen sagte zu McManus: «Ha'm ihm scheint's das Kreuz gebrochen.»

«Das hoff' ich.» Er ging allein rauf zum Schlafzimmer, während die beiden sich um ihren Kameraden kümmerten, der dann weggetragen wurde. Darauf brachten die Männer ihnen was zu essen und banden sie los. Als McManus gegessen hatte, kam ein Mann, den er vorher nicht gesehen hatte, und reinigte ihre geschundenen Gesichter und Hände mit Wasser. Dieser Mann war gut gekleidet, er hatte lange, schlanke Hände und verstand sich offenbar auf Wundbehandlung. Er mußte McCartin füttern. Als er mit ihnen fertig war, ging er. Er hatte die ganze Zeit nicht mit ihnen gesprochen und sich über ihren Zustand weder schockiert noch irgendwie abgestoßen gezeigt. Die anderen drei waren ihm gegenüber respektvoll.

Am folgenden Tag ließ man sie in Ruhe. Das Essen war gut. McCartin verkroch sich und schlief fast ununterbrochen. McManus gab vor, Diarrhöe zu haben, und durfte, sooft er wollte, zum WC gehen.

Er hatte einen weichen Bleistift bei sich. Was er brauchte, war Papier, worum er sie aber nicht bitten konnte. Toilettenpapier wäre eine Möglichkeit gewesen, aber im WC war keins. An der Wand hing ein kleiner Kasten mit geschnittenem Zeitungspapier. Auf diese Stücke der *Irish News* schrieb er während seiner häufigen Toilettenbesuche mit Druckschrift einen Brief an seine Schwester, steckte ihn in einen frankierten Umschlag und verstaute den in seiner Socke.

Er hatte seine Lethargie abgelegt. Er war entschlossen, hier wegzulaufen oder zu sterben – vielleicht beides. Wenn er sterben sollte, sagte er sich, würde die Initiative dazu von ihm ausgehen, nicht von ihnen. Vergeben zu können, darüber war er sich im klaren, war eine christliche, aber keine irische Tugend. Seinen Wächtern gegenüber gab er sich bescheiden und gespielt freundlich. Sie hielten sich zurück und schwiegen.

Das hier war sinnlos vergeudete Zeit. Als er nach drei Tagen wieder zu Kräften gekommen und McCartin nicht mehr das zusammengeschlagene, apathische Häufchen Unglück, sondern wieder das verängstigte Kind war, erschienen Powers und Callaghan.

«Sie komm' wieder zu uns», sagte Powers im Befehlston und nahm ihn mit.

Der gutangezogene Mann mit den langen, schlanken Händen besuchte ihn in den nächsten beiden Tagen zweimal. Er entfernte den Eiter aus seinen Gesichtsverletzungen, nähte einige Wunden; wo es nötig war, legte er Pflaster auf und kam und ging, ohne ein Wort zu sagen.

«Sie sind Arzt», sagte McManus zu ihm. Der Mann schien das nicht gehört zu haben.

Um neun Uhr am nächsten Abend sagte Powers: «Zu Bett jetzt. Wir ha'm morg'n was vor. Aufstehn um sechs.»

Jetzt war es so weit. Es war McManus egal, worum es ging oder was sie ihm auftragen würden, solange er nur hier rauskam. Und war die Chance noch so gering, er würde sie nutzen. Er mußte bereit dafür sein. Er schlief ruhig, gefaßt und zu allem bereit. Er war darüber eigentlich selbst überrascht und froh.

Am Morgen gab Powers graue Overalls und graue Käppis aus. Auf die Brusttaschen der Overalls war ein großes, von einem roten Kreis umrahmtes M gestickt. Dasselbe Zeichen war auch auf den Käppis. Es waren die Arbeitsanzüge der Lastwagenfahrer von Marsh's Biskuit- und Kuchen-Fabrik in der Springfield Road.

Um acht gingen sie in der Falls Road zu drei zwischen Ladengeschäften zurückliegenden Häusern mit kleinen umgitterten Vorgärten. Powers und McManus gingen nebeneinander, Callaghan hinter ihnen. In dem dritten dieser Häuser wohnte Dr. Brendan McDermott. Sein Wagen stand geparkt auf der Straße. Die Autoschlüssel steckten auf. Callaghan stieg hinten ein. Powers öffnete die vordere Tür für McManus und sagte: «Einsteigen. Sie fahr'n.»

Der Arzt stand hinter den Vorhängen und sah zu, wie sein

Wagen gestohlen wurde. Dann ging er wieder ins Bett. «Ich werd's um zehn melden», sagte er zu seiner Frau, «dann haben sie Zeit genug.»

«Etwas Kaffee?» sagte sie und ging in die Küche. Der Arzt stopfte sich die Kissen hinter den Rücken und schlug seinen Paperback auf. Die Praxis beginnt um zehn. Noch viel Zeit. Nach dem Kaffee würde er sich vielleicht zu seiner Frau legen; gestern abend war er zu müde gewesen, aber heute am Morgen war ihm irgendwie danach.

Wenn sie ihn ließ. Ging sie darauf ein, dann würde sie leidend wie eine Nonne aus Holz daliegen. Der Gedanke brachte ihn von ihr ab; er würde sich heute nachmittag nach was anderem umsehen; seine Gedanken wanderten ab, und er vergaß Wagen und Frau.

McManus fuhr langsam im Gegenverkehr, der in die Stadt zu strömen begann.

«Die Springfield Road rauf», sagte Powers.

Dann sagte er: «Jetzt wenden und gegenüber von Marsh's Fabrik parken.» Es war Viertel vor neun, als sie hielten, um vom Wagen aus das Fabriktor zu beobachten.

«Worum geht's diesmal, Powers?» fragte McManus.

«Wir machen eine Auslieferungstour.»

«Wohin?»

«In die Gegend der Loughside-Autobahn. Zur Arbeiterkantine in der chemischen Fabrik.»

«Um welche Zeit?»

«Halb elf.»

«Nicht mehr lange hin. Wer liefert aus?»

«Sie und ich.»

«Und Callaghan?»

«Er fährt den Wagen vor, wenn wir abhauen.»

Genau um neun kam ein Lieferwagen aus dem Tor. «Da kommt Little Jimmy», sagte Callaghan.

«Hängen Sie sich an und fahr'n Sie hinterher», sagte Powers.

McManus folgte dem Lieferwagen. Er fuhr die Springfield Road runter und um die Ecke, so daß sie von der Fabrik aus nicht mehr gesehen werden konnten, dann bog er links ein und fuhr zwischen den Häuserblocks zurück in die Richtung, aus der sie gekommen waren. Der Wagen fuhr jetzt schneller, ließ den Stadtrand hinter sich und fuhr zuerst auf einem Nebenweg und dann über Schotter auf die Ausläufer des Black Mountain zu. Sie hielten in einer Senke, die von den nicht allzu weit entfernten Häusern und der rechts verlaufenden Straße aus nicht eingesehen werden konnte.

Der Fahrer des Lastwagens stieg aus und kam grinsend zu ihrem Auto. Sein Koboldsgesicht legte sich in Falten, als hätte er einen umwerfenden Witz auf Lager. Er lehnte sich an die Tür und sprach mit Powers, als wären sie alte Bekannte. Zu bücken brauchte er sich dabei nicht, denn voll aufgerichtet überragte er kaum das Wagendach. Er hieß nicht umsonst Little Jimmy.

«He, Pat», sagte er. Sein Grinsen hatte etwas gewinnend Harmloses.

«He, Jimmy», sagte Powers. Es war wie ein zufälliges Treffen irgendwo auf einer Überlandstraße.

«Wer is' der Mann?» sagte Jimmy und nickte zu McManus hin.

«McManus.»

«Sie fahr'n?»

«Ja», sagte McManus.

«Fahr'n Sie zur dritten Tür an der Laderampe. Der Mann, an den ihr euch da wendet, is' Tommy Davison. Braucht dem bloß sag'n, ich bin krank. Dann geb'n sie euch 'n Karren, und ihr fahrt die Kiste zur Küche. Dann geht ihr und fahrt weg. Das is' alles.» Er grinste ihnen ermutigend zu. «Und nun los, Jungs, macht mich zurecht. Aber 'n bißchen bequem muß ich's ha'm. Muß schließlich 'n paar Stunden hier aushalt'n, verdammt.» Er übergab sein Auslieferungsbuch. «Wenn's regnet, hol ich mir noch den Tod.» Er blinzelte McManus zu. Verdammt witzig, was? Das Ganze war ein großer Spaß. Er war hier, weit weg am Black Mountain. Die halbe Belegschaft der chemischen Fabrik, die jetzt in der Kantine Pause machte, war weit weg am Ende des Sees. Aus den Augen – aus dem Sinn.

Jedenfalls für ihn, für Little Jimmy. Er konnte morgen an die Chemiefabrik ausliefern, sich die Trümmer und die Blutflekken ansehn und zu den Überlebenden sagen: «Großer Gott, is' das 'ne verdammte Scheiße.»

«Irland: Ein Volk und Eine Nation», sagte Little Jimmy feixend, bevor Powers ihm mit Leukoplast den Mund verklebte und ihn gegen einen Steinwall setzte.

«Sehn uns morg'n, Jimmy», sagte Powers und gab ihm einen Klaps. Jimmy nickte eifrig, mit einem vergnüglichen Glitzern in den Augen. «Los jetzt», sagte Powers und schob McManus zum Lastwagen.

Little Jimmy hatte auf dem Fahrersitz zwei dicke Kissen liegen, die McManus wegschob, um nicht mit dem Kopf gegen das Dach zu stoßen.

«Joy Street», sagte Powers, «und 'n bißchen flott.»

Als sie aus der Joy Street wieder wegfuhren, hatten sie hinten im Lastwagen die säuberlich mit den Markenzeichen der Firma Marsh versehene Packkiste. Es war Viertel vor zehn. Callaghan stieß in dem Arztwagen zu ihnen, als sie durch die Divis Street kamen, und McManus sah, wie er ihnen folgte und dann, als er mit dem Lastwagen in die Duncrue Street zur Loughside-Autobahn fuhr, in Richtung der Shore Road abbog.

Es war dies die breiteste – zehn Fahrbahnen – und zugleich kürzeste – zwei Meilen – Autobahn in Europa; sie verlief auf Pfeilern und war als Verbindung zu den wachsenden Industrieanlagen in der Nähe der Docks gebaut. Die chemische Fabrik lag linker Hand etwa auf halber Strecke. McManus trat aufs Gaspedal. Er spürte ein Kribbeln im Nacken. Es war Viertel nach zehn, als er von der Autobahnausfahrt auf den Fabrikhof und vor die Laderampe fuhr. Merkwürdig, dachte er, als er jetzt im Seitenspiegel Callaghan im Arztwagen gegenüber der Einfahrt halten sah. Callaghan hatte eine Meile von hier entfernt auf der Shore Road warten sollen, wo sie den Lastwagen verlassen und auf den Arztwagen umsteigen wollten. Es war zwanzig nach zehn. Er fuhr den Lastwagen rückwärts an die Rampe heran und lief nach hinten, um die Ladeluke zu öffnen. Ein Mann im mittleren Alter kam mit einem Gabelstapler angefahren.

«Wo is' denn Little Jimmy heute?»

«Er ist krank. Sind Sie Tommy Davison?»

«Jä.»

«Hier ist die Lieferungsliste.»

«Was ha'm sie denn mit Ihnen gemacht, Ihr Gesicht . . .?»

«Sie sehn ja.»

Der Gabelstapler faßte die Kiste. Sie wog, schätzte McManus, gut einen Zentner, und in der Cafeteria waren jetzt vermutlich wenigstens hundert Leute, dazu ein Dutzend in der Küche. Die Kiste sollte in etwa sieben Minuten explodieren.

Powers kreuzte neben ihm auf. «Los, mach'n Sie schon», sagte er und sprang von der Rampe.

McManus setzte sich an die Hebel und fuhr den Gabelstapler durch die Rampentür. Er war jetzt im Verladeschuppen außer Sichtweite von Powers, Davison stand unmittelbar hinter ihm. McManus packte ihn und stieß ihn gegen die Wand.

«Eine 50-Kilo-Bombe ist in dieser Kiste», sagte er. «Räumen Sie um Gottes willen bis halb elf diesen Schuppen und die Kantine. Laufen Sie, Mann.»

Es war fünfundzwanzig nach zehn. Er stand in der Schuppentür und sah den Arztwagen aufheulend über den Fabrikhof herankommen. Hinter sich hörte er Rufen und Rennen. Er überquerte mit einem Satz die Rampe und sprang runter zu Powers, vor dem der Arztwagen stoppte. Als sich die Tür öffnete, stieß er Powers hinein und kletterte über ihn ins Innere des Wagens. Der Wagen raste über den Hof und fuhr mit kreischenden Reifen um die Fabrik herum zur Shore Road. Keiner sagte ein Wort. Powers atmete schwer und schien an irgendwas herumzudenken.

«Sagen Sie, Powers, wie hätte ich da rauskommen sollen?» sagte McManus.

«Sind doch rausgekommen, oder?»

«Stimmt. Aber Ihr hättet nicht auf mich gewartet, Ihr Hunde.»

Sie fuhren eben beim Bahnhof am Ende der York Street

vorbei, da ging die Bombe hoch. Die Leute blieben auf der Straße stehen und blickten zum Himmel, um an dem aufsteigenden Rauch zu sehen, wo es diesmal war. Als die Wolke sich schwarz anschwellend erhob, setzten sie sich wieder in Bewegung, wie Gestalten in einem Film, der einen Moment gestoppt worden war. Der Wagen fuhr weiter, bis in den Vorhof der Royal Academy. Dort ließen sie ihn stehn und gingen auf die Straße, wo sie in einen am Bürgersteig parkenden Wagen stiegen. Zehn Minuten später waren sie zurück in der Joy Street, und der Wagen, der sie aufgenommen hatte, wurde irgendwo auf einen Schuttabladeplatz gefahren.

Es war jetzt so weit, er mußte weg, bevor sie ins Haus gingen. Er mußte den Overall loswerden. Kam er darin in die Stadt, dann würde man ihn in wenigen Minuten verhaften. Hier konnte bereits in Sekunden auf ihn geschossen werden.

Er blieb an der Haustür stehn. «Powers», sagte er, «ich wäre bei dem Scheißunternehmen fast draufgegangen.»

«War'n eben langsam wie 'n altes Weib.»

«Verdammt langsam, aber es hat gereicht. Mir zittern die Knie noch ,und ob's Ihnen paßt oder nicht, ich geh jetzt und kauf mir 'n paar Zigaretten. Paßt's Ihnen nicht, dann können Sie mich ja von hinten abknallen, Sie Schuft.» Seit mehr als einem Monat war er nicht mehr so herausfordernd aggressiv geworden. Das verschaffte ihm jetzt vielleicht ein paar Meter Vorsprung.

Er drehte sich um und ging die Straße hinunter. Mrs. Machins Kramladen war ungefähr fünfzehn Meter von der Bushaltestelle entfernt.

Powers sah ihm abwartend nach. McManus wäre, wenn alles geklappt hätte, eigentlich gar nicht mehr dagewesen. Er hatte unter den Toten in der Kantine der chemischen Fabrik sein sollen. Powers dachte immer noch daran herum, während er McManus in Mrs. Machins Laden gehen sah. Irgendwas war schiefgegangen: die Zeit war falsch berechnet worden; daß McManus so plötzlich wieder auf der Laderampe erschien, war nicht zu erwarten gewesen. Er hätte, wie Little Jimmy bei der Vorbesprechung gesagt hatte, gut fünf Minuten brauchen sollen, um die Kiste in die Kantinenküche zu schaffen. Aber er war ... ja, wie lange eigentlich? ... bloß knapp zwei, drei Minuten weggewesen. Power schob die Hand in den Oberteil des Overalls, ging etwas näher an Mrs. Machins kleinen Laden heran und wartete darauf, daß McManus herauskam.

«Ah, Johnny, wie geht's Ihnen?» sagte Mrs. Machin zu McManus, und ihr großer Busen schwappte, während sie lachte.

«Ein Päckchen Players, Mrs. Machin», sagte er, während er sich den Overall vom Leib zog.

«Wo woll'n wir's machen, Johnny? Auf'm Tresen?» Powers konnte vielleicht ihr Lachen hören.

Er zog den Brief aus seiner Socke. «Mrs. Machin, bitte, stekken Sie ihn für mich ein. Bitte.» Er schob ihn über den Tresen, wo er hinter ihr auf den Boden fiel.

Sie sammelte ihn auf. «Das is' Ihre schmucke kleine Schwester, Johnny, isses nich' so?»

«Ja, das ist ihre Adresse. *Bitte*, Mrs. Machin.»

«Sie sind am Ende, was?»

«Ja.»

«Sie ha'm Sie geschlagen.»

«Ja. Bitte, Mrs. Machin.»

«Aber Sie ha'm sie nich' verpfiffen, Johnny, nich'?»

«Ich schwöre es zu Gott, nein.»

«Gut, mach ich», sagte sie und steckte den Brief zwischen ihre massigen Brüste.

«Ich muß sehn, daß ich wegkomme. Powers ist draußen.»

«Der Angeber. Gott steh Ihnen bei, mein Junge, und gebe Ihnen Kraft zum Laufen.»

McManus machte die Tür auf und ging zurück zum Tresen. Seine Beine zitterten. In wenigen Sekunden konnte es aus mit ihm sein. Er rannte mit aller Kraft los und lief im Zickzack zur Busstrecke. Er hörte hinter sich die Schüsse und Powers laufende Schritte, aber er sah sich nicht um. Die Haltestelle, die Straßenecke und die wartende Menge waren nur noch wenige Schritte entfernt, und ein Revolver ließ sich im Laufen schlecht hantieren. Vielleicht war es sogar (außer im Film) für einen laufenden Schützen so gut wie unmöglich, ein bewegtes Ziel zu treffen. Er rannte um die Ecke, prallte in vollem Lauf mit einem alten Mann zusammen und stürzte, sich abrollend, mit ihm zu Boden. Er schnellte sich hoch und rannte hinein in den Verkehr. Wo Powers geblieben war, wußte er nicht, bis er ihn plötzlich *«Haltet ihn! Haltet ihn!»* rufen hörte. Keiner machte Anstalten dazu. Leute auf der Straße mischen sich nicht ein, wenn kräftige junge Männer miteinander abrechnen. Nachher kriegt man selbst auch noch was ab. Ein zweistöckiger Bus kam vorbei, und er faßte den Handgriff und schwang sich auf die Plattform. Powers war auf die Straße gelaufen und sah dem Bus nach. Er drehte sich um und lief zurück zu Mrs. Machins kleinem Laden.

5

Mrs. Machin wollte ihren Laden gerade verlassen, als Powers in der Tür erschien.

Er rammte die Faust in ihre große weiche Brust und sagte: «Gehn Sie rein, Missis.»

Die Hände vor der Brust, wich sie mit hängendem Kinn vor ihm zurück.

«Was wollte er hier?»

«Zigaretten, Mr. Power», keuchte sie schwer atmend mit weit aufgerissenen Augen.

«Was wollte er, Sie fettes Schwein?»

«Players, Mr. Powers.»

«Wo is' sein Overall?»

«Unterm Tresen.»

«Geb'n Sie her.»

Sie reichte ihm den Overall. Er faßte in die Brusttasche, die aber leer war. Er warf das Kleidungsstück hinter den Tresen.

«Was, zum Teufel, ha'm Sie sich dabei gedacht, als er das Ding auszog?»

«Nichts. Das ging alles so schnell.»

«Was hat er zu Ihn' gesagt?»

«Nichts, Mr. Powers.» Sie hielt die Hände fest an die Brust gepreßt.

Powers packte ihren Ausschnitt und riß daran, aber der Stoff hielt stand. «Was ha'm Sie da drin?»

«Nichts, Mr. Powers.»

« ‹Nichts, Mr. Powers –›.» Er faßte das Kleid mit beiden Händen und riß es auf. Ihre beiden großen, wachsweißen Brüste plumpsten hervor, und McManus' Brief fiel zu Boden. Mit entblößtem Busen stand sie da und starrte betroffen auf den Brief. Sie keuchte in all ihrer Körperfülle und Angst.

«Heb'n Sie ihn auf», sagte Powers.

Sie bückte sich, und als sie hochkam, holte er aus und schlug ihr mit der flachen Hand auf die nackte Brust. «Heilige Jungfrau . . .» stieß sie verzweifelt hervor, und wieder schlug er zu. «Sie fette alte Sauhure», kreischte er sie an und riß den Brief an sich. «An seine Schwester, aha. Und Sie wollt'n ihn einsteck'n für ihn.»

«Tut mir leid, Mr. Powers», sagte sie starr vor Schreck.

«Tut Ihn' leid . . . *Jäsus Christ!*» Seine Stimme überschlug sich in seiner hysterischen Wut, und mit seinen schweren Knöcheln bearbeitete er ihre Brüste und ihre schützend erhobenen Arme. Wieder schlug er zu, traf sie ins Gesicht, und jetzt kochte es in ihr hoch. Wie ein Bär, der sich breitbeinig auf die Hinterpfoten stellt, stürzte sie heulend mit ausgebreiteten Armen und zu Klauen gekrümmten Fingern auf ihn los und krallte sich ihm ins Gesicht. Ihre Nägel gruben sich ein, und sie riß ihm die Haut bis zum Kiefer herunter und packte seine Kinnbacken. Da traf er sie voll mit einem Haken, und die schwere Frau ging, die Hände noch in seinen Unterkiefer und Mund gekrallt in die Knie. Aber die Sinne schwanden ihr, ihr Griff lockerte sich, ihre Beine gaben nach, und sie brach schwer vornüber zusammen. Sie hatte nicht mehr die Kraft hochzukommen.

Er war blind vor Wut und raste wie ein Irrer. Er zerdepperte die Eier auf ihrem Tresen, wischte die Glasgefäße mit Süßigkeiten herunter und trat sie in Stücke, er riß die Regale um und schlug alles im Laden kurz und klein. Wie ein Hund, der nach einem Knochen gräbt, durchwühlte er die Schubladen an der Rückseite des Tresens und fand da schließlich den weißen Filzstift, mit dem sie ihre Waren und Preise auf die Schaufensterscheibe ihres kleinen, ärmlichen Ladens schrieb. Er eilte auf die Straße und schrieb mit Druckschrift auf das Schaufenster:

INFORMANT

dann rannte er wieder in den Laden, um sich den Overall zu holen, wobei er über die reglose Masse der auf dem Boden liegenden, bemitleidenswerten Person springen mußte. Dann stürzte er schnaubend wie ein verschrecktes Pferd davon, um Clune aufzusuchen.

«Sie haben ihn geöffnet», sagte Clune sanft. «Das war nicht der erste Fehler, den Sie gemacht haben. Erst ist die Sache mit Mavis McGonigal schiefgelaufen, und Sie haben einen Mann durch ein hinkendes altes Weibsbild verloren, das kaum mit einem Gewehr umgehn konnte. Diesmal sollten Sie einen Mann beseitigen, dem wir nicht trauen, und dabei sollten so viele protestantische Vanguard-Anhänger und Ulster-Freiwillige hochgehn, wie es mit fünfzig Kilo Dynamit zu schaffen ist. Diese Scheiß-Chemiefabrik ist voll davon. Und alles, was Sie erwischt haben, war ein lausiger Verladeschuppen – Sie ha'm sich nich' mal überzeugt, ob die verdammte Bombe richtig placiert war. Und McManus liquidiert ha'm Sie auch nicht. Er läuft frei rum, wo er jetzt über alles reden kann, über unsere Männer und Unterkünfte und unsre Bombenwerkstätten, und Sie haben's nicht mal geschafft, ihn auf der Straße umzulegen. Und dann haben Sie auf eigne Faust diese Machin zusammengeschlagen und sie, ohne dazu bevollmächtigt zu sein, als Informantin gebrandmarkt. *Wir sind es, die Entscheidungen treffen!* Sie zeigt jetzt ihre großen, rot und blaugeschlagenen Titten allen Frauen in der Straße, und wenn Sie da durchkommen, sieht jeder, was sie mit Ihrem Gesicht gemacht hat. So wie sie davon spricht, klingt es, als hätte *sie* Ihnen Kattun gegeb'n, und alle in dieser Scheißstraße ha'm Geld gesammelt, daß sie ihren Laden wieder in Ordnung kriegt – Geld, das sie sonst *uns* alle Wochen gebracht haben. *Und dann haben Sie ohne Vollmacht McManus' Brief aufgemacht.*» Clune schwieg einen Moment. Es war ihm anzusehen, was ihn seine Beherrschtheit gekostet hatte. Er schloß und öffnete unruhig die Hände. Die sonore Stimme, mit der er sonst sprach, war heiser und gepreßt. *«Wenn's bei uns noch mehr von Ihrer Sorte gäbe, könnten wir einpacken und wär'n in einer Woche von der Straße!»*

Zu den drei Männern, die starr geradeausblickend hinter Powers standen, sagte er: «Bringt ihn zu den Markets, da soll er bleib'n, bis wir ihn herbestell'n – falls es noch dazu kommt.»

«Sir», setzte Powers an.

«Halt'n Sie den Mund!»

Der aufgereckt dastehende, störrische Gefangene wurde abgeführt. Das Gericht vertagte sich, und die Richter nahmen entspannt ihre sonst übliche, außerdienstliche Haltung an.

Unter dem Küchenbecken wurde eine Flasche John-Jameson-Whiskey hervorgeholt. Alle drei zogen Scotch oder Bushmills vor, aber in Gesellschaft und Geheimsitzungen dieser Art war es die Regel, daß man John J. trank. Der war in der Republik Irland hergestellt, durch den Kauf floß der Wirtschaft des besetzten und unterdrückten Nordens kein Gewinn zu, und wichtig war auch die Symbolik, die in dieser Geste lag, selbst wenn sie insgeheim zelebriert wurde. In der Öffentlichkeit war dergleichen wichtig als Propaganda, im geheimen Kreis gehörte es zu den Praktiken der Autosuggestion.

Die gefüllten Gläser vor sich, suchten sie aus McManus' brieflichen Anweisungen an seine Schwester ihre Schlüsse zu ziehen. Er wollte den Wagen der Familie. Der sollte an einer bestimmten Stelle in der Limestone Road geparkt werden. Finden würde sie den Wagen später auf dem Parkplatz beim Muckamore Abbey Hospital, etwas außerhalb von Antrim. Er wollte die Ersparnisse in Höhe von 200 Pfund, die sein Vater für ihn auf der Bank hatte. Das alles ließ darauf schließen, daß er den etwas weiter als Antrim gelegenen Flughafen Aldergrove anpeilte, von wo aus man am leichtesten und schnellsten das Land verlassen konnte. McManus wollte also nach England.

Aber er wollte auch die alten Kleidungsstücke, die er beim Malen der Garage trug, und seine Wanderstiefel und seine Campingausrüstung mit dem kleinen Zelt. Alles das sollte im Gepäckraum des Wagens verstaut sein. Das deutete nun wieder nicht auf England. Eher auf eine Flucht in die irischen Berge.

Oder auf Jugendherbergen in Schottland oder an den englischen Seen? Flug von Aldergrove nach Prestwick? Von dort konnte er nach Norden oder nach Süden gehen, ins schottische Hochland oder zum englischen Seendistrikt. Jugendherbergen – wozu dann das Zelt? Nun, nicht überall gab es Jugendherbergen, und so mußte er gelegentlich im Freien übernachten. Deswegen wollte er das Zelt.

Clune hörte sich das Gerede an. Was zum Teufel schert es sie, sagte er sich, wo er hin will? Er kommt zum Abbey Hospital – das ist das einzige, was feststeht.

Der Brief selbst ist mit Bleistift in Druckschrift auf Toilettenpapier geschrieben; also mußte die Adresse mit Bleistift und in Druckschrift auf einen neuen Umschlag geschrieben, der Brief eingesteckt und McManus am Muckamore Abbey Hospital abgefangen werden.

Sein Elternhaus und seine Schwester unter Bewachung stellen? Ja natürlich. Wo immer sie hingeht und mit wem sie sich trifft – alles das muß, bis sie nachts ihr Licht ausknipst, unter den Augen von Beobachtern vor sich gehen. Auch der Wagen ist zu bewachen, sobald er zur Limestone Road gefahren wird. Tagsüber eigneten sich dazu am besten kleine Jungs aus der IRA-Jugend und nachts Frauen in Begleitung von ein paar Jungs und Mädchen, als Melder.

Wo würde sich McManus aufhalten, während er darauf wartete, daß seine Schwester seine Anweisungen befolgte?

Wieso zum Teufel war es wichtig, wo er sich aufhielt oder hinging? Clune verlor manchmal die Geduld mit seinen Kameraden. Keiner von ihnen war ihm an Intelligenz ebenbürtig. Er fragte sich oft, wie ihnen je irgend etwas gelingen sollte, wenn er nicht dahinterstand. Euer Mann begibt sich zum Muckamore Hospital, klar? Dort werdet ihr ihn erwarten, und wenn sich irgend etwas ändert, werden die Posten es melden und dieses verräterische Schwein kommt nicht weit.

Die Flasche war dreiviertel geleert. Sie hatten alles geklärt. McManus war abhängig von seiner Schwester. Er wußte nicht, daß ihnen das bekannt war. Sie hatten Einblick. Das zumindest hatte Powers richtig gemacht. Ihnen war kaum etwas entgangen. McManus war es, der jetzt blind – und von Angst gepeinigt – herumrannte. Stellt die Uhr. Steckt den Brief ein.

Wartet ab und stellt gleichzeitig eure Nachforschungen an. Bringt ihn zu Fall. Kleine Jungs, Mädchen und Frauen schafften das schon; nur ihn umlegen, das war die Aufgabe anderer. Mittlerweile war hier im Lande Krieg, und der mußte in Gang gehalten werden.
McManus wußte, wo er hinwollte. Er saß hinten im Bus, von wo er durch das Rückfenster der Plattform den Verkehr beobachten konnte. Wenn seine Verfolger sich einen Wagen geschnappt hatten, dann mußten mehrere darin sitzen und sie würden den Bus in einer Weise beobachten, wie das andere Fahrer und Mitfahrer nicht täten. Aber in den Wagen, die er von seinem Platz aus sehen konnte, war immer nur der Fahrer.

Ihn durchfuhr der Gedanke, sie könnten den Bus irgendwie überholt haben und nun an der Castle Kreuzung warten, wo er aussteigen wollte. Er sprang zwischen zwei Haltestellen ab und ging, zwischendurch im Laufschritt, den weiten Weg zum Heim der Heilsarmee.

Eine halbe Stunde lang beobachtete er von einem gegenüber gelegenen Torweg aus die Straße, bemerkte aber nichts, woraus er hätte schließen können, daß sie dieses Heim in ihre Pläne einbezogen hatten. Sie würden sich eingehend darüber Gedanken machen, wohin er geflohen sein könnte. Sie würden seinen familiären Hintergrund und sein Milieu in Betracht ziehen. Die Heilsarmee gehörte nicht dazu. Sie war protestantisch und etwas für arme Leute. Sie würden eher vermuten, daß er sich irgendwo in einem Bezirk des Mittelstandes bei seinen alten protestantischen Freunden versteckt hielte. Er ging hinüber zur Tür und betrat rasch das Heim. Er war überrascht, als er vor sich am Pult eine junge hübsche Frau mit jenem gelassenen Gesichtsausdruck sah, wie er ihn nur bei einer Nonne erwartet hätte.

Er war zweiundzwanzig und rannte um sein Leben, und sie lächelte, als hätte er nichts an sich, was auf seine verzweifelte und gefährliche Situation deutete, und als wären die Pflaster in seinem gräßlich zerschundenen Gesicht überhaupt nicht vorhanden.

«Hello», sagte sie. «Treten Sie näher. Kann ich Ihnen irgendwie helfen?»

Er wußte nicht, wie er sie anreden sollte. Schwester? Am besten, er vermied es, sie anzureden. Plötzlich wurde ihm bewußt, daß er in diesem Augenblick eigentlich gar nicht mehr am Leben hätte sein sollen und daß er dennoch lebte. Er starrte der jungen Frau in die Augen.

«Ist irgend etwas mit Ihnen? Kann ich Ihnen helfen?»

«Könnte ich hier ein Zimmer haben – Miss?« sagte er.

Er sah, wie sie den Kopf senkte, das Gesicht ein wenig vorschob, und dann zu ihm hochsah und lächelnd sagte: «Sie meinen, ein Bett?» Es war eine beinahe scheue Geste, mit der sie zugleich seine Vorstellungen sanft korrigierte.

«Irgendwas», sagte er. «Ich . . . hab kaum Geld.» Es fiel ihm schwer, das zu sagen.

«Ich auch nicht», sagte sie. «So sind wir vielleicht beide glücklich.»

«Ja», sagte er und sah, wie sie ein dickes Buch aufschlug. «Würden Sie sich hier in die Liste eintragen?» Sie schob ihm das Buch hin und reichte ihm eine Feder.

Er nahm sie und suchte angestrengt nach einem Namen. Er beugte sich über das Buch, drehte die Feder unschlüssig zwischen den Fingern, dachte an Buchtitel, Schallplatten, Sportler . . . Schallplatten? Jemand hatte ihm einmal eine Schallplattenaufnahme des Bethlehemer Bach-Chors geschickt, Dirigent: Ivor Jones. Er schrieb Ivor Jones. Er hatte einen Vetter in Amerika, der ihn angeblich kannte. «Ivor Jones», sagte er und gab das Buch zurück und legte die Feder hin.

Sie las den Namen, schrieb eine Zahl dahinter und sagte mit etwas gehobener Stimme: «Sie haben einen Unfall gehabt?» Sie sah auf seine Hände, nicht in sein Gesicht, aber es war sein Gesicht, das sie meinte, nicht die Wunden und Spuren der Schläge an seinen Händen. Er schwieg. «Kommen Sie. Ich zeige es Ihnen.» Er ging mit ihr die Treppe hinauf.

Der Schlafraum war groß, und es standen darin vierundzwanzig schmale Eisenbetten. «Das Bett dahinten links können Sie nehmen. Nummer eins. Ist Ihnen das recht?»

«Ja, danke.»

«Es ist so ziemlich alles besetzt», sagte sie, gab ihm einen Schlüssel und wandte sich zum Gehen. «Der gehört zu Ihrer Truhe. Sie ist unterm Bett.»

Er ging zwischen den Betten durch nach hinten und dachte: Sauber hier. Was für Leute übernachten hier? Verkommene Existenzen? Betrunkene Seeleute, die ihr Schiff verpaßt haben?

«Mr. Jones,» hörte er plötzlich eine Frauenstimme sagen. Er ging weiter. Aber dann hatte sie ihn eingeholt. «Mr. Jones?» Richtig, das war er. Er konnte seine Überraschung nicht ganz verbergen. «Haben Sie Hunger?» sagte sie.

Er hatte bislang noch keine Zeit gehabt, darüber nachzudenken. Während er überlegte, betrachtete sie ihn. «Ich könnte Ihnen etwas bringen», sagte sie. Sie war wirklich hübsch und so freundlich – gelassen wie eine Nonne.

«Ja», sagte er. «Ich habe Hunger. Wenn es keine Mühe macht . . .»

«Überhaupt nicht. Tun Sie Ihre Sachen in die Truhe unter . . . Oh, Sie haben sie irgendwo gelassen?»

Hatte sie nicht gesehen, daß er mit leeren Händen gekommen war? «Miss?» sagte er verlegen.

«Ja.»

«Ich habe ganze fünfundzwanzig Pence.»

Sie holte ein kleines Portemonnaie hervor und sah hinein. «Zusammen hätten wir dann fünfzig Pence», sagte sie. «Kommen Sie mit zum Büro.»

Er hatte, als er in den Schlafraum kam, die kleine Altarnische nicht gesehen. Als er jetzt vorbeikam, warf er einen Blick hinein. Es drängte ihn zu beten. Er bekreuzigte sich, kniete hinter einem Stuhl nieder und sprach ein Dankgebet für seine Errettung, bekreuzigte sich wieder und ging auf den Korridor, wo sie auf ihn wartete.

«Wollen Sie jetzt essen?»

«Ja danke, Miss.»

«Gehn wir zum Büro.»

Es war ein kleiner Raum hinter Glas, neben dem Empfangspult. Er sah sich mit wachsender Unruhe in der Eingangshalle um. Kam hier einer der Verfolger herein, dann saß er in diesem Glashaus wie in einer Falle. Der einzige Ausgang war die Tür zur Halle und vor die Mündungen ihrer Gewehre. Sie konnten es hier erledigen und würden es hier auch tun.

Sie wickelte ein Päckchen mit Sandwiches aus und schien ihn dabei nicht zu beobachten. Er behielt, von Angstvorstellungen bedrängt, die Eingangstür im Auge. «Ich bring mir die immer mit, um dran rumzuknabbern», sagte sie und gab ihm eins der Brote. Schinken. Der Hunger war ihm vergangen. Es war ein Fehler gewesen, hierherzugehen. In diese Falle. Er hätte unterwegs bleiben und seine Schwester von einer Telefonzelle anrufen sollen. Halt! Jetzt, wo er auf der Flucht vor ihnen war, hatten sie seine Schwester bestimmt unter Beobachtung. Allmächtiger Gott, auf diesen Gedanken war er noch gar nicht gekommen. Sicher überwachten sie jeden Schritt seiner Eltern und seiner Schwester, und wenn sie den Wagen zur Limestone Road brachten, würde Powers es wissen. Sie würden sich ihm unerbittlich an die Fersen heften, und wenn es noch so lange dauerte.

«Essen Sie», sagte sie, ohne zu ihm hinzusehen.

Er biß vom Sandwich ab. Es schmeckte nach nichts. Er kaute darauf herum, schluckte, aber der Bissen blieb ihm im Hals stecken.

«Wenn ich Ihnen irgendwie helfen kann», sagte sie und sah ihm ins Gesicht. «Es gibt manchmal Dinge . . .»

Wieder biß er in das Sandwich. So gewann er Zeit und brauchte nicht zu reden.

«Ich will Ihnen nicht zu nahetreten», sagte sie. «Sie sind Katholik, nicht wahr?»

«Wie kommen Sie darauf?»

«Protestanten bekreuzigen sich nicht vor einem Altar.»

«Dann darf ich hier gar nicht sein?»

«Die Konfession spielt bei uns keine Rolle. Ausschlaggebend ist, ob jemand in Not ist.»

Er kaute lustlos auf dem Sandwich herum und beobachtete den Eingang.

«Ich war in Südafrika, als seinerzeit die Schwarzen den Aufstand in Port Elizabeth machten und die beiden Nonnen schlachteten und aufaßen», sagte sie.

Er sah sie bestürzt an. Wie kam sie plötzlich darauf? Er erinnerte sich, von den Nonnen gelesen zu haben, die von den Schwarzen gegessen wurden. Was soll ich darauf zu ihr sagen? fragte er sich.

«Ich weiß noch genau», fuhr sie fort, «wie wir darauf warteten, daß die Schwarzen am nächsten Tag zu uns kommen würden. Wir waren gut mit ihnen befreundet. Das waren die Nonnen auch gewesen. Jetzt waren wir ehemalige Freunde, und sie aßen ihre ehemaligen Freunde.»

Er war nicht darauf gefaßt gewesen, hier bei der Heilsarmee von solchen Dingen zu hören. Sie schlugen auf Tambourins, bliesen Trompeten und Hörner und sangen an Straßenecken. Er wußte nicht, was er sagen sollte. Es war ihm im Moment gleichgültig, wen die Schwarzen in Port Elizabeth gegessen hatten.

«Ich habe Ihnen angesehen, was mit Ihnen ist», sagte sie ruhig.

«Bitte? Ich versteh nicht.»

«Ich möchte Ihnen nicht zu nahetreten», sagte sie.

«Nein.» Was soll ich sagen? fragte er sich. Er würde weiß Gott hier nicht bleiben. Aber wo sollte er hin?

«Sie sind Katholik, Sie sind schwer mißhandelt worden, Sie haben nichts bei sich, nicht mal einen Rasierapparat, Sie sind verängstigt, und verstecken sich ohne einen Heller in der Tasche in einem Haus, das viele Leute für ein protestantisches Penner-Asyl halten. Möchten Sie etwas Tee?»

«Nein, nein. Nein danke.» Was sie ihm da aufgezählt hatte, dröhnte ihm in den Ohren.

«Es sind also nicht Protestanten, vor denen Sie auf der Flucht sind.»

Er kannte diese Frau nun seit einer halben Stunde, und schon wußte sie alles. Wenn er so leicht zu durchschauen war, dann hatte er nicht mehr lange zu leben.

«Sie sind nicht der erste, der zu uns kommt», sagte sie in

ihrer freundlich-unbeirrbaren Art. «Einige haben sich gern von uns helfen lassen. Drei wollten keine Hilfe. Wir haben später über sie gelesen – schwarze Kapuzen . . .»

«Gott im Himmel.» Er legte das halb aufgegessene Sandwich auf den Schreibtisch. Er hatte das Gefühl, als müßte er sich erbrechen. Er sah sie schon vor sich, hörte ihre Stimmen. Er spürte ihre kalt lauernde Hysterie und ihre selbstgerechte Grausamkeit.

«Armer Junge. Wenn wir helfen können . . .»

Helfen. Was konnten diese Leute tun? Waren sie trainiert, konnten sie mit Waffen umgehen, Pläne ausarbeiten und bedenkenlos und ohne jeden Skrupel auf Menschen schießen? «Was könnten *Sie* tun?» sagte er fast unhörbar. Es war eigentlich keine Frage. Es war ein Seufzer der Verzweiflung und Hoffnungslosigkeit. Sie hatten ihn am Gewehr ausgebildet. Er würde damit kämpfen, wenn es um sein Leben ging. Aber er hatte keins. Sie würden ihn wie einen Hund über den Haufen knallen.

«Wie soll ich das wissen», sagte sie, «solange ich nicht weiß, wie man Ihnen helfen könnte.»

«Sie kommen vielleicht hierher,» sagte er.

«Sie sind schon hier gewesen», sagte sie. «Haben hier geschlafen und alles durchsucht.»

«Sie wußten das und haben sie nicht angezeigt?»

«Damit hier im Heim eine Schießerei stattfindet? Oder damit alles in die Luft gesprengt wird? Wem könnten wir dann noch helfen?»

«Sie werden kommen», sagte er. Der Magen drehte sich ihm.

«Wollen Sie Hilfe?»

«Mein Gott, ja. Ja, ja, ja.»

«Dann kommen Sie.» Sie drückte auf einen Knopf auf dem Schreibtisch und ging ihm voran.

Er folgte ihr zögernd, sah über die Schulter zurück. Sie stiegen die Treppe hinauf, kamen an dem Schlafraum mit der Altarnische vorbei und über eine schmale Hintertreppe zu einer kleinen Mansardenwohnung an der Rückseite des Hauses. «Das ist unsre Wohnung», sagte sie, und als er sie fragend ansah: «Mein Mann und ich wohnen hier. Er ist Major . . .»

«Major . . .» Ach ja. Es gab Dienstgrade bei ihnen. Alles versetzte ihn jetzt in Angst. Er hatte in den Falls einmal einen Major an der Schulter verwundet. Was würde sie tun, wenn sie das wüßte?

Die Wohnung war sehr schlicht, ungemütlich und mit allen möglichen Dingen vollgepfropft, wie er es von den Wohnungen der, wie er sie nannte, gehobenen Arbeiterklasse her kannte. Der Lehnstuhl, den sie ihm hinrückte, war hart gepolstert, Rücken- und Armlehnen standen schief ab oder jedenfalls nicht im richtigen Winkel zueinander, und die mit einem Bild der Heiligen Stadt bedruckte Decke auf dem Tisch in der Mitte war aus Satin und ringsum mit Fransen verziert.

«Recht so?» sagte sie scheu lächelnd.

Er nickte.

«Aber jetzt möchten Sie doch einen Tee haben?»

«Ja, vielen Dank.» Er wußte nicht, was er zu dieser Frau sagen sollte.

«Sie sind anders als die meisten, die ich kennengelernt habe», fuhr sie fort, während sie Geschirr auf ein kleines Lacktablett stellte.

«Wieso?»

«Ja. Sie sehen . . . ja, wie? Wie ein Student sehn Sie aus.»

«Hm. Könnte ich jetzt doch was zu essen bekommen? Da unten, so nahe bei der Haustür . . . hatte ich Angst . . .»

«Ich weiß. Wieder Schinken?»

«Irgendwas, Mrs . . . Entschuldigen Sie . . .»

«Beddoes. Und nun» – sie setzte den Kessel auf und nahm Platz – «womit kann ich Ihnen helfen?»

«Meine Schwester . . . das Telefon . . .»

«Sie wollen Sie sehn?»

«*Nein*! Sie ist jetzt im Büro. Sie arbeitet bei einer Versicherung am Donegal Square.»

«Sie möchten sie dort anrufen?»

«Nein. Man kann nie wissen, wer ... nein. Würden Sie vielleicht ...?»

«Sie müßten mir ihren Namen sagen.»

«Ach ja.» Die Frau kannte seinen Namen nicht; wußte nur, daß Ivor Jones nicht sein Name war. «Sie heißt Maureen McManus.»

Sie nahm das Telefonbuch, suchte den Namen und die Nummer der Versicherungsgesellschaft heraus und sagte: «Und?»

«Es ist sehr wichtig, was Sie ihr sagen. Sie dürfen dieses Haus nicht erwähnen und meinen Namen auch nicht. Aber sie muß erfahren, daß jemand sie sprechen will. Sie soll mich hier anrufen. Sie soll deswegen nicht früher nach Haus gehn. Sondern zur üblichen Zeit, verstehn Sie. Es muß ihr also eine Zeit gesagt werden, zu der sie mich anrufen kann – eine genau festgelegte Zeit. Verstehn Sie?»

«Natürlich versteh ich», sagte sie mit einem leichten Vorwurf in der Stimme. «Seminararbeiten waren nicht so kompliziert, wie?»

«Nein. Sagen Sie ihr, sie hätte doch einen Brief auf Zeitungsfetzen bekommen. Der Briefschreiber möchte mit ihr sprechen. Sie soll die Nummer hier anrufen. Um sieben heute abend. Nein. Um sechs. Um sechs. Sie wird nicht so lange warten können. Ich auch nicht.»

Mrs. Beddoes drehte die Nummer, bekam das Mädchen ans Telefon und richtete ihr aus, was ihr aufgetragen war. Das Mädchen war kühl, sachlich. «Ja, Madam», sagte sie nach jedem Satz förmlich. «Ja, Madam. Ich notiere mir eben die Nummer.» Und dann: «Wie geht's ihm, Madam?»

«Gut. Es ist alles in Ordnung.»

Die Schwester, sagte sich Mrs. Beddoes, war aus härterem Holz als ihr Bruder. «Machen Sie sich's hier bequem», sagte sie. «Sie können gern schlafen, wenn Sie wollen. Ich muß zurück in die Vorhalle.»

Er war müde. Er hatte jetzt eine kleine Strecke auf dem steinigen Weg hinter sich. Er schlief ein. Es war das immerhin eine Möglichkeit, die Zeit ohne allzu große Qual hinter sich zu bringen. Als der Zeiger der Kaminuhr auf sechs ging, rief sie an.

Sie nannte ihn nicht bei Namen. «Ich liebe dich», sagte sie. «Sag mir, was ich tun soll.»

«Du kriegst morgen einen Brief. Der ist überholt. Ich brauche den Wagen. Ich brauche Geld. Ich brauche die alten Kleider, die ich beim Malen der Garage getragen habe, meine Wanderstiefel und die Campingausrüstung. Hast du gehört?»

«Weiter.»

«Dad hat meine 200 Pfund. Ich brauch sie.»

«Er muß sie von der Bank holen.»

«Klar. Solange bin ich in Sicherheit. Morgen abend?»

«Ja.»

«Kannst du Elsie Parker noch besuchen? Den Wagen nehmen? Morgen abend?»

«Ja.»

«Du trägst einen Schlapphut mit breitem Rand und läßt ihn im Wagen. Du parkst den Wagen in ihrer Auffahrt. Klar?»

«Ja.»

«Daß der Wagen gestohlen ist, meldest du erst nach Mitternacht. Kannst du solange bei den Parkers bleiben?»

«Ich tu alles, was du sagst.»

«Ich stell ihn hinter Ballycastle an einem Ort ab, der Corrymeela heißt. Das ist ein altes YMCA-Lager. Hast du das?»

«Ja.»

«Das Geld steckst du in eine der Taschen – und, Maureen . . .»

«Ja?»

«Dad hat in der linken oberen Schublade seines Ankleidetisches einen Revolver. Da ist auch ein Karton mit Munition. Steck das alles in die Tasche.»

«Meinst du . . . ist es nicht besser . . .?» Sie hatte ihre Einwände, wollte aber auch nicht, daß er schutzlos wäre.

«Nein. So ist es schon richtig. Ich bin schließlich kein Hund.»

«Also gut.»

«Sie werden dich beobachten. Mach morgen alles wie sonst auch.»

«Will's versuchen.»

«Alles wie sonst, auch in den Tagen danach ... Geh mit Jack auf die Straße, wie immer ... du weißt ...»

«Ja.»

«Küß Dad und Mum von mir.»

«Ja.»

«Ich werd's schon schaffen.»

«Wir beten für dich. Alle lieben wir dich.»

«Ich liebe euch auch.» Das war eine nichtssagende Phrase, Millionen unausdrückbare Gedanken und Empfindungen und – nun auch – Sehnsüchte sammelten sich in dieser gefühlvollen Wendung. «Werd's schon schaffen. Und, Maureen ...»

«Ja?»

«Steck zehn Pfund in einen Umschlag und schick ihn an Major Beddoes bei der Heilsarmee – B-E-D-D-O-E-S.»

«Gut. Und sei vorsichtig. Vergiß nicht, dich zu bedanken.»

«Nein. Maureen, liebe ...» Er legte den Hörer auf, um nicht zu verraten, daß er den Tränen nahe war. Was ist man schon mit zweiundzwanzig? Ein kleiner Junge mit einem Gewehr – den man zu Tode hetzte, und der sich hinter Frauen und bald, allein, hinter Büschen und in den Bergen versteckte? Weinen zu wollen und es nicht zu wollen – das war der Stoff, aus dem kleine Jungens gemacht sind. Er mußte nach England. Aber noch nicht. Erst wenn sie aufhörten, die Fährschiffe und Flughäfen zu durchsuchen, und anfingen, das Land nach ihm zu durchkämmen. Dann mußte er nach England. Und wenn sie auf seine Spur stießen und den Wagen fanden, würden sie zuerst eine Zeitlang im Norden nach ihm suchen. Er weinte, ob er wollte oder nicht, und ging in das winzige Badezimmer, um sich das Gesicht zu waschen.

Als er zurückkam, war der Major im Zimmer. Er war ein kleiner, rundlicher Mann mit einer Art Pickwickier-Gesicht. Ihm blieb kaum anderes, als den Arm um McManus' Schulter zu legen. «Alles klar?» sagte er und strich ihm über den Arm.

«Morgen abend, Sir. Auf der Malone Road.»

«Wir werden Sie in unserem Lastwagen hinfahren.» Der rosige kleine Mann kicherte. «Ich weiß nicht, ob Gott damit einverstanden ist, daß sich Leute wie wir in so was einmischen, Johnny, mein Junge. Ich werde es schon vor Ihm zu verantworten wissen, wenn Sie erst weg sind.» Er setzte sich und nahm seine Bibel. «Übrigens –» Eine Kleinigkeit hatte er noch vergessen. «Ein Mann ist gekommen, der hier nach seinem Freund sucht – sie haben sich bei einem Streit in einem Pub aus den Augen verloren, sagt er.» Er hob die Augen nicht von der Bibel. «Sein Freund ist im Gesicht und an den Händen ziemlich verletzt worden. Ist ungefähr ein Meter achtzig groß, sein Freund, und etwa zweiundzwanzig. Sein Name ist Johnny McManus, aber es kann sein, daß er unter einem anderen Namen herumläuft.»

So eine Unverfrorenheit. McManus wußte, daß er besser nicht näher nachfragte. Aber er konnte nicht anders. «Was haben Sie ihm gesagt, Sir?»

«Ich hab gelogen.» Er blätterte die Seite um.

«Danke, Sir.»

«Wir werden dafür sorgen, daß die Wohnungstür verschlossen bleibt», sagte der Major.

«Ja, Sir.»

«Der Mann bleibt die Nacht hier. Es könnte ja sein, daß sein Freund hier noch auftaucht, sagte er. Es werden noch andere in der Nähe sein. Das ist bei solchen Gelegenheiten immer so.»

Bei solchen Gelegenheiten. McManus sah zur Tür. Ob dieses zerbrechliche Ding nun abgeschlossen war oder nicht, kam auf dasselbe heraus. Auch der Zufall war ein so zerbrechliches Ding: man sah ihm an, daß er Angst hatte, Student war und hier in diesem Heim fehl am Platze war, und Mrs. Beddoes hatte das gesehen, und so war er hier oben statt unten im Schlafraum bei seinem «Freund». Auch der Major in seiner plumpen Freundlichkeit und sanftmütigen Nettigkeit war nichts als ein zerbrechliches Ding. Wie seine jung aussehende, liebreizende und gütige Frau auch, die seinerzeit unschuldsvoll und passiv bei der Heilsarmee in Port Elizabeth auf die Schwarzen, die die Nonnen gegessen hatten, wartete, um ihrerseits von ihnen verspeist zu werden.

McManus ließ sich auf den ungemütlichen Lehnstuhl nieder. Auch er war zerbrechlich.

Die Nachrichten, die das Fernsehen in der kleinen Wohnung am Abend brachte, waren grausam. Ein fünfzehnjähriger Junge, dessen Name nicht genannt wurde, war bewußtlos im Rinnstein der Falls Road gefunden worden. Man hatte ihm ein Schild umgehängt mit der Aufschrift:

PLÜNDERER

Sein Gesicht war blutig geschlagen. Sein Haar war mitsamt der Wurzeln ausgerissen worden.

McManus wurde in dieser Nacht von einem nervösen Husten befallen.

6

Die Kinder Irlands sind von wunderbarer Schönheit, wie wilde Blumen auf einem Dunghaufen.

Sie spielten vor einem der feinen Häuser, die die Sicht auf den Golfplatz von der Antrim Road aus versperren, Himmel-und-Hölle. Die achtzehnjährigen Zwillingsbrüder eines der Kinder saßen in einer am Westrand des Golfplatzes verlaufenden, die Antrim Road mit der Shore Road verbindenden Nebenstraße in einem Wagen. Sie sahen den Golfspielern aufmerksam zu.

Ein Junge kam, so schnell er konnte, um die Ecke herum in diese Straße gerannt. «Sie is' los zur Garage!»

«Dann macht, daß Ihr nach Haus kommt», sagte der eine Zwilling, der hinterm Steuer saß, und fädelte sich in den Verkehr auf der Antrim Road ein.

Er hielt, um den auf der Straße spielenden Kindern eine Tüte Bonbons, Geld für die Heimfahrt zurück in die Falls und darüber hinaus etwas Schmiergeld zu geben. Die wunderschönen Kinder rannten lachend zur Bushaltestelle.

Maureen McManus wartete, um sie über die Ausfahrt hinüberzulassen, nutzte dann eine Lücke und schloß sich vorsichtig fahrend dem Verkehr an.

«Sieht schick aus, die Kleine», sagte der Junge am Steuer, «mit der möcht ich schon mal was ha'm.»

«Ich weiß nich'», sagte sein Bruder, «müßte erst mal das andere Ende von ihr sehn.»

Damit hatte sich's fürs erste. Sie folgten ihr in die Innenstadt und von dort vorbei an der Universität zur Malone Road Nr. 542. Sie behielt den Wagen, der ihr folgte, die ganze Zeit im Auge, fuhr rückwärts auf Elsie Parkers Auffahrt und rief die Nummer an, die Mrs. Beddoes ihr gegeben hatte. «Sagen Sie ihm, er soll nicht kommen», sagte sie, als Mrs. Beddoes ans Telefon kam. «Ein Wagen ist mir gefolgt. Sie warten auf ihn.»

«Wir besprechen das», sagte Mrs. Beddoes. «Geben Sie mir Ihre Nummer.»

Die Zwillinge hatten dreißig Meter vom Haus geparkt. «Geh zu der Telefonzelle da und mach Meldung», sagte der Fahrer zu seinem Bruder.

Ein Heer von Warnposten nahm die Telefongespräche von und zu bestimmten Bezirken der Stadt auf. Der Zwillingsbruder rief eine Telefonzelle in den Falls an. «*Malone*», sagte er. «Ist da *Malone*?»

«Kann ich *Malone* was ausrichten?»

«Ja. Sag'n Sie ihm, die Gewinnummer is 542.»

«*Fünf-vier-zwei*? Geb ich an *Malone* weiter. Hat er was gewonn'?»

«Hat verdammt Glück gehabt.»

«Verstand'n.»

Er ging zum Wagen zurück. Sie warteten und beobachteten die Straße. Nach einer Weile hielt hundert Meter rechts vor ihnen an der Kreuzung unmittelbar vor der Malone Road ein Wagen. Fünf Minuten später kam ein zweiter Wagen die Malone Road herauf und parkte ein kleines Stück jenseits der Kreuzung. Beide Wagen waren mit je drei Mann besetzt. Sie warteten dort und schienen nicht miteinander zu reden.

Die Zwillingsbrüder sprachen miteinander.

«Sie is' da reingefahr'n», sagte der Fahrer, «ich fress' 'n Besen, daß er bei ihr is'. Da hat er sich versteckt, der Hund. Kommt da bestimmt raus.»

Um acht sagte der Fahrer: «Läßt sich Zeit.»

«Siehst du? Am Fenster da oben. Das is' sie, die da rauskuckt.» Maureen McManus verschwand vom Fenster. «Wir fahr'n um' Block und kommen zurück. Parken dann 'n bißchen weiter hinten.»

Als sie um die Ecke fuhren und an dem geparkten Wagen vorbeikamen, rief der Mann auf dem Rücksitz: «Ihr bleibt auf Station!» Ein alter Mariner.

«Sie hat uns entdeckt. Wir müssen weiter zurück.»

«Beeilt euch.»

Diesmal stellten sie sich fünfzig Meter entfernt hinter einen Wagen. Hier waren sie nicht so leicht auszumachen.

Neun Uhr. Der Fahrer sagte: «Er wartet, bis es dunkel wird.»

«Wird ihm auch nich' viel nützen. Er sitzt in der Falle.»

Zehn Uhr. «Kann jetzt jeden Moment passier'n», sagte der Fahrer. «In 'ner halben Stunde is' dunkel. Verdammt, daß ich kein Gewehr hab. Wir könn' nichts weiter, als ihm die Straße blockier'n.»

Zehn Uhr dreißig.

Major Beddoes kam in die Wohnung. «Sie sind immer noch da», sagte seine Frau zu ihm, «nur etwas weiter hinten. Er sagt, er will trotzdem hin.»

«Sind Sie ein guter Fahrer, mein Junge?»

«Nach deren Meinung ja, Sir. Ich glaube es auch. Wenn ich aus der Einfahrt rauskomme, kann ich sie abhängen.»

«Wenn sie Sie nicht vorher erwischen. Und wenn Sie entkommen, wo wollen Sie dann hin?»

McManus sah ihn fest an. «Nach England, Sir.»

Der Major nickte nachdenklich. «Ja. Die Engländer sind ein gastfreundliches Volk, wenn hier auch manche andrer Ansicht sind.» Man merkte ihm seine Nervosität an. «Wir gehn über die hintere Treppe. Der Lastwagen steht offen an der Tür. Steigen Sie rasch ein und schließen die Tür hinter sich.

«Ja, Sir.»

«Sie werden Geld brauchen . . .»

«Im Wagen ist Geld. Danke . . .»

Mrs. Beddoes sagte: «Ihr Husten ist schlimmer geworden, Johnny. Wollen Sie nicht doch bleiben?»

«Das sind die Nerven. Wird sich schon geben.»

«Haben Sie noch Schmerzen?»

«Nicht schlimm, Mrs. Beddoes. Ich muß jetzt gehn.»

Sie gingen die Treppe hinunter und durch die Hintertür auf den Hof, wo zu beiden Seiten der Tür Mülleimer standen.

Mrs. Beddoes stieg nach dem Major ein und setzte sich neben ihn. Die rückwärtige Wagentür war weit offen. McManus sprang auf und zog sie hinter sich zu.

Sie fuhren los. «Sind Sie sicher, daß Sie das Haus von der Straße dahinter finden?» sagte der Major.

«Ich kenne es sehr genau, Sir.»

«Na gut, wir werden eine Straße vor der Malone Road von der Stranmillis Road abbiegen. Wenn ich Ihnen ein Zeichen gebe, kommen Sie vor und sagen mir, welches Haus.»

«Das zweite Haus nach der Ecke, Sir.»

«Gut, mein Junge.»

Der Major war ein guter Fahrer. Er schlüpfte mit seinem kleinen Heilsarmee-Laster ein und aus durch den Verkehr wie ein Rennfahrer auf einer gewundenen Bergstrecke. Nach zwanzig Minuten gab er McManus ein Zeichen. «Ich biege jetzt von der Stranmillis Road in die Straße hinter der Malone Road ein. Das zweite Haus?»

«Ja, Sir. Ich geh durch den Garten in Parkers Garten.»

«Welchen Weg wollen Sie fahren?»

«Zurück in die Stadt.»

«Ihre Verfolger haben die Stadt im Rücken. Heißt das, daß sie meinen, Sie würden in die andere Richtung fahren?»

«Nein, Sir. Das bedeutet, daß noch ein anderer Wagen weiter oben in der Malone Road steht und die Gegenrichtung unter Kontrolle hält. Vielleicht sind es auch zwei.»

«Aber warum versuchen Sie's dann? Sie kommen doch nicht durch. Die sind bestimmt bewaffnet.»

«Ja, Sir. Ich hatte es Ihnen nicht sagen wollen. Im Wagen meiner Schwester ist ein Revolver. Er gehört meinem Vater, Sir.»

Der Major stellte den lauten Motor ab. «Überlegen Sie, mein Junge. Die liegen hier auf der Lauer und warten auf Sie. Wenn Sie den Wagen Ihrer Schwester nehmen, wird's eine Schießerei geben. Wenn Sie nicht getötet werden, dann vielleicht irgendein Unschuldiger auf der Straße. Kommen Sie mit uns zurück, und morgen fahre ich Sie zum Flugplatz nach Aldergrove.»

«Auch da werden sie sein, Major.»

«Oder zur Heysham-Fähre?»

«Auch da, Sir. Auch da werden sie sein. Überall.»

«Ihr Husten hat sich verschlimmert, Johnny», sagte der Major streng.

«Ich muß es wagen, Sir.»

«Man wird Sie umbringen, Kind», sagte Mrs. Beddoes.

«Aber nicht wie einen Hund, Mrs. Beddoes.»

«Ach, wir armen Iren», sagte sie.

«Johnny», sagte der Major vorsichtig zögernd, «wenn ich Sie nun zur Polizei fahre? Dort sind Sie in Sicherheit. Man wird Sie vor denen verstecken.»

«Die *Polizei*?»

«Oder auch die Army. Warum nicht?»

«Ich müßte aussagen, Sir, sonst würden sie mich nicht verstecken.»

«Na und?»

«*Informant*, Sir? *Ich*, Informant?»

«Warum nicht? Sie werden Sie umbringen, Johnny.»

«*Ich* als Informant? O Gott, nein. Das können Sie nicht verstehn.»

«Andere auf der Straße werden dran glauben müssen, wenn die auf Sie schießen. Bedenken Sie das, Johnny.»

«*Informant*? O Gott, nein. Nein, nein, nein. Das nicht.»

«Wir armen Iren», sagte der Major. «Gott steh uns bei.»

«Ich könnte es nicht, Sir. Ich *könnte* nicht.»

«Johnny, die Provos haben doch die Aussicht auf ein vereintes Irland auf hundert Jahre hinaus zerstört.»

«Darum geht es nicht, Sir. Sie sind Protestant. Sie können das nicht verstehen.»

«Wahrscheinlich nicht. Gott steh Ihnen bei, sage ich dennoch. Ich weiß, Er wird Ihnen vergeben.»

Mrs. Beddoes gab ihm flüchtig einen Kuß. «Möge Gott Sie einen besseren Weg führen, als Er es bisher getan hat», sagte sie ketzerisch. «Sie armer Junge.»

«Danke», sagte er. «Ich danke Ihnen.»

McManus stieg durch die Rücktür aus und ging zum Gartentor des hinter dem Parkerschen Grundstück gelegenen Hauses. An den Major und seine Frau dachte er nicht mehr. Ihm war nur bewußt, daß er jetzt noch lebte und in zwei Minuten tot oder verwundet sein und im Sterben liegen konnte. Die Hände zitterten ihm, und er fühlte, wie ihm der Schweiß ausbrach. Das würde sich geben. Sie hatten ihn darauf trainiert, sich mit Polizisten und Soldaten zu schlagen und ihnen zu entkommen, und er war am Leben und unverletzt. Er würde sehen. Er war nicht optimistisch, aber er hatte auch keine Angst. Es war eine Art stoischer Fatalismus, der ihn jetzt erfüllte. Jetzt kam es nur darauf an, ob er Glück hatte oder nicht. Es hing alles am Zufall.

Er wußte nicht, daß der Major, statt auf der Straße weiterzufahren, rückwärts wieder in die Stranmillis Road einbog und um die Ecke herum in die Malone Road fuhr. McManus ging übers Gras. In dem Haus waren Leute; die Fenster waren erleuchtet; drei Wagen standen in der Einfahrt. Gäste. Lärm. Er ging an dem Haus vorbei und schwang sich auf die Steinmauer zwischen den beiden Gärten.

Als er auf der anderen Seite ins Gras sprang, gingen die Nerven fast mit ihm durch. Der Wagen war da, er stand neben dem Haus. Die Hintertür wurde geöffnet. Vor ihm stand Maureen. O Gott, nein, nein. Gefühle konnte er jetzt nicht vertragen. Er ging zu ihr hin, und sie nahm ihn in die Arme.

«Sie sind immer noch da. Mr. Parker bietet dir an, dich hier zu verstecken, Johnny. Komm ins Haus.»

Er hielt sie fest in den Armen. «In diesem Falle müßtest du im Wagen hier wegfahren», sagte er, ohne sich von seinem Vorhaben abbringen zu lassen. «Du fährst nicht gut genug. Die hätten dich niedergeknallt, noch bevor du richtig auf der Straße wärst. Geh jetzt ins Haus und zeig dich nicht am Fenster.»

«Dad hat den Revolver geladen», sagte sie, da sie ihn kannte. Sie hatte es immerhin versucht. «Laß von dir hören.»

«Ja. Sobald wie möglich. Es kann ziemlich lange dauern. Geh jetzt rein.»

«Gott verfluche Irland», sagte sie. «Gib mir einen Kuß für Mammy und Dad.»

Er küßte sie, und die Tür schloß sich hinter ihr. Er ging zum Wagen. Jetzt war es so weit. Nicht nur seine Hände zitterten, er zitterte am ganzen Leib. Er stand da und versuchte sich zu beherrschen. Er machte die Tür auf und stieg ein. Der weiche, breitrandige Hut lag auf dem Sitz. Er setzte ihn auf. Revolver und Munition waren in der Tasche. Er überprüfte ihn und ließ den Motor an, umfaßte den Revolver, probierte aus, wie er die Waffe am besten am Steuer in Anschlag brachte, veränderte die Auflage, so daß er ihn so bequem wie möglich hantieren konnte, entsicherte ihn und setzte sich zurecht. Der Wagen war vollgetankt. Der Motor klang voll einsatzbereit. Es war so weit. Er ließ den Wagen sehr langsam fast bis ans offene Tor rollen. Wenn Fußgänger oder ein Wagen in den nächsten Sekunden an der Einfahrt vorbeikamen, dann würden die Toten, die es dabei gab, nicht aus politischen Gründen gestorben sein. Er drehte die Vorderfenster herunter, duckte sich hinters Steuer, senkte den Fuß und gab Gas. Jetzt!

Er hörte nicht die aufschrillende Hupe von Major Beddoes' Lastwagen, als der Wagen vorsprang und mit kreischenden Reifen die Kurve nahm. Der hintere Teil schlug nach links aus und dann, als er noch heftiger zutrat, nach rechts, so daß der Wagen quer über die Straße rutschte. Dann schoß er vor.

Er duckte sich noch tiefer hinters Steuer und visierte die Straße über das Armaturenbrett an. Er hörte das Krachen der Schüsse, die aufheulenden Motoren und das Kreischen von Reifen, während Rückfenster und Windschutzscheibe zersplitterten. Die Splitter flogen herum, fielen ihm auf den Schoß und trafen ihn an Rücken und Kopf. Vom Randstein her schob sich ihm ein Wagen in den Weg. Er stoppte, riß den Wagen nach rechts, spürte das seitliche Ausscheren bis ins Mark, raste auf dem Bürgersteig entlang und riß verzweifelt das Steuerrad herum, um den Wagen wieder auf die Straße zu zwingen.

Er hatte jetzt freie Bahn. Sein Rückspiegel war in Ordnung. Der Lastwagen der Heilsarmee stand quer auf der Straße, vor ihm ein Wagen mit zerdepperter Motorhaube. Ein zweiter Wagen mit aufgesprungener Motorhaube versuchte sich rückwärts von einem Laternenpfahl auf dem Bürgersteig abzusetzen. Ein Mann sprang heraus und machte sich wütend an der Motorhaube zu schaffen. Irgendwo heulte eine Polizeisirene auf. Ein rundlicher, uniformierter Mann kletterte aus dem Lastwagen und half einer Frau galant aus dem Wagen. Major Beddoes und seine Frau hatten getan, was sie konnten. Es hatte gereicht.

Er konzentrierte sich auf Straße und Verkehr. Seine Hände waren naß und glitten am Steuerrad aus, der Schweiß lief ihm übers Gesicht und er blutete am Hals, wo er von Splittern getroffen worden war. Er kurvte auf zwei Rädern in die Elmwood und dann die Lisburn Road runter, bog links in die Dublin Avenue ein. Kein Wagen dicht hinter ihm, er hatte den Rücken frei. Wahrscheinlich suchten sie sich jetzt vor der Polizei aus dem Staub zu machen. Er raste durch die schmalen, leeren Straßen auf die Antrim Road zu und bog, ohne die Ironie des Schicksals zu ahnen, in die Nebenstraße ein, die an dem Haus seines Vaters und am Golfplatz entlangführte, und kam bei der Shore Road heraus.

Er hatte es geschafft, blieb aber auf der Hut, bis er Carrickfergus hinter sich hatte. Dann richtete er sich auf. Larne. Die leere Antrim Coast Road. Flaches Land. Frei. Endlich war er frei.

Der Wind von der See strömte durch die zerschmetterte Windschutzscheibe herein, süß wie ein erster Griff nach einem noch nicht sehr alten, aber zerschundenen und verwundbaren Leben.

Er sog die Luft wie ein Mann mit ausgedörrter Kehle ein und lachte; aber eher aus aufsteigender Hysterie als aus Fröhlichkeit.

In Carnlough hielt er an einer Telefonzelle und rief bei den Parkers an.

«Mr. Parker? Ich hab's geschafft, Sir.»

«Die Schießerei auf der Straße, Johnny? Haben Sie nichts abgekriegt?»

«Nur ein paar Glassplitter. Wollen Sie's ihnen bitte sagen, Sir? Und vielen Dank.»

«Sie haben eher einem dicken kleinen Mann von der Heilsarmee zu danken, der sie total durcheinandergebracht hat. Wir haben's gesehn.»

«Ich weiß.» Damit war alles gesagt.

«Sie sind frei und auf und davon?»

«Bin ich, Sir.»

«Na, dann man los, Junge – wie die Hufe der Höllenpferde.»

«Ich bin weg jetzt. Wollen Sie ihnen das sagen?»

«Ich sag's ihnen. Machen Sie's gut.» Über die großen Augenblicke läßt sich schwer reden.

Der Mond stand hoch am klaren Himmel, als er in den schmalen Weg nach Corrymeela fuhr. Das ehemalige YMCA-Lager war oben auf dem Kliff, die weiß gestrichenen Baracken sahen im Mondlicht gespenstisch aus.

Er parkte den Wagen hinter den Küchen an der Rückseite des Hauptgebäudes und steckte den Revolver seines Vaters und die Munition in seine Tasche. Alles, worum er gebeten hatte, war fachgerecht in seinem Rucksack im Kofferraum, und obendrauf war das Einmann-Zelt verschnürt. Seine Schwester hatte sogar an seinen Wanderstock gedacht. In den Seitentaschen waren Sandwiches und Käse. Daneben standen seine Wanderstiefel, in denen ein Paar dicke Wollsocken verstaut war. Er zog die Stiefel an und band seine Schuhe an den Rucksack.

Es war halb zwei. Er fühlte sich in dieser Nacht hier im Nordosten wundervoll sicher. Er mußte jetzt zusehen, daß er die Grenze erreichte, und das lange vor Tagesanbruch. Zu Fuß würde er das nicht schaffen. Einen Wagen zu stehlen, war riskant, aber es blieb ihm keine andere Möglichkeit. Es war verboten, Wagen um diese Zeit in irgendwelchen Städten zu parken, und in Wegsperren an den Stadträndern wurde der durchkommende Verkehr kontrolliert. Er wollte Städte vermeiden, aber nur dort waren Wagen zu finden. Er ging zur

Straße und den Hang hinunter nach Ballycastle. Er würde das damit verbundene Risiko auf sich nehmen.

Am Fuß der Anhöhe kreuzten sich drei Straßen. Die eine führte rechts nach Ballycastle, die andere scharf links in die Berge. Er war auf der dritten Straße. Die Wegsperre befand sich an der Kreuzung.

Er kletterte über die Mauer des alten Friedhofs und ging über den Friedhof zum Golfplatz. Er durfte sich nicht beim Versuch, in die Stadt zu kommen, schnappen lassen. Und selbst wenn er es schaffte, kam er doch nicht ungehindert mit einem Wagen heraus. Es war besser, den Golfplatz zu überqueren, um die Stadt herumzugehen und sich an einen Wagen irgendwo vor einem Haus oder vor einem ländlichen Laden jenseits der Straße heranzumachen.

Aber er hatte in dieser Nacht Glück. Das Clubhaus war noch teilweise erleuchtet. Auf dem Parkplatz standen fünf Wagen. Es war längst Polizeistunde, es gab also nichts mehr zu trinken, aber wenn man nicht gerade an der Bar trank, konnte man sich hier noch so lange aufhalten, wie man wollte. Die Frage war nur, wie lange sie hier noch in der Nacht zusammensitzen, sich unterhalten und trinken würden.

Nein, der Mercedes kam nicht in Betracht. Wie sollte ein junger, mit einer Camping-Ausrüstung bepackter Mann erklären, wie er zu einem Mercedes käme. Der Vierzylinder Vauxhall kam schon eher in Frage. Er öffnete die Kühlerhaube und ließ den Motor an. Die Nacht war still, nur das Rauschen von der See her war hier auf dem Golfplatz zu hören. Der Motor lief einwandfrei und war nicht lauter als die See. Er fuhr über den Golfplatz, durch ein steinernes Tor auf die Landstraße hinaus und brachte den kleinen Wagen schon bald auf Touren.

Hauptstraßen mußte er vermeiden. Auch Straßen zweiter Ordnung waren nicht viel besser. Auf Straßen dritter Ordnung war das Fahren oft schwierig und strapaziös. Aber um den Wagen ging es nicht. Es ging um sein Leben. Er wählte die schlechten Wege und fuhr mit durchgetretenem Gashebel nach Westen.

Wie lange trinken Männer in Golfclubs, wenn sie bis in die Morgenstunden über Geschäfte sprechen? Als er an Garvagh vorbei war und die Stadt hinter sich hatte, begann er sich über diese Frage Gedanken zu machen. Hunderte von vierzylindrigen Vauxhalls waren auf den Straßen, aber nicht zu dieser nächtlichen Zeit. Mittlerweile – nach zwei Stunden auf drittklassigen Straßen – dürfte der Autodiebstahl gemeldet worden sein. Der Wagen hatte während der Fahrt nirgends eine Kontrollstelle passiert. Aus diesem Grunde würden Army und Polizei scharf nach ihm Ausschau halten. Warum vermied ein Wagen mitten in der Nacht die Straßensperren? War er gestohlen? Ein Grund mehr für die Army, strenger als sonst zu kontrollieren.

Nichts fiel ihm während der Fahrt ein, das ihn von seiner Besorgnis hätte befreien können, bis er schließlich nach Sixmilecross kam, wo er den Wagen wechselte und in einen Austin umstieg, der an einer Kreuzung vor einem Laden parkte. Auf schmalen, gewundenen Nebenwegen fuhr er nach Clady. Auf einem Feld nicht weit von der Grenze stellte er den Austin in der Nähe eines kleinen Farmhauses direkt hinter einer Hecke ab und stieg aus.

Es war fast fünf. Der Himmel wurde am Horizont hell, und in einer Stunde würde es Tag sein. Er leerte die Taschen seines Anzuges, zog ihn aus, packte ihn in einen Wassergraben und zog sein altes, im Rucksack verstautes Zeug an. Es war ausgebeult und von Farbflecken bedeckt – genau richtig für einen Landstreicher wie ihn. Dies war eine ausgezeichnete Tarnung für ihn.

Das hier war eine Gegend, in der es oft zu Überfällen kam. Die IRA hatte sich herübergeschlichen, um einen nordirischen Senator zu ermorden und sein Haus niederzubrennen, und dann wieder, um einen Polizisten umzulegen und sich danach über die Grenze nach Donegal zurückzuziehen. Diesseits in den Städten und Farmhäusern Ulsters hatten sie ihre Helfer.

McManus hatte sich einst daran begeistert, mit welcher geschickt getarnten Beiläufigkeit die Männer Gewalttätigkeiten ausgeübt und sich dann, gedeckt von der treu ergebenen katholischen Bevölkerung, wie in Luft aufgelöst hatten. Die Ernüchterung trat ein, als er zum erstenmal sah, auf welche Weise diese allgemeine Solidarität funktionierte. Er hatte gesehen, wie sie die schwangere Mrs. Nolan in den Bauch getreten und den Laden ihres Mannes zertrümmert hatten, weil er sich weigerte, den zwangsweise auferlegten, wöchentlichen Beitrag für die Sache Irlands zu zahlen. Alle in der Straße machten mit, als die Losung «Kauft nicht bei Nolan» ausgegeben wurde. Die Folge war, daß Nolan bankrott ging, und da er selbständig war, konnte er keine Arbeitslosenunterstützung beanspruchen und war auf die Fürsorge angewiesen. Das war eine nur allzu häufige Lektion, die von kleinen Leuten durchgeführt wurde, die früher einmal als lichtscheues Diebsgesindel allgemein verachtet und jetzt von ihren Auftraggebern gedeckt wurden. Diese schäbigen Kriminellen waren es, durch die jetzt der patriotische Zusammenhalt erzwungen wurde. Selbst hier im westlichen Hinterland überwachten kleine katholische Farmer mit Vieh, das vergiftet, und Kindern, die zusammengeschlagen werden konnten, jeden Schritt ihrer protestantischen Nachbarn, um sie den Mördern und Brandstiftern auszuliefern.

So schlich sich McManus vorsichtig durchs Buschwerk zur Grenze am anderen Ende des Feldes, den Norden hinter sich und vor sich die Republik, die Zuflucht und sicherer Port seiner früheren Freunde und jetzigen Feinde war. Er fühlte sich von Augen verfolgt, die er nicht sehen konnte, und die ihm vielleicht auch gar nicht nachsahen, aber Mrs. Beddoes und die Nonnen von Port Elizabeth gingen ihm nicht aus dem Kopf. In Irland war es schwer, Freunde und Feinde nach ihrem Aussehen voneinander zu unterscheiden. Man mußte immer auf der Hut sein.

Es war heller Tag, als er den Weg am Finn entlang nach Stranorlar und Ballybofey ging. Seine Stiefel waren naß vom tropfenden Tau, über den Hügeln lag der Geruch von brennendem Torf, und die weiche Morgenluft hatte einen süßen Geschmack. Er hatte es geschafft.

Vertrauensvoll ausschreitend schwang er seinen Stock, zweimal wurde er mitgenommen und kam so per Anhalter um zehn Uhr morgens nach Stranorlar. Wer war er schon? Jeder konnte ihm das an seinem Zeug ansehen. Ein Landstreicher. Das dachte man wohl auch in Kee's Hotel und gab ihm verständlicherweise nur zögernd ein Zimmer, für das er im voraus zahlen mußte. Er war die ganze Nacht auf gewesen, war fast den ganzen Morgen gegangen und würde den Rest des Tages schlafen, um sich dann nachts auf den Weg zu machen. Von da an wollte er tagsüber im Zelt schlafen und bei Dunkelheit jeweils wieder aufbrechen und weiterwandern, bis er am Ziel war.

Ich hab's geschafft, dachte er, während er sich in dem sauberen Bett zurücklegte, und hätte nur zu gern ein Telegramm an seine Schwester geschickt. Aber wer würde es, hier in Stranorlar oder in Belfast, im Postamt zu Gesicht bekommen? Herrgott ja, Mißtrauen und schleichende Verdächtigungen herrschten in diesem Land. Wem, in Gottes Namen, konnte man trauen? Weder denen, die man vor Augen hatte, noch jenen, die einem unsichtbar blieben. Zum erstenmal in seinem Leben glaubte er, dieses Land zu hassen. Das Land? Nein, das nicht. Sondern die Leute, oder wenigstens einige von ihnen? Das kam der Sache schon näher.

Sie würden seine Schwester beobachten. Kam ein Telegrammbote ins Haus, dann wäre ihnen klar, daß er sich abgesetzt hatte. Was sie mit Mavis McGonigal gemacht hatten, wäre noch harmlos gegen das, was sie mit seiner Schwester machen würden, wenn sie meinten, sie müßte wissen, wo er wäre. Sie würden der festen Überzeugung sein, daß sie es wüßte. Sie hatten vor, Jagd auf ihn zu machen. Angetrieben von jener furchtbaren, den Iren innewohnenden Rachsucht würden sie ihn hetzen. Er hatte von dem 1968 verstorbenen «Pa» Murray gelesen, der seinerzeit nach New York geschickt wurde, um einen dorthin geflohenen Informanten umzubringen. New Yorker Polizisten irischer Abstammung fanden den Mann für ihn. Murray brachte ihn für ein Vergehen um, dessen er sich 1922 schuldig gemacht hatte.

Sie werden mich nicht finden, war, bevor er einschlief, sein letzter, bewußter Gedanke. Kein Telegramm, sagte er sich, und verschwommen, halb im Schlaf schon, kam ihm der Gedanke, daß fast alle Iren Irland liebten und die Iren haßten.

Dann umfing ihn barmherzig der Schlaf.

7

Powers' Selbstvertrauen schwand, und um so heftiger packte ihn die Wut.

Sollte er, verdammt noch mal, den Rest seines Lebens damit verbringen, hier in den Falls vor diesem Scheiß-Küchentisch zu stehn und sich das Gesäber dieser großkotzigen Heiligen Dreifaltigkeit, Clune, McCann und McCandless anhören?

Wieder hatten sie die Sache mit Mavis McGonigal beim Wickel, und das mit dieser Nulpe, diesem abgekratzten Kelly, der nie im Leben 'n richtigen Job gehabt und sich auch nach keinem umgesehn hatte; und das mit der Chemiefabrik und McManus. Und Clune saß da mit 'ner Klappe überm linken Auge und versuchte dreinzuschaun wie der Judengeneral in Israel! Hatte letzte Nacht 'ne Bombe machen woll'n, und die verpuffte ihm unter den Fingern wie 'n Furz, der ihm die Augenbrauen verbrannte – mehr war's höchstwahrscheinlich nicht, aber er brauchte so 'ne Klappe fürs Fernsehn – sich als Held aufspielen, der Scheißer! «Wir wollten, daß McManus dabei draufging», fuhr Clune fort «nach dem Motto: ‹Angehöriger des katholischen Mittelstandes verbündet sich mit katholischen Arbeitern in ihrem Kampf um ein freies Irland›, und *Ihnen* ist es zu verdanken, daß er entwischte ...»

Powers, in seiner verstädterten, bäurischen Engstirnigkeit, sah die drei nur vage vor sich, hellhörig aber wartete er auf die eine, rasche Frage, die bedeutete, daß man ihm die schwarze Kapuze überziehn und ihn irgendwo im Rinnstein liegen lassen würde ... Big Willy Devlin, ganze zweiundzwanzig Jahre alt, war erst vorgestern von der britischen Army in Deutschland auf Urlaub gekommen, und sie gaben Befehl, ihn zu erschießen; Katholik hin oder her, er konnte irischer Spion im Sold der Engländer sein. Und die Devlins jammerten und heulten, und zweihundert dickärschige Weiber zogen zu Clune, McCann und McCandless hin und sagten, es wäre kaltblütiger, hundsgemeiner Mord, einen Katholiken umzubringen, und wenn das noch mal passierte, würden sie mit ihren Familien aus den Falls wegziehn und die Army auf die IRA hetzen ... Das würden sie ihm womöglich auch noch in die Schuhe schieben ...

«McManus ist uns durch Ihre Schuld entwischt.» Das war es, was jetzt aus Clunes verkniffenem Mund kam. «Sie ruhen nicht, bis Sie den Kerl gefunden und umgelegt haben ... Sie fangen bei der Schwester an, nehmen sie in die Mangel ... das schmucke Flittchen weiß, wo er steckt ... nehmen Sie Callaghan mit und ab mit Ihnen ... die Meldung, daß er gesucht wird, ist in allen zweiunddreißig Counties durch, und Sie lassen sich hier nicht eher wieder blicken, als bis er tot ist ...»

Wenn er vor den Fernsehkameras saß, redete er nicht so. Es waren immer bloß Clune oder McCann oder McCandless vor den Kameras, und da klang alles ganz anders. Da phantasierten sie sich was zusammen mit ihrem Bla-Bla. Da führten sie sich scheißfein wie Engländer auf. Von mir kriegten die Kameras was andres zu hör'n ... Diese drei legten keine Bomben oder knallten Soldaten oder Polizisten ab ... Arbeit im Stab, bei Gott, das ist mir der richtige Job. Da macht sich keiner die Finger dreckig ... Alles, was Clune abkriegte, als er 'ne Bombe machen wollte, war 'ne verbrannte Augenbraue und 'ne Klappe überm Auge!

Da war sie, fünfzig Meter voraus, auf der Fahrt durch Larne im Wagen ihres Freundes mit einem großen Picknickkorb hinten auf dem Rücksitz. *Sie* wußte, wo ihr Bruder war, das stand fest. Sie schien sich herzlich wenig Gedanken zu machen, wenn sie sorglos an so einem Tag zum Picknick fuhr, wo es über kurz oder lang wie aus Eimern gießen mußte.

«Komischer Tag für 'n Picknick», sagte Powers zu Callaghan. «Kuck dir das an. Gleich geht's los.»

«Was heißt hier Picknick – das is' doch bloß 'n Vorwand

für ihre Alte. Er fährt mit ihr zu irgend 'nem Hotel, um's mit ihr zu treiben.»

Powers blieb im gleichen Abstand hinter ihr. Die Heilige Dreifaltigkeit vom Küchentisch hatte er weiter hinter sich. Auch McManus war außer Sicht- und Reichweite. So konzentrierte sich seine ganze Wut auf Maureen McManus.

Der junge Mann war für ihn schon erledigt. Der Gedanke, daß er ihn töten würde, kam ihm gar nicht erst. Er hatte ihn bereits getötet, ohne darüber nachgedacht zu haben. Irgendwo auf der Fahrt von Belfast hinter dem Wagen da vorn hatte er bereits reinen Tisch gemacht. Der Bursche war ihm im Wege. Solange er noch um sie war und noch lebte, konnte er sich nicht ungehindert an das Mädchen ranmachen. Indem Powers ihn in seinen dumpfen Vorstellungen abschrieb, war der junge Mann schon tot.

Powers machte sich über Leben und Tod keine Gedanken, solange es nicht um ihn selber ging. Er hatte über den Moment hinaus keinen Sinn für Zeit oder Zukunft. Eine Tat war eine Sache des Augenblicks. Sie entsprang der Intensität seiner Gefühle und war abgetan, wenn es mit diesen Gefühlen vorbei war. Als McManus ihn einmal fragte, ob ihm jemals der Gedanke gekommen sei, er könne auch jemand anders treffen, wenn er von einem Dachfenster aus auf Soldaten schieße, hatte Powers gesagt: «Ich bin Bäcker.» McManus wußte nicht, was er damit meinte. Powers selbst wußte es auch nicht. Die Frage war für ihn abstrakt. Das Bäckerhandwerk war es nicht. Der Tod eines anderen Menschen war für ihn etwas Abstraktes; einen konkreten Bezug hatte er nur zu seinem eigenen.

Nur über den eigenen Tod lohnte es sich, Gedanken zu machen. Namen spukten in seinem Hirn. – Wolf Tone, Robert Emmet, Patrick Pearse – es war eine lange Liste. Ihre Namen standen auf Denkmälern, und Schulkinder hatten sie auf den Lippen. Er wußte nicht viel über sie, nur daß sie Rebellen gewesen waren, gegen die Engländer gekämpft hatten und «für Irland» gestorben waren, und daß es Lieder über sie gab. Die Kinder lernten sie in den Konfessionsschulen.

Und in Dublin gab es ein Pub, in dem Robert Emmet Stammgast gewesen war, und die alten Männer, die dort Tag für Tag saßen und tranken, sprachen Tag für Tag über ihn. Das war es, was auch Powers sich wünschte.

Eines Abends, als Powers über sie sprach, sagte McManus zu ihm: «Sie sind gehenkt worden», und Powers zuckte zusammen. Das war nicht die richtige Art zu sterben. Er sagte nichts weiter, aber die Alternative dazu, die einzige Alternative, die für ihn in Frage kam, war, furchtlos mit der Waffe in der Hand beim Angriff auf den Feind oder angesichts des angreifenden Feindes in einer Kampfhandlung zu sterben, die eines Tages in Liedern besungen werden würde.

Er wußte, worauf Clune und McCann und McCandless aus waren, als die Entscheidung getroffen wurde, mit Zeitbomben gegen Zivilisten vorzugehen und in den Straßen Kinder von Protestanten zu töten. Früher oder später mußte das zum Bürgerkrieg führen, denn früher oder später würden die Protestanten das englische Joch abwerfen und die katholischen Bezirke stürmen. Dann würde es zu den großen Unternehmen kommen, über welche die Liedermacher Lieder machen konnten, und Pat Powers würde wie Tone und Emmet und Pearse besungen werden ... Aber aufgehängt zu werden – das war was für lausige Kaninchen, die in der Schlinge verreckten.

Und Clune hatte ihn wie ein Frettchen auf ein Kaninchenloch auf dieses Mädchen angesetzt. Warum mußte er dauernd an Kaninchen denken? Wenn man wie ein Frettchen behandelt wird, dann denkt man schließlich auch wie ein Frettchen, und das war es, was er Clune übelnahm.

«Ich bin nicht gern so weit von den Falls weg, Pat», sagte Callaghan.

«Is' das vielleicht dein Ernst?»

«Ja. Sonst lassen wir einfach den Wagen mit der Bombe irgendwo stehn und gehn weg, und dann ist da auf der Straße ein andrer Wagen, mit dem man in die Falls zurückpreschen kann. Aber hier – wo sollen wir denn hier hin?»

«Du willst weglaufen vor der Kleinen?»

«Du weißt, was ich meine.»

«Hm. Hast die Hose voll, was? Mein Gott, Michael Collins hat sie kreuz und quer durch ganz Irland an der Nase herumgeführt . . .»

«Und ist aus dem Hinterhalt erschossen worden . . .»

«Halt die Klappe!»

«Wie du meinst, bloß bin ich kein Michael Collins.»

«Aber ich», wollte Powers sagen, doch dafür war ihm dieser Scheißkerl zu dämlich. Der war zu blöd, um begreifen zu können, daß es einem ernst war, wenn man sagte, man wäre auch ein Michael Collins.

Der Wagen vor ihnen hielt vor einem Eiskrem-Laden in Carnlough, und Powers parkte hinter ihnen. Das Mädchen und der junge Mann stiegen aus dem Auto und gingen in den Laden.

«Bist 'n bißchen nah dran», sagte Callaghan.

«Wirst schon sehn. Komm mit rein.»

Sie gingen in den Eiskrem-Laden. Es war ein winziger Raum und für vier Erwachsene fast zu eng. Maureen McManus bestellte sich ein Vanille-Eis mit einer Cadbury's Milchschokoladenstange darin. Der junge Mann bestellte sich das gleiche. Powers stand mit dem Rücken zu dem Mädchen und strich ihr mit der Hand über die Hüfte. Sie zuckte zusammen und fuhr herum. Powers wandte sich ihr zu und sagte bedauernd: «Ich bitte um Verzeihung, Miss. Es ist so eng hier.» Zu dem jungen Mann sagte er: «Ein schöner Tag für eine Fahrt an die Küste.»

«Ja.» Er war nicht besonders kräftig gebaut und verkniff es sich, Powers zurechtzuweisen.

Powers versuchte es mit dem irischen Lächeln. «Fahrn Sie ganz um die Küste rum?»

«Nein», verbat er sich kurz angebunden dieses Eindringen eines Mannes der Arbeiterklasse in die Privatsphäre eines Angehörigen des gehobenen Mittelstandes.

Callaghan bestellte das gleiche für sich selbst und Powers, und während sie darauf warteten, sahen sie Maureen und ihrem Freund nach, die ihre Regenmäntel aus dem Wagen holten, sie, mit den Eiswaffeln jonglierend, anzogen und über die Straße gingen und sich dort auf die Mauer setzten.

Als sie wieder im Wagen waren, leckte Powers an seiner Waffel, kaute an der Schokolade herum und sagte wie ein verwöhnter Junge: «Mensch, is' das prima.» Er schwenkte die Waffel in Richtung des Ladens und sagte frech grinsend: «Hast du gesehn, was ich dadrin gemacht hab?»

«Nee. Was denn?»

«Sie hat 'n netten weichen Hintern. Hab mal 'n bißchen hingefühlt.»

Das hätte auch Michael Collins getan haben können. Powers war sich vorgekommen wie Michael Collins, als er in Dublin mit seinem Fahrrad in der Menge stand, die der Polizei beim Durchsuchen des Hauses zusah, aus dem Collins gerade geflohen war. Was Powers von irischer Geschichte wußte, hatte er in den Straßen, aus den Liedern und aus den Taschenbuchausgaben irischer Autoren gelernt, aus Dan Breens «*Mein* Kampf für Irlands Freiheit» oder Bernadette Devlins «Um den Preis *meiner* Seele», wenn er auch von dem, was die Devlin schrieb, nicht viel begriffen hatte.

Callaghan hatte seinen Spaß an der Sache mit Maureens Hintern. «Fühlt nachher in der Schlucht sicher auch ein bißchen hin, der Bursche», sagte er.

«In der Schlucht?» Noch ein guter Witz, so daß Maureens Freund drüben auf der Mauer rasch aufsah, um festzustellen, woher das Gelächter kam, dann ebenso rasch einen Blick aufs Meer warf, irgend etwas sagte und schnell mit dem Mädchen zum Wagen zurückging.

Powers und Callaghan fuhren im Abstand von knapp hundert Metern hinter ihnen her. Die Strecke verlief in Serpentinen, so daß sie ihr Opfer wiederholt aus den Augen verloren. Aber das hatte nichts zu sagen. Nach der nächsten Kurve waren sie im gleichen Abstand wieder in Sicht. Powers brütete bei dieser langweiligen Fahrerei vor sich hin.

Die Straße wand sich am Berg hin. Der drohende Regen ließ auf sich warten. Der Wind von der rauhen See her packte seitwärts den Wagen. Der Gesichtsausdruck des jungen Mannes, als er vorhin Maureen McManus rasch zum Wagen brachte, hatte sich in Powers' brütendem Hirn festgesetzt. Er hatte die Hände fest am Steuer, den Fuß schwer auf dem Gaspedal. Als er jetzt um die Kurve fuhr, hatte er den Wagen zwanzig Meter vor sich. «Scheißkerl. Kann nich' fahrn. Hält das Tempo nicht ein . . .»

«Deine Schuld, Pat. Fährst zu schnell . . .»

«Was zum Teufel soll das heißen – meine Schuld?» Die Wut kochte in ihm auf. Er umkrallte das Steuerrad, um Callaghan nicht mit der Rückhand ins Gesicht zu schlagen. «Hast du sein Gesicht gesehn, als er sie ins Auto schob? Sah mich mit seiner Scheißvisage an, als müßt' er bei mei'm Anblick kotzen . . . Bei Gott, dem dämlichen Scheißkerl werd' ich's zeigen . . .»

«Nich' so schnell, fährst ihm noch ins Kreuz!»

«Halt deine Scheißfresse!»

Callaghan kauerte sich geduckt gegen die Wagentür, machte sich noch kleiner als er schon war, und zwang sich, nicht zu reden, nicht ein einziges Wort. Er hatte erlebt, wie Powers Stimmung sprunghaft wechseln konnte, von brütendem Schweigen über eine fast hysterische Heiterkeit bis zu rasender Wut. Er hatte schon manchmal geglaubt, er wäre nicht ganz richtig im Kopf. Doch dann hielt er sich wieder sehr aufrecht, sehr steif, sehr wie ein Soldat, Kopf hoch, Schultern zurück, Brust raus. Insgeheim, dachte Callaghan manchmal, wäre Powers wohl gern bei der Fallschirmspringer-Brigade. Trüge ihr Barett, ihre gefleckten Tarnanzüge und ihre Militärstiefel, aber er hütete sich, das zu sagen. Insgeheim, dachte er, wäre Powers sicher gern der Major, den er vor einigen Monaten bei einer Säuberungsaktion in den Falls erschoß. Er hatte, als sie hinterher über den Überfall sprachen, gesagt: «Na ja, hätte er dies und das getan und dies oder jenes gemacht, dann wäre er wohl . . .» und es gab Dinge, da mußte man bei Powers vorsichtig sein. Callaghan sah auf die See, um Powers nicht ansehen zu müssen, und erinnerte sich an einen Abend in einem Pub in Dublin. Es war ein langes schmales Pub mit Musikern, die ihre Lieder spielten, und Powers hatte auf seinem Hocker gesessen und den schmalen Durchgang jeweils solange blockiert, bis jeder, der an ihm vorbeiwollte, nachdem er das Lächeln in seinem Gesicht gesehen hatte, mit freundlicher Stimme «Entschuldigen Sie bitte» sagte. Und dann kam der gutangezogene, wie ein Geschäftsmann aussehende Bursche den Gang hinunter und wollte das nicht sagen. «Rücken Sie beiseite und lassen Sie die Leute vorbei», sagte er. «Oh, bleiben Sie ruhig noch 'n bißchen da», sagte Powers, «in 'ner Stunde gehe ich selbst.» Der Mann schob ihn beiseite. Es war zu komisch, in was für einer Bombenstimmung Powers war, nachdem er dem Mann das Gesicht eingeschlagen hatte . . . er lachte, machte Witze . . . Callaghan mußte in Erinnerung an diese Geschichte unwillkürlich lachen.

«Worüber lachst du?» sagte Powers.

«Ich mußte an den Abend in Dublin denken, wo dieser Bursche nicht bitte sagen wollte.»

«Ach ja. Ich wette, den erkennt seine eigene Mutter auch heute noch nicht.»

Um Garron Point herum kamen sie auf die Straße an der weiten Red Bay entlang, und vor ihnen war keiner. Kein Wagen. Kein Mädchen. Kein junger Mann. *«Himmel Herrgott!»* Powers drehte auf, raste um die Bucht und durch Waterfoot und jagte auf dem Sommerweg mit kreischenden Reifen in die scharfe Rechtskurve jenseits des Dorfes. Aber die Straße war bis Cushendall leer, und Powers konnte sicher sein, daß sie nicht mit der gleichen Geschwindigkeit gefahren waren wie er: sie mußten nach Glenariff abgebogen sein. Er fuhr mit aufheulendem Motor zurück und dann um die Kurve zu der hochgelegenen Schlucht. Die Wut, die er vorher gespürt hatte, war gewichen. Er war jetzt eiskalt, nüchtern und von ätzender Bösartigkeit. «Versucht, mich übers Ohr zu hau'n, das Arschloch», sagte er. «Er muß, bevor ich um Garron Point rum war, wie ein Irrer zur Glen Road gerast sein. Hab ich's nicht gesagt! *Da, da da sind sie!*»

Der Wagen der beiden stand am Straßenrand gegenüber dem offiziellen Eingang zum Schluchtpfad. Powers wendete auf dem Parkplatz und fuhr einige hundert Meter zurück. Er parkte den Wagen dicht an der Böschung des Flußhangs.

Glenariff ist eine schöne, bewaldete Märchenschlucht, durchströmt vom Wildwasser des Glenariff River, der sich bis hinunter in die Ebene stürzt und windet. Er wird auf seinem steilen Weg zur See von einer Reihe rustikaler Treppen, Brücken und Geländer begleitet, die dem Publikum auf einem schmalen Pfad den Zugang ermöglichen. Die Sonne, wenn sie scheint, fällt wie durch einen Filter von dichtem Laub, und es liegt über dem Ort ein Zauber, der durch das Rauschen kleiner Wasserfälle und das Tosen des Flusses nur erhöht wird. Das Geräusch ist so stark, daß eine Unterhaltung nicht möglich ist.

Powers und Callaghan kamen zwischen den Bäumen und Büschen und durchs Farnkraut des steilen Hangs hinunter in die Schlucht. An einem vorspringenden Felsen über einem pladdernden kleinen Wasserfall machten sie halt. Der Weg der hier über gewundene Treppen zur nächst unteren Talstufe führte, verlief unmittelbar unter dem Felsvorsprung. Sie setzten sich und warteten auf ihre Opfer, die sie bislang weder hören noch sehen konnten. Sie behielten die roh behauenen Stufen unter sich im Auge. Hier mußten Maureen und ihr junger Freund ganz einfach entlangkommen. Powers stand auf. Er hatte sich zurechtgelegt, wie er diese Sache handhaben wollte. Er plante, die knapp vier Meter von hier bis zum Boden hinunterzuspringen; damit dürfte es bei den gut fünfundsiebzig Kilo, die er wog, zu schaffen sein.

Das Paar tauchte plötzlich Hand in Hand auf. Der junge Mann trug den Picknickkorb. Powers trat an den Rand und stieß sich ab. Er landete mit beiden Füßen auf den Schultern des jungen Mannes, seine Hacken gruben sich links und rechts vom Hals ein, und er ging, geschickt die Balance haltend, über dem zusammenbrechenden Körper zu Boden. Im Fallen gab er Maureen mit der linken Hand einen Stoß, so daß sie vornüber aufs Gesicht fiel. Mit der Rechten packte er vorstürzend das Geländer und stand neben dem am Boden liegenden jungen Mann. Wie ein Zirkusathlet trat er auf die

Stufen. Die Schreie des Mädchens, über das sich Callaghan geworfen hatte und es an den Boden drückte, hörte er kaum im Lärm, den das Wasser machte. Callaghan setzte sich rittlings auf sie, riß ihren Kopf hoch und hielt ihr grob mit beiden Händen den Mund zu. Der Picknickkorb stand unbeschädigt neben ihr.

Der junge Mann lag reglos da. Powers drehte den Körper um. Seine Augen waren weit offen. Seine Halswirbel waren gebrochen. Er war tot. Powers hob ihn hoch und warf den Körper durch den Wasserdunst über das Geländer. Er verschwand im herabstürzenden Wasser, nur sein rechtes Bein, das sich an einem nassen braunen Felsstück verhakt hatte, war noch zu sehen. Powers hatte einen Moment vor, über das Geländer zu steigen, um das herausragende Bein ins Wasser zu stoßen. Er sah auf seine Schuhe. Nein: er würde sich nasse Füße holen. «Die Böschung rauf», schrie er, und sie zogen Maureen hoch.

Verzweifelt versuchte sie sich zu wehren, und sie schlugen ihr wild ins Gesicht. Powers schob ihr die Mündung seines Polizeirevolvers gegen den schreienden Mund, so daß sie zu Tode geängstigt verstummte. Er zeigte auf den steilen, buschigen Hang. Callaghan zog sie an den Armen, Powers steckte den Revolver weg, rammte seine rechte Hand unter ihre Hüfte und schob seine schweren plumpen Finger grabbelnd vor. Den Picknickkorb hatte er in der linken Hand.

Die Straße war leer. Callaghan setzte sich neben sie hinten in den Wagen und drückte ihr den Revolver in den Bauch. Powers wendete und fuhr zurück in die hochgelegene Einöde.

«Ich hab Hunger», sagte er, «sag der Kleinen, sie soll uns was geben.»

Verängstigt gab ihnen Maureen Sandwiches. «Ah, schön sind die», sagte Powers. Er drehte sich zu ihr um. «Sie auch.» Er grinste.

«Sie haben ihn umgebracht», sagte sie.

«Wen?»

«Ihn.» Sie brachte es nicht fertig, seinen Namen zu sagen.

Irgendwie hatte sie das dumpfe Gefühl, sie müßte ihn schützen. Sie wußte, daß er tot war, unwiderruflich tot, aber begriffen hatte sie es noch nicht.

«Ach ja», sagte Powers und bog von der uneingezäunten Straße ab. Er fuhr über das büschelige Gras am Fuß des Evish Hill entlang und an der Westseite hoch. Hier konnten sie von der Straße aus nicht gesehen werden. Die Reifen rutschten über das glatte Gras, und er gab Gas und kurvte an den großen Steinen vorbei. Sie fuhren über den Rand einer weiten Talsenke. Vor ihnen lag der Evish Lake, ein winziges Wasserbecken, an dessen Ufer eine verlassene und etwas verwahrloste Hütte stand.

«Da rein mit ihr», sagte Powers, und Callaghan, den Revolver in der Linken, zog sie aus dem Wagen.

Die Hütte war kaum mehr als ein Verschlag. Die beiden Fenster vorn und nach hinten heraus waren mit Plastik vernagelt. In einer Ecke war Stroh, und in der Mitte lag auf dem vertrockneten Gras zur Seite gekippt ein dreibeiniger Schemel. Die Tür schloß, wenn man sie hart zustieß. Sie mußte dabei etwas angehoben werden. Die Bergfarmer stellten sich hier mit ihren Hunden unter, wenn sie bei schlechtem Wetter herkamen, um ihre Schafe zusammenzuholen. Es gab hier in den Bergen drei Farmen. Sie waren weit entfernt. Schafe waren auch nicht in der Nähe.

«Setzen Sie sich», sagte Powers und stellte den Schemel vor sie hin. Der Boden war uneben und der Schemel wackelte. Sie rückte ihn zurecht, so daß er einigermaßen fest stand, und setzte sich. Der Wind pfiff um die Hütte und drang von draußen herein.

«Ziehn Sie den Mantel aus», sagte Powers.

Sie krallte die Hände im Schoß zusammen. «Mir ist kalt», sagte sie. Er war tot. Sie begann es allmählich zu begreifen. Dieser Mann hatte ihn umgebracht. Sie zitterte am ganzen Leibe.

«Wo is' Johnny?»

«Ich weiß nicht.»

Powers war sehr ruhig. Die Freundlichkeit, mit der er sich

gab, hatte etwas Bedrohliches. Ein sanfter Ausdruck lag auf seinem großen Bauerngesicht.

«Ich hab keine Lust, hier die ganze Nacht rumzusitzen und mir Lügen anzuhör'n», sagte er. «Sie ha'm ihm Ihren Wagen gebracht. Wo wurde er gefunden?»

Was konnte ihm das schaden? Wenn Johnny mit dem Wagen nach Norden gefahren war, dann bestimmt nicht, um im Norden zu bleiben. «Ballycastle», sagte sie.

«Und wo ist er von da aus hin?»

«Ich weiß nicht.»

Er konnte sie bei dem Wind kaum verstehn. «Wo ist er hin?»

«Ich weiß nicht. Weiß es wirklich nicht.» Der Schemel kippte fast um. Sie suchte mit den Füßen Halt, um nicht zu fallen. Ihre Oberschenkel spreizten sich. Powers stierte geil hin.

«Sie erhielten Nachricht von ihm, daß er auf und davon ist. Von wo?»

«Ich habe keine Nachricht von ihm. Ich schwöre zu Gott, Mister, kein einziges Wort. Wir wissen nicht, wo er ist. Er hat nichts darüber gesagt . . .» Sie redete hastig vor sich hin und er hörte zu.

«Ein letztes Mal frag ich Sie jetzt», sagte er sanft. «Wo finden wir ihn?»

«Wir wissen es nicht, Mister, Gott ist mein Zeuge. Er hat uns nichts gesagt. Wir haben keine Nachricht von ihm, Mister, bitte . . .»

«Callaghan», sagte Powers mit leiser, freundlicher Stimme. «Du gehst jetzt den Berg rauf und kuckst dich ein bißchen um. Gehst ganz um die Anhöhe rum und machst dann den Weg noch mal. Du kommst erst wieder her, wenn ich rufe.» Er sah dabei nicht zu Callaghan hin, sah dem Mädchen fest ins Gesicht. «Mach schon.»

«Ja, ich gehe.» Callaghan ging nach draußen. Der Wind fuhr in die Hütte. Das Mädchen hüllte sich in den Mantel. Callaghan sah zu ihr hin, bis er die Tür hinter sich geschlossen hatte. Gier lag in seinem Blick.

«Ich geb Ihnen noch eine Chance, Miss», sagte Powers. «Wo finden wir Johnny?»

«Um Gottes willen, glauben Sie mir, Mister. Ich weiß es nicht.»

«Sie wissen doch was.»

«Nichts weiß ich.»

Powers zog seine Jacke aus und warf sie auf den Boden. «Ich hab jetzt genug», sagte er. «Ziehn Sie den Mantel aus.»

«Nein.»

Er löste seinen Gürtel. «Mantel ausziehn.»

«Nein.» Den Schemel in der Hand, stand sie plötzlich auf. Mit beiden Händen packte sie eins der Stuhlbeine. «Ich schlag zu, wenn Sie mit dem Gürtel auf mich losgehn.»

«Nee, mit dem Gürtel nich', Kleine. Dazu bist du mir zu schade. Zieh den Mantel aus.»

Sie stellte sich mit dem Rücken gegen die Wand und hob den Schemel. Powers nahm seinen Gürtel nicht ab. Er öffnete seinen Schlitz. «Kuck hier», sagte er, «mit dem Ding komm ich dir jetzt. Zieh den Mantel aus.» Er ließ seine Hose fallen, und sie drang mit dem erhobenen Schemel auf ihn ein. Sie legte wie von Sinnen ihre ganze Kraft in den Schwung. Die Wucht war zu groß. Er duckte sich und schlug einen Fuß unter ihr weg. Sie stürzte vornüber und prallte mit dem Kopf gegen die Tür. Sie war betäubt, hatte aber noch ihre Sinne beisammen. Mit letzter Kraft wehrte sie sich, und um sie noch mehr zu schwächen, bearbeitete er ihren Unterkiefer mit seinen Knöcheln und riß an ihren Kleidern. Es war schwierig, denn halb bewußtlos kämpfte sie wie eine Rasende und steigerte dadurch noch seine Wut. Der Kleiderstoff hielt stand. Mein Messer, dachte er, und kam doch nicht an seine Tasche heran, ohne daß sie ihm durch die Tür entwischt wäre. Er zog und riß an ihr und schleppte sie über den Boden. Ihre Schreie mischten sich mit dem Heulen des Windes und gellten ihr in den Ohren. Nackt wollte er sie. Das Blut dröhnte in seinen Schläfen. Der Anblick ihres weißen Fleisches machte ihn rasend. Als alles, was sie angehabt hatte, in Fetzen in der Hütte herumlag, warf er sie auf das Stroh.

In der Zeit, die es ihn, von seiner Hose behindert, kostete, an seine Schnürsenkel heranzukommen, gelang es ihr, zur Tür vorzuwanken und sie halb zu öffnen. Er sprang sie wie ein Rugbyspieler von hinten an, rollte sie zurück aufs Stroh und klemmte sein Knie zwischen ihre zusammengepreßten Schenkel. Sie hatte immer noch mehr Kraft, als er es für möglich gehalten hätte, und Blut floß von ihren Schenkeln, als er, um sie auseinanderzubekommen, die Nägel eingrub und sie zu Boden drückte.

«Wehr dich, du lausige weiße Nutte. Los – wehr dich. Laß dich ficken, während du kämpfst . . .» Er schloß die Hände um ihren Hals. Steif und erstarrt lag sie unter ihm. Nur noch spucken konnte sie, und so preßte er seinen Mund auf ihre Lippen. Sie versuchte, ihn zu beißen, und er drückte ihren Hals noch fester zu. Er nahm sich Zeit und ließ die Hütte, die Berge ringsum und das Mädchen teilhaben an seinem Vergnügen.

Dann ließ er von ihr ab und zog seine Hose an. Er setzte sich auf den Schemel, um die Schnürsenkel zuzuknöpfen. Wehstöhnend und jammernd lag sie zusammengerollt auf dem Boden. Er zog seine Jacke an.

«Danke Ihnen sehr, Miss», sagte er anerkennend. «Das war gut.» Er sammelte die Kleiderfetzen zusammen und wikkelte darin ihre Schuhe ein. Dann öffnete er die Hüttentür und winkte Callaghan vom Rand der Talsenke zurück.

«Komm her jetzt», sagte er. «Ich will den Kram hier loswerden.»

Er verbrachte eine Stunde damit, Steine zu sammeln und sie zu einem Haufen über den zerrissenen Kleidern und den Schuhen zu stapeln. Irgendwo hier in der Gegend, er wußte nicht genau wo, war angeblich Ossian begraben. Ossian, Cuchullain, Finn – Gottverdammich, wenn an den alten Geschichten etwas dran war, dann mußten diese Burschen sich darauf verstanden haben, eine Frau aufs Kreuz zu legen. Und was für Frauen! Die Geschichtenerzähler wußten davon ein Lied zu singen. In den alten gälischen Zeiten mußte es verdammt hoch hergegangen sein. Er bedauerte, daß er kein

Gälisch konnte. Aber für einen guten, kampflustigen Fick, wie ihn die Alten sich verschafft hatten, wollte er wenigstens ein steinernes Hügelgrab bauen. Als er zur Hütte zurückkam, war Callaghan vor der geschlossenen Tür dabei, seine Stiefel zuzuschnüren.

«Stellte sich beim ersten Mal 'n bißchen an», sagte er und versuchte, sich im Wind eine Zigarette anzuzünden. «Aber beim zweiten Mal hat sie sich nicht mehr gewehrt.» Neugierig fragte er Powers: «Meinst du, denen paßt das so?»

«Hab mir darüber noch keine Gedanken gemacht.»

«Was sagen wir ihnen?»

Powers ging nicht darauf ein. Er trat in die Hütte und schloß die Tür. «Wo is' Ihr Bruder, Miss? Das is' Ihre letzte Chance.»

Sie lag halb bewußtlos zusammengerollt in der Ecke und schwieg. Ihr weißes Fleisch war blutig verkratzt und verschwollen. Sie nahm ihre letzte Chance nicht wahr. Er kniete sich über sie und umfaßte ihren Hals. Sie wehrte sich nicht mehr.

Sie warfen sie in den Evish Lake.

«An der Straße sind bestimmt Kontrollstellen», sagte Callaghan, als sie sich Ballymoney näherten. «Wir stellen den Wagen irgendwo ab und nehmen den Bus.»

Sie fuhren im Bus bis zum Depot in Belfast und gingen in die Falls. Die Straßen waren leer. Die Straßen waren an Sommerabenden nie leer, es sei denn, Schießereien waren im Gange. Die Stille, die herrschte, war nicht die Stille eines Sonntagmorgens vor der Frühmesse. Es war die Verlassenheit der Straßen, die diese Stille bewirkte. Soldaten waren nirgends zu sehen.

Es hatte in Belfast geregnet. Das Straßenpflaster war dunkel und naß, die Luft drückend. Von irgendwoher, aber aus welcher Richtung, war schwer zu sagen, drang die Stimme eines Mannes gegen die Stille an. War es ein Rufen? Kein Rufen, nur ein lautes weit entferntes Geräusch; gedämpft vielleicht durch die kleinen Häuser, halb erstickt unter der lastenden Luft. Die Stimme eines Mannes. Kein Rufen. Aber hartnäckig anhaltend. Eine Rede? Das war es; jemand hielt eine Rede. Sie blieben auf der Straße stehen und horchten.

Dann durchdrang ein geballtes, massives Geräusch die Stille, ein vertrautes Geräusch, aber doch andersartig; schriller als das vertraute Geräusch der bei einem Fußballspiel aufbrüllenden Menge, übertönt von den Stimmen von Frauen, ein gellendes, wildes Geschrei.

«Celtic Park», sagte Callaghan. «Was is' da los?»

«Eine Versammlung?»

«Was für 'ne Versammlung?»

Powers ging die Straße entlang und sah die Kreuzung hinunter. Auch hier die Verlassenheit. Er ging in Con Casey's Pub an der Ecke. Casey nahm ein paar saubere Gläser und tauchte sie in das Becken. Vorgebeugt wusch er sie ab. «Na, Pat», sagte er.

«Was is' los, Con?»

«Was soll sein, Pat?»

«Im Park, Con. Auf dem Fußballplatz.»

«'ne Versammlung.»

«Was für 'ne Versammlung? Raus mit der Sprache, Con, erzähl. Was is' los?»

«Na gut.» Con sah ihn herausfordernd an, als hätte er keine Angst und wäre bereit, das zu beweisen. «Gestern abend im Fernsehn. Die Protestanten haben Barrikaden gebaut, um einen neuen Sperrbezirk ...»

«Ach so! Und die Army hat sie niedergerissen?»

«Ja. Aber du hättst sie sehn sollen, Pat, diese Burschen. Verdammt harte Kerle, Pat. Das is' 'ne Truppe, kann ich dir sagen. Hättst sie marschieren sehn sollen. Die sind trainiert, Pat – das is' 'ne Army, kann ich dir sagen ...»

«Wir vielleicht nicht?»

«Dreißigtausend sind das. Hättst sie sehn sollen, Pat, da hättst du gestaunt.»

«Denkst du, wir ha'm Schiß vor denen?»

«Nee.» Casey schien noch was sagen zu wollen, hielt aber den Mund.

«Und was hat das mit der Versammlung zu tun, Con?»

«Die Frauen sahn die Protestanten-Army im Fernsehn. Die Priester auch. Die Nachricht verbreitete sich wie der Blitz, die Leute strömten zum Park, und da schossen eure Jungs auf eine Patrouille der Army. Zwei kleine Mädchen wurden getötet, und ihre Mutter . . . Zwillinge, fünf Jahre alt. Ihr Vater ist tot. Alle aus den Falls sind im Celtic Park, Pat.»

«Von der Army sind die kleinen Mädchen getötet word'n?»

«Nein.» Damit hatte Casey genug gesagt. Aber dann ging er noch weiter. Er sagte noch mal: «Nein.»

«Von wem denn?»

«Eure Jungs warn's.» Er hob ein wenig den Kopf.

«Die Army hat sie getötet, Con. Hast du gehört?»

«Die Army hat sie getötet, Pat.»

«Hast du gehört?»

«Ich hab's gehört, Pat.» Er sah in das Wasserbecken. «Aber keiner glaubt das. Sie sind vor Wut außer sich.»

«Los jetzt.» Powers stürzte aus der Tür und zog Callaghan wie seinen Schatten hinter sich her. Den ganzen Weg bis zum Celtic Park liefen sie.

Alle aus den Falls waren im Celtic Park versammelt, Männer, Frauen und Kinder. In Massen standen sie auf dem Spielfeld. Auch die Priester waren im Celtic Park. Aus den Falls, aus Ardoyne, Andersonstown und den Springfield-Distrikten waren sie gekommen. Die Tribünen waren gerammelt voll. Die Telefonwachen mußten alle Hände voll zu tun gehabt haben. Sie mußten vieles von dem, was die Priester fernmündlich besprochen hatten, mitgehört und weitergemeldet haben. Was immer es gewesen sein mochte, es hatte jedenfalls bewirkt, daß die Army zurückgezogen wurde.

Und sie legten sich mächtig ins Zeug. Sie hatten ein Mikrophon, und Lautsprecher waren aufgestellt worden. Father Murphy hatte das Mikrophon am Mund und sprach mit ruhiger Stimme. «Zwei Babys», sagte er. «Zwei Babys und ihre verwitwete Mutter, niedergeschossen in ihrer Straße von ihren eigenen Leuten. In ihrer eigenen Straße niedergeschossen. Über den Haufen geschossen, ohne daß auch nur ein Soldat in der Nähe gewesen wäre!

Wozu wurden sie erschossen? Um euch zu schützen. Um uns vor unseren protestantischen Nachbarn zu schützen.» Seine predigende Stimme klang ihnen eindringlich in den Ohren. «Die Leute, die uns schützen wollen, schießen uns zu unserer Verteidigung nieder . . . Ich habe es selbst gesehen», sagte er, «und nirgends in dreißig Meter Umkreis der wehrlosen Witwe und ihrer Babys war ein einziger Soldat. Wollen sie uns weismachen, unsere Beschützer könnten nicht besser schießen? Wollen sie uns einreden, die britische Army hätte das getan? Die Soldaten haben keinen einzigen Schuß abgegeben. Was also wollen sie uns erzählen?» Er holte Luft und fuhr grimmig mit rauher Stimme fort: «Daß wir, da Katholiken sterben, ihren Schutz brauchen, auch wenn sie zum Beweis dafür eine katholische Witwe und ihre Kinder umbringen müssen. Macht ein Ende damit, sage ich euch! Im Namen des Allmächtigen, macht ein Ende damit. Es gibt andere Wege, die zum Ziel führen. All die Jahrhunderte haben diese Männer nie etwas für uns erreicht. Sie haben uns Niederlagen eingehandelt, wo uns andere Wege Gewinn gebracht hätten. Aber wir haben sie in der Hand – nicht umgekehrt. Wer hat sie gedeckt und ihnen Schutz geboten? Wir haben das getan. Ohne uns können sie nicht weitermachen – macht also im Namen der Gesegneten Mutter Gottes und Ihres Sohnes ein Ende damit.

Wir lieben unsere protestantischen Nächsten. Gebt auch ihnen die Chance, uns zu lieben. Werft die Waffen weg . . .»

Die Menge hörte schweigend zu. Als er geendet hatte, hielt die Stille an, unterbrochen nur von den winzigen Stimmen der Kinder, die weinten und lachten und sich etwas zuriefen. Nicht das Fußballgebrüll der Zuschauermenge schlug Father Murphy entgegen, aber die entschlossenen Gesichter und das Schweigen der vielen Leute waren bedrohlich genug. Sie schienen auf etwas zu warten, auf etwas, dem die Priester nun den Weg zum Mikrophon freimachten.

Es war Mrs. Machin, die Inhaberin des kleinen, ärmlichen Ladens.

Powers und Callaghan waren um die Menge herumgegangen und standen jetzt ziemlich weit vorn. «Die Kirche war immer schon gegen uns», sagte Powers mit bösartigem Unterton zu Callaghan. «Sie war immer für England.» Er hatte das jemand bei einer Versammlung sagen hören.

Callaghan, der das oft gehört hatte, sagte nervös: «Ja, das kann sein.»

«Es *ist* so, sag ich dir.»

Callaghan war sich nicht sicher, ob Powers mehr über diese höheren Dinge wüßte als er selbst, aber er kannte diesen exaltiert-überlegenen Gesichtsausdruck seines Kumpanen, und so schwieg er.

Mrs. Machin, von zwei links und rechts neben ihr stehenden Priestern gestützt, war bereit. Powers stand neben Clune direkt vor ihr in der vordersten Reihe der Menge. «Dafür werden sie büßen müssen», sagte er mit harter Stimme zu Clune.

«Halten Sie den Mund hier.»

Powers' Gesicht verdüsterte sich. Er wandte sich von Clune ab, der Mrs. Machin erbittert ins Auge gefaßt hatte.

«Priester können von mir aus über die Liebe zu ihren protestantischen Nächsten reden», sagte sie, und wie ein leichter Wind über ein Roggenfeld ging ein Rascheln, das ein leises Gelächter sein mochte, durch die Menge.

«Ich liebe meine protestantischen Nächsten nicht. Ich hab nie welche als Nachbarn gehabt. Ich wohne in den Falls, und da gibt's keine.» Man lachte darüber, etwas offener als bisher, hielt sich aber angesichts der Gefahr und der tödlichen Bedrohung zurück. «Nach allem, was ich, nachdem ich mein Leben lang in Ulster und in den Falls gewohnt habe, von ihnen weiß ... *hasse ich diese dreckigen Hunde*!» Die Priester starrten mit steinerner Miene vor sich hin.

Das Fußballgebrüll dröhnte laut über den Platz, aber erstarb ebenso rasch. Das war es nicht, womit sie jetzt in ihren Gedanken und Ängsten beschäftigt waren.

Sie sprach aus, was ihnen in diesem Moment zu schaffen machte. «Haben Sie's gestern abend im Fernsehn gesehn? Haben Sie die lieben protestantischen Nachbarn im Fernsehn gesehn?» Totenstille breitete sich auf dem Platz aus. «Die sind so weit!» schrie sie. «*Haben Sie sie gesehn?* Das is' 'ne richtige Armee. Und das sind keine Engländer, diese Burschen. Wenn die losschlagen, wird's keine englischen MPs geben, die denen sagen, sie soll'n nich' zu hart umgehn mit den verdammten, armen Papisten. Und wer is' da, der gegen diese Burschen kämpft?»

Ihr Blick fiel auf Powers neben Clune in der vordersten Reihe. Mit ihrer ganzen ungeschlachten Beredsamkeit, ihrem Instinkt für dramatische Steigerung und all ihrer Angst fiel sie über ihn her.

Sie hob ihren fleischigen Arm und zeigte auf Powers. «*Sie*, Patsy Powers? Sind *Sie* der Mann, der gegen sie kämpft? Das is' der Bursche, der mir fast die Titten zerschlag'n hat, bloß weil ich 'n Brief für einen jungen Mann einstecken wollte – und sehn Sie sich den an! Sein Gesicht! Ich, 'ne alte fette Frau, hab ihm fast die ganze Haut runtergekratzt. Und so einer will gegen die Protestanten kämpfen? *So einer?!*» Ihre Stimme überschlug sich kreischend. «Und Sie, Mr. Clune da unten, Sie verdammtes einäugiges Feldherrngenie, Sie woll'n Ihre tapf'ren Jungs in den Kampf führ'n? Die auf Soldjers schießen und aus dreißig Metern Witwen und ihre Kinder treffen? *Aus dreißig Metern* . . . Sie haben's von Father Murphy gehört!

Ja, und diese Armee, die kämpft nich' gegen Provos oder Offizielle. Die kommt und brennt hier alles nieder . . . ganz Falls geht auf in Flammen, und 'n Dreck scher'n die sich drum, wer und was da brennt. Wer noch rauskann, geht über die Grenze und kommt nie wieder her . . .»

Sie wußten das. Sie nahmen es schweigend hin. Hier gab's nichts mehr zum Brüllen. Hier ging es um Tränen und um ihre Ängste.

Plötzlich wurde hier und da Protest laut, und Mrs. Machin, die ihre Redefertigkeit und deren Wirkung auf mehr Leute, als sie mit ihren fünfzig Jahren je vor sich gehabt hatte, genoß, ging wütend darauf ein.

«Diese Leute machen das nich' zum Spaß», schrie sie. «Sie

haben die IRA-Bomben satt und die IRA-Schießereien und sie haben's satt, daß wir sie decken, und jetzt zahlen sie's uns heim. Zahlen's jedem von uns heim – jedem. Massakrier'n werden sie uns, und auf die von uns, die übrigbleiben, legen sie in der lausigen irischen Republik keinen Wert.»

Als die Proteste lauter wurden, kam sie instinktiv auf den entscheidenden Punkt. «Frauen sind unter euch mit einem Aufruf zum Unterschreiben – ein Appell für Frieden, bevor es aus ist mit uns. Setzen Sie Ihren Namen drunter . . . noch heute . . .»

Das war das Stichwort, auf das sie gewartet hatten; die Gewährsmänner der Presse machten sich an die Telefone, und die Reporter und ein BBC-Übertragungswagen erschienen . . . Mit dem ihr eigenen irischen Lächeln in den Augen und dem ihr eingeborenen Instinkt für das gewinnende Wort rief Mrs. Machin den Reportern und der Kamera zugewandt: «Wir lieben unsere protestantischen Nächsten . . . unterschreibt den Friedensappell . . .» und die Kamera richtete sich auf ihr verzerrtes Gesicht und ihre erhobenen Arme, das vorgehaltene Mikrophon schluckte ihre Erklärung der Nächstenliebe, und die Stenogrammblocks, auf denen wortwörtliche Berichte notiert werden sollten, wurden mit Friedensbeteuerungen bekritzelt.

Mit Fußballgebrüll feierte die Menge Mrs. Machin. Aus den verstreut laut gewordenen Protesten wurden verstreut Schlägereien. *«Unterschreibt für den Frieden!»* brüllte Mrs. Machin.

«Lassen Sie mich da raufgehn», rief Powers Clune zu.

«Unsinn. Ich geh rauf.»

«Hier kommt Mr. Clune», höhnte Mrs. Machin, «Ihnen zu sagen, daß mit den Schießerein noch nich' Schluß is'. Wollen Sie ihn hör'n, diesen Mann? Wollen Sie ihn hör'n, den kleinen Patch Clune?»

Aus dem Gebrüll war kein Wort herauszuhören, aber es bedeutete «Nein», und die Schlägereien nahmen zu. Frauen zogen sich zurück, um nicht darein verwickelt zu werden. Blätter mit dem Friedensappell wurden zerrissen und in die Luft geworfen, und Frauen versperrten Clune den Weg zum Mikrophon. «Wir brauchen Sie nich', Clune», schrie, vom Gebrüll unterstützt, Mrs. Machin ihn an. Die Frauen drängten Clune zurück.

«Ich geh rauf», sagte Powers.

«Halten Sie, zum Teufel, Ihre große Klappe,» sagte Clune wütend. «Das hier wird seine Folgen haben. Wir hören nicht auf zu schießen bloß wegen einem Haufen hysterischer Weiber. Wir zahlen's ihnen heim.»

Die Austräger der Friedenspapiere wurden grob behandelt, und diejenigen, die sich auf sie stürzten, wurden ihrerseits von Frauen attackiert. Der Park leerte sich allmählich. Die Presse hatte ihren Bericht: die Counties und England würden ihn in den Spätnachrichten bringen, die Zeitungen würden noch ausführlicher darauf eingehen und morgen wüßte die ganze Welt davon. Die Katholiken appellieren für Frieden: Werden die Protestanten darauf eingehen?

«Los jetzt, zurück», sagte Clune zu Powers.

«Wohin?»

«Joy Street.» Clune setzte sich mit seinen Getreuen ab. Powers folgte ihnen. Clune sah das. «Kein Massenabmarsch», sagte er und winkte ihn mit einer Handbewegung weg.

Gekränkt und in seiner Selbstachtung verletzt, wandte sich Powers ab und nahm Callaghan mit sich zur Joy Street.

Clune war schon da, außerdem McCann, McCandless und noch ein Dutzend – der ganze Belfaster Brigadestab – sowie drei englische Journalisten von der *Sunday Times*, dem *Observer* und dem *Guardian*. «Die Rohrpostler», nannte Clune sie verächtlich. «Die sind so drauf versessen, nett zu sein, daß sie jeden Scheißdreck glauben, den man ihnen aufbindet.»

Er erzählte ihnen, was er sich zurechtgelegt hatte. Er sprach rasch, immer nahe vor einem Ausbruch, mit rauher, mühsam gezügelter Stimme. Er war wütend und hatte Angst. Die Katholiken waren im Begriff, sich ihrer Kontrolle zu entziehen.

«Der Krieg geht weiter», sagte Clune eindringlich. «Wir wollen Frieden, aber nicht um jeden Preis. Zum Frieden kann es erst kommen, wenn Gerechtigkeit herrscht, und Gerechtigkeit wird es erst geben, wenn die britischen Truppen mit ihren Waffen und Panzerwagen abziehen und zurückgehen nach England . . . Das ist alles», fügte er mit einem grimmigen Blick aus seinem einen, unverdeckten Auge hinzu. «Gehn Sie.»

Irritiert brachen die Journalisten auf. Sie würden tapfer dastehen in ihren Zeitungsberichten. «Interview mit Joseph Clune in einem IRA-Haus in den Falls . . .» Lauter Daniels in der Löwengrube.

Der Brigadestab machte sich an die Arbeit.

«Powers», sagte Clune, am Küchentisch sitzend, «ha'm Sie das Mädchen erwischt?»

«Ja, Sir, Sie wollte nichts sagen. Sie ist tot.»

«McManus hat ihren Wagen in Ballycastle gelassen.»

«Das hat sie gesagt.»

Clune schrie: *«Ich denke, sie wollte nichts sagen?»*

«Das is' alles, was sie gesagt hat.»

«Er hat am Golfplatz einen Wagen gestohlen. Er ließ ihn in Sixmilecross. Und den Wagen, den er sich da stahl, ließ er auf Francis Healys Feld in Clady.» Er holte hinter sich ein Bündel Kleider hervor. «Sind das seine?»

«Ja.»

«Er ist bei Clady über die Grenze gegangen.» Clune winkte ungeduldig einem der Männer in der Runde. «Gib ihnen fünfzig Pfund. Sehn Sie zu, daß Sie ihn finden, Powers, und das Wechselgeld bringen Sie zurück. Los jetzt, Ihr beiden, und kommt mir nicht zurück, ehe Ihr ihn umgelegt habt.»

Sie gingen auf die Straße zurück in ihr leeres Haus, machten sich Tee und setzten sich schweigend an den Küchentisch.

Powers sah verdüstert vor sich hin. Er wurde die Gedanken an Clune nicht los; wie ein schwerer Stein lag ihm der auf der Seele. Er hätte ihn, fiebernd vor Wut, ermorden können.

«Pat», sagte Callaghan zögernd, «war doch 'ne prima Sache mit der Kleinen, was?»

Powers nickte, ohne viel mehr als den Ton der Stimme gehört zu haben.

«Hab nie eine wie die gefickt. So weiß ihr Fleisch . . .»

Er nickte in Gedanken an Clune. Clune war es, den er mit seinem Kopfnicken meinte.

«Sag mal, Pat . . .?»

Powers hob den Kopf, blinzelte und sah nach einer Weile den Mann neben sich am Tisch. «Was?»

«Was macht dir mehr Spaß – Ficken oder Töten?»

«Hm.» Er stand auf. «Is' beides gleich gut.»

Er ging nach oben und ins Bett.

8

Gott hilft den Jungen und Gescheiten. McManus wußte genau, was er wollte, und auch, wie er es machen wollte.

Er wachte am Abend um neun auf und ging nach alter, bürgerlicher Gewohnheit den Flur hinunter, um ein Bad zu nehmen. Um zehn ging er in den kleinen Empfangsraum und bat darum, ihm ein Proviantpaket zurechtzumachen. Es würde zur Frühstückszeit fertig sein, sagte der junge Mann am Schreibtisch.

«Nein. Ich möchte es noch heute abend.»

«Dann ist es am Morgen nicht mehr frisch.»

«Bis zum Morgen habe ich es längst gegessen.» McManus gab ihm dazu weiter keine Erklärung, und der Hotelangestellte sah ihn fragend und ärgerlich an.

«Ich muß es selbst machen», sagte er. «Die Küche ist nicht die ganze Nacht in Betrieb. Und Sie müssen es auch gleich bezahlen.» Warum schlief jemand den ganzen Tag und wollte ein Päckchen mit Essen, bevor er zur Nacht ins Bett ging? Er fragte nicht. Sein Blick war Frage genug und reichte auch aus, ihm das Bild dieses Gastes einzuprägen.

Um Mitternacht kam McManus mit seinem Gepäck auf dem Rücken leise die Treppe hinunter, um das kleine Hotel, in dem alles zu schlafen schien, zu verlassen. Der junge Mann saß noch am Schreibtisch und tat so, als läse er in einem Taschenbuch. McManus beobachtete sein Spiegelbild in der Glastür und sah, wie er den Kopf hob und ihm nachstarrte. Als er sich auf der Straße umdrehte, sah er den jungen Mann auf der Treppe stehen. Er starrte immer noch hinter ihm her, wie ein Mann, der eine Spur zu lesen sucht.

Ihm konnte das gleich sein: er war wieder mal auf und davon. Er ging an der Kirche vorbei, blieb auf der Brücke stehen und betrachtete die Sterne, die sich im Wasser des Finn spiegelten. Die Nacht war kühl. Er ging über die Brücke nach Ballybofey und durch die Stadt ins dunkle Land, wo es keine Lampen gab, nur Hecken und Steinmauern und, als er zur Barnesmore-Schlucht hinaufstieg, grasüberwucherte Erdbänke und noch etwas höher das ansteigende Moor zur Rechten und die Moorsenke zur Linken. Und den Mond, der in dem sich mit jedem Schritt verdichtenden Gewölk hervorkam und wieder verschwand; und den nieselnden Regen. Er löste seine Plastik-Regenhülle vom Gepäck und ging weiter. Er war diesen Weg schon in seiner Schulzeit gegangen und hatte nie erlebt, daß es hier, tags oder nachts, trocken gewesen wäre.

Aber der Regen war ihm gleich. Er war weggekommen. Er ging unbeirrt weiter und machte nur alle Stunden zehn Minuten Rast. Einmal hörte er sich nähernde Schritte und ging langsamer. Aus der Dunkelheit kam ein Mann auf ihn zu, der auf die andere Straßenseite wechselte und an ihm vorbeiging, ohne ein Wort zu sagen. McManus blieb stehen und horchte, aber die Schritte waren nicht mehr zu hören. Er ging weiter, blieb stehen und hörte nun wieder die Schritte. Der Mann lief. Menschen haben Angst vor dem, was ihnen in der Dunkelheit begegnet. Die Angst des Fremden weckte auch in ihm wieder die Angst. Er ging schneller, machte seltener Rast, kletterte im aufkommenden Zwielicht unter eine Brücke, um sich im Fluß die Füße zu waschen. Er trocknete sie und rieb sie mit Methylalkohol ab. Er wechselte die Strümpfe, spülte die alten durch und hängte sie an sein Gepäck. Nach einer halben Stunde wurde der Himmel hell, und unter sich sah er die Stadt Donegal.

Da er gut fünfzehn Kilometer hinter sich hatte und die noch schlafende Stadt sich bald beleben würde, kletterte er den Hügel hinauf und kampierte an einer Stelle, wo er von der Straße aus nicht zu sehen war. Er hatte das Proviantpaket noch nicht angebrochen – Sandwiches mit Huhn, ein großes Stück Räucherkäse, ein Stück Obstkuchen, eine Flasche Bier und ein Plastikmesser. Trotz seiner andersartigen Aufmachung hatte man ihm gegeben, was die Touristen bekommen. Er hatte keinen Hunger, aber es war Zeit, daß er etwas aß.

Er kroch dazu in seinen Schlafsack, unter dem er die Regenhülle auf dem nassen Gras ausgebreitet hatte. Seine klamme Hose hing an einer Seilschlinge am Zelt. Ihm wurde wieder warm, er begann zu schwitzen und konnte nicht einschlafen. Der Tag kam herauf, die Sonne schien und Wind kam auf, und immer war er noch wach. Er nahm die Regenhülle, stieg den Hügel hinauf, legte sich ins Gras und beobachtete die Straße.

Das schlaflose Warten bei Tag machte ihn unruhig. Fünfzehn Kilometer in einer Nacht waren nicht genug. Was er sich vorgenommen hatte, schien nicht der beste Plan, selbst wenn es zunächst so ausgesehen hatte. Er war hier von allem weit weg, aber offenbar noch nicht weit genug. Seine Nervosität teilte sich seinen Gedanken mit. Wenn er seinen Vorrat aufgegessen hatte, mußte er zusehen, wie er erneut an Lebensmittel kam. Das bedeutete, daß er in Läden und Cafés in den Städten oder nachts in Hotels einkaufen mußte. Und da würde er mit Leuten zu tun haben. Mit was für Leuten? Das war jedesmal die Frage. Sein Steckbrief war sicher in allen zweiunddreißig Counties Irlands längst heraus. Gewiß würden die Leute nicht überall Ausschau nach ihm halten, aber hier und da würde es doch welche geben, die Lunte rochen und jedermann auf den Straßen, in den Bergen und auf den Durchfahrtsstraßen in Städten besonders aufmerksam beobachteten.

Unten auf der Straße kamen jetzt gelegentlich Autos vorbei. Der Wind ließ nach, die Sonne wurde wärmer. Er ging zu seinem Zelt zurück. Einen Arzt aufsuchen? Verzweifelt müde fühlte er sich, und schwindlig. Was für einen Arzt, und wo? Seine Hose und seine Strümpfe waren trocken. Er legte sich auf den Schlafsack und schlief bis Mittag, dann ging er wieder nach oben und beobachtete die Straße. Busse kamen vorbei, in östlicher und in westlicher Richtung.

Es war die Zeit der Ferienbusse. Mit ihrem Soll an amerikanischen Touristen fuhren sie die Straße hinauf durch die Schlucht und machten auf ihren Rundreisen durch die Republik Irland auch eine Fahrt rund um die Grafschaft Donegal.

Seit die britische Botschaft in Dublin niedergebrannt worden war, kamen die Engländer nicht mehr nach Irland. Auch Amerikaner kamen nicht mehr so viele. Ihnen war der Unterschied zwischen dem Norden und dem Süden nicht klar, selbst wenn es sich um leidenschaftlich gegen die Engländer eingestellte Iro-Amerikaner handelte.

Wieder kam so ein Bus vorbei. Der dritte seit heute früh. Sie fuhren wahrscheinlich zur Mündung des Foyle und die Westküste hinunter nach Bundoran oder vielleicht ganz bis Sligo. Er lag im Gras und dachte darüber nach. Ein alter Mann kam jenseits der Straße den Hang hinauf und blieb am Straßenrand stehen. Er schien ohne jeden Grund dort zu stehen, ohne auch irgendwohin zu sehen. Ein Bus kam von der Schlucht her, und der alte Mann winkte ihn heran. Es war keine Haltestelle. Ein weiterer Bus kam von der Stadt Donegal und fuhr zur Schlucht. Lange beschäftigte er sich in Gedanken mit diesen und den anderen, zur Hälfte mit amerikanischen Touristen besetzten Bussen. Er packte seine Sachen zusammen, ging hinunter zur Straße und wartete dort. Sein Problem war leicht zu lösen, wenn alles so ging, wie er es sich dachte.

Der Bus kam, und fast während der ganzen Fahrt nach Sligo schlief er. Ich hab's geschafft, ich bin weg, sagte er so lange vor sich hin, bis es ihn langweilte. Es gab eine Möglichkeit, seine Spur zu verwischen. In einem Laden in Sligo kaufte er sich einen billigen Tweedanzug und stopfte seine alten, von Farbe bekleckstcn Kleider in seinen Rucksack. Im Great Southern Hotel von Sligo kam kein Verdacht auf, wurden keine Fragen gestellt. Er sah aus wie ein junger Herr, der sein Gepäck auf dem Rücken hatte, dem Wind und Regen leid geworden waren, und der jetzt einmal in einem weichen Bett schlafen, sich mit Heißwasser rasieren und ein Bad nehmen wollte.

Er ging nach unten in die Bar und gab für den Barmann einen Drink aus. Den zwei Tage alten, dünnen und fusseligen Bartflaum hatte er noch nicht abgenommen, und er sah dadurch wenig gepflegt und unreif aus. «Haben Sie manchmal amerikanische Reisegesellschaften zu Gast?» fragte er den Barmann.

Der Mann war klein, rundlich und gab sich betriebsam. Er musterte McManus mit dem Blick des Profis. «Wen sonst heutzutage?» sagte er. «Mit den Engländern ist das nichts mehr.»

«Besteht die Chance, sich hier einer amerikanischen Bustour anzuschließen?»

«Keine Lust mehr, zu Fuß zu gehn?»

«Ja. Und im Freien zu schlafen auch nicht.»

«Ihr Husten ist nicht von schlechten Eltern.»

«Will den endlich loswerden. Besteht Aussicht, sich hier eine Platzkarte zu ergattern?»

«Kommt drauf an.» Der Barmann betrachtete den Tweedanzug. Neu und billig. «Manche Fahrer sind 'n bißchen happig.»

«Kein Problem.» McManus schob ihm eine Pfundnote hin. Der Mann ignorierte das. Er schob ihm noch eine hin. «Sie kennen die Fahrer?»

«Die meisten. Gibt heutigentags immer freie Plätze, aber es ist gegen die Vorschrift – Anhalter und so, Sie wissen. Wo woll'n Sie hin?»

«Bantry.»

«Dann ist Charley Murphy der richtige Mann für Sie. Er ist kein Geldschneider. Muß in einer Stunde hier sein.» Er steckte die zwei Pfund ohne sich zu bedanken ein. «Mal sehn, was sich machen läßt. Ihre Zimmernummer?»

McManus sagte sie ihm und ging nach oben. Er legte sich hin, stand wieder auf, stellte das Radio an und empfand es als störend, ging im Zimmer auf und ab, das aber dafür zu klein war. Er legte sich wieder hin.

Es gab keinen Grund, jetzt nervös zu sein, aber er zitterte und schwitzte heftig, und seine Einsamkeit und Isolation wurden ihm plötzlich bewußt. Er war auf der Flucht und war krank. Er war zweiundzwanzig und ein schlechter Gewehrschütze (drei Tage Ausbildung in einem Lager in Donegal) und mit seinen ein Meter achtzig im Grunde ein kleiner Junge, der seine Eltern entbehrte. Alles ganz gut und schön, dieser Entschluß, in den Südwesten zu fliehen. Dort war es einsam und leer. Aber wenn er dorthin kam, was dann? Das hatte er sich gar nicht überlegt; er war blindlings nur einfach geflohen.

Vater, Vater, Vater. Er sah es mit geschlossenen Augen vor sich, das blasse freundliche Gesicht seines Vaters. Er hatte Angst gehabt vor den Straßenjungen in Belfast, wenn er als Kind mit seinem Vater an ihnen vorbeikam, und die ruhige Stimme hatte zu ihm gesagt: «Du brauchst keine Angst zu haben, Johnny. Ich werde mit ihnen schon fertig.»

«Altes Glasauge!» riefen sie hinter seinem Vater her, weil er eine Brille trug, und «Spreizfuß» nannten sie seine Mutter, weil sie beim Gehen die Füße auswärts setzte; «Schweineschnute!» riefen sie seinem Vater nach, weil seine Lippen dick waren. Was, um Himmels willen hatte ihn bewogen, sich ihnen anzuschließen, als er erwachsen war? Er wußte es nicht. Hatte er sich von irgendeiner typisch irischen Illusion leiten lassen? Der Grund war ihm unklar.

In Griffnähe von ihm stand das Telefon.

Er konnte es jetzt wagen, anzurufen. Er hätte das verzweifelt gern getan, nur um eine Stimme zu hören, der er vertrauen konnte. Ein Telefonanruf, der ein Haus erreichte, war nicht so leicht zu überwachen, wie ein Telegramm das in dieses Haus gebracht wurde. Er sagte die Nummer seines Vaters durch. Einen Moment lang durchströmte ihn ein Gefühl der Erleichterung, das aber schnell verging. Ungeduldig horchte er auf das Knacken und Summen in der Leitung, Geräusche, die sich wie feindselig attackierende Laute zwischen ihn und die tröstliche Stimme seines Vaters schoben.

Jemand, dessen Stimme er nicht kannte, sagte: «Ja? Wer spricht da, bitte?»

«Mit wem spreche ich?»

«Wer ist da, bitte?» Die Stimme klang schwer, vorsichtig, abweisend und unnachgiebig.

«Bin ich richtig verbunden? Mit McManus?»

«Ja, Sir. Wer spricht da?»

«Hören Sie doch auf und geben Sie mir meinen Vater, bitte.»

«Sie sind John McManus?»

«Ja. Wer sind Sie? Geben Sie mir meinen Vater, bitte.»

«Bleiben Sie bitte in der Leitung.»

Er hörte im Hintergrund Stimmen, eine Frau und mehrere Männer, es klang wie eine Art Wehklagen. Dann hörte er, wie der Hörer aufgenommen wurde.

«Johnny? Johnny? Oh, Johnny, mein lieber Junge ...» Sein Vater schluchzte.

«*Daddy*!» fuhr es aus ihm heraus, als wäre er noch der kleine verängstigte Junge. «Was ist, Daddy? Was ist?»

«Maureen ... ach, Maureen ... Sie haben meine kleine Maureen umgebracht ... lauf, Johnny, oh, Johnny, mein lieber Junge, lauf, Johnny, lauf, lauf ...»

«*Daddy! Daddy*!» Aber jemand nahm seinem Vater jetzt den Hörer ab.

Wieder hörte er Stimmen, verworrener noch, und dann sprach seine Mutter. Die klare, kräftige Stimme seiner Mutter. «Es ist wahr, Johnny. Sie haben sie ermordet. Dein Daddy ist völlig von Sinnen. Geh, Johnny, komm nicht zurück, mein Kind. Ich kümmere mich um Daddy. Lauf, Johnny, daß sie dich nicht fassen ...» Ihre Stimme brach.

«*Mammy!*»

Der Mann, der jetzt ans Telefon kam, sagte: «Hallo? Sie sind am Ende, Johnny, sie können nicht mehr. Tut mir leid, Junge. Tut mir schrecklich leid.»

McManus hörte nur noch irgendwo im Raum das verzweifelte Schluchzen seines Vaters.

«Johnny? Sind Sie noch da?»

«Ja.» Es war nur ein Hauchen.

«Wer kommt als Täter in Frage?»

«Powers. Callaghan. Clune. Einer von denen. Wer sind Sie?»

«Polizei. Inspektor Macmillan.»

«Joy Street ...» Er zählte alles mechanisch her, als wären seine Gedanken abgeschaltet. Straßen, Hausnummern, Namen, Werkstätten, in denen Bomben hergestellt wurden, Schlupfwinkel.

«Moment. Wiederholen Sie . . .»

«Sie ist tot?» sagte er.

«Ja.»

Das war ein Faktum, nichts weiter. Wie war es geschehen? Fragen lagen ihm auf der Zunge, aber sie zu stellen, war sinnlos. Sie war tot, das allein zählte. «Die Bombe in der Chemiefabrik», sagte er.

«Und?»

«Ich fuhr den Lastwagen. Little Jimmy, der Fahrer von Marsh, steckte mit ihnen unter einer Decke. Wir haben Dr. McDermotts Wagen nicht gestohlen. Er überließ ihn uns mit aufgestecktem Schlüssel.» Es sprudelte alles aus ihm heraus, ohne daß sein Verstand beteiligt war. «Sie ist tot?»

«Ja.»

«Sagen Sie meiner Mutter und meinem Vater, daß ich sie liebe.»

«Ja, Johnny.»

Abwesend legte McManus den Hörer sehr langsam auf, so als ob nun alles gleichgültig wäre. Als zerschnitte er mit dem Auflegen seine Verbindung zu Leben und Tod. Aufgehalten von Zweifeln, von Unschlüssigkeit oder von der Luft selbst, senkte der Hörer sich sehr langsam auf die Gabel.

Maureen war tot. Erst allmählich traf ihn das mit ganzer Wucht, und dann plötzlich brach es aus ihm heraus. Er wühlte sein Gesicht in die Kissen und wehrte sich nicht gegen den Ansturm. Es zerriß ihn, ballte sich in ihm zu Wut und Rachsucht und schlug um in Angst und Verzweiflung.

Das Klopfen an der Tür wurde so laut, als schlüge jemand mit der Faust dagegen, und McManus hob den Kopf aus den Kissen und öffnete. Das gezwungen charmante Lächeln im Gesicht des Barmanns erstarb.

«Ist irgendwas mit Ihnen, Sir?» Einem Gesicht anzusehen, daß es vom Weinen verschwollen ist, braucht es nicht viel Verstand. Aber wer weiß schon, was er in so einem Moment sagen soll.

«Was wollen Sie?»

«Ich hab einen Platz für Sie, Sir. Kann ich Ihnen irgendwie helfen, Sir?» Er gab sich dabei nicht in seiner Rolle als Barmann.

«Meine Schwester. Ich hab gerade mit zu Hause telefoniert. Sie ist tot.» McManus biß die Zähne aufeinander, um sich seine Erschütterung nicht anmerken zu lassen.

Der Barmann schwieg und sagte nach einer Weile: «Sie wollen die Karte also nicht? Sie fahren nach Haus?»

«Doch, ich will sie.»

Das also war die vertrackte Situation. Die eigene Schwester war gestorben. Man weinte sich die Augen aus, aber nach Haus fuhr man nicht. «Ganz wie Sie wollen, Sir. Er sagt, er nimmt Sie für zwei Pfund am Tag mit – Ihr Essen und Ihre Unterkunft bezahlen Sie selbst. Natürlich – das brauch ich Ihnen nicht zu sagen, ein bißchen Trinkgeld hielte den Mann bei Laune . . .»

«Wieviel?»

«Hm, sagen wir – drei Lappen.» Zwei für mich, einen für ihn, hätte er noch sagen können, aber er ließ es. «Merken Sie sich den Namen – Charley Murphy. Abfahrt morgen früh um neun.»

McManus gab ihm das Geld.

«Kann ich noch was für Sie tun, Sir? Bevor ich hier abgelöst werde? Der Schweiß steht Ihnen ja auf der Stirn. Es gibt einen Notfallarzt, wissen Sie? Sie sollten was gegen Ihren Husten tun. Soll ich irgendwas . . .»

«Nein.» Wenn er bloß endlich verschwände.

«Tut mir leid, das mit Ihrer Schwester, Sir.» Er ging betrübt.

McManus mochte nichts essen, aber er trank eine Flasche Wein, bestellte sich noch eine und noch eine dritte und schlief betrunken und unruhig ein; er jammerte im Schlaf und machte sich Vorwürfe, er war schuld, wußte er.

Er hatte einen Platz hinten im Bus, wo niemand gern saß. Er kauerte sich dumpf auf seinem Sitz zusammen, während der

Bus Meile um Meile hinter sich brachte, und überließ sich ganz seinen Schuldgefühlen. Er war verantwortlich für Maureens Tod. Er hatte sich den Provos angeschlossen, obwohl Bull Baillie ihn gewarnt hatte. Er war es, der seiner Schwester den Tod gebracht und seinen Eltern das Herz gebrochen hatte.

Er sah nichts von der Landschaft. Er sah auch das amerikanische Mädchen mit den langen, gebräunten Beinen nicht, das sich neben ihn setzte und mit ihm sprach. Er hörte nicht, was sie sagte, und sie ging, nicht ganz entmutigt, wieder zu ihrem Platz.

In Limerick wurde übernachtet, und in einem Nebel abgestumpfter Gleichgültigkeit brachte er die Formalitäten der Zimmersuche hinter sich.

Am nächsten Morgen nahm er wieder seinen Platz ein und hatte sich nun immerhin so weit zurückgefunden, daß er die neugierigen Blicke und das zögernde Lächeln der anderen Fahrgäste bemerkte. Die alten amerikanischen Ehepaare waren die Deckung, hinter der er sich versteckte. Das war alles, was er wollte. Wieder kam das amerikanische Mädchen und sprach ihn an.

«Ich möchte Sie in Ihren Gedanken nicht stören, aber Sie sind Ire, habe ich bemerkt. Ich habe Sie mit dem Fahrer sprechen hören. Sind Sie Schriftsteller?» Es war für sie eine gewichtige Frage. Im Seminar der Bostoner Universität hatten sie die irischen Schriftsteller durchgenommen: Yeats, Lady Gregory, O'Casey, Joyce – sehr schwierig, aber es gab gute Einführungen, die man sich kaufen konnte – und Brendan Behan.

«Guten Morgen», sagte McManus, ohne sie weiter zu beachten. Er fühlte sich miserabel. Er würde in Bantry einen Arzt aufsuchen. Es mußte ein Mittel geben gegen seinen Husten, den Schüttelfrost und gegen die Schmerzen in der Brust.

Das Mädchen kam den Gang hinunter und fragte: «Können wir uns irgendwann mal unterhalten?» – «Irgendwann, ja», sagte er, ohne sie eigentlich wahrgenommen zu haben. Als sie zu ihrem Platz zurückging, flüsterten die alten Damen ihr etwas zu, nickten mit dem Kopf in McManus' Richtung, sahen sich rasch zu ihm um und schienen besorgt. Er starrte aus dem Fenster und bemerkte davon nichts. Er sah nichts, was um ihn her vor sich ging.

Am Nachmittag, als McManus sich entschlossen hatte, während des eingeplanten Aufenthalts in der Nähe eines Bergwasserfalls nicht auf seinem Platz hocken zu bleiben, sagte der Fahrer: «... wegen seiner landschaftlichen Schönheit und seiner Ähnlichkeit mit den Methoden moderner Wasserversorgung.» Du lieber Gott, da machte nun dieser Murphy, dieser Reiseleiter mit dem Lächeln in der Stimme – wurden sie nicht als solche von den Reisebüros angepriesen? – seine Witze und zog seine Paddy-Schau salbungsvoll wie ein Priester am Lautsprecher ab! Welcher Ire hätte wohl nicht einen prächtigen Handlungsreisenden abgegeben? Er unternahm einen Spaziergang.

Das amerikanische Mädchen mit den braunen, schlank gewachsenen Beinen folgte ihm. Sie tat es trotz der Warnungen des Fahrers und der alten Damen, daß er viel zu seltsam und sie viel zu jung und allein und so weit von zu Hause weg sei. Sie wollte mit dieser zurückgezogenen und halbwegs bärtigen Kreatur sprechen. Sie nahm die Gelegenheit wahr, während die alten Damen ihre Blasen im Waschraum eines Teelokals erleichterten und der Fahrer der seinen in der Bar neuen Stoff zuführte.

McManus hatte sich an der Küste einen Platz gesucht. Sein Leben lang hatte er die irische Landschaft durchwandert und war von ihr auf eine seltsame Weise verzaubert worden. Es war eine persönliche Landschaft, wie alles in Irland persönlich war. War sie wie eine Frau? Er wußte nichts von Frauen. Er hatte nie eine gehabt, er fürchtete sich vor Frauen. Das hinderte ihn nicht, sich in Gedanken intensiv mit ihnen zu beschäftigen. Ja, für ihn war die Landschaft wie eine Frau. Wie eine Geliebte.

Er hatte sie während der Fahrt nicht betrachtet. Die Felder waren grün und die Hügel in der Ferne waren blau. Die See war grau. Also? Er schwitzte, zitterte schaudernd und kauerte sich im Bus zusammen, und seine Geliebte flog wie ein Schemen vorüber, nicht wie eine verlorene Geliebte, sondern wie ein Schemen. So saß er auch jetzt an der Küste und sah die See nicht; er hörte sie nicht als ein ihm vertrautes Geräusch, sondern empfand sie als zudringliche Ablenkung. Sie irritierte ihn.

«Hallo», sagte das amerikanische Mädchen schüchtern. «Darf ich bleiben?»

Er drehte sich gleichgültig um. «Dieser Strand gehört ja nicht mir.»

Sie war auf eine geistige Annäherung aus, nicht darauf, abgespeist zu werden. Sein Gesicht war knochig und bleich, bärtig oder unrasiert – es war schwer zu entscheiden, was von beidem – und er war ein Grübler. Sie hatte ihn seit Beginn der Fahrt beobachtet. Er war Schriftsteller, dessen war sie sich sicher, ohne daß sie einen Grund dafür gewußt hätte; ein irischer Schriftsteller. Sie hatte amerikanische Schriftsteller kennengelernt, die als Ausstellungsstücke ihren Seminaren beigewohnt hatten. Sie sahen wie Ladenverkäufer aus. McManus aber war wirklich einer. Er sah ganz danach aus. Er befand sich, davon war sie überzeugt, in der Agonie einer schöpferischen Phase. Er war genau das, wonach sie auf der Suche war. Sie kannte seinen Namen nicht. Der Fahrer wußte ihn auch nicht. Das schon war wichtig genug; es hatte etwas zu bedeuten. Er war inkognito, und sie war zwanzig und bereits ein Jahr zu lange auf der höheren Schule. Irgendwo – war es in dem Reiseführer *Irland, Land des Willkommens* gewesen? – hatte sie gelesen, daß man sich in Irland einen Poeten mieten konnte. Vielleicht hieß es auch nur, daß man sich mit einem Dichter treffen konnte, wenn man ihm vorher schrieb? «Sie sind ein irischer Schriftsteller, nicht wahr?» sagte sie.

Ihm war nicht wohl, er fühlte in Armen und Beinen eine seltsame Schwäche. Leichte, aber doch alarmierende Zuckungen im Magen beunruhigten ihn. Sie machten ihm Angst und zwangen ihm ein nervöses, unfreiwilliges Lächeln ab. Er wollte sich zurücklegen. Er war zu weit gegangen – du liebe Zeit, nicht weiter als drei, vierhundert Meter – nur weil er den kühlen Seewind auf seinem heißen Gesicht spüren wollte. Gehn Sie, dachte er.

«Ist das nicht jeder Ire, der nüchtern genug ist, um aufrecht sitzen und eine Feder halten zu können?» sagte er. Er war selbst erstaunt über seine Redseligkeit.

«Sie sind wirklich einer, glaube ich. Wir haben im vergangenen Jahr irische Schriftsteller durchgenommen.»

Er gab einen kläglichen Laut von sich.

Sie interpretierte das in ihrem Sinne und drang weiter auf ihn ein. «Ja. Lady Gregory. W. B. Yeats . .. wissen Sie . . . und ihr großartiger Kampf um die irische Freiheit . . .»

«Herrgott . . . eine außer Kurs gesetzte Währung», sagte er. Er fühlte sich innerlich von einer irrationalen Erregung ergriffen. Er hätte irgend etwas schreien mögen, aber hatte nichts, was er aus sich hätte herausschreien können. Er wußte, es kam aus dem Magen, es hatte mit seinem Verstand nichts zu tun.

«Was haben Sie gesagt?»

Er fiel zurück in den Sand, er lachte und legte den Kopf auf einen Klumpen Seegras. Lachte über nichts. Nein, nicht über nichts. Er lachte über ihren großartigen Kampf um die irische Freiheit. Sein Haar war naß von Schweiß. Schweiß rann ihm die Schläfen hinunter, so daß sie zu jucken begannen, und über die Stirn in die brennenden Augen. Er wischte sich den Schweiß vom Gesicht, lachte wie von Krämpfen gepackt und erfüllt von einem frivolen Gefühl des Entzückens.

«Das mit der ‹außer Kurs gesetzten Währung›. Wie meinen Sie das?»

Es war ihm gleich, was er gesagt hatte oder noch sagen würde. Er fühlte sich losgelöst. Das war es, was das Leben in Irland den Iren antat. Es brachte einen dazu, sich loszusagen – von jeder Art von Verantwortung, von allem Greifbaren, von der übrigen Welt. Die Welt war so unendlich weit entfernt von Irland . . . «Alte Zicke», sagte er und brach von neuem in Lachen aus.

«Wer? Lady Gregory?»

«Lady Gregory? Was hat die hiermit zu tun? Wie heißen Sie?»

«Brendine.»

«Wie?» Was für eine Sorte von Namen war das? Irgendein irisch-amerikanisches Konglomerat?

«Brendine Healy. Ich bin aus Boston.»

Verwegenheit überkam ihn, aber er scherte sich einen Dreck drum; er war zu schwach, um sich einen Dreck drum scheren zu können; er war eine Phantasmagorie. Das war ein gutes Wort! Er sagte es laut. Was sollte es überhaupt geben, worüber man sich Gedanken machen oder wovor man Angst haben mußte? «Sind Sie Jungfrau, Brendine Healy aus Boston?» Seit neun Monaten hatte er nichts so Komisches oder Verwegenes gesagt.

«Bitte?»

Er streckte die Beine aus und verfiel in ein seichtes Dösen.

«Was war los mit Lady Gregory und Yeats?» Er öffnete die Augen. Die Sonne lag als spiegelnde Lichtfläche auf dem Meer. Er sah nichts als diese Lichtfläche.

«Ja. Ich sprach von Lady Gregory und Yeats und ihrem großartigen Kampf um die irische Freiheit.» Als hätte sie diese Formel von ihrem Lieblingslehrer gelernt.

Mühsam setzte er sich hoch und sah das Mädchen an. «Ihr großartiger Kampf um die irische Freiheit, das war's doch?» Mit noch größerer Mühe stand er auf. Er sah aus wie ein Mann, der unter grellem Licht gerade erwacht war. «Haben Sie je von der Viertelmorgen-Klausel gehört?»

«Nein. Was ist das?»

«Das», sagte er, unsicher auf den Beinen stehend, «war eine Klausel im Wohlfahrtsgesetz von 1847, die besagte, daß ein Hunger leidender Bauer und seine Familie Wohlfahrtsunterstützung erst beanspruchen konnten, wenn er alles über einen Viertel Morgen hinausgehende Pachtland abgegeben hatte.» Er war sich nicht sicher, ob die Stimme, die das sagte, seine eigene war.

«Oh?» Das gehörte nicht zu den Dingen, für die sie sich interessierte, aber wenn es im Moment sein mußte, dann gut.

«Sie wurde die Gregory-Klausel genannt. Wissen Sie, wer Gregory war?»

«Nein.»

«Er war Lady Gregorys Ehemann. Wissen Sie, wie sie über den gesetzlich anerkannten Trick ihres Mannes, das Land der Bauern den Großgrundbesitzern zuzuspielen, dachte?»

«Nein.»

«Sie hielt das für eine verdammt gute Idee. Wie finden Sie das?»

«Ich weiß nicht.»

Er sah jetzt nichts mehr. Wo, zum Teufel, war sie geblieben? «Sie sind Jungfrau, sagen Sie? Wo sind Sie denn, Mädchen?»

«Hier bin ich.»

«Wo?» Er war im Begriff zu fallen. Er hatte wieder Schmerzen in der Brust. Sie faßte ihn unter den Achselhöhlen, stemmte sich breitbeinig ein und versuchte, ihn zu halten. Er empfand das Gefühl zu fallen als angenehm. Vorn . . . über. Er ging, vor sich hinredend, langsam und sanft wie auf Kissen zu Boden.

«W. B. Yeats», murmelte er. «Dieser alte verblasene Querkopf . . .»

Sie lag rücklings unter ihm im Sand, und hatte nicht die Kraft, den bleischwer zwischen ihren Beinen liegenden McManus wegzuschieben.

Der Fahrer und zwei alte Männer aus dem Bus kamen über den Sandhügel heran und zerrten ihn von dem Mädchen weg.

«Dreckskerl, verdammter», brüllte der Fahrer und hob drohend die schweren Fäuste.

«Lassen Sie ihn!» schrie das Mädchen. «Er ist krank. Er ist gefallen. Ich habe vergeblich versucht, ihn zu stützen. Er ist krank!»

«Krank . . . so sieht er aus! Er hat Sie auf den Rücken gelegt. Er lag zwischen . . .» Es schien ihm Vergnügen zu machen, das so auszudrücken.

«Sie hundsgemeiner Kerl, Sie», sagte sie überraschend und suchte die alten Männer auf ihre Seite zu ziehen.

«Sehn Sie ihn doch an», sagte sie zu einem von ihnen. «Er ist krank. Er schwitzt am ganzen Leibe.»

Sie schleppten ihn zum Bus und legten ihn auf die hintere Polsterbank. «Er braucht einen Arzt», sagte einer der alten Männer. Brendine saß während der ganzen Fahrt nach Killarney auf der Kante der Polsterbank bei ihm und stützte ihn. Im Hotel besorgte sie ein Zimmer für ihn, ließ sein Gepäck hinaufbringen und bat den Portier, den Arzt zu rufen. Zwei der alten Frauen gingen mit dem Arzt auf McManus' Zimmer und sahen, wie Brendine versuchte, ihn auszuziehen.

«Oh, nein nein, Liebe, nicht Sie. Das machen wir.» Sie gingen entschlossen und freundlich, aber nicht sehr erfolgreich ans Werk.

«Ja, helfen Sie mir. Ich wußte nicht, daß es so schwer ist, einen Mann zu entkleiden.»

Der Arzt, den man für einen zur Ruhe gesetzten Bauern halten konnte, sagte: «Sie sind genau in dem Alter, wo man so etwas lernen muß», gab ihr ein Rezept für McManus und nannte ihr die Apotheke, wo sie das Mittel besorgen lassen könnte. Brendine fühlte sich enorm nützlich und reif.

«Wir können ihn hier nicht nackt liegen lassen», sagte eine der alten Damen. Beide waren sie freundliche alte Frauen, die zweifellos Söhne hatten.

«Ich werd' schon was finden.» Brendine suchte in seinem Gepäck herum und fand auch etwas. Sie holte seinen Pyjama hervor; von dem Revolver sagte sie nichts. Dann aber, als der Portier das Medikament aus der Apotheke gebracht, sie McManus etwas Suppe eingeflößt und sein Gesicht gewaschen hatten und schließlich ihre Ehemänner kamen, um sie zum Essen zu holen, nahmen sie Brendine entschlossen mit sich. Sie sorgten nach dem Essen auch dafür, daß sie auf ihr Zimmer ging, und richteten eine Wache ein, um sicher zu sein, daß Brendine, wenn sie schon ihr Zimmer verließ, wenigstens nicht zum Zimmer des Kranken zurückging. Sie wartete geduldig ab, bis Müdigkeit die alten Leute überkam und sie sich zum Schlafen zurückzogen.

All das hatte McManus nur vage mitbekommen. Eine fast

schmerzhafte Schläfrigkeit hatte ihn überwältigt, so daß ihm der gefährliche Zusammenbruch, den er erlitten hatte, kaum bewußt geworden war. Geistesabwesend nahm er ihre Hilfe dankbar entgegen. Er war in ihrer Mitte wie begraben; ihre Anwesenheit war wie eine Schutzfarbe, die ihn gegen Beobachter abschirmte. Das amerikanische Schutzschild, dachte er. Morgen, in Bantry, würde er ihm entschlüpfen. Dann mußte er ernsthaft etwas gegen seine Influenza tun. Als sie ihn verließen, schlief er rasch ein. Als er um Mitternacht erwachte und Brendine an seine Tür klopfen hörte, fühlte er sich besser.

Sie schloß die Tür rasch hinter sich und gab sich echt besorgt. «Sofort wieder ins Bett», befahl sie ihm und setzte sich an den Bettrand. Neugierig und scheu blickten sie einander an.

Sie spielt ihre Rolle als Mutter gut, dachte er. Und sie sieht hübsch aus, mit ihrem erogenen Gesicht. Er hatte das Wort einst nachgeschlagen – jemand hatte es benutzt, um damit eine ihnen bekannte verheiratete Frau zu beschreiben – und es hatte ihn beeindruckt: ein Gesicht also, das einen an Sex denken ließ. Die Form ihrer braunen Beine war unter dem Rock bis zu den Hüften sichtbar. Auch bei ihrem Anblick mußte er an Sex denken.

«Das war ein komischer Anfall, den Sie heute gehabt haben», sagte sie.

«Ich fühlte mich nicht wohl. Ich danke Ihnen für Ihre Hilfe.» Er brachte das ziemlich förmlich und abwartend hervor.

«Sie *sind* Schriftsteller, nicht wahr?» Es war fast wie eine inständige Bitte an ihn, als würde sie sehr enttäuscht sein, wenn er nein sagte.

Ihm war es gleichgültig, ob sie enttäuscht wäre oder nicht. Er überlegte sich, wozu sie ihm nützlich sein könnte, kam aber auf nichts. Morgen kämen sie nach Bantry, und er würde sich von ihnen trennen. Warum also nicht? «Ja», sagte er.

«Ich wußte es. Der Fahrer dachte, Sie wollten mich vergewaltigen.»

Er hatte oft gehört, wie freimütig diese amerikanischen

Mädchen sein konnten, als ob Worte nichts bedeuteten und auch weiter nichts bewirkten. Und dann plötzlich schlugen sie einem ins Gesicht. «Ich bin gefallen», sagte er. «Mir war auf einmal so schrecklich schwindlig. Danke, daß Sie mir geholfen haben.»

«Das sagten Sie schon.»

«Oh, entschuldigen Sie.»

«Sie sind sehr schüchtern, nicht wahr?» sagte sie.

«Kann sein. Mit Mädchen. Ja, das bin ich. Ich kenne nicht viele. Mädchen, meine ich.»

«Wo fahren Sie hin?»

«Ich weiß nicht. In den Westen. In die Nähe von Mizen Head oder so. Irgendwohin, wo es sehr still ist.»

«Um da zu kampieren?»

«Das hatte ich vor, aber jetzt nicht mehr. Ich muß diese Grippe erst mal loswerden.»

«Und da wollen Sie schreiben?»

Er hatte auch gehört, daß sie Fragen stellen, als wäre man eine Art Informationsstelle. «Ja.»

«Woran schreiben Sie?»

Auch das noch! Er stand hier Rede und Antwort, aber zugleich amüsierte ihn ihre Neugier. Sie sah sehr jung aus, und alles, was sie sagte, klang auch so. Sie hatte eine sehr junge Stimme. «Wie alt sind Sie?» Er dachte, sie würde dieser Frage ausweichen.

«Zwanzig. Was schreiben Sie?»

Sie waren sehr hartnäckig, hatte er gehört.

«Verse.»

«Haben Sie irgendwelche Texte bei sich?»

«Ich habe sie nur im Kopf.»

«Tragen Sie mir eins Ihrer Gedichte vor.» Wie ein kleines Mädchen.

Das hätte er voraussehen sollen. Wurde James Stephens in Amerika viel gelesen? Beliebter waren, hatte er gehört, Frank O'Connors Übersetzungen aus dem Gälischen; mit Stephens ging er also das geringere Risiko ein. Welches Gedicht? *Die Amsel?* Ziemlich bekannt. *Am Kanalufer?* Nicht so bekannt.

Er versuchte es also zaghaft mit diesem Gedicht. Er sagte auf:

Ich kenn ein Mädchen
Und ein Mädchen kennt mich,
Und die Eule sagt: was!
Und die Eule sagt: wen!

Doch was wir wissen,
Das Mädchen und ich,
Geht keinen was an,
Außer sie und mich;

Sie und ich, wir wissen's allein:
Wozu, sagt' die Eule,
Zum frei'n, sagte ich,
Zu was! Zum Spaß! Zum Frei'n!

Er war über sich selbst überrascht, und sie hatte ihre Freude an den Versen. *«Herrlich! Wundervoll!»* Sie klatschte begeistert in die Hände. Und dann sagte sie ruhig: «Wenn Sie nicht kampieren, wo wollen Sie dann wohnen?»

«Na ja, da unten gibt es kleine Häuser, die man im Sommer mieten kann. Die Engländer mieten sie gewöhnlich, aber sie kommen jetzt nicht mehr. Es gibt da genug solche Häuser.»

«Ich werde den ganzen Sommer hier verbringen.»

«In Irland?»

«In Europa. Meine Eltern meinen, das wäre nützlich für mich.»

«Und Sie finden das auch?»

«Ja. Das wird wohl so sein.»

«Hm. Nützlich wozu?» Nun ja, es war angenehm, eine Stunde so harmlos miteinander zu verbringen.

«Warum haben Sie in Ihrem Gepäck einen Revolver?»

Diese Frage traf ihn völlig unvorbereitet. Steckte eine Absicht dahinter oder nicht? Wahrscheinlich nicht, sagte er sich. Sie war ohne Arg. Sie fragte nur einfach, was sie wissen wollte. Er überlegte sich sorgfältig die Antwort. «Er gehört meinem Vater», sagte er. «Vor Jahren einmal, als ich auf einer Wanderung war . . . in Scheunen übernachtete und so, wissen Sie . . . wurde ich von einem Landstreicher mit einem Messer überfallen . . . ich habe ihn jetzt immer bei mir . . .» Es war die Wahrheit und doch weit genug von der Wahrheit entfernt. Aber ihr schien das nicht wichtig.

«Ich weiß. Viele tun das . . . haben Waffen bei sich, meine ich . . . in den Staaten. Ich würde gern wissen . . .»

Er war erleichtert und fragte sich, was sie nun wohl wissen wollte.

«Ich würde gern wissen . . .» begann sie zaghaft «. . . ich habe keine Lust mehr, mit diesen alten Leuten zu reisen .. .»

«Ja, sie sind ein bißchen alt für Sie.»

«Könnte ich nicht mit Ihnen reisen?» Es kam rasch aus ihr heraus, als befürchtete sie, daß sie es sonst nicht über die Lippen gebracht hätte.

«Mit mir reisen?» Das hatte sie tatsächlich gesagt. Und das war es, was er einem Mädchen vorgeschlagen hatte, mit der er zum erstenmal so etwas wie Sex haben wollte. Sie hatten sich auf einer Wiese herumgebalgt, und sie geriet dabei so in Fahrt, daß er meinte, sich von ihr alles Mögliche versprechen zu können. «Warum ziehn wir nächstes Wochenende nicht per Anhalter los und übernachten im Freien?» hatte er sie gefragt, und ihr schien das ebenfalls zu gefallen. Und so machte er sich an sie heran.

Sie schlug ihm die Nase blutig. «Du dreckiger kleiner Straßenköter», sagte sie, und er wagte es nie wieder. Von da an wurde in gewisser Weise seine Schwester zu seinem Mädchen. Das war sicherer, und er riskierte es nicht, gedemütigt oder zurückgestoßen zu werden. Er hatte immer Angst davor, zurückgestoßen zu werden. Was hatte nun das hier zu bedeuten?

«Ist das schlimm?» sagte sie.

«Nein, nein.» Er wußte nicht, was es statt dessen war und kam auch nicht drauf.

«Ich meine, junge Leute . . . wissen Sie . . . reisen heutzutage doch oft zusammen . . . Sie wissen, was ich meine? Ich kann auch kochen ... Sie brauchen doch Pflege, nicht wahr? Ich habe sonst nichts Besonderes vor ... so meine ich das nicht ... nichts *anderes*, meine ich. ... Diese Busreisen, die ich mitmache ... man lernt doch wirklich nichts, mit so alten Leuten, finden Sie nicht auch ...?»

«Aber Ihre Eltern? Was würden ...?» Mühsam tasteten sie sich gemeinsam vor.

«Die sind in Maine, in ihrem Haus da. Ich soll was lernen und Erfahrungen sammeln ... ich könnte meine Koffer im Hotel in Bantry lassen ... mir einen Schlafsack kaufen ... ich komme in allem für mich selbst auf, verstehn Sie ... ich würde Sie nicht von Ihrer Arbeit abhalten und immer nur da sein, wenn Sie sich unterhalten möchten ... verstehn Sie?»

Ein junges Paar in einem Ferienhäuschen? Ein junges, ganz normales Paar? Was die Leute interessierte, war nur, ob man im voraus zahlen konnte. Man würde sie für verheiratet halten; mindestens zwei Schlafräume waren meistens vorhanden. Wer würde sich schon um sie scheren, und wenn er meinte, daß es Zeit war, sich nach England abzusetzen, dann konnte sie ihm nur als Schutzperson nützen. «Wenn Sie meinen und es für richtig halten ...?»

«O ja. Ich täte es zu gern.»

«Gut. Es würde mir auch Spaß machen, mit Ihnen zusammen ...»

«In Bantry trennen wir uns von der Reisegesellschaft, so war's doch?»

«Das hatte ich geplant.»

«Ich finde es schön, daß wir uns kennengelernt haben.»

Sie machte das Licht aus. «Morgen früh im Bus können wir Pläne schmieden. Ich freu mich schon drauf.»

Auf dem Korridor dachte sie: ich habe vergessen, ihn nach seinem Namen zu fragen, aber sonst hab ich doch alles richtig gemacht. Sie fragte sich, was er sich wohl dabei dachte. «Sind Sie Jungfrau, Brendine Healy aus Boston?»

Würden sie ...? Sie mit einem Dichter?

«Huiih!» sagte sie laut und erschreckte einen Priester, der sich auf Zehenspitzen zu seinem Zimmer schlich.

Er fühlte sich am Morgen noch wohler, war fast fröhlich, nicht allein mehr, nicht verlassen. Er war in Gesellschaft, ohne belastet oder von bösen Absichten bedrängt zu sein. Sie aßen zusammen Frühstück, und er spürte, wie die alten Damen streng herübersahen; sie kamen danach zum Tisch und erkundigten sich, ob Brendine gut geschlafen habe, ohne ihn nach seinem Befinden zu fragen. Sie hatten schon früher solche Busreisen mitgemacht und erlebt, wie ausländische Gecken es auf junge amerikanische Mädchen und deren Jungfräulichkeit abgesehen hatten. Dieser hier versuchte es offenbar mit neuartigen Tricks, und sie war darauf hereingefallen.

«Isolationisten», sagte Brendine und setzte sich im Bus neben ihn.

Im grellen Licht des Tages und auf dem heftig rüttelnden Rücksitz begann sich McManus wieder krank zu fühlen; der Gedanke an das Mädchen, das ihm nützlich sein konnte, tröstete ihn nicht. Er war krank, er war auf der Flucht, er mußte sich im Südwesten verstecken und dort einen Landarzt aufsuchen, der in ihm nicht viel mehr sehen würde als ein Tierarzt in einem kranken Rind.

Als sie in Bantry ankamen und Brendine ging, um sich eine Wanderausrüstung und einen Schlafsack zu kaufen, sagte McManus, er würde auf sie warten und sich solange ausruhen. Er sah ihr nach, wie sie von der Anhöhe, auf der das Hotel lag, zum Wolfe Tone Square hinunterlief und fröhlich zurückwinkte. Sie war ein nettes Mädchen, frisch und offen, und verglichen mit den aufgemachten Zicken, die er in Ulster kannte, war der Umgang mit ihr ein reines Vergnügen, aber er konnte sich mit dem Gedanken an eine Gemeinsamkeit mit ihr nicht abfinden, er hatte einfach nicht die Kraft, sich mit ihr zu belasten.

«Ich möchte meine Sachen haben», sagte er zu dem Fahrer und holte sie sich aus dem Gepäckraum, schnürte sich den Rucksack mit Mühe auf den Rücken, nahm seinen Wanderstock aus Schwarzdorn und verließ, ohne sich umzusehen und so schnell er konnte die Stadt in westlicher Richtung.

Er war krank. Er hatte wieder Schmerzen und hustete, ihn

fröstelte, und zugleich brach ihm der Schweiß aus. Die Angst saß ihm wieder im Nacken, und er konnte sich gegen das niederdrückende Schuldgefühl nicht wehren.

Geistig und körperlich bis aufs Blut gequält, wanderte McManus drei Tage lang nach Westen; zum Sheep's Head am Atlantik, wo er nicht hatte hinwollen und auch nicht wußte, daß er auf dem Wege dorthin war. Was er tat und hinter sich brachte, war ihm kaum bewußt. Er strauchelte wiederholt und fiel hin, ohne sich zum Glück die Knochen zu brechen, stürzte und kam wieder hoch. Der Wind brannte ihm in den Augen, der Gischt von der See her näßte seine Haut. Er schlief an kleinen Buchten und hinter Steinmauern, manchmal auf und manchmal unter seinem unaufgeklappten Zelt, manchmal in und manchmal auf seinem Schlafsack: hustend, schwitzend, bis ins Mark fröstelnd, geistesabwesend und nur hin und wieder erschreckend, wenn er sich mit hilfloser Klarheit bewußt wurde, daß er sehr krank war.

Immer hatte er, ob er schlief oder wachte, das Bild Maureens vor sich, losgelöst und außer Reichweite vor ihm hintreibend oder gequält und zu Tode geängstigt, ohne daß er eine Kontrolle darüber gehabt hätte; sein Vater jammerte und schluchzte, seine Mutter suchte ihn zu trösten und klagte ihn an, und seine zu einem Wahn gewordenen Schuldgefühle peinigten ihn, so daß er aufschrie und erwachte und nun vor sich einen Bauern und dessen Frau sah, die sich über sein Gepäck beugten und es durchwühlten. Der Mann hatte den Revolver in der Hand. Er ließ ihn fallen und rannte, seine erschrockene Frau mit sich ziehend, davon. McManus packte seine Sachen wieder zusammen und torkelte in seiner Angst vor der Polizei weiter.

Er dachte an nichts anderes als an den von ihm verschuldeten Tod seiner Schwester und an die Qualen, die er seinen Eltern bereitet hatte. In seinen Angstvorstellungen zogen, vom Fieberwahn verzerrt, alle Ereignisse noch einmal an ihm vorüber, von dem Tage an, als er sich in den Falls den anderen anschloß, bis zu dem Telefonanruf, bei dem er seinen Vater irre schluchzen und dann die strenge, verzweifelte Stimme seiner Mutter hörte. Er redete mit seiner Mutter, bat sie um Vergebung und gleich darauf stieß er gegen die untere Hälfte einer Hüttentür und sackte über ihr zusammen. Sein Gepäck rutschte seitwärts herunter, und ohne die Kraft sich aufzurichten, hing er über der Tür.

Er hörte entfernt eine Stimme: «Barmherziger Gott, der Junge stirbt . . .» und fühlte, wie Arme seinen dahinschwebenden Körper hochzogen; er lag jetzt auf einer warmen weichen Wolke, einer warmen wäßrigen Wolke, und über ihm schwankte murmelnd ein Gesicht mit einer Brille und riesigen Augen, die wie Seesterne anwuchsen und schrumpften; mächtige Hände schoben sich vors Licht, griffen nach seinem Gesicht und suchten ihn zu erdrosseln, ohne daß er den Kopf wegdrehen oder seine bleischweren, erhitzten und schweißnassen Glieder bewegen konnte. «Maureen, Maureen», dröhnte es in seinem Kopf, und alles hatte ein Ende und begann von neuem. Zwei Gesichter jetzt, die sich bewegten und vermengten, und eine Stimme, die wie ein Peitschenhieb die Luft durchschlug: «Gieß es ihm in den Mund», und er hatte nicht die Kraft, sich zu wehren, und auch nicht mehr den Willen. Arme Maureen. Maureen. Sie stand bei Parkers an der Hintertür; blutig zerfleischt wälzte sie sich auf der Straße; sie bat ihn schreiend um Hilfe. Er rannte und flog und trieb hin und kam nicht an sie heran, zu weit fort, um ihr zu helfen. Er gab auf . . . Was für ein Recht hatte er noch zu leben . . .? Ihn trafen die Schuld und die Verantwortung für Maureens Tod . . . Der Tod kam auf ihn zu, dankbar willigte er ein und sank weich dahin in die kalte, feuchte Masse, die ihn umgab.

9

Powers ging nach oben ins Bett, aber nicht um zu schlafen. Irgendeine erfreuliche Vorstellung brauchte er, um sich von seinen Gedanken an Clune freimachen zu können. Wenn er in Halbschlaf versank, verlor er die Kontrolle über die Dinge, die angekrochen kamen, ihn beschlichen und in seinem Kopf rumorten; Halbträume, die ihm mit ihren Terrorvorstellungen zusetzten, und immer spielte dabei Clune eine Rolle: Clune mit seiner bedrohenden Augenklappe, wie er ihn vom Küchentisch her angeiferte, wie er in dem von Männern bevölkerten Raum daherredete und die Wörter, die aus seinem Mund kamen, zu Schlingen aus Seegras wurden, mit denen er Powers ins Gesicht schlug. Powers selbst, wie er auf Clune feuerte und dabei aus seinem Revolver nur ein dünner Wasserstrahl kam. Und Leute, die auf seltsame Weise lachten, ein an- und abschwellendes Geräusch wie Ebbe und Flut auf Kieseln.

Er suchte sich aus all dem herauszureißen, kam hellwach halb hoch. Callaghan, der in Unterzeug und Socken neben seinem eigenen Bett stand, starrte zu ihm herüber. «Was is' denn mit dir?» sagte er.

«Nichts. Mach das Licht aus.»

Jetzt um Himmels willen an irgendwas Angenehmes denken. An Maureen McManus, zum Beispiel. Ja, das ist das Richtige.

Er überließ sich oft, wenn er Muße und Zeit dazu hatte, seinen Weiber-Phantasien. Wenn er jetzt an Maureen zurückdachte – nun so toll war das auch wieder nicht gewesen. Hätte es nicht so viel Zeit und Energie gekostet, sie unten zu halten und in sie reinzukommen, dann hätte er mehr davon gehabt. War ja wirklich nicht einfach gewesen, sie so weit zu kriegen.

Immerhin, er hatte es geschafft, und in ihr drin zu sein, war nicht schlecht gewesen. Welche gab's denn sonst noch?

Ah ja. War 'n Jammer um die aus der Malone Road, die er am Abend, bevor sie die Bar in die Luft sprengten, in der Europa Bar traf. Im mittleren Alter, gepflegt, teure Kleider. Allein und auf Unterhaltung aus; ihr Mann auf Geschäftsreise drüben in England, und sie sagte: *Kann ich Sie irgendwo absetzen?* sagte sie. Oben auf dem Divis war's, bei Gott, wo sie ihn auf dem grünen Rasen absetzte. Er stellte sich alles noch mal im einzelnen vor – das war besser, als an Clune zu denken – ging noch mal alles durch. Die Art, wie sie lachte, als er sie ins Gras warf und *nei-nei-nein* sagte, als er ihr den Schlüpfer auszog. *Bitte nicht,* lachte sie und wehrte sich ein bißchen: *Ich bin eine verheiratete Frau.* Sie hätte ihn nicht mal mit einem Schaufelbagger stoppen können, in dem Zustand, in dem er war. Das war 'n Ding! Und hinterher, da weinte sie und sagte: *Vergewaltigung war das, das war Vergewaltigung, Vergewaltigung war das* und: *Wo du mich nun einmal vergewaltigt hast, tust du's sicher noch mal. Du wilde Bestie.* Und mit was für Namen sie ihn benannte: *Du Hengst, du geiler Wolfszahn, du dicker Bulle. . . .* Und: *Ich hab Angst, allein ins leere Haus zu gehn. Das ist doch das Wenigste, was du tun kannst, mich begleiten, bis ich drin bin,* und dann, mit der Flasche in der Hand, beim Einschenken: *Jetzt wo du hier drin bist, reißt du mir sicher die Kleider vom Leib und vergewaltigst mich auf dem Bett.*

Es war ein Jammer. Er hätte noch mehr mit ihr haben können. *Verlaß jetzt mein Haus,* sagte sie um sechs Uhr morgens, *geh, geh jetzt. Ich nehme an, du bist öfters in der Europa Bar?* Bin morgen abend wieder da, sagte er. Zu komisch war das! Sie war auch da, lag mit dem Kopf unter einem Brocken der zusammengestürzten Decke. Ob ihr Mann sich jemals gefragt hatte, was zum Teufel sie als Tote in der Europa Bar zu suchen hatte?

Er stand leise auf und nahm sein Zeug mit nach unten. Den Schlüssel hatte er in der Tasche. Mary Connors wohnte Nummer fünfundzwanzig. Es war ein Uhr. Er würde um sechs zurück sein, um mit Callaghan im Bus nach Strabane und zur Grenze zu fahren. Mary hatte einen alten Wecker, der immer funktionierte.

Sie schlief. Das Licht weckte sie nicht. Ihr Zimmer roch nach Farbe. Nach weißer Farbe. Sie hatte es selbst gemalt, und das Fenster war geschlossen. Er machte es auf. Der Geruch machte ihn krank, und er war nicht hergekommen, um sich einen Husten zu holen. Weiß war besser als das Dunkelbraun und das Pißhaus-Grün in all den Häusern hier in der Gegend, aber diese bunten Landschaftsbilder, die sie aus Zeitschriften ausgeschnitten und auf Pappkarton geklebt hatte – was sollten die? Auch als er seine Stiefel fallen ließ, wachte sie nicht auf. Als er nackt war, zog er die Bettdecke zurück. Auch davon erwachte sie nicht. Kein Nachthemd. Sie schlief mit offenem Mund. Ihr Kopf lag auf der Seite, auf dem Kissen war, wo sie gesäbert hatte, ein nasser Fleck. Große Titten. Mächtiger Hintern. Kräftige Oberschenkel, die sie gut einzusetzen wußte. Darauf verstand sie sich; wer hatte es ihr beigebracht, nachdem ihr Mann gestorben war? Nicht so weiß wie Maureen; dicker; muskulöser als die der Frau aus der Malone Road. Er zupfte ihr ein Schamhaar aus. Mary Connors zuckte, öffnete die Augen und hob aufstöhnend ihre kräftigen Beine zum Bettrand und umschlang ihn damit. Er fiel über sie her. Die Erinnerung an Maureen und die Frau aus der Malone Road verflog, und was von ihnen noch übrig war, wurde ins Bett hineingehämmert.

Als er von ihr wegrückte, legte er sich, die Arme hinter den Kopf verschränkt, auf den Rücken, streckte die Beine und lag mit eingezogenem Bauch da.

«Aaaah . . .» stöhnte er in lüsternem Behagen und grinste breit. «Das war doch zu doll, bei Gott, so was gefällt mir, war das doll . . .»

«Schön, ah ja, schön», sagte sie, noch auf dem Rücken liegend, geil und fingerte an ihren prächtigen Brüsten herum. «Hab noch lange nicht genug, komm, wenn du so weit bist . . .» Vielleicht war dies der richtige Augenblick? Sie sah seitwärts zu ihm hinüber, wie er sich da in tiefer Befriedigung aalte, und entschloß sich, einen Versuch zu machen. «Weißt du was, Pat?»

«Bei Gott, ja, du warst wieder mal ganz groß!»

«Nein, was andres.»

«Was denn?»

«Ist jetzt sechs Monate her, daß du nicht mehr unterbrochen hast.»

Er spürte, wie seine Befriedigung nachließ. Sie war unfruchtbar, daran gab es nichts zu rütteln. Von ihrem Mann hatte sie nie was gehabt. Hätte er was befürchten müssen, dann wäre er vorher zum Drogisten gegangen. Aber warum sich das halbe Vergnügen nehmen, wenn bei ihr doch nichts passierte? Oder wollte sie ihm mit was anderem kommen? Er strich ihr mit der Hand über den Bauch. Er fühlte sich nicht anders an als sonst. «Was willst du damit sagen?»

Sollte sie? Lächelnd wandte sie sich ihm zu und streichelte ihn. Er schien skeptisch. Ihr Instinkt sagte ihr, daß es klüger sei, noch zu warten. «Nichts weiter», sagte sie, «mir macht es jedesmal mehr Spaß.»

«Wirklich nichts?»

«Doch, etwas schon. Ich will mehr.»

Also war nichts schiefgelaufen. Es war alles klar. «Bist bei mir an der richtigen Adresse», sagte er und fühlte die wilde Erleichterung in seinen Lenden. «Es kommt.»

Sie wimmerte stöhnend, als er sich aus der kräftigen Umschlingung ihrer Arme und ihrer lüsternen Schenkel zu lösen suchte. «Nein, Pat. Noch nicht, Pat. Ich bin gleich . . .»

«Halt den Mund.» Er hatte sich hochgekniet und horchte.

«Was is' los, Pat?»

«Hörst du nicht?»

«Militärwagen», sagte sie.

«Mach das Licht aus.»

Sie krochen zum Fenster und horchten. «Diese Mistkerle», flüsterte sie. «Ich war grade so schön mitten drin.»

«Halt den Mund.»

Der schwere Motor des Panzerfahrzeuges tuckerte in der Straße. Langsam fuhr es mit herumschwenkendem Maschinengewehr an den Häusern mit den geschlossenen Fensterläden entlang.

«Ein Wagen nur», sagte er.

Zwei. Der nächste kam gleich hinterher. Er hielt in einiger Entfernung vom Haus. Der erste fuhr an dem Haus vorbei und hielt ein Stück weiter unten.

«Zieh dir was über. Geh und versuch rauszukriegen, was sie wollen. Beeil dich.»

Er hörte die Haustür gehen. «Bleiben Sie im Haus», sagte eine Stimme über den Lautsprecher. «Drinnen bleiben, bitte. Schließen Sie die Tür und bleiben Sie im Haus.»

«Pat», sagte sie von der Treppe her. «Sie sind hinter dir her. Sie sind jetzt bei Nummer fünfundsiebzig.»

«Zieh dich an. Gib mir mein Zeug.»

«Ja, Pat.»

Sie zogen sich im Dunkeln an. «Wo sind meine Stiefel?»

«Hier, Pat.» Es würde manchmal nicht leicht sein, mit ihm zu leben, falls er überhaupt ein normales Leben führte. Aber er war ein guter Bäcker, und es würde viel Arbeit geben, wenn dies alles vorbei war, und sie mußte sehn, daß er bei ihr blieb. Aber sie mußte es richtig machen. Sie war jetzt immerhin einen Monat überfällig. Er hatte ihren Bauch befühlt und würde ihr nicht glauben, wenn sie es ihm jetzt erzählte. Sie wollte ihn in eine Falle locken, würde er denken. Sie konnte es ihm erst sagen, wenn ihr Bauch dicker geworden war.

Das Knacken im Lautsprecher verstärkte sich, und ein Engländer sagte höflich mit sachlicher Stimme: «Haus Nummer fünfundsiebzig. Sie haben dreißig Sekunden Zeit, das Haus zu verlassen. Kommen Sie mit vorgestreckten Händen und gespreizten Fingern heraus. Bei dem geringsten Versuch, nach einer Waffe zu greifen – bei der geringsten Bewegung – wird auf Sie geschossen. Die dreißig Sekunden beginnen – *Jetzt.* Der Zeiger läuft . . . achtundzwanzig . . . machen Sie sich laut bemerkbar . .. sechsundzwanzig . . . wenn die Zeit abgelaufen ist . . . dreiundzwanzig . . . werden wir ohne nochmalige Warnung . . . einundzwanzig . . . auf Tür und Fenster schießen . . . achtzehn . . .»

Es waren jetzt nur noch die beiden Motoren zu hören. Powers zählte die Sekunden . . . was die Leute in den Häusern taten, war fast sichtbar zu spüren. Es gingen keine Lichter an, die Männer und Frauen saßen aufrecht in ihren Betten oder auf dem Bettrand, sie brachten die Kinder schnell in die kleinen Hinterzimmer, zogen ihre Hosen, ihre Hemden und Schuhe an . . .

Unter den Geschossen des Maschinengewehrs zersplitterte die Tür, der Türflügel mit dem Schloß und Teile der Füllung hingen in den Angeln. Stücke der Tür flogen herum, während sie ins Haus kippte. Das zersplitterte Fensterglas kam von oben klirrend auf die Straße herunter, noch als das Echo vom heiseren Geknatter des Maschinengewehrs zwischen den Häusern der engen Straße erstarb.

«Kommen Sie raus», dröhnte es aus dem Lautsprecher. «Nach links auf die Mitte der Straße. Kommen Sie.»

Callaghan, die Hände auf dem Kopf zusammengelegt, kam am Fenster vorbei. Er sah nicht zur Nummer fünfundzwanzig. Er hatte Unterhose, Hemd und Stiefel an. Seine Hose hing ihm über die Schulter. «Den Anblick vergeß ich mein Leben nich'», flüsterte Powers und unterdrückte ein Lachen. Die Panzerfahrzeuge drehten ab und verließen die Straße.

Die Haustüren wurden geöffnet. Die Leute strömten heraus und johlten, keiften, schrien Schimpfwörter hinter dem abziehenden Motorengeräusch her. Die Straße war bevölkert von Jungen und Mädchen und jungen Männern und Frauen, die in Richtung der davonfahrenden Wagen Steine in die leere Luft warfen.

«Sie sind direkt zum Haus gefahren», sagte Powers. «Sie wußten Bescheid.»

«Wer hat's ihnen gesagt, Pat?»

«McManus. Verlaß jetzt das Haus. Laß die Tür weit offen. Sprich mich auf keinen Fall an, wenn du mich siehst, hast du verstanden!»

Vom Fenster aus sah er sie auf die Straße hinaustreten und ging selbst nach unten. Die Menge zog vom Haus fort hinter den Wagen her, fluchte zwecklos und warf ebenso zwecklos

Steine. Eine Friedensaktion? Daß ich nicht lache! Wenn Haß eine so gute Sache ist wie ein guter Fick, wer ist dann schon für den Frieden? Irgendwo im Bezirk durchdröhnte eine Explosion die Nacht. Er ging auf die Straße. Michael Collins hätte es genauso gemacht. Er steckte die Hände in die Hosentaschen und schlenderte die Straße hinauf zur Nummer fünfundsiebzig. Genau wie Big Fellow Collins. Hatte auch ungefähr dieselbe Größe wie er.

Das Haus war in Trümmern. Sie hatten Männer eingesetzt, die in dem Laden aufgeräumt hatten. Die Waffen hatten sie abgeschleppt. Ohne Revolver konnte er nicht viel anfangen. Er fand seinen kleinen Leinenbeutel und packte ein Hemd, Strümpfe und Unterzeug ein, dazu Rasierapparat, Zahnbürste, Haarbürste und Kamm ... das Motorrad fuhr durch die Menge und hielt vorm Haus. Powers nahm den Feuerhaken vom Herd und wartete in der Dunkelheit ab. Er hatte keinen Revolver. Was war ein Mann ohne Revolver?

Ein Jugendlicher kam in den Hauseingang. «Pat?»

«Conal.»

«Hat's dich erwischt, Pat?»

«Konnte nich' schlafen, so bin ich 'n bißchen spazierngegangen. Die Army hat Callaghan geschnappt. Bin grade wiedergekommen.»

«Jesses, hast du ein Schwein gehabt.»

«Die Waffen haben sie mitgenommen.»

«Eine Versammlung ist im Gange. Steig aufs Motorrad.»

«Was is' denn los?»

«Sie haben mich hergeschickt. Komm.»

Sie kurvten kreuz und quer durch die kleinen Straßen, und am Ende der Fahrt manövrierte der Junge das Motorrad in einen Hauseingang.

Ach, du großer Gott! Clune! Und ich bin Mary Connors fikken gegangen, um die Gedanken an den loszuwerden. Das kleine Haus war gerammelt voll von zwanzig jungen Männern, die sich in der Küche und auf dem winzigen Flur drängten, wo jetzt auch noch das Motorrad Platz wegnahm. Einige von ihnen waren nicht älter als achtzehn. Alle grinsten sie erwartungsvoll an und waren erregt, als wollten sie gleich losschlagen. Das Vorderfenster war mit schwarzen Tüchern verdunkelt. Die Versammlung war voll im Gange.

Clune unterbrach sie. «Powers. Berichten Sie.»

Er wiederholte seine Geschichte. «Als ich zurückkam, waren die Waffen weg.»

«Großartig. Verdammt großartig! *Sie* sind mir ein Held!»

Powers' großes Gesicht verfärbte sich, Schweiß trat ihm auf die Stirn. Himmel Herrgott, hier vor den andern; in aller Öffentlichkeit macht sich der Scheißkerl vor diesen Rotznasen über mich lustig! Das Blut hämmerte ihm in den Schläfen.

Clune gab einem vorn stehenden Mann einen Wink. «Hol'n Sie ihm ein Gewehr.» Clune sah um sich wie ein in die Enge getriebenes Kaninchen. «Zwanzig Mann und Dr. McDermott ha'm sie heut nacht geschnappt. Dazu Waffen, Munition und fast 'ne Tonne Sprengstoff. Und haben 'ne Fabrik gesprengt, um reinzukommen. Drei von uns gingen in ihr drauf. Einer von ihnen an der Tür. Und das hat uns die Offizielle IRA eingebrockt. Die stecken hinter diesen Scheiß-Friedensaktionen. Suchen sich reinzuwaschen und uns zu isolieren, uns madig zu machen und abzudrängen, um dann, wenn sie's geschafft haben, die Sache selbst in die Hand zu nehmen. Hab'n sich an die britische Army rangemacht. An die haben sie uns verkauft. Uns an sie *verraten.*» Zitternd vor Wut machte er, ohne sich ganz beherrschen zu können, eine Pause. «Hier ist eine Liste», sagte er. «Heute nacht noch geht's rund. Ihr hier macht das und macht das noch heute nacht. Ihr klopft an die Türen», sagte er tonlos. «Klopft an ihre Scheißtüren. Heute nacht noch kriegen sie ihr Fett, werden sich wundern.» Er gab McCann ungeduldig einen Wink: «Gib ihnen ihre Zettel.»

Die Straßen, leer wie sie waren, hielten sich gewohnheitsgemäß an die althergebrachte Ordnung. Die Angst war eine zusätzliche Garantie. Sie waren ungebundene, hemmungslose und protegierte Männer, die ihr Handwerk liebten. Man sah es ihren Gesichtern an. Die Offizielle IRA war gegen sie. Sie konnte daher nicht im Recht sein. Die Offiziellen unterschieden sich nicht von all den andern, die gegen sie waren – von der Polizei, den Orangisten und Loyalisten. Sie alle waren im Unrecht. Sie alle waren Feinde. Alle, die sich ihnen wiedersetzten, Zweifel äußerten oder nicht mit ihnen übereinstimmten, waren im Unrecht.

Tatendurstig nahmen sie ihre Zettel entgegen, ungeduldig drangen sie darauf, an Türen zu klopfen, ihre Waffen in Anschlag zu bringen. Ihre Gesichter flammten, sie schienen umweht von den Bannern einer verbrecherischen Selbstgerechtigkeit.

«Verteilt euch», sagte Clune. In Abständen zogen sie jeweils zu zweit los, um ihre Waffen aufzunehmen, sich in ihren Wagen zu den betreffenden Adressen zu begeben, zu töten und sich aus dem Staub zu machen. Und danach befriedigt zu schlafen.

«Powers.» Er hatte noch keinen Zettel. Clune rief ihn zu sich heran. Er war in Clunes Augen ein plumper, stupider Querkopf. Aber für diese Art Arbeit war er gut. «Hier ist Ihr Zettel.»

Powers las langsam die Adresse und zerriß ihn dann. «Ich soll auf Conals Motorrad fahren? Kein Auto?»

«Wir haben in der Eile nicht genug zusammenbekommen.»

Das hatte er absichtlich so gemacht. Es waren vielleicht nicht genug Wagen da, aber einige hatten sie doch, und andere fuhren mit ihnen. Er aber mußte mit einem Lausebengel auf dem Rücksitz eines Motorrads fahren. Clune hatte das mit Absicht so eingerichtet, mit Absicht. In Powers' Kopf brauten sich wüste Gedanken zusammen, wenn er wütend oder aufgebracht war.

«Sie ha'm mir Danny O'Connell gegeben», sagte er. «Hier geht's um die an der Spitze. Warum ha'm Sie mir die Nummer Eins der Belfaster Offiziellen gegeben?»

«Hab den Besten auf den Wichtigsten angesetzt.» Clune hätte lächeln mögen, aber er tat das wohlweislich nicht. «Sie ha'm die Adresse. Bei ihm sind noch zwei andere. Sie machen das, und dann ab mit dem ersten Bus nach Strabane, hinter McManus her.»

Big Fellow Collins. Er würde das schon schaffen. «Gut, mach ich.» Er war vom Gefühl seiner Kraft und von Verachtung für diese Knirpse da erfüllt.

«Nehmen Sie Ihr Gewehr und ziehn Sie ab.»

«Gut. Gehn wir, Conal.»

Die wilde Harfe umgehängt,
Zog der Spielmann in den Krieg, den Krieg . . .

Conals Gesicht war hektisch gerötet von Stolz und Besessenheit. Er würde auf seinem feurigen Roß hinausreiten in die Nacht, den Feind, wer immer der war, fallen sehen und ruhmbedeckt heimkehren. Er fühlte ein schrilles, lautloses Jubilieren in der Kehle. Er ging mit Danny O'Connells Sohn zur Schule. Sie waren beide in derselben Klasse. Spielten beide auf der gleichen Straße. Er erzählte das Powers, als sie das Motorrad hinausschoben. Er fühlte sich durchdrungen vom Gefühl seiner Macht.

«Die Nebenstraße, Conal. Und langsam. Aufdrehen kannst du auf der Rückfahrt.»

«In Ordnung, Pat.»

«Leise, bis dicht vors Haus. Du parkst das Motorrad unmittelbar vorm Fenster, so daß du ins Haus sehn kannst. Du bleibst fahrbereit drauf sitzen. Du siehst von da aus die Küchentür. Wenn du da jemand entdeckst, sagst du mir, wie viele es sind – einer oder zwei, und sagst es leise. Verstanden?»

«Ja, Pat.»

Er wußte genau, wie die Häuser angelegt waren. Sie waren sich alle gleich. Von der Küchentür oder oben von der Treppe aus beherrschte ein Mann mit seinem Revolver die Vordertür. Ein Mann, der hinter der Tür oder oben an der Treppe stand, war leicht von der Haustür aus zu treffen. Aber stand einer an der Küchentür, dann mußte vom Wohnzimmerfenster auf ihn geschossen werden. Er erwischte vielleicht nur zwei von ihnen. Er mußte ausfindig machen, wo sie waren. Es war eine kurze, ruhige Fahrt. Das Gewehr in Hüfthöhe im Arm, klopfte er leise, aber eindringlich an die Haustür. Er hörte Schritte die Treppe hinunterkommen – die Stufen waren ohne Belag. Wie viele waren es? Zwei bestimmt. Einer hinter der Tür, einer auf der Treppe und einer an der offenen Küchentür?

«Wer ist da?»

«Danny?»

«Wer ist da?»

«Pat Powers, Danny. Lassen Sie mich rein.»

«Nein. Was woll'n Sie, Pat?»

«Es geht um Clune, Danny. Er ist völlig durchgedreht.»

«Was geht's mich an, Pat. Was ist denn?»

«Die Army hat letzte Nacht zwanzig von uns verhaftet. Clune sagt, eure Leute hätten sie verpfiffen. Nehmt euch in acht.»

«Das wissen wir auch so.»

«Zwei», sagte Conal leise.

«Na, dann is' ja gut, Danny. Sagt um Himmels willen nich', daß ich euch gewarnt hab.»

«Keine Sorge.»

«Gute Nacht also, Danny.»

«Nacht, Pat.»

Allzu besorgt waren sie offenbar nicht, sonst hätten sie die Treppen ausgelegt. Zwei an der Küchentür. Sie schienen eher neugierig als ängstlich oder auf einen Überfall gefaßt. Powers trat zurück und ging, das automatische Gewehr am Bein entlang versteckt, am Fenster vorbei, drehte sich rasch um und feuerte durchs Fenster in Richtung der Küchentür. Das Feuer wurde nicht erwidert.

Aber von der Haustür aus wurde es erwidert. O'Connell traf Conal, der, das umfallende Motorrad über sich, in den Rinnstein stürzte.

Powers drückte sich zwischen Fenster und Haustür eng an die Wand. Er wartete darauf, daß sich drinnen etwas bewegte. Er hörte Schritte von Stiefeln auf der Treppe, sprang vor und schoß eine Garbe auf die Treppe ab, als sprengte er einen Garten. Der Mann stürzte schwer vornüber und rollte über den Boden.

Er zerschoß das einfache Schloß, zog Conals Leiche ins Haus, gab ihm O'Connells Revolver in die Hand, griff sich den Revolver eines der in den Leib getroffenen, sterbenden Männer an der Küchentür, erledigte die beiden und fuhr mit aufheulendem Motor zurück. Zwei Straßen weiter parkte er das Motorrad und ging wie auf Wolken zum Haus von Mary Connors. Siegesbewußt. Kleine übermütige Melodien summten in seinen Ohren. Liebliche Bilder gaukelte ihm seine Phantasie vor. Drei Offizielle, darunter der oberste Boß im Norden, und einen Revolver als Beigabe. Der junge Conal war dabei draufgegangen, aber er hatte immerhin sein Motorrad zurückgebracht. Big Fellow Collins.

Die Häuser in der Straße waren still, die Leute schliefen wieder. Mary war noch wach, hatte noch ihr Kleid an und trank Tee in der Küche.

«Wo, in Dreiteufels Namen, warst du, Pat?»

«Auf Arbeit.»

«Was?»

Hätte es ihr verschweigen soll'n. In ihm drängten sich die Bilder von dieser sauberen, erfolgreichen Aktion. Der Big Fellow. Sie würde, was ihn anging, die Klappe halten. Er hatte sie in der Hand. «War noch 'ne Versammlung. Clune sagte, die Offiziellen hätten uns verpfiffen. An die zwanzig Mann, dazu McDermott, ha'm sie verhaftet. Wir haben's ihnen heimgezahlt.» Er legte die Waffen in eine Schublade unter dem Abwaschbecken und schenkte sich Tee ein. Den Revolver würde er da für sich aufbewahren. Nichts davon sagen. «Du hältst deinen Mund, verstanden?»

«Mein Gott, Pat, das weißt du doch.»

«Ich hab Danny O'Connell und noch zwei umgelegt.» Das mit Conal hatte er vergessen.

«Aber es war doch McManus, hast du gesagt, Pat.»

«Ja ja. Er war's auch. Clune ist ein Idiot.»

«Aber warum hast du ihm nicht gesagt, daß es McManus war, Pat?»

«Er hätte gesagt, ich sollt's Maul halten und andern das Denken überlassen», sagte er bitter. Und McManus ist mir entwischt, dachte er. Warum sollte ich mir auch das noch aufhalsen? Mein Gott, für die zwanzig Mann, die sie verloren haben, würden sie mich kreuzigen.

«Aber Pat, um Gottes willen! Offizielle umbringen! Da geht's doch erst los! Sie werden Listen mit Provos aufstellen.»

«Soll'n sie. Ich bin dann längst über die Grenze, hinter McManus her. Ich fahre mit dem ersten Bus heute früh. Komm jetzt und leg dich lang.» Er streckte sich und schlug sich auf den Bauch. «Ich bin geil wie ein Hengst.» Oder ein Wolfszahn. Oder ein Bulle.

O Gott, wimmerte sie gleich darauf vor sich hin, er reitet auf mir wie bei einer Fuchsjagd. Aber er stöhnte vor Lüsternheit, und eine schwangere, verwitwete Frau hatte ihre Trümpfe auszuspielen, und so ging sie drauf ein und röhrte mit, und als sie erschöpft war und die aufreizenden Laute nicht mehr von selbst kamen, täuschte sie ihm die Lüsterne vor.

Er ließ von ihr und rollte sich neben ihr ins Bett. «Steh auf und mach das Licht aus», sagte er und legte sich schlafen.

Sie war erschöpft, aber noch wach und weiter am Überlegen, was für Karten sie wohl ausspielen könnte, als schließlich der alte Wecker ihn aus dem Schlaf riß. In der Kassette unterm Bett hatte sie noch eine Trumpfkarte. Sie fummelte darin herum, während er sich anzog, und sagte: «Ha'm sie dir auch genug Geld gegeben, Pat?»

«Behalt deine Witze für dich.» Gaben sie einem jemals genug Geld? Fünfzig Pfund für ihn und Callaghan, und das Wechselgeld erwarteten sie auch noch zurück. Callaghan, allerdings, brauchte nun nichts mehr.

«Hier», sagte sie und spielte die Karte aus. «Zwanzig Pfund.»

«Gut.« Er steckte das Geld in die Tasche und sah auf die Uhr. Sagt nicht mal danke, dachte sie. Aber so war das mit ihnen. Wer hat je einen Iren einen Kinderwagen schieben oder Geschirr abwaschen sehen?

«Warum machst du nicht einen Tag blau und kommst im Bus mit nach Strabane?» Sie konnte von Nutzen sein, falls der Bus auf der Straße kontrolliert wurde: «Wir woll'n die kranke Mutter der Frau in Strabane besuchen, Wachtmeister.» Und bis drei Uhr morgens wäre er noch im Hotel. Da konnte er es mit ihr treiben, bevor er über die Grenze ging. Sie würde ihn nicht im Stich lassen. War immer zur Hand und bereit. Jenseits der Grenze und unterwegs käme er nicht so bald wieder dazu.

Mary Connors zog ihre Schlüsse daraus. Er wollte mit ihr zusammenbleiben. Er schnappte schon nach dem Köder. «Ich zieh mein bestes Kleid an» sagte sie.

Er schlug sie auf den nackten Hintern. «Zieh lieber die Reizwäsche an, die ich dir geschenkt hab», sagte er. «Die durchsichtige.»

Ihr Zimmer im Hotel in Strabane – Mr. und Mrs. Connors – war über der Küche. Der Fußboden knarrte. Das alte Eisenbett wackelte und quietschte. Das Küchenpersonal stand unten und horchte.

«Diesmal hat er seinen Rhythmus gewechselt», sagte der Koch kopfschüttelnd.

Die siebzehnjährige Kellnerin mit dem warmen, erwartungsvollen Blick in den Augen sagte zu ihrer sechzigjährigen, von Arthritis geplagten Kollegin, die in ihrer Besteckschublade mehr Pillen als Messer und Gabeln hatte: «Wollen die Männer es immer so reichlich, Mrs. McLaren?»

«Meinem hab ich es einmal im Monat am Samstag erlaubt», sagte sie mit säuerlichem Gesicht und schien von ihren eigenen Exzessen angewidert. Und als Powers und Mary Connors zum Essen kamen, sagte Mrs. McLaren: «Fühlen Sie sich wohl, Missis?»

Mary sah ihr frech in die Augen und sagte: «Eifersüchtig?» und dann vor sich hin: «Um mich geht's ihr überhaupt nicht, sie hat Angst, daß das alte Bett zusammenbricht.»

Powers aber benahm sich, als wäre er verrückt nach ihr. Es gehörte nicht zu den Worten, die sie für gewöhnlich benutzte, aber es kam ihr in den Sinn: wenn er mich für den nächsten Gang hochkitzelt, dachte sie, ist er *zärtlich*. Die Art, wie er an ihren Brustwarzen nibbelte, und was sonst alles er tat und wie er es tat, das war, als wäre sie süßer Honigkuchen und als wollte er sie vernaschen. Es war angenehm. Nicht dies wilde rauf und runter, rein und raus. Bei Gott ja, wenn er dabei war, dann war er wild. Sie war erschöpft und wund. Schlafen, fummeln und ficken, dachte sie. Zeit zum Abendessen. Essen. Wieder nach oben. Er legte sich schlafen. Sie hatte den alten Wecker mitgenommen. Mitternacht. Er war sehr zärtlich.

«So schön hab ich's noch nie gehabt, Mary», sagte er, ihre Brustwarzen zwischen den Lippen.

«Ich auch nicht», sagte sie.

«Könnte Jahre so weitergehn.»

Es war wie eine Glocke, die ihr in der Brust laut wie Big Ben selber schlug. In Gedanken löste sie sorgfältig den Angelhaken vom Korken. Er war so weit. «Wie willst du's diesmal?» sagte sie, und die vom Exzeß herrührende Wundheit schien ihr ein geringer Preis für einen vor dem Gesetz und kirchlich angetrauten Mann, statt sich all die Jahre irgendwelche blöden Kerle aufzugabeln, mit denen man es auf dem Black Mountain treiben konnte. Sie wartete auf den richtigen Moment.

Zwei Uhr morgens. Er würde jeden Moment gehn müssen. In knapp einem halben Tag und einer halben Nacht hatte er mehr von ihr bekommen als sonst in einem Monat. Das würde ihn halten, bis er zurückkam. Jesses, war sie in Form. Er faßte ihre Brüste und küßte sie. «Mensch, Mary, ein besseres Ficken ha'm wir nie mit'nander gehabt.»

«Toll. Für dich könnte das Jahre so weitergehn, nicht, Pat?»

«Jahre.»

«Pat?»

«Keine Zeit mehr, jetzt.»

«Das mein ich auch nicht.»

«Was denn?»

Sie gab sich einen Ruck und sagte: «Ich bin schwanger, Pat.»

Die Straßenlampe vor ihrem Fenster schien zu kippen. Seine

knetenden Finger hatten noch ihre Brust gefaßt. Sein Knie hob sich von ihrem Oberschenkel. Die Stille, die eintrat, war beklemmend. Sie fühlte den Haken in seine empfindliche Unterlippe eindringen, und ihr schauderte.

«Pat?»

«Du hast gesagt, du wärst unfruchtbar.»

«Der Arzt hat's gesagt.»

«So, tatsächlich?» Hände und Lippen und Beine ließen von ihr. Er sprang aus dem Bett. «Also, der Arzt, hat das gesagt, was?»

«Ehrlich, Pat.» Der Haken hatte ihn erwischt. Aber an der falschen Stelle. An der Lippe. Er blutete wie ein geschlachteter Eber. Raste wild wie ein Bulle. «Pat.»

«Leck mich», sagte er und packte wütend seine Kleider. Die Wut schnürte ihm die Kehle, brannte ihm in den Augen, machte seine Stimme rauh. «Du wolltest mich nur festhaben, wie 'n Fisch an der Angel, du verficktes Stück, oder?»

«Nein, Pat, nein! Mit ihm hat's nie geklappt, und ich glaubte dem Arzt. Ich schwör's zu Gott, Pat.» Es war passiert. Es war alles vorbei. Hoffnungslosigkeit legte sich ihr wie ein Stein auf die Brust. Es war alles zwecklos gewesen. Sie hatte den falschen Zeitpunkt gewählt, wenn es überhaupt einen richtigen gab. Aber er hatte gesagt, er könnte es Jahre so treiben mit ihr. Wie konnte sie das ahnen?

«Weißt du, was du bist?» Er lehnte sich im vollen Licht der Lampe über sie, sein Gesicht war von der Wut in ihm fast violett: «Du bist eine Hure, eine verfickte, das bist du.»

«Das wagst du zu mir zu sagen!» Sie kam hoch, balancierte wie ein angreifender Ringer auf den Knien und kreischte rasend vor Zorn: *«Hure wagst du zu mir zu sagen!»* Sie hatte nichts mehr zu verlieren. Es war bereits alles verloren. Was er wollte, war nichts als ein privates Hurenhaus ohne andere Kunden und ohne Bezahlung. Sie hatte nichts weiter gewollt als einen eigenen, gesetzlich angetrauten Mann. Wieder packte es sie. Sie war dreißig – fünf Jahre älter als Powers –, und sie hatte es alles nur richtig machen wollen, im Bett und mit einem Mann, nicht auf dem Divis oder dem Black Mountain

mit verknöcherten alten Kerlen, die mit ihrem Ständer in ihr herumstocherten. Sie erhob sich langsam vom Bett. «Tut mir leid, Pat. Ich liebe dich eben, das ist alles.» Ihr war nicht gut. Sie meinte halbwegs, was sie sagte. Sie hoffte noch . . .

«Mich lieben? Das Ding, mit dem ich dich gefickt hab, liebst du», schrie er. Das Hotelzimmer zerbarst fast von brüllenden Flüchen, wie eine Hintergasse in Belfast.

Die aufgeweckten Gäste in den Zimmern rechts und links nebenan klopften gegen die Wände. Der Hotelmanager kam aus seinem Zimmer und schrie durch die Tür. Geschlagen sank Mary Connors schweigend in sich zusammen. Nackt saß sie da, während Powers ihr seine obszönen Flüche ins Gesicht schleuderte, und hörte nur halb hin; sie dachte an das, was nun auf sie zukam. Das Kind. Die Leute in der Straße. Die Mütter zu ihren Töchtern: «Laßt euch nicht mit der lausigen Hure ein, habt ihr gehört?» Die Väter zu ihren Söhnen: «Laßt ja die Finger von der, sag ich euch.» Die Väter zu Mary: «Na, wie geht's Mary? Wie wär's mit 'nem kleinen Ausflug zum Divis?»

Er wandte sich zum Gehen. «Pat», sagte sie, nackt mitten im Zimmer stehend, «was soll ich nun machen, Pat?»

«Leg deinen Köder für irgend'nen Rotzbengel aus, der dich nicht kennt.»

«Ich hab kein Geld. Ich hab dir alles gegeben, was ich gespart hatte.»

Er fuhrwerkte in seinen Taschen herum und warf fünfzig Pence aufs Bett. «Du hast mir zwanzig Pfund für die beste Ficktour gegeben, die du je gehabt hast. Da hast du dein Wechselgeld.» Er hätte ihr gern noch was ins Gesicht geschrien, aber ihm fiel nichts ein. Er schloß die Tür auf.

«Pat», sagte sie, «du gehst einfach so weg und läßt mich hier ohne einen Penny sitzen?»

«Hab dir eben fünfzig gegeben», sagte er und öffnete die Tür.

«Du hast mich zur Hure gemacht, Pat.»

«Du bist 'ne gebor'ne Hure.» Er machte die Tür hinter sich zu.

Betäubt stand sie in ihrer Verzweiflung da. Die Rechnung fürs Zimmer, fürs Essen und die Busfahrt zurück nach Belfast – woher sollte sie Geld dafür nehmen? Die Hoteltür fiel krachend ins Schloß, und die Zimmertür öffnete sich, als hätte sie auf das Schließen der Hoteltür gewartet.

Der Hotelmanager in seinem Pyjama kam herein. In ihrer dumpfen Versunkenheit nahm sie ihn nur wie aus weiter Ferne wahr.

«Hat er Sie geschlagen, Missus?» sagte der Manager.

Sie zuckte die Achseln und sagte: «Nein», und schüttelte den Kopf, ohne ihn anzusehen.

«Er war sehr häßlich zu Ihnen und hat sie beschimpft.» Genießerisch graste er mit den Augen jede Einzelheit ihres Körpers ab.

Sie wandte sich ab, legte sich ins Bett und zog die Decke bis zum Kinn. «Ja ja.»

«Hat er Sie vielleicht mit einem anderen Mann überrascht? Nach allem, was er so sagte, könnte man annehmen ... Sie wissen schon, was ich meine ...»

Langsam wurde ihr die Anwesenheit dieses Mannes voll bewußt, und sie betrachtete ihn aufmerksam. «Er hat alles Geld mitgenommen. Ich hab nichts, um das Hotel zu bezahlen.»

«Oh?» Er schüttelte betrübt den Kopf und sah sie mitfühlend an. «Armes Mädchen.» Er setzte sich auf den Bettrand. «Und so eine nette Person, wie ich sehe. Hat er Sie mit irgend jemand überrascht?»

Sie musterte ihn sorgsam und warf einen Blick auf seine Pyjamahose. Hm. Da läßt sich was machen. «Ja ja», sagte sie, «mit einem kleinen Jungen. Ein einziges Mal. Hab das nur einmal gemacht.»

«Ah ja.» Er strich über die Decke, war ein bißchen unordentlich. Den krieg ich hin, dachte sie. «Und wie komm ich nach Haus?»

«Machen Sie sich keine Sorgen um die Rechnung», sagte er. «Bleiben Sie wach, wir werden das Kind schon schaukeln. Ich geh eben und schließ unten die Tür.» Ja, das wäre wohl besser. Womöglich kam Pat noch mal zurück und erwischte sie dabei, wie sie ihr Frühstück bezahlte.

«Wo ist er hin?» fragte er, als er zurückkam. Er schloß die Tür, drehte den Schlüssel um und kam sehr aufgerichtet zum Bett. Hat ein bißchen Bauch.

«Über die Grenze.»

«Wo wohnen Sie?»

«Belfast. Ich hab kein Fahrgeld. Könnten Sie's mir leihn? Ich zahl es Ihnen zurück.»

«Sicher. Morgen früh.»

«Könnten Sie's mir jetzt schon geben?»

«Jetzt?»

«Ja. Und was macht die Rechnung für Zimmer und Essen?»

Er überlegte. «Sagen wir – abgerundet – vier Pfund.»

«Schreiben Sie mir eine Quittung, wenn Sie das Geld holen, ich zahl Ihnen auch das zurück.» Sie schob die Bettdecke mit dem Bein beiseite und ließ etwas von der Währung sehen, in der sie zu zahlen gedachte.

«Großer Gott», sagte er. «Nur einmal, sagen Sie – mit einem kleinen Jungen?»

«Hm ja.»

«Und sonst mit keinem andern, außer mit Ihrem Mann?»

«Nein.» Hatte er Angst? Wegen Syphilis? «War erst vierzehn der Junge – ging noch zur Schule.»

«Wie ist es dazu gekommen?»

Hätte wohl gern Näheres gehört. «Er weinte sich die Augen aus. War so scharf darauf, der kleine Kerl. So . . . ließ ich ihn ran. Mein Mann kam drüberzu.»

«Mein Gott! Moment, bin gleich wieder da.» Er lief runter.

Als er zurückkam, lag sie wie vorher mit gespreizten Beinen da; er schloß die Tür ab, legte das Fahrgeld und die Quittung auf den Ankleidetisch und ließ den Pyjama unter sich auf den Boden fallen. «Sie sind eine so nette, reizende Person», sagte er und kletterte aufs Bett.

Sie lag ausgestreckt passiv da. Allmächtiger Gott, war das beschissen! So ein lausiges Kerlchen mit schwappendem Bauch und einem schlappen Schwanz keuchte sich für vier Pfund und ihr Fahrgeld nach Belfast auf ihr was zusammen. Das war also der Anfang. Sie weinte.

Er stöhnte: «Is' was, Liebling?»

«Nein.» Sie lag in seinem Schweiß da und dachte an Danny O'Connell. Danny schlief schon hin und wieder mit dem Revolver unter dem Kopfkissen, dennoch lebten seine Frau und die sieben Kinder immer mit ihm in demselben kleinen Haus, das sie seit ihrer Ehe bewohnten. Mrs. O'Connell würde aus Kummer um den Mord an ihm fast zugrunde gehen und auf Rache aus sein. Tut mir leid, Pat. Ich hab dich eben geliebt, das ist alles. Ihre Gedanken wechselten sprunghaft. Ihr Atem ging schwer, und sie schnappte nach Luft unter dem fetten, auf ihrem Bauch herumturnenden Manager. Wir lieben unsere protestantischen Nachbarn, hatte Mrs. Machin den Reportern zugerufen, und sie feierten sie grölend und rannten brüllend durch die Straßen, weideten sich in ihrer irischen Haßorgie, warfen Steine und schleuderten den Soldaten obszöne Flüche entgegen. Ich liebte dich eben, das ist alles. Übergänge: plötzliche, haßerfüllte, rigorose Übergänge. Wenn ich in die Falls komme, werde ich als erstes zu Mrs. O'Connell gehn, überlegte sie sich. «Pat Powers war es, der Ihren Danny umgebracht hat, Mrs. O'Connell», würde sie zu ihr sagen. «Sagen Sie Ihren Leuten, daß er über die Grenze und hinter dem jungen Johnny McManus her ist.» Sie würden eine Liste aufstellen, das war klar. Na gut, und Pat Powers würde auf ihr zu finden sein.

«Sind Sie bald so weit?» sagte sie zu dem kleinen, halb erschöpften Werkmann auf ihrem Bauch.

«Gleich», krächzte er atemlos und versuchte, mit verzweifelter Anstrengung und seinem Mannesstolz zuliebe zum Abschluß zu kommen.

Als das erreicht war, schob Mary Connors ihn beiseite, stieg aus dem Bett und schloß die Tür auf. «Also gut. Ich habe bezahlt», sagte sie. «Gehn Sie.» Ein Punkt für sie.

«Ist das alles?» sagte er. «Für vier Pfund zehn?» Den Pyjama in der Hand, zog er verdrossen ab. «Das war keine vier

Pfund zehn wert», sagte er übelgelaunt. Er drehte sich um und zeigte mit seinen kurzen Fingern auf sie. «Und eins noch – das Frühstück ist nicht darin enthalten.» Ein Punkt für ihn.

Sie lag in ihrem schweißnassen Bett und weinte. Und überlegte sich, was sie zu Mrs. Danny O'Connell sagen wollte. Powers würde schon merken, daß nicht er allein Ire war. Früh genug würde er's merken, bei Gott. Sie würde ein paar Punkte wettmachen, bei Gott, ja, das würde sie. Auch das war irisch.

10

McManus kam zu sich und hörte Küchengeräusche. Er war wie ein Kind in seinem eigenen Bett, eingemummelt an einem sicheren und vertrauten Ort, umlullt von tröstlichen und vertrauten Geräuschen. Die Bettdecke war mollig warm und beruhigend. «Mammy», sagte er unhörbar vor sich hin. Das war auch tröstlich. Seine Mutter war in der Nähe. Er konnte rufen. Er konnte sie hören. Sie würde es hören. Immer hörte sie es.

Er machte die Augen auf und sah, daß er nicht an einem sicheren und vertrauten Ort war. Er wußte nicht, wo er war, und hatte Angst.

Hatte er geträumt? Schreckliche Träume geträumt, oder waren sie Wirklichkeit und hatten sie ihn gefunden und bewußtlos geschlagen? Er hatte Schmerzen, überall am Körper. Er sah eine Frau mit rosa Quallenaugen, die sich dehnten und schrumpften.

Sie stand in der Schlafzimmertür und trocknete sich die Hände mit einem Handtuch. Sie trug eine glitzernde Brille mit Stahlrand. Oder die Augen hinter den Gläsern glitzerten. Es machte ihm Beschwerden zu atmen, und er war unfähig zu rufen.

«Aber nicht doch, mein Kind», sagte die Frau, «erschrekken Sie sich nicht. Sie sind krank.» Sie näherte sich langsam, wie wenn sie eine Katze fangen wollte. Nicht weglaufen, schienen ihre verstohlenen Gesten zu sagen, ich tu dir nicht weh.

Sie setzte sich am Fußende auf den Bettrand. «Ich bin Mrs. Burke», sagte sie. «Dies ist mein Haus. Sie waren gegen die Tür gestoßen und gefallen – ein sehr krankes Kind.»

Kind? Ja, dachte er verschwommen, ich bin ein Kind.

Die Frau hatte eine freundliche Stimme, aber sie lächelte

nicht. Dieses Gesicht hatte nicht oft gelächelt. «Ich wollte Sie gerade waschen», sagte sie, als wüsche sie ihn immer. «Sie haben entsetzlich geschwitzt.»

Sie war groß. Nein, nicht eigentlich groß; hochgewachsen und nicht größer als er selbst. Er nahm sie in Teilen wahr, nicht im Ganzen. Sie trug einen Haarknoten im Nacken, braunes Haar, ein bißchen grau, ein paar graue Strähnen; ihr Kleid war grau, rechteckig wie ein Mehlsack mit Löchern für den Kopf und die Arme. Kräftige Arme, große Hände. Das Gesicht war schmal, offen, energisch. Und es schien müde. Sie hatte dunkle Ränder unter den Augen, die unter dem Brillenrand zu sehen waren.

«Ich hol eben die Sachen», sagte sie und beließ es dabei. Was für Sachen, fragte er sich.

Kräftige Beine. Große Füße. Sie kam zurück mit den Sachen: ein Wasserbecken aus Emaille, aus dem es dampfte, Handtücher über der Schulter. Sie zog mit dem Fuß einen Stuhl heran und stellte alles darauf.

«So.» Es war ihm unmöglich, sich zu bewegen, als sie jetzt ihre große Hand ausstreckte und die Bettdecke zurückzog. «Sie werden gleich die Luft am Körper spüren», sagte sie.

Er spürte die Luft am ganzen Körper. Nicht kalt; frisch. Er war nackt.

Sie wusch ihn von Kopf zu Fuß, so wie es seine Mutter getan hatte, wenn er als kleiner Junge krank war. Mit einem Waschlappen mit Seife rieb sie ihn langsam sehr sanft ab. Dann trocknete sie ihn ebenso sanft ab. Sie drehte ihn um, wusch seinen Rücken, trocknete ihn ab und sagte: «Sie wollen sich doch nicht wundliegen, nicht wahr?» und rieb Gesäß und Rücken mit einer kalten Flüssigkeit ein, die ein bißchen prikkelte und dann auf seiner Haut brannte. Dann drehte sie ihn wieder auf den Rücken. Seine Angst war verflogen. Sie war freundlich, liebevoll, mütterlich. Sie würde ihm nichts antun. Sie deckte ihn zu und brachte die Sachen weg.

Als sie zurückkam, sagte sie: «Mögen Sie, daß ich ein bißchen mit Ihnen rede?»

«Ja.»

Sie zog einen Stuhl ans Bett heran, nahm seinen Arm unter der Decke hervor und umschloß seine Hand mit ihren beiden Händen. «Sie sind vor drei Tagen hier an der Tür zusammengebrochen. Erinnern Sie sich an irgend etwas aus diesen drei Tagen?»

«Nur an Ihre Brille.»

«Das ist interessant», sagte sie wie eine Lehrerin in einem Kindergarten. Genauso sah sie auch aus, wie eine Schullehrerin. Wie die alte Moll McCullough, die gewöhnlich den Stock versteckte, wenn der Rektor kam; Paddy Gallagher aber, der sich seine eigenen Fiedeln bastelte, wußte, wo sie ihn versteckte, und holte ihn heraus und zeigte ihn dem Rektor. Und Moll verhaute ihn hinterher damit, wenn der Rektor gegangen war.

«Worüber lächeln Sie?» sagte die Frau.

«Über Moll McCullough.»

«Wer ist das?»

«Eine Lehrerin.»

«Und ich erinnere Sie an sie?»

«Ja.»

«Das ist gut. Ich war selbst früher Lehrerin. Wir haben Ihnen Penicillin eingegeben», sagte sie. «Sie hatten Lungenentzündung. Aber jetzt sind Sie bald wieder in Ordnung.»

Hätte sie Moll McCullough gekannt, dann hätte sie nicht gemeint, das sei gut, und wenn sie es trotzdem für gut hielt, warum lächelte sie dann nicht? Nur ihre Stimme lächelte. Oder sie sang vielmehr, als wäre er ein Kind in der Wiege.

«Ich bringe Ihnen jetzt etwas klare Suppe. Ich werde Ihre Kissen ein bißchen aufschütten. Der Arzt hat gesagt, sie dürfen nur etwas klare Suppe zu sich nehmen. Er ist ein sehr guter Arzt.» Wieder ein bißchen wie ein Wiegenlied.

Sie setzte sich auf dem Bettrand nahe an ihn heran, zog ihn mit ihrem kräftigen Arm an sich, hob mit der freien Hand das Kissen an, schlug es glatt und umfaßte ihn dann mit beiden Armen, um ihn sanft zurückzulegen. «Armes Kind», sagte sie und drückte seinen Kopf an sich, an ihre Brust. Er fühlte nahe an seinem Mund ihre Brustwarze durch den Stoff. Seine Mutter hatte das auch getan, wenn er krank war, und noch Jahre danach hatte er sich gefragt, ob sie sich ihn vielleicht in seine Kindheit zurückwünschte. Aber diese Frau drückte sein Gesicht so fest gegen ihre Brust, daß ihm die Luft ausging und er husten mußte. «Armes Kind», sagte sie und bettete ihn in die Kissen. Ich hoffe, sie tut es noch einmal, dachte er; sie gab ihm damit ein Gefühl der Sicherheit. Und dann fiel ihm ein: das macht sie mit mir, und sie kennt mich erst drei Tage. Merkwürdig. Und ich sehe sie eigentlich jetzt erst.

Sie brachte die Suppe und fütterte ihn, wischte ihm die Tropfen von Kinn und Brust. «Nehmen Sie Ihre Tabletten,» sagte sie. «Dann schlafen Sie und werden bald ganz gesund sein.» Sie zog die Kissen herab und bedeckte seine Schultern. «Ich gehe jetzt. Schlafen Sie, Kind. Sie werden sich rasch erholen.»

Er wachte auf, schlief wieder ein und erwachte dann wieder, und es war, als stiege er an einem frischen Tag die Stufen eines Berges hinauf. Jedesmal wenn er sich drehte und um sich sah, fühlte er sich besser. Von der Suppe ging es über auf Rührei. Eine, vielleicht noch zwei Wochen, in denen er wachte und schlief, seine Tabletten nahm und gewaschen wurde. Zwei Tage schließlich nur noch. Am dritten Tag begann die Zeit für ihn wieder meßbar zu werden, aber nun war er umhüllt von einer zärtlichen Fürsorge, in der die Zeit sich wieder verlor.

Heute lag er, während das Waschen vor sich ging, behaglich genießend zurück. Er betrachtete den Haarknoten in ihrem Nacken und erinnerte sich daran, was Pat McGladdery eines Tages von Miss Martin gesagt hatte, die ihr Haar ähnlich trug. «Ihr Haar ist sehr sexy – das ist Kissen-Haar, Johnny Boy.» Das hatte in ihm eine erotische Vorstellung hervorgerufen, und Frauen in seinen Phantasien hatten langes Haar, das über Kissen herabströmte. Als Mrs. Burke seine Oberschenkel wusch, hatte er eine Erektion.

Er wurde vor Verlegenheit rot. «Sie brauchen sich nicht zu schämen, mein Kind», sagte sie und machte etwas höher mit dem Waschlappen weiter, als wäre alles ganz normal. «Danken Sie Gott. Er hat Sie mit allem ausgestattet», sagte sie mit sachlicher Stimme.

Er warf verstohlen einen Blick zu ihr hin. Ihr Gesicht war streng wie immer und so kühl wie das Gesicht einer alten Jungfer, die das dörfliche Buschwerk nach Sündhaftigkeiten abklopft.

Aber sie wusch ihn nicht noch einmal. «Sie können morgen ein Bad nehmen», sagte sie. «Ich werde Ihnen in die Wanne helfen, falls Sie ausrutschen, aber Sie machen gute Fortschritte.» Sie zog ihm, als sie mit dem Waschen fertig war, einen warmen Pyjama an und legte die Kissen hinter ihm zurecht. «Der Arzt kommt heute», sagte sie. «Sie schliefen, als er gestern da war. Er hat nur Ihren Puls gefühlt. Setzen Sie sich zurück, wir können uns dann ein bißchen unterhalten.» Sie half ihm und räumte dann in dem aufgeräumten Zimmer auf.

«Sagen Sie dem Arzt, wieviel besser es Ihnen geht», sagte sie, während sie sich, ohne zu ihm hinzusehen, in dem Zimmer zu schaffen machte. «Möchten Sie lieber in ein Krankenhaus?»

«Nein, nein.» Das war nicht beiläufig genug. «Nein», sagte er ruhig. In einem Krankenhaus konnte er leicht von ihnen entdeckt werden. «Wenn Sie mich weiter hier ertragen können», sagte er.

«Aber natürlich, Kind. Bleiben Sie nur. Sie brauchen eine Mutter.»

Erklärte das ihr Verhalten? Sie trat plötzlich ans Bett und setzte sich auf den Rand. «Wir müssen, bevor er kommt, offen miteinander reden.»

Sie schien es eilig zu haben. In ihrem Blick und ihrer Stimme lag eine gewisse Härte. «Sie haben viel im Schlaf geredet», sagte sie. «Sie haben in Ihrem Gepäck zwei Taschenbücher. Ihr Name – John McManus – steht darin.»

«Ja.» Die Dringlichkeit, mit der sie sprach, beunruhigte ihn.

«War Maureen Ihre Freundin?»

Sie wußte alles, mußte es auf die eine oder andere Weise von ihm erfahren haben. Was, um Himmels willen, hatte er gesagt? Hatte im Schlaf geredet. Hatte zuviel gesagt, so daß es zwecklos wäre, sie anzulügen. «Meine Schwester.»

«Und der Mann mit Namen Powers? Er hat sie umgebracht?»

«Wahrscheinlich.»

«Sie haben eine Menge Namen genannt – Powers, dann McCann, Clune, McCandless. Jeder weiß, wer sie sind. Sie müssen die einzigen Fernsehstars sein, die ausfindig zu machen das Gericht nicht imstande ist. Waren Sie auch Provo?»

«Ja.»

«Sie sind nicht der Typ.»

«Nein.» Bull Baillie hatte das gewußt. Powers und Clune hatten es gewußt. Und jetzt stellte auch sie es fest. Alle außer ihm selbst wußten es. Maureen würde noch leben, wenn er es gewußt hätte.

«Und Sie wurden dann Informant?»

Das war die Frage, bei der es um Leben und Tod ging. Die Art, allerdings, wie sie darüber sprach? Über Clune und McCann und das Gericht.

«Erst als sie meine Schwester getötet hatten.»

Sie wollte etwas sagen, hielt sich aber zurück. «Wie alt sind Sie?» sagte sie statt dessen. Er wußte, daß sie etwas anderes hatte sagen wollen, etwas Wichtigeres.

«Zweiundzwanzig.»

«Wissen Sie, was in der vergangenen Woche im Norden geschehen ist?»

«Nein.»

«Eine Woche lang haben die Zeitungen und das Fernsehen über nichts anderes berichtet. Die Army hat eine große Menge Provos, darunter einen katholischen Arzt mit Namen McDermott, verhaftet, Bombenwerkstätten ausgehoben und einen Haufen Waffen und Munition sichergestellt. In der gleichen Nacht wurden zwölf Offizielle einschließlich ihres Belfaster Chefs erschossen. Die Provos haben eine Erklärung abgegeben, nach der sie dafür verantwortlich sind. Sie behaupteten, die Offiziellen hätten sie verraten, und sie gaben ihnen vierundzwanzig Stunden Zeit, den Norden zu verlassen. Eine Woche lang hat es zwischen ihnen Mord und Totschlag gegeben. Der Bürgerkrieg, den die Provos anzetteln wollten, ist jetzt ausgebrochen – aber zwischen den Katholiken. Wieder einmal.» Sie sah ihn mit ihren kühlen Augen fest an.

Sein Kopf sank schwer vornüber. Er konnte ihn kaum hochhalten und wollte es auch nicht. Was hatte er zu dem Polizeiinspektor gesagt, als er zu Hause anrief? Häuser und Bombenwerkstätten hatte er ihm genannt? Herrgott, wenn sie das erfuhren, würden sie zu Hunderten hinter ihm her sein.

«Vielleicht irren Sie sich», sagte sie. «Vielleicht sind Sie es gar nicht, hinter dem sie her sind. Es sind die Offiziellen, denen sie auf den Fersen sind.»

«Nein. Sie hatten das Urteil über mich lange vorher gefällt. Ich hatte mich abgesetzt. Sie haben versucht, mich zu fangen, aber es ging daneben. Sie haben meine Schwester getötet . . . und sie werden mir keine Ruhe lassen. Sie werden mir keine Ruhe lassen. Sie werden nicht aufgeben, bis . . .»

«Sie wollen nach England?»

«Ja – wenn ich es je schaffe.»

«Ihr Revolver ist in der Kommode. Oberste Schublade rechts. Da ist auch Ihr Geld.»

Sie war jetzt sehr in Eile, sah sich noch einmal im Zimmer um, ob auch alles in Ordnung sei. «Tut mir leid, daß ich Ihnen solche Unannehmlichkeiten bereite», sagte er.

«Schluß jetzt», sagte sie scharf, stemmte ihre großen Hände in die Hüfte und reckte die Schultern, als wollte sie ihren Rücken von einer Last befreien. «Legen Sie sich hin.» Sie schien sich zu irgendeinem Entschluß durchgerungen zu haben. Sie strich seine Kissen glatt. «Sagen Sie nichts weiter als Guten Tag zu dem Arzt», sagte sie schroff. «Nur ja und nein, weiter nichts.» Sie zog die Decke über seine Schultern. «Mrs. Burke ist mein Name.»

«Ich weiß.»

«Ja, ich habe es Ihnen gesagt. Er heißt Sullivan. Dr. Seamus Sullivan. Er ist mit meiner Schwester verheiratet. Sie kommt auch mit, wird sich aber nicht sehen lassen. Sonst weiß in ganz Irland kein Mensch, daß Sie hier sind. Nur wir drei haben Sie im Schlaf reden hören.» Sie war nervös, schien sich noch irgend etwas zu überlegen. «Sie kommt mit, weil Seamus Sie fast jeden Tag besucht.» Sie sah ihn prüfend an. «Sie wissen, was ich meine?»

«Nein.»

«Wenn ein Arzt fast jeden Tag zu seiner Schwägerin kommt, dann ist sie entweder krank oder sie hat einen Kranken im Haus – oder er geht mit ihr ins Bett. Jeder, der ihn hier sieht, wird annehmen, letzteres sei der Fall. Deswegen kommt meine Schwester mit.» Sie wechselten rasch das Thema. «Sie haben eins von Thomas Burkes Büchern bei sich.» Dankbar ergriff er die Möglichkeit, von anderen Dingen zu reden.

«Ja. Ich bin dabei, es noch mal zu lesen.»

«Das freut mich», sagte sie mit einem leichten Zucken um ihre Mundwinkel. Sie beugte sich plötzlich vor und küßte ihn auf die Stirn. «Sie sind ein braver Junge. Thomas Burke war mein Mann, ich bin seine Witwe.»

Dann fuhr der Wagen des Arztes vor, und durch ihn wurde er, befürchtete er, wieder mit der feindseligen Außenwelt konfrontiert. So suchte er, während Mrs. Burke nach draußen und ihnen entgegenging, sich zu entspannen und Kräfte zu sammeln, um der Anstrengung gewachsen zu sein.

Die drei sprachen im Zimmer nebenan miteinander, und er kam sich vor wie ein Versuchsobjekt.

«Wie geht's ihm, Kate?» hörte er eine dunkle kräftige, nicht unangenehme Stimme sagen.

«Er schläft. Geht ihm ein bißchen besser, dem armen Kind.»

«Kind? Er ist ein erwachsener Mann», sagte eine Frau, deren Stimme ähnlich wie die von Mrs. Burke klang, nur härter. «Der und ein Kind!» Das empfand er als Anspielung, und mit einem Gefühl der Schuld, aber auch mit Vergnügen mußte er an die Erektion denken, die durch Mrs. Burkes Berührung verursacht worden war.

«Ich werde ihn ins Hospital in Schull bringen lassen», sagte, ohne Mrs. Burke gefragt zu haben, der Arzt entschieden.

«Bin ich eine alte Frau, die zu nichts mehr nütze ist? Willst du das damit sagen, Seamus?»

«Das ist der springende Punkt. Du bist eben keine alte Frau. Das ist es, weswegen deine Schwester sich Sorgen macht. Das ‹Kind›, wie du sagst, ist ein Mann, ausgestattet mit allem was von Natur aus für einen Mann vorgesehen ist.»

«Nimm dich in acht mit dem, was du sagst», sagte Mrs. Burke, aber sie sagte es nicht in tadelndem Ton.

«Wo schläfst du, Kate?» fragte die Schwester scharf.

«Du hast eine Einstellung wie ein alter verknöcherter Dorfpfarrer», sagte Mrs. Burke belustigt.

«*Kate!*»

«Es ist, weiß Gott, als brauchtest du einen Patienten im Haus, Kate», sagte der Arzt. «Als kämest du ohne einen pflegebedürftigen Menschen nicht aus.»

«Geh jetzt und sieh dir das Kind an, Seamus.»

McManus schloß die Augen und wartete auf den Arzt.

Er war stämmig gebaut und hatte ein wetterhartes Gesicht. Er verbrachte vermutlich ebensoviel Zeit mit seinem Wanderstock draußen im Freien wie am Bett von Kranken. «Sie haben einen gesegneten Schlaf», sagte er zu McManus, faßte seine Hand, um den Puls zu fühlen, und schob ihm ein Thermometer in den Mund. «Und die Konstitution eines Pferdes.»

McManus verhielt sich, wie Mrs. Burke es ihm gesagt hatte. «Sie haben im Schlaf viel geredet», sagte der Arzt.

«Ja.»

«Warum sind Sie hierhergekommen?»

«Um weit genug weg zu sein.»

«In Irland ist nichts weit weg. Es ist wie eine große Untertasse. Haben Sie das nicht in der Schule gelernt?»

«Doch, Sir.»

«Der Bürgerkrieg war vor über fünfzig Jahren. Der letzte Fememord, der auf ihn zurückging, wurde erst vor wenigen Jahren begangen.»

«Ja, Sir.»

«Ihnen ist sicher klar, was ich damit meine. Die Iren haben eine Menge wenig schöne Dinge in ihren Köpfen und Herzen. Sobald Sie transportfähig sind, werde ich dafür sorgen, daß Sie hier wegkommen. Weg aus dieser Gegend. Ich meine damit nicht Mrs. Burkes Haus, Junge. Ich meine ganz West Cork. Sie müssen hier weg. Ich werde Sie zum Flughafen von Cork schmuggeln und Sie da sich selbst überlassen. Danach heißt es schwimmen oder untergehn. Verstehn Sie, was ich meine?»

«Ja, Sir.»

«Ist Ihnen das recht?»

«Ja, Sir.»

«Wir wollen sie hier in der Gegend nicht. Sie *sind* hier. Aber mit Waffen sind sie hier noch nicht vorgegangen, und wir wollen nicht, daß es dazu kommt. Wir wollen keine Exekution, schwarze Kapuzen – damit sollen sie uns vom Halse bleiben. Im Norden meinetwegen, aber nicht hier. Haben Sie begriffen?»

«Ja.»

«Ich will mich nicht weiter drüber auslassen.» Aber er tat es doch. «In dem Moment, wo Sie transportfähig sind, bring ich Sie weg. Klar?»

«Ja, Sir.»

«Seamus», sagte Mrs. Burke von der Tür her, «im Hospital sind mehr als genug Kranke, die auf dich warten.»

«Wollen Sie sich den Bartflaum nicht abrasieren?» fragte der Arzt ihn.

«Nein, Sir.»

«Mein Gott, glauben Sie, Sie könnten sich damit tarnen?»

«Das Krankenhaus, Seamus!» sagte Mrs. Burke.

«Wie zum Teufel sind Sie eigentlich dazu gekommen, Mann? Sie sind keiner von diesen Heckenschützen ...»

«*Seamus!*»

McManus sah sie an der Tür mit ihnen zusammenstehen. Sie winkte ihnen sich bedankend nach, schloß die Tür und schob den Bügel in das nicht recht passende Hängeschloß. Zum erstenmal erschien ein zaghaftes, etwas eigentümliches Lächeln in ihrem Gesicht. Es war wie das kleine Lächeln im Gesicht seines Vaters, wenn er abends das Haus abgeschlossen hatte und dann zu ihnen kam und mit Behagen und großer Wärme in der Stimme sagte: «So, nun ist die Welt ausgeschlossen.» Dann gab es nur noch die private und sichere Welt der Familie.

Ein Gefühl der Sicherheit und heimischen Geborgenheit überkam ihn.

Sie kam zurück ins Zimmer, und ihr schmales Gesicht war sanft und erwärmt und ganz ihr eigen, als hätte sie einen kleinen Sieg errungen. «So», sagte sie und brachte ihm einen wollenen Morgenmantel, «und nun kommen Sie in den Schaukelstuhl am Torffeuer, und wir wollen ein bißchen miteinander reden, Kind.»

Mir gefällt, dachte er, die Art, wie sie Kind zu mir sagt. Sie war auf eine ruhige Weise erregt. Man merkte es ihrem Gesicht an, vielleicht ein wenig ihrer Stimme, hauptsächlich aber der Art, wie sie sprach. Sie plauderte, während sie Eier in einer Schüssel schlug, vor sich hin; gewiß, es war eine müßige Art zu plaudern, aber es drehte sich alles – absichtlich, wie er meinte – um ein Thema: Thomas Burke. Sie sprach von ihm nicht als Tom oder als ihrem verstorbenen Mann. Sie sagte immer nur Thomas Burke.

Thomas Burkes Name war in aller Munde, als McManus fünfzehn war und mit mehr Büchern als Kleidungsstücken in seinem Rucksack die sommerlichen Berge durchwanderte. Der Name Burke war verrufen. Seine Bücher, in aller Welt gepriesen, standen in Dublin auf der Schwarzen Liste und wurden in der Dubliner Presse umkämpft, «wie Straßenköter um einen Knochen kämpfen», sagte sie.

Die Zensur griff schon bei Thomas Burkes erstem Buch, *Judas*, ein. Es war ein Buch über politische und soziale Verdunklungsmanöver, über katholischen Nationalismus, der sich als republikanischer Patriotismus maskierte, über irregeleitete irische Verrätereien, über Politiker, «deren einziges Talent in den Jahren der Unabhängigkeit darin bestand, ihren Mantel geschickt nach dem Winde zu drehen», über engstirnige Kirchturmpolitik, Bösartigkeit und ausschweifende Sexualität. Das Buch war geschrieben von einem abgewiesenen Liebhaber, der zu einem Bilderstürmer geworden war.

«Thomas Burke nahm mich mit nach Amerika», sagte sie, als wäre er ihr Geliebter und nicht ihr Ehemann gewesen. «Er wurde Professor für Anglistik an der New Yorker Universität, und ich war als Schullehrerin tätig. Er schrieb alle seine Bücher in Amerika. Aber er wollte immer zurück, um Irland zu ändern, und als seine Bücher Geld brachten, kauften wir dies Grundstück und bauten das Haus um, legten Elektrisch und bauten ein Badezimmer ein mit einer Pumpe und einer Leitung von der Quelle zum Haus. Der kleine Raum hinten ist sein Arbeitszimmer.» Ist, sagte sie.

Das Häuschen hatte drei Räume, das Schlafzimmer, die elektrische Küche und das kleine mit Büchern vollgepackte Hinterzimmer mit einem Schreibtisch, einem Stuhl und einem Schrank. Es gab nur ein Bett.

Wo schlief sie? Sein Schlafsack lag zusammengerollt in einer Ecke der Küche. Er fühlte Dankbarkeit gegenüber dieser einsamen, großmütigen Frau. Er schlief in dem guten Bett, das sie von Amerika mitgebracht hatte – im «Kolonialbett», nannte man es nicht so? – und sie schlief in seinem Schlafsack auf dem Küchenboden. Und hatte ihrer argwöhnischen Schwester nicht gesagt, wo sie schlief.

«Er hat in diesem kleinen Zimmer nichts geschrieben, was ihm gut genug war», sagte sie und servierte das Rührei. «Sie haben ihn umgebracht. Er brauchte zum Sterben fünf Jahre.» Sie schenkte McManus etwas leichten Tee ein. «Ich habe ihn gepflegt», sagte sie mit besonderer Zärtlichkeit.

Daher also Dr. Sullivans Vorwurf, daß sie wohl ohne einen Patienten im Haus nicht auskäme. Es war auf eine traurige Weise fast komisch: beide, McManus und Mrs. Burke, waren einander nützlich. «Sie haben Thomas Burke sehr geliebt», hörte er sich sagen. Sie saß mit gesenktem Kopf da und aß. Mochte Thomas Burke diese Frau mit ihrem kühlen, strengen, scharfgeschnittenen Gesicht geliebt haben? fragte er sich. War sie es, mit der er die freimütig dargestellten Dinge über Sex gelernt hatte, die sie in seinen Büchern angestrichen und einander gezeigt hatten? Mit ihr? Nein. Sie wirkte geschlechtslos und war es auch.

«Er hat sich zu Tode geweint», sagte sie, und der Satz traf ihn wie ein plötzlich einfallender Schatten. «Sie haben ihm ihre Flüche ins Grab nachgeschrien. Er war außerstande, zu denken wie sie oder ihre Lügen nachzusprechen. Wenn man Irland auf seine Weise liebt, dann ist das Verrat, und wenn man nicht auf ihre Weise katholisch ist, dann ist man kein Ire.»

Sie räumte ab. Ihr Gesicht war bleich.

«Ich möchte Ihnen danken, Mrs. Burke», sagte er, im Schaukelstuhl sitzend, und fragte sich überrascht, warum er das gerade in diesem Moment sagte.

«Lassen Sie das,» sagte sie scharf. «Es ist Zeit für Ihre Tablette.» Sie reichte sie ihm mit etwas warmer Milch und strich ihm übers Haar. «Sie sind nun bald gesund, mein Kind», sagte sie und wusch das Geschirr ab. Sie hatte in ihm ihren Patienten.

Er fühlte sich von Stunde zu Stunde besser, sein Appetit kehrte zurück, und er erholte sich zusehends. Er zog sich an, setzte sich auf einen Liegestuhl in dem von einer Fuchsienhecke umgebenen Garten und las in den Büchern von Thomas Burke. Sie verwöhnte ihn, machte es ihm gemütlich und schirmte ihn gegen die Befürchtungen des Arztes und die moralischen Bedenken ihrer Schwester ab; sie übertrug ihm die eine oder andere Arbeit, so daß er sich wieder an Tätigkeit gewöhnte.

Sie bog die Fuchsienbüsche beiseite und zeigte ihm das Land. Hinter der Hecke begann ein Feld mit geschnittenem Heu, jenseits davon erhob sich etwa hundert Meter hoch ein Felsengelände, das orangerot, malvenfarben, blau, violett und gelb gefärbt war vom Ginster, von den Flechten, den Heideblumen und Steinpflanzen, die in den Felsritzen und auf Grassoden wuchsen. Am Fuß der Anhöhe wuchsen Fuchsien, Geißblatt, Gänseblümchen, Weißdorn und Heckenrosen. Dazwischen gab es ein winziges Wäldchen aus verkrüppelten Eichen.

Er roch hier den Duft vom Geißblatt, der sich über dem Feld mit dem Duft des frisch geschnittenen Heus vermischte. Die Felsränder gingen in das Rostrot und Violett der jenseits gelegenen Berge über und umgaben das Haus und die kleinen, bunt gesprenkelten Felder. Weiter vorn durchglitzerte eine Bucht die rötlich-grüne Hecke, die sich zur See hin erweiterte, wo er einen Leuchtturm und weiter draußen ein Felsmassiv sah.

«Das ist der Fastnet-Leuchtturm», sagte er.

«Sie kennen ihn?»

«Ihr Haus steht an der Toormore Bucht», sagte er.

«Wieso wissen Sie das?»

«Wir haben uns gewöhnlich im Sommer in Goleen, sechs Kilometer von hier, ein Haus gemietet.»

«Dann ist das hier Ihr Zuhause», sagte sie mit so freundlicher Stimme, daß er zu ihr hinsah. Ihr Gesicht war streng und kühl.

Der Weg nach Goleen im Westen und nach Schull im Osten und nach Skibereen und Cork mußte hinter dem Haus, jenseits der kleinen Felder und hinter dem ersten großen Felskamm verlaufen. Er wußte, wo er war. Er nahm die Landschaft wieder bewußt wahr, die Geliebte, die Fluß war und Hügel und Wiese und gespreiztes Geäst der Derry-Eiche. In dieser Mondlandschaft aus Felsen und Wasserläufen, aus grünen Höhlen, Farn und Weißdornwäldern würden sie ihn niemals finden.

Die warme Luft durchflutete die blühenden Büsche. Als sie zurücktrat und die Hecke sich wieder schloß und der Luftstrom verhielt, wurde der Rasen zu einem warm umhüllenden Nest. Er war zu Kräften gekommen, er war in Sicherheit. Die Zeit war hier aufgehoben. Die Welt war weit entfernt und ohne Belang. Er döste hier in dem kleinen Garten in hypnotischer Zufriedenheit, und Trägheit überkam ihn wie ein Traumgewölk, und als sie ihm am Abend seine Tabletten gab, versank er in tiefen Schlaf.

Wie alt war sie? Vierzig? Fünfundvierzig? Fünfzig? Es schien von Tag zu Tag zu wechseln. Er war Kind einer Mutter, und die Mutter zog seinen Kopf an sich und bot seinem hungernden Mund die BH-losen Brustwarzen. Kind nannte sie ihn.

Träumte er es schlafend, in einem Schlaf vorm Schlaf? Die Tage träumten auch. Die Realität war angenehm fern. Der Traum war die Realität.

Es war das erste Mal, daß er in der Nacht erwachte. Die Wirkung der Tabletten hatte nachgelassen.

Es regnete. Es goß. Der heulende Wind kam von der See und peitschte den Regen gegen das kleine verschlossene Vorderfenster. Das große Hinterfenster war offen, und die Nachtluft strich wie eine kühle Hand über das Bett.

Er war ausgeruht, erfrischt, Leben durchströmte ihn, und er war ganz im Wohlgefühl des Behagens befangen. Er streckte die Beine aus, reckte sich und zog sich am Kopfende des Bettes hoch. Es war ein herrliches Gefühl, wieder Kraft und Leben in sich zu spüren.

Es war seit Tagen der erste Regen. Der Regen, den er in seiner Krankheit durchwandert hatte, war verflogen, er hatte daran keine Erinnerung mehr. Er drehte sich auf die Seite, rollte sich behaglich wie eine Katze zusammen und streckte rekelnd den rechten Arm übers Bett aus, um in den Schlaf zurückzufinden.

Fleisch. Warmes, menschliches Fleisch. Schwellendes, menschliches Fleisch. Er fand nicht die Kraft, die Hand zurückzuziehen. Er fühlte, es war die Hüfte. Sie lag mit lang ausgestreckten Beinen halb auf ihrem Gesicht, und er hatte die Hand auf ihrer großen, festen, gerundeten Hüfte. Langsam folgte die Hand seinem Willen und kam zu ihm zurück.

Den Atem verhaltend, lag er beunruhigt da. Sie war nackt neben ihm im Bett. Es mußte ihr leid geworden sein, im Schlafsack auf dem harten Fußboden zu schlafen. Oder hatte sie ihn doch benutzt? Die Tabletten, durch die er fest schlief, hatten ihr vielleicht die Chance gegeben, sich einmal bequemer auszuruhen? War sie wirklich eine geschlechtslose Frau im mittleren Alter, die sich da so einfach zu einem Mann ins

Bett legte? Es war kaum anzunehmen. «Wo schläfst du?» hatte die Schwester sie gefragt, ohne daß sie darauf eine Antwort bekommen hätte. Konnte eine Frau neben einem Mann im Bett schlafen, ohne daß ...? Was wußte er schon von Frauen? «Danken Sie Gott, Kind. Er hat sie mit allem ausgestattet», hatte sie bei seiner Erektion gesagt und ihn gleichmütig fertiggewaschen.

Wenn er aufstünde und sich in den Schaukelstuhl setzte, würde sie wissen, daß er es gemerkt hatte. Dann müßte er gehn, und das wollte er nicht. War sie nackt? Er betastete behutsam ihren Rücken. Stoff. Ihr Nachthemd hatte sich bis zur Taille hochgeschoben. Frigide. Eine geschlechtslose Witwe im Bett mit einem von Drogen eingeschläferten Kind.

Kind, nannte sie ihn immer.

Vorsichtig, als könnte das Bett durch seine Bewegungen ins Schaukeln geraten, schob er, den Rücken ihr zugewandt, seinen steifen Körper an den Rand der Matratze. Wieder hatte er eine Erektion. Er fühlte ihre Hüfte noch warm in der Hand, als hätte er sie nicht zurückgezogen. Der Gedanke daran erschreckte ihn. Vierzig oder fünfzig war sie, eine Frau, und er hatte noch nie die Hand auf der Hüfte einer Frau gehabt. Wenn er sich, hart und brennend, im Schlaf zu ihr umdrehte, konnte er es an sie pressen ... Herrgott, er konnte es sich nicht gestatten, an so etwas auch nur zu denken. Er durfte es nicht wagen, wieder einzuschlafen, weil er dann vielleicht ...

Aber er schlief wieder ein und erwachte mit steifen Gliedern und Muskelschmerzen am ganzen Körper.

Sie war nicht mehr da. Das Kissen war an der Stelle, wo ihr Kopf gelegen haben mußte, glatt.

Und der Tag war wie jeder andere. Ihr Gesicht war streng wie an den Tagen zuvor. Er begann, an sich selbst zu zweifeln, und daran, ob er seine Krankheit wirklich schon überwunden habe. Sie bemutterte ihn, übertrug ihm schwerere Arbeiten und schickte ihn mit seinem Glas warmer Milch und seiner Tablette später als sonst ins Bett.

Es regnete immer noch von der See her. Er trank seine Milch an dem großen offenen Fenster und knipste die Tablette hinaus in den Regen. Dort würde sie sich genauso gut auflösen wie in seinem Magen. Er wollte in dieser Nacht wachbleiben. Er hatte letzte Nacht geträumt; eine Art Rückfall? Eine andere Art von Leichentuch?

Es regnete drei Tage lang. Er hatte nicht geträumt. Es war kein Rückfall gewesen. Aber vielleicht eine neue Art von Leichentuch? Sie war jede Nacht dagewesen und immer früh am Morgen gegangen. Geschlechtslos. Er hatte es sich angewöhnt, am Rand des Bettes zu schlafen, seine Erektionen, ob er nun schlief oder wachte, wiesen in eine Richtung, wo es nicht zu Konflikten kommen konnte. Und an allen Tagen gab sie sich wie sonst auch. Freundlich. Streng.

Als dann die Erde unter dem Wind trocknete, sagte sie: «Jetzt sind Sie so weit, einmal einen längeren Weg zu machen. Wenn es dunkel ist . . .»

Sie gingen im Mondlicht über die kleinen Felder den schmalen Weg hinauf zum ersten Kamm. Der Mond durchflog den Himmel und schwebte über der See. Hunde heulten in der Ferne wie Frauen in Wehen.

«Sehn Sie, Kind, Sie haben Kraft genug», sagte sie, und er sog die nach Torf riechende Luft ein und genoß das Gefühl der Kraft und die im Schatten liegende Landschaft, die seine Geliebte war, mit Hügeln wie Brüste und kleinen Feldern wie Teile eines weichen, glatten Leibes. Wie lange war es her, fragte er sich, daß er sie *gesehen*, wirklich *gesehen* hatte? Alles, was er von je für sie empfunden hatte, regte sich in ihm.

«Sie lächeln», sagte Mrs. Burke. «Denken Sie an irgend jemand?»

«An sie», sagte er und schwang den Arm weit über die Landschaft. Die Wolken waren zu einem dunklen Gebirge aufeinandergetürmt, und zwischen ihnen drang das Licht des wie geschmolzenes Zinn glänzenden Himmels hervor. «Sehn Sie den Himmel über ihr», sagte er, «er ist wie ein Schmelzofen oder wie eine Eisfläche.»

«Sie sind wie Thomas Burke», sagte sie und lachte und ging mit ihm an der Hand den Hang hinunter, wie eine Mutter, die ihr Kind nach Haus bringt. Es war ein seltsames, jubilierendes Lachen, als wäre irgend etwas vollbracht worden. Er hatte sie noch nie lachen hören. «Schlafen Sie gut», sagte sie, als sie zurück waren.

Er ging sofort zu Bett.

Er war halb erwacht, nein, weniger als halb erwacht durch das flammende Entzücken, das seinen Körper durchflutete und unter seinen schweren Augenlidern dahinschwamm, und war den unvermeidlichen Weg schon weit hinuntergegangen, als zu den Liebkosungen, unter denen er leise stöhnte, die flüsternde Stimme hinzukam, die sagte: «Danken Sie Gott, Kind, daß Er Sie mit allem ausstattete», und er sich im Halbschlaf halb wie betäubt umdrehte und ihn die Lippen berührten, und die Zungenspitze, einem gezuckerten Schock gleich, vordrang in seinen Mund.

Und da streckte er die Hand nach der Frau aus, die nackt war und sanft mit ihm redete, während die harten Finger zaubrisch weich seinen lechzenden Penis umschlossen. «Hier, Kind, hier», sagte die Stimme einschmeichelnd, «tu alles, was du möchtest...» Er war blind, die Nacht war schwarz, wie ein Gemäuer, das Leben und Feuer umschloß, und das Universum irgendwo anders seiner fremdartigen und sinnlosen Geschäftigkeit überließ. «Es ist alles gut», sagte die Stimme, die flüsternd sein Gesicht berührte, «alles gut... tu, was du möchtest, Kind», und in seinem Mund waren keine Worte, auch in seinem Kopf nicht; nur das Wimmern verzehrender, lustvoller Leidenschaft.

Zärtlich zog sie ihn mit sich, legte sich auf den Rücken und führte seine Hand zu ihren Brüsten, und seine schwirrenden Sinne vergingen ihm fast. «Ich bin eine Landschaft, fühlst du meine Hügel...?» Und er umschloß wild ihre Brüste, fühlte die steifen Brustwarzen in seiner Hand und nahm sie zwischen die Fingerspitzen und saugte daran wie ein trinkendes Baby. «Nimm sie zwischen die Zähne», sagte sie, und er tat, was sie sagte. Sie zog seine Hand langsam hinunter zu ihrem Leib und: «Tu alles, wonach dir ist, Kind», sagte sie, ließ seine Hand dort, wo sie sie haben wollte, und flüsterte zart: «Komm nun zu mir. Komm, Kind, ich führe dich», und zog ihn hinsinkend an sich. «Schön, Kind», sagte sie, «so ist es schön, tu, was du möchtest», und in Lust vereinten sie sich.

Als es vorüber war, hielt sie ihn mit ihren Schenkeln, liebkoste seine Hüfte mit den Fußsohlen, sprach vor sich hin, summte, wisperte, den Rücken noch gekrümmt, während ihre Lende sich sanft hob und senkte und ihre Arme ihn an ihre Brust drückten. «Ja, Kind, ja . . . ist das schön, Kind . . . wundervoll, wundervoll, aaah . . .» und sie weckte in ihm Stolz und erfüllte ihn mit Frieden und Begier. Er suchte und fand ihren Mund. Es war, als tränke er das kühle Wasser einer Quelle, dachte er, ohne sich dabei ihr Gesicht vorstellen zu können, ihr Körper aber war wie eine vertraute Landschaft.

«Tu alles, was du willst», flüsterte sie ihm zu.

«Ich habe es noch nie getan», sagte er.

«Ich weiß, ich weiß . . . mein liebes, liebes Kind . . .»

Er spürte ihr gegenüber keine Fremdheit. Den Morgen gab es nicht, und auch das Licht nicht, Sie lag unter ihm, spielte mit ihm und sprach zu ihm, als hätte sie dort immer so gelegen. Auch Alter gab es nicht; ein warmer Körper, eine warme Stimme, Finger wie Flaumfedern, Schenkel, die ihn umschlangen, eine Frau, die wie eine Mutter «mein Kind» flüsterte, die ihm Sicherheit gab, ihm die Angst nahm, eine Frau, die sich unter ihm bäumte und unüberwindliche Gier in ihm weckte.

Am Morgen aber war nichts mehr davon da. Das Kissen, auf dem ihr Kopf gelegen hatte, schien unberührt. Er sah sie, den Eierkorb am Arm, den Garten im Regen durchqueren; sie kam vom Hühnerstall, hatte einen grauen Regenmantel an und Gummistiefel an ihren großen Füßen. Sie trug einen von Thomas Burkes Tweedhüten, und ihr Gesicht war streng und verschlossen wie das einer dörflichen Tugendwächterin.

Den Tag über ging es zwischen ihnen zu wie an jedem anderen Tag auch; sie verhielten sich zueinander wie ein heranwachsender Sohn und eine Mutter im mittleren Alter, ohne daß sie das Bedürfnis hatten, viel miteinander zu reden.

Er verrichtete seine kleinen Arbeiten, holte Torf von der

Scheune, entfernte das Unkraut aus den wenigen Blumenbeeten, grub um, betrachtete die im Halbkreis an das Land grenzenden Felshügel und die winzigen Felder, sah hinaus auf die See, die das alles umschloß, und wußte keinen Ort, an dem er lieber gewesen wäre als hier.

Doch trotz dieser Alltäglichkeit gab es hier einiges, das ihm rätselhaft erschien. «Ich bin eine Landschaft. Fühlst du meine Hügel . . .» Hatte diese Frau mit dem strengen, klaren Gesicht so etwas wirklich in der Dunkelheit zu ihm gesagt? Waren die Gesäßbacken unter diesem mehlsackartigen Kleid und die Brüste, die sich unter dem flach anliegenden Stoff verloren, wirklich so, wie er sie in Erinnerung hatte? Er starrte im Schlafzimmer auf das Bett. In diesem Zimmer? Hier sollte er schwelgend zwischen ihren Schenkeln gelegen haben? Waren das ihre Stimme, ihre Worte gewesen? *Ihre?* Die Stimme der Frau da draußen? Wird für einen Mörder, der an den Tatort zurückkehrt, das Ereignis zu einer lebendig rekonstruierbaren Realität? Wurden die nach den Schlachten wieder besuchten Schlachtfelder Wirklichkeit? Gab es mehr als nur die eine Welt, in der man lebte, und bewirkten sie, wenn sie aneinander vorüberzogen, mehr als die Vermischung ihrer getrennten Atmosphären? Je weiter der Tag vorschritt, desto intensiver dachte er an die Nacht und desto inniger fühlte er sich zu der schlichten Frau in dem sackartigen Kleid hingezogen.

Mrs. Burke ging den Tag über ihren Pflichten nach – sie wusch, kochte, nähte, wischte Staub, ließ hin und wieder ein Wort fallen, machte sich einen starken Tee und setzte sich zu einem «kleinen Schwatz» zu ihm, sagte: «Kommen Sie an den Tisch, Kind», und setzte sich in den Schaukelstuhl vorm Feuer, wenn er zu Bett ging. «Gute Nacht, Kind», sagte sie, wenn er auf dem Weg ins Schlafzimmer an ihr vorbeikam, und berührte mit einer mütterlichen Geste seinen Arm. Und: «Schlafen Sie gut», als wäre am nächsten Tag Zeit genug, um wieder mit ihm zu sprechen. Ob sie sich wirklich nicht erinnerte?

«Gute Nacht, Mrs. Burke», sagte er, nahm seinen Pyjama nicht unterm Kissen hervor, legte sich mit geschlossenen Augen auf seine Bettseite und wartete, vor Erregung fiebernd, im Dunkeln.

Und dann in der samtweichen Nacht die Lust und das wild um sich greifende Feuer. «Mehr, ich will mehr, mein liebes, liebes Kind», sagte sie, während ihre Lippen sich an ihm weideten und ihre Zunge in seinen Mund drang. «Es ist gleich Tag.»

Als wären es das klare Licht des Tages und die klare Sicht, die das Kostbarste und das eigentlich Reale raubten.

11

In der Nähe der Zollgrenzstelle nahmen zwei Männer, Cullen, der Garagenmann, und Heavey, der Krämer, Pat Powers auf und fuhren ihn nach Stranorlar. Mit dem Grenzübertritt hatte sich Powers freigemacht von den Gedanken an Mary Connors, dieser dreckigen, auf ihn erpichten Hure.

Er saß auf dem Rücksitz des Wagens und grübelte verdrossen an einem anderen Problem herum.

Exekutionen waren Geheimsache. Wer wußte schon, von wem sie vollstreckt wurden? Nur die Männer, die sie befahlen, und jene, die diese Befehle ausführten. Das wurde so gehandhabt, um das Risiko, daß Freunde oder Verwandte des Toten sich durch Morde rächen könnten, herabzusetzen. Aber noch vor der Exekution von McManus, würde ganz Irland wissen, wer der Täter war. Powers' Name würde von den Leuten in Stranorlar an die in der Stadt Donegal und an die Leute in Sligo weitergegeben werden – und wo immer er McManus aufstöberte, würden die vielen hinter ihm wissen, daß er es getan hatte.

Und vor wie vielen mußte er von da an und in alle Zukunft auf der Hut sein?

Ein besserer Gedanke kam ihm, als er sich das überlegt hatte. McManus hatte keine Freunde. Höchstens Studenten und Protestanten. Keine Leute, jedenfalls, mit denen man rechnen mußte. Zum Teufel mit diesen Typen. Er war müde, und der Gedanke daran, daß McManus keine Freunde hatte, war für ihn eine Erleichterung. Er entspannte sich und ließ sich gehen.

«Schlafen Sie erst mal und essen Sie tüchtig was, bevor Sie einen weiteren Gedanken an McManus verschwenden», sagte Heavey, der Krämer. «Wir werden Sie morgen ganz in seiner Nähe absetzen.»

Das ließ sich hören. Übernachten sollte er im Haus von Cullen, dem Garagenmann, das hinter der großen Kirche an der nach Ballybofey führenden Brücke über den Finn stand. Ohne noch weiter an irgend etwas zu denken, ging er zu Bett.

Ausgeruht und überströmend von geräuschvoller Gutgelauntheit, kam er am Morgen nach unten, um ein kräftiges Frühstück zu sich zu nehmen. «Jesses, Madam, das is' ja prächtig, was Sie alles aufgefahr'n ha'm», sagte er zu Cullens Frau und machte sich über Eier und Speck und geröstetes Brot her. Cullen sah ihm nervös zu, er hoffte bloß, daß Heavey und die andern kommen würden, bevor sich der Mann über Gebühr vollgeschlagen hatte. Heavey war der Wortführer, und mit diesem Mordskerl hatte er noch ein Wörtchen zu reden.

«Nach unseren Informationen sollen Sie hier warten», sagte Heavey, als er kam, zu Powers; Heavey schien es, als wäre es ziemlich gleichgültig, ob man es diesem Bullen sanft oder weniger rücksichtsvoll beibrachte. «Es kommt noch einer aus Bogside über die Grenze. Er wird mit Ihnen gehn.»

«Wer is' das?»

«Kiernan ist sein Name. Sean Kiernan.»

«Kennen Sie ihn?»

«Hat hier früher gewohnt.»

«Und weswegen kommt er?»

Er mußte es ihm über kurz oder lang doch sagen, so konnte er es auch gleich tun. «Er übernimmt das Kommando.» Er hatte diese Sache hinter sich bringen und erledigen sollen, bevor Kiernan eintraf. Er hatte es jetzt hinter sich, aber erledigt war es damit nicht.

Der Schock fuhr Powers in die Knie. Er schwieg, nicht aus Beherrschung, sondern weil es ihn wie ein Schlag getroffen hatte. Er sah zu denen am Tisch hin, die ihre Hände um die Teller gelegt, sie gefaltet oder in die Taschen gesteckt hatten, und deren unfreundlichen, hinterhältigen Gesichtern man ansah, daß sie ihn übers Ohr hauen wollten. Er konnte es riechen.

Seine Gedanken waren verworren, aber einiges war ihm

klar. Er wußte, daß Clune das ausgeheckt hatte. Mein Gott, Clune, dieses Arschloch. Dieses durchtriebene Arschloch. Er kommt nicht ohne mich aus, dieser Scheißkerl, aber er kann seine Drecksfinger nicht von mir lassen. Haß. Eifersucht. Der lausige Kerl weiß genau, daß ich eigentlich der Mann für seinen Job bin. Den Mund halten. Rausgehn und abwarten. Der Tisch kippte fast um von der Wucht, mit der er beim Aufstehen dagegenstieß, und die Männer, die an ihm saßen, mußten das rutschende Geschirr, Milchtopf und Teekanne festhalten.

Powers stampfte, bis zum Platzen vor Wut geladen, aus dem Haus.

Zu denken war er nicht imstande; Gehirn, Herz und Magen kochten zusammen wie ein Eintopfgericht. Er wankte blindlings über die Brücke nach Ballybofey hinüber, trottete kreuz und quer durch die Straßen und dann wieder zurück über die Brücke nach Stranorlar, auch hier kreuz und quer durch die Straßen und wieder über die Brücke, nicht weil er das vorgehabt hatte, sondern weil es ihn trieb. Zurück und wieder zurück. Und aus den beiden Städten hinaus ins Land, vor Wut bebend und triebhaft. Er starrte, ohne etwas zu sehen, hinaus ins hügelige Land. «Scheißlandschaft», sagte er und hatte einen Moment Heavey deutlich vor Augen. «Dieser Scheißkerl von Krämer», und schoß wie ein Spürhund zu seinem Laden hin. Warum war der Laden so weit weg? Verschwörung, das war's; er dachte das nicht, es brodelte dumpf in ihm auf. Röchelnd vor Wut stürmte er Hals über Kopf und fast wie auf der Flucht mit schwingenden Armen auf Heaveys Laden zu.

Heavey bediente eine alte Frau, die eine Dose Pökelfleisch kaufen wollte. Er war ganz damit beschäftigt. Powers schob die Frau beiseite.

«He Sie, nu mal langsam», protestierte sie.

«Was steckt dahinter, Heavey? Wer hat mir das eingebrockt?»

«Was?» sagte er unbewegt mit gespielter Arglosigkeit.

«Mach dich nich' über mich lustig, rat ich dir. Mach dich

nich' über mich lustig.» Powers fuhr herum und stürzte, von Zerstörungswut gepackt, auf die Straße.

Die alte Frau ging ihm bis zur Tür nach, keckerte vor sich hin und spuckte auf die Straße. «Herrgott, Mr. Heavey... das is' mir einer», sagte sie und ging wieder zurück zum Tresen.

Die Pubs wurden eben geöffnet. Von seiner Raserei erschöpft, betrat Powers eines. «Porter», sagte er.

«'n Kleines oder 'n Halben?»

Selbst die Scheißkellner versuchten, ihn unter Druck zu setzen. «'n Halben, geb'n Sie schon her!»

Kiernan, der Mann aus Bogside, kam mit dem Bus gegen Mittag an und wollte, bis er gegessen hatte, nichts von McManus hören. «Ich hab immer Angst, ich verhunger', wenn ich von zu Haus weg bin», sagte er mit einem das Zimmer erwärmenden Lächeln. «Ich krieg immer diese furchtbaren Kopfschmerzen, wenn mein Bauch leer ist!»

Er war sehr klein, sehr dürr, seine Jacke schlackerte lose um ihn herum und seine mageren Beine verloren sich fast spurlos in seiner weiten Hose. Aber der Charme seines kleinen, schelmischen Gesichts hatte etwas Gewinnendes. «Ich weiß, einem, der bloß Haut und Knochen is', mißgönnen Sie das bißchen Essen nich', Mr. Powers.» Er lächelte Powers ins säuerlich dreinschauende Gesicht und schien darin nichts Verkrampftes zu bemerken. Die Gruppe der Stranorlar-Männer weidete sich gespannt daran, ohne sich etwas von ihrer Schadenfreude anmerken zu lassen. Lächler Kiernan war verdammt so was wie ein Wunderknabe. «Toro bravo», sagte Heavey zu sich selbst und unterdrückte ein Lächeln, um das Spiel nicht zu verderben.

Powers war nicht betrunken, nur herabgesetzt vom Porter und leicht abwesend. Als die Besprechung begann, ging er zum Angriff über: «Sie kennen McManus nich' mal. Wie woll'n Sie ihn dann umbringen?»

«Dagegen is' nichts zu sagen, Mr. Powers», gab Kiernan zu, «und recht ha'm Sie. Ich bin nur zur Gesellschaft hier, anstelle von Callaghan, den sie geschnappt ha'm. Was könnte ich ohne Sie schon machen.»

«Stimmt», sagte Powers. Der kleine winzige Hosenscheißer hatte mehr Verstand als die ihn geschickt hatten alle zusammen. Sein Selbstbewußtsein kehrte zurück. Er war bereit. «Also gut, Heavey. Sagen Sie mir, wo ich den Hund erwische.»

«Er ist im Westen», sagte der Krämer.

«Details.» Das war die Methode, nach der Big Fellow Collins immer vorgegangen war. Sich Details beschaffen. Kein unverbindliches blödes Geschwafel. Damit konnte man nichts anfangen.

«Na ja, als die Meldung über ihn durchkam, ha'm wir Spitzel angesetzt und . . .»

«Wo ist er, Teufel noch mal?»

Kiernan half liebenswert lächelnd nach: «Da sind doch gewisse Details zu berichten, ist es nicht so, Mr. Heavey?»

«So ist es, Seaneen», sagte Heavey, denn er hatte einen Laden, während Kiernan, wenn er hier war, nur als Straßenarbeiter für die Landverwaltung tätig war; also war Heavey Mr. Heavey, und Kiernan war nur Little Sean. «Wir haben ihn hier im Hotel ausgemacht, verstehn Sie, mit Gepäck, Malerzeug und so. Verstehn Sie? Tagsüber, sehn Sie, schlief er und nachts zog er los. Schlafen bei Tag und nachts weiterwandern. Genügt das?»

«Das genügt.»

«Nein, genügt nicht.»

«Noch was?» suchte Kiernan Heavey zu ermutigen.

«Meine Güte noch mal!» Das Geschwafel kotzte Powers an.

«Nicht die geringste Spur von einem Mann mit Rucksack und Malerzeug in der Stadt Donegal, wo sie auf ihn lauerten. Fragten also die Busfahrer auf der Strecke Letterkenny-Sligo. Auf der andern Seite der Schlucht stieg er in einen Bus und fuhr damit nach Sligo.»

«Er is' in Sligo?» sagte Powers aufbruchbereit.

«Da ist er nicht.»

«Himmeldonnerwetter, jetzt stinkt's mir aber!»

«Ha'm die in Sligo was unternommen?» fragte Kiernan verständnisvoll, denn er selbst erzählte auch gern Geschichten.

«Ha'm in Sligo die Pubs durchgekämmt. Jedes einzelne. Das ist 'n Stück Arbeit! Er war im Great Southern Hotel. Kein Malerzeug mehr. Tweedanzug jetzt, und ganz neu. Erkundigte sich nach Busreisen mit Amerikanern, und einer der Barmänner bringt ihn mit einem Charley Murphy zusammen, der die Fianna-Tour fährt. Der Barmann geht der alten Kassiererin 'n bißchen um den Bart, und die sagt, er hat auf der Rechnung ein Telefongespräch, nach Belfast. Oben auf seinem Zimmer hustet er, heult und jammert um seine Schwester, die tot ist, fährt aber nicht nach Haus zum Begräbnis. Wie find'n Sie das?»

«Aha», sagte Kiernan, der Sache Bedeutung gebend.

Jetzt komm ich dran, dachte Powers, schlecht, wie sein Gewissen war. «Wo zum Teufel ist er?» blökte er.

«Hustet sich die Seele aus dem Leib», sagte Heavey. «Dieser Charley Murphy erinnert sich genau. Redet nicht. Spricht kein einziges Wort. Hockt wie 'n kranker Hund abseits auf dem Rücksitz. Dies amerikanische Mädchen mit Namen Brendine Healy bleibt ihm hartnäckig wie 'ne Katze auf den Fersen, läßt ihn ihren Schlüpfer sehn, doch er beißt nich' an. Dann machen sie an der Clew Bay halt, und Murphy überrascht sie fickend an der Küste. Als sie nach Bantry kommen, steigt McManus aus, geht an der Bucht lang nach Westen, und sie kauft sich 'ne Ausrüstung, kommt zurück und fragt Murphy: Kann man sich hier 'n Fahrrad leih'n? Und läßt die Tour sausen und fährt mit dem Fahrad los.»

«Und er, wo ist er?» brüllte Powers.

«Machte sich von Bantry hustend, schwitzend und vom Fieber geschüttelt auf nach Westen ... und noch eins, was ich fast vergessen hätte. Läßt sich 'n Bart stehn.»

«Sich mit dem Mädchen irgendwo zu treffen?» sagte Kiernan.

Heavey lächelte. «Sich gesund pflegen lassen, scheint's.»

«Genau.»

«Mehr als daß ihr westlich von Bantry auf der Suche nach

ihm und dem Mädchen seid, habt ihr nicht zu bieten?» Powers hatte nach soviel Geduld mehr erwartet.

«Das spart euch 'ne Woche Arbeit», sagte Heavey ungehalten.

«Also los», sagte Powers zu Kiernan und stand auf.

«Momentchen noch, dann komm ich, Mr. Powers», sagte Kiernan. «Rekapitulier'n wir.»

«Was tun wir?»

«Fragen wir noch mal», erklärte Kiernan, und dann zu Heavey: «Westlich von Bantry, ja? Krank, hm? Trifft sich mit einem amerikanischen Mädchen mit Fahrrad, ja? Verkleidet, ja? Trägt 'n Bart?»

«Ja, das wär's.»

«Das wär's also.» Und zu Powers mit gewinnendem Lächeln: «Ich bin ganz in Ihrer Hand, Mr. Powers.»

«Der Wagen steht vor der Tür», sagte Cullen, der Garagenmann, «Sie können ihn eine Woche haben.»

Kiernan, der fuhr, hockte wie ein ausgewachsener Zwerg lächelnd hinterm Steuer. «Schöne Landschaft, Mr. Powers», sagte er.

Albernes scheißblödes Lächeln. Scheißblöder Lächler, Spion. Spitzel für Clune, das Arschloch. Powers gab keine Antwort.

Die Stranorlar-Männer sahen ihnen nach. «Dieser Kiernan», sagte Cullen lächelnd, «würd' selbst 'nem Affen die Klöten ablächeln.»

«Hat einen bei sich», sagte Heavey lächelnd. Einen Haufen komische Dinge gab's in der Welt. An McManus dachten sie nicht weiter. Sie hatten ihn nie gesehn, und was zu tun gewesen war, hatten sie getan. McManus war so gut wie tot, aber auch darüber dachten sie nicht weiter nach. Weswegen auch? Hätten sie ihn zu Gesicht bekommen, wäre die Sache schon anders. Er dachte nicht wie sie, wußten sie vom Hörensagen. Wären sie ihm begegnet, hätten sie ihn hassen müssen. Aber da ihnen das erspart worden war, hatten sie die Freiheit, ihn aus ihrem Gedächtnis zu streichen. Richtige Männer belasten ihr Gedächtnis nicht mit Dingen, die sie nicht hassen.

Kiernan redete ununterbrochen, hauptsächlich über die Frau und die Kinder. «Wie geht's der Missus, Mr. Powers? Die Kinder wohlauf?» Er wartete die Antworten nicht immer ab. «Ihr in Belfast habt's schwer. Schlimm, nicht zu Hause schlafen zu können. Ich wohn' in Derry im Sperrbezirk Bogside. Keine Belästigungen. Keine Army, keine Polente. Schlaf' zu Hause. Wieviel Kinder ha'm Sie, Mr. Powers?»

Will mich auf'n Arm nehmen, dachte Powers und sagte kurz: «Nicht verheiratet.»

«Jesses, Mann, da entgeht Ihnen aber einiges. Wissen Sie, was das schönste daran ist? Wissen Sie, was einem das Gefühl gibt, mächtiger zu sein als ein König?»

«Was?»

«Wenn man seine Alte schwanger macht.» Er strahlte vor Stolz. «Ich meine, sehn Sie mich an. Nein, nicht so. Gucken Sie mal richtig her. So. Bin auf Socken knapp eins fünfundfünfzig, Sie is' eins siebzig und wiegt das Doppelte von mir. Sechs Kinder, Mr. Powers. Sechs!» Er rief das wie eine Gewinnzahl aus.

«Stimmt schon. Ficken macht Ihnen Spaß, was? Wem nicht?»

«Ficken?» Kiernan war ehrlich überrascht. «Ich sprech von meiner Alten. Seine Alte fickt man nicht.» Er machte schokkiert eine wegwerfende Bewegung, ohne dabei zu lächeln. «Mit der macht man Liebe. Man meint's *ernst* – meine ich.» Er kaute auf der Unterlippe herum und fuhr schneller, wie um seinen Ärger loszuwerden. «Ich halt nich' viel von Ficken», sagte er pathetisch, «ich bin Katholik.» Er war im Grunde gutmütig. Seine Erregung ließ nach. Er fuhr etwas langsamer. «Und da macht man Kinder.» Er steuerte den Wagen sicher durch eine Reihe von scharfen Kurven, und seine Stimmung hob sich wieder. «Das ist es, was einem dies Gefühl gibt. Wie ein König. Sehn Sie mich an, mich kleines Würstchen. Mich! Ich mach Menschen! Stell'n sich vor!»

«Hm.» Powers dachte daran herum. Es war ihm nicht angenehm, durch Kiernan an Mary Connors wie an eine eiternde Wunde erinnert zu werden.

«Kommt nur drauf an, daß man's richtig macht», sagte Kiernan lehrerhaft. «Ich meine, man stellt sich nicht einfach vor die Alte hin und holt das Ding raus wie irgendso 'n Wüstling in einem Torweg. Also, ich möcht diesen Job schnell hinter mich bringen, daß ich wieder nach Haus kann. Wollen nämlich das siebte auf Kiel legen, verstehn Sie?» Kein Lächeln gewann wieder an Wärme, als er daran dachte. Es war ein richtiges Lächeln – voll, warm und von innen her. «Ich werd' zu ihr sagen: ‹Komm, Liebste, bist du bereit für Nummer Sieben?› Und dann tun wir's vielleicht eine Woche lang zweimal die Nacht, um sicherzugehn, daß es klappt.» Angesichts der unsicheren Zeiten machte er die Einschränkung: «Natürlich nur, wenn ich jede Nacht zu Hause bin.» Er redete wie ein Fliegengewichtler, der einem Sportfreund sein Trainingsprogramm erläutert.

Powers starrte dumpf zu den vorüberfliegenden Hecken. Mein Gott!

Aber dies war nur die biologische Seite des Kindermachens. Es war ein noch wichtigerer – zumindest ebenso wichtiger – Umstand in Betracht zu ziehen. «Das ist noch nicht das Entscheidende, Mr. Powers», erklärte Kiernan. «Entscheidend ist die geistige Verfassung, in der man's tut, verstehen Sie. Um gutaussehende, gesunde Kinder in die Welt zu setzen, muß man die richtige Einstellung haben, verstehn Sie? Darauf kommt es an.»

«Nein.»

«Na ja, überlegen Sie doch mal. Als sie und ich getraut wurden, sagte der Priester zu uns so was wie: ‹Ein Kind wird so schön wie es der Augenblick seiner Zeugung war.› Wie finden Sie das? Das ist doch was, nicht wahr?»

Er schwieg abwartend. Powers schwieg ebenfalls und zählte die Kühe auf einem vorüberziehenden Feld.

«Na ja, immer wenn wir dabei sind, denk ich die ganze Zeit an all die guten Seiten, die sie hat – verstehn Sie? Sie ist eine gute Mutter. Sie hält das Haus in Ordnung. Sie ist sauber und sie hat Gemüt. Sehr freundlich, verstehn Sie? Und so sag ich ihr die ganze Zeit, was für eine fabelhafte Frau sie ist, und sie sagt: ‹Du bist wunderbar, Sean, du bist ganz groß.› Und wissen Sie, was die Folge ist?»

«Nein, was?»

«Man kriegt Kinder, süße Kinder, sag ich Ihnen. Meine sechs sind die gesundesten, glücklichsten, hübschesten Kinder, denen Gott je Leben eingepflanzt hat. Wie finden Sie das?»

Er war ganz bei der Sache, ernst und voller Eifer. Er lächelte erwartungsvoll. Er hatte diesen Mann neben sich in ein wichtiges Geheimnis seines kleinen Lebens eingeweiht.

«Sie meinen, Sie denken gut von ihr und sie denkt gut von Ihnen, während Sie auf ihr drauf sind? Und das bringt gutaussehende Kinder?»

Ein leichter Schatten zog über Kiernans lächelndes Gesicht. Das war nicht die richtige Art, hierüber und über seine Alte zu sprechen – aber der Mann war eben, wie er war, und wußte es nicht besser. «Ja.»

Powers setzte sich zurecht und drehte sich halb zu Kiernan hin. Er lächelte ein kleines Michael-Collins-Lächeln. Er hatte das in einem alten Film im irischen Fernsehen gesehn.

«Sagen Sie mir eins, Kiernan», sagte er und sah auf den kleinen Mann neben sich herab.

«Ja?»

«Sie sind auf Socken knapp eins fünfundfünfzig?»

«Ja.»

«Und was wiegen Sie?»

«Achtundneunzig Pfund.»

«Dann sagen Sie mir doch mal eins: Wer von beiden war betrunken, als sie Sie gemacht ha'm – Ihr Daddy oder Ihre Ma?»

Kiernan ließ den Wagen auslaufen und brachte ihn langsam zum Stehen. Er steuerte ihn in einen Graben und reckte sich übers Steuerrad vor, um die richtige Stelle zu finden. Der Wagen hielt dicht an der Böschung am Straßenrand unter einer hohen Hecke. Er schien nicht gehört zu haben, was Powers gesagt hatte. Er sagte: «Steigen Sie aus, bitte, Mr. Powers. Ich will Ihnen was zeigen», und öffnete die Tür neben sich.

Powers öffnete die Tür, an der er saß, und schwenkte die Beine nach draußen. Den Rücken Kiernan zugewandt, saß er mit dem Oberkörper noch im Wagen. Für einen Mann von seiner Statur war es verdammt schwer, aus so einem winzigen Wagen rauszukommen, und was machte er mit der halb in diese Scheißböschung gerammten Tür? Ein Messer schob sich mit der Spitze gegen seinen Nacken und trieb ihm aus dem Kopf, was er im Begriff zu sagen war.

Kiernan sagte mit ruhiger, verächtlicher Stimme: «Powers, Sie sind ein großes dämliches Arschloch. Sie sind ein scheißblödes dreckiges Arschloch. Aber ich bin hergeschickt worden, um mit Ihnen zu arbeiten, und das werd' ich auch tun. Wenn Sie Ihre Scheißklappe nochmal gegen meinen Willen aufreißen, schneid' ich Ihnen die Kehle durch.» Er kniete sich auf den Sitz. Er schob die Hand über Powers Schulter und nahm ihm den Revolver weg. Flink wie ein wendiger kleiner Junge schlüpfte er über die Rücklehne in den hinteren Teil des Wagens. «Kommen Sie jetzt rein und fahren Sie. In den Südwesten, um einen andern Scheißkerl umzulegen. Und falls Ihnen die Jungs in Stranorlar das nicht gesagt ha'm – das Kommando hier habe ich. Los jetzt . . .»

Powers sah Kiernans Gesicht im Rückspiegel. Er war bleich. Der Mund war halb offen, und die Lippen zitterten. Die Pupillen schienen groß wie die Augäpfel selbst, und sie waren schwarz vor Gier.

Powers hätte sich nicht gewundert, wenn Kiernan in Wahrheit so ausgesehen hätte, wenn er beim Kindermachen mit seiner Frau im Bett lag und freudig ihre Tugenden pries. Er kannte sich aus, und seine Erfahrungen bestärkten ihn in dem, was er zu sehn glaubte.

Und er dachte: Dieser gottverdammte Wicht ist ein Killer. Konnte einen ganz schön einwickeln mit seinem lausigen Lächeln.

Er ließ den Motor an und fuhr vorsichtig auf die Straße, als würde der in Kiernan gestaute Sprengstoff hochgehn, wenn der Wagen beim Anfahren ruckte.

Kiernan lächelte und sprach mit den Donegal-Männern. Er sprach mit den Sligo-Männern und dem Barmann im Great Southern Hotel. Er machte den Laden ausfindig, wo der Mann mit dem Malerzeug einen Tweedanzug gekauft hatte. Sie übernachteten in Sligo und brachen am Morgen auf. Powers fuhr, und Kiernan hinter ihm rechnete damit, daß er schon morgen auf dem Rückweg sein und mit der Zeugung von Nummer Sieben beginnen konnte. Ihr Schweigen aber während der ganzen Fahrt nach Bantry war wie das Ticken des Uhrwerks an einem Zeitzünder.

Die Bantry-Männer hatten sich im Hinterzimmer bei Dolan versammelt. Seit Jahren schon waren es immer dieselben drei Männer im mittleren Alter, komische Figuren, die geduldig auf Den Tag warteten.

Auf Den Tag, an dem der letzte englische Stiefel vom letzten irischen Nacken herunter wäre und selbst den Protestanten im Norden Glück und etwas ganz Neues zuteil werden sollte: Frieden in Irland. Es waren nur der Mangel an Aufklärung und das Geschick der englischen Propaganda, die die Protestanten im Norden blind dafür machten, daß sie von Stiefeln, englischen oder sonstwelchen, in den Staub getreten wurden. Die Freiheit würde diese Aufklärung mit sich bringen. Freiheit war wie eine Mundspülung, die selbst die winzigsten Keime abtötete.

Einer der drei war der Schullehrer Daniel Sorahan. Sein Vater überlebte den Unabhängigkeitskrieg und den ihm folgenden Bürgerkrieg und wurde nach dem Bürgerkrieg von einem ehemaligen Kameraden aus der Zeit des Unabhängigkeitskrieges ermordet, der mit dem Großen Inquisitor der Meinung war, daß ein Mann, der in Irland auf der falschen Seite gekämpft hatte, besser tot als der Todsünde des Irrtums überlassen sei.

Daniel hatte natürlich keine Erinnerung an seinen Vater, nur an die Umstände seines Todes und an die unversöhnliche, kein Vergessen zulassende Bitterkeit seiner Mutter, die als niederdrückende Last auf der Familie lag.

Er hatte Humor und beanspruchte auf seine abwegige Weise für sich eine geradezu ans Wunderbare grenzende Weitsichtigkeit. Er stimmte lachend mit denen überein, die sich über die Bantry-Männer lustig machten und es für lächerlich hielten, die alte IRA «wie ein Häufchen Theater spielender Schuljungen» am Leben zu halten, wo «Dinge dieser Art doch längst überholt waren».

«Ihr habt recht, habt schon ganz recht», stimmte Daniel gewöhnlich zu, «aber ich will Ihnen was sagen, das mir bedenkenswert scheint ... keiner wirft doch, wenn er ins Bett geht, seine Füße weg, weil er sie nachts im Schlaf nicht braucht. Man läßt sie hübsch an den Knöcheln. Denn vielleicht wird man die Nacht überleben, und am anderen Morgen sind sie dann da. Oder anders gesagt: die Hauptsache, man ist zur Stelle, wenn irgendwas geschieht, nicht wahr?»

Im Norden war etwas geschehen, und außer den drei Männern in Dolans Hinterzimmer waren junge Männer anwesend, die darauf warteten, daß noch mehr geschah. Keine Morde. Keine Bombenexplosionen. In diesem Teil Irlands ging es ruhig und freundlich zu, und es waren ruhige freundliche Leute, die hier wohnten. Worauf eigentlich sie warteten, wußten sie selbst nicht näher zu definieren.

Daniel wohnte in einem Doppelhaus in Bantry. Es war dies der einzige Ort in der Stadt, an dem er sagte, was er wirklich dachte, und er sagte es nur zu seiner Frau.

Er liebte seine Frau immer noch. Er hatte sie als Lehrerin in der Schule kennengelernt, in der er selbst seine Laufbahn begann, und sie hatten ihre Flitterwochen in London verbracht. Sie waren Katholiken, deren Katholizismus zwar zuweilen einen religiösen Anstrich hatte, vorwiegend aber eine eher ästhetische und gesellschaftliche Angelegenheit war. Und so einigten sie sich in London darauf, daß Daniel, damit sie in den vollen Genuß ihrer Gemeinsamkeit kamen, einen jener Läden ausfindig machen sollte, die auf kleinen Schildern «Gummiwaren» zum Verkauf anboten. Es war Liz Sorahan, die nach einigen gemeinsam verbrachten Nächten sagte: «Danny, ich habe nicht vor, in unserer Ehe jede Nacht mit dir ins Bett zu gehen und dabei von dem wirklichen Daniel

Sorahan nur soviel zu spüren, wie es dieses Gummiding zuläßt. Ich werde einen Arzt aufsuchen.» So waren es die Sorahans, die in aller Stille und ohne irgend jemanden ins Vertrauen zu ziehen, das Pessar nach Bantry brachten und jeden Tag von der Schule nach Hause eilten und sich miteinander im Bett vergnügten. Ihre beiden Wunschkinder, zwei Söhne, waren auf dem Trinity College in Dublin, wo sie zusammen mit zwölfhundert weiteren Katholiken das Verbot der katholischen Kirche, diese alte protestantische Universität zu besuchen, ignorierten. Und als die Kraft des Feuers nachließ und es nur noch schwelte, fanden Daniel und Elizabeth Sorahan in ihren vertrauten, oft lustigen Gesprächen einen annehmbaren Ausgleich dafür, daß ihnen von den sieben Nächten der Woche nun sechs verlorengingen. Waren sie allein miteinander, dann gaben sie sich, wie sie waren. Sie gehörten zu jener Art von Iren, auf denen die Hoffnung auf ein neues Irland hätte ruhen können, wenn sie den Mut gefunden hätten, sich öffentlich dazu zu bekennen.

Wenn Daniel Sorahan sich jemals in seinem Leben gewalttätig verhalten hatte, so war es beim Fangen und Töten einer Forelle, eines Lachses, einer Makrele oder eines Herings gewesen. «Alles in allem genommen», sagte er, während er sich am Kaminfeuer vorbeugte und seiner Frau zulächelte, «sind die Engländer das zivilisierteste Volk auf dieser Welt.» Er hatte nur eins gegen sie, sagte er gern zu seiner Frau, nämlich daß sie zu früh nach Irland gekommen und zu lange geblieben waren. «Hätten sie Engländer aus uns machen können, dann hätten sie uns einen großen Gefallen getan. Sie konnten es nicht, und wenn es einen guten Grund gibt, sie loszuwerden, dann den, daß wir dann außer uns selbst niemanden mehr beschuldigen können. Das ist das große Unrecht, das sie uns angetan haben», sagte er gern zu ihr, «sie haben uns einen Sündenbock geliefert, dem wir für das, was wir sind, die Schuld zuschieben können. Wenn sie schließlich ganz raus sind aus Irland, dann bekommen wir's mit Irlands schwierigstem Problem zu tun – mit den verdammten Iren selbst.»

Aber derlei Standpunkte äußerte er nicht im Hinterzimmer

von Dolans Pub. Aufmerksam musterte er die jungen Männer dort, und er dachte, was ihm oft in den letzten Jahren durch den Kopf gegangen war: der Norden ist der große, auf Breitwand ablaufende Film, und die Jungs hier in Bantry sitzen nur auf den billigen Plätzen und schauen zu. Sie mußten etwas zu tun bekommen.

Nun, die Aufgabe, an der es ihnen fehlte, hatten sie jetzt. Es galt, einen Überläufer aus dem Norden, der sich möglicherweise auch als Informant betätigt hatte, ausfindig zu machen. Die Sache irritierte ihn. Es ging dabei um eine praktische Aufgabe, die er sich so konkret nicht vorgestellt hatte. Was eigentlich er sich vorgestellt hatte, war ihm selbst nicht klar. «Irgend etwas» – das war die allgemeine Formel, unter der auch dies lief. In Irland setzt man sich mit solchen Dingen erst auseinander, wenn man sich an ihnen die Nase einstößt. Er musterte die mit der Vollstreckung Beauftragten aus dem Norden und war von ihnen nicht gerade angetan. Sie kamen ihm wie auf Barrikaden angesetzte Planierraupen vor, waren zu direkt, zu eingleisig, und ihr Blick war durch Scheuklappen verstellt.

Besonders mißfiel ihm der Große, dieser Powers. Er mochte ihre rauhen, forschen Stimmen nicht. Kiernan gefiel ihm schon besser, aber er lächelte einfach zuviel, und sein Lächeln war ihm zu irisch. Man mußte vor ihm auf der Hut sein. Kiernan war ein anständiger kleiner Kerl, gewiß, angenehm im Umgang, überströmend vor Dankbarkeit und zuvorkommend; dieser Mann hatte höchstwahrscheinlich keinem Hund je etwas zuleide getan. Aber irgend etwas stimmte nicht. Was? Der Mann hatte etwas an sich, das dieses Lächeln an der Wurzel vergiftete. Man würde sehen. Sie beauftragten unterdes die jungen Männer mit einer patriotischen oder gar heldischen Aufgabe – Jagd zu machen auf einen Mann namens McManus, einen Studenten, ihn aufzuspüren und auszuliefern an Powers und Kiernan.

Einen Mann, der sein Studium absolviert hatte. Auch das machte Daniel Sorahan hellhörig. Dieser McManus war kein verstädterter Bauer wie Powers oder Kiernan; ein Katholik aus dem Mittelstand mit differenzierteren Anschauungen, vielleicht? Ein Mann, der seine Skrupel, der Gedanken im Kopf hatte, die ihnen fremd waren? War es das? Und er fragte sich, was aus ihm selbst geworden wäre, hätte man ihn in einem städtischen Ghetto mit verstädterten Bauern zusammengesperrt, die ausschließlich darauf getrimmt waren, zu töten und zu zerstören. Er angelte gern, aber er haßte es, die Beute zu töten. Und was war davon zu halten, wenn sie von «Diesen Gebildeten-mit-ihren-weichen Birnen» sprachen? Gehörten er und Liz auch dazu? Tatsächlich hatte Sorahan noch nie mit solchen Stadtguerillas zu tun gehabt.

«Wir haben bislang nur feststellen können», sagte er in Dolans Hinterzimmer zu Kiernan, «daß niemand, der mit diesem McManus identisch sein könnte, hier einen Arzt aufgesucht hat, im Krankenhaus oder in einer Apotheke war, um sich Medikamente gegen irgendwelche Krankheiten zu kaufen. Er hat offenbar sofort die Stadt in westlicher Richtung verlassen.»

«Da mögen Sie recht haben, vollkommen recht, Mr. Sorahan», sagte Kiernan entgegenkommend. «Aber was ist mit dem Mädchen? Wissen Sie da Näheres?»

«Sie hat sich bei Driscoll ein altes Fahrrad gemietet und ihr Gepäck im Hotel Westlodge gelassen. Das ist das Hotel für die Reisenden, die mit den Ferienbussen nach Bantry kommen. Sie hat dort ein Zimmer gebucht, ihren Rucksack gepackt und gesagt, sie würde in einigen Tagen zurück sein.»

«Sie ist hinter McManus hergefahren?»

«Er hat die Stadt in westlicher Richtung verlassen. Sie auch. Einer der Jungs war unten in Kilcrohane und hat da bei der Polizei erfahren, daß ein Bauer namens Cusack diesen Mann im Fieberwahn zwischen den Felsen von Sheep's Head fand und daß er einen Revolver in seinem Gepäck hatte. Aber der Polizist sagt, daß Cusack und seine Frau höchstens einen Tag im Monat nüchtern sind. Mehr können wir Ihnen nicht sagen.»

«Das is' nich' viel», sagte Powers.

«Immerhin mehr als Sie bei Ihrer Ankunft wußten», sagte

Sorahan freundlich, «und es hat Zeit und allerhand Mühe gekostet.»

«Das ha'm Sie gut gemacht, Mr. Sorahan, wirklich gut gemacht», sagte Kiernan lächelnd und auf Ausgleich bedacht und versuchte, das Lächeln zu deuten, mit dem die jungen Männer, die rings an den Wänden standen oder saßen, zu ihm hinsahen. Sie hatten große rote Gesichter und volles schwarzes, in die Stirn fallendes Haar, und ihnen war einerseits in der Gegenwart eines leibhaften Exekutionskommandos nicht recht wohl – Schlägereien nach einem Tanz waren, abgesehen vom Fernsehen, das Äußerste, was sie an Gewalttätigkeiten erlebt hatten – andererseits aber bewunderten sie Männer, die sich dem «Feind» um der «Sache» willen stellten. Sie dachten dabei in erster Linie an den Tod von Soldaten. Zu töten und zu sterben, gehörte zum Beruf von Soldaten, und die britischen Truppen im Norden waren «der Feind». Die Tatsache, daß dabei auch Zivilisten umkamen, verdrängten sie als bedauerliche Unfälle, die man besser vergaß.

Daniel Sorahan bemerkte die Blicke, mit denen Kiernan die jungen Männer beobachtete, und war froh, den kleinen Mann nicht darüber aufgeklärt zu haben, daß die geschichtsbedingte Mentalität hier in West Cork sich von den in anderen Teilen des Landes unterschied; daß es hier neben katholischen auch protestantische Bauern gab, zwischen denen es nie Feindseligkeiten gegeben hatte, und es hier höchstens einmal bei Trinkereien zu Gewalttätigkeiten kam, die nicht ernster zu nehmen waren als das übliche Verhalten von schottischen Fußballanhängern, und daß diese jungen Männer wohl bereit waren, Geld für die Kämpfer im Norden zu sammeln – die im Grunde für sie nur in Schlagzeilen und als quasiromantische Abstraktionen existierten – daß sie sich aber kaum harten, mit nordirischem Akzent sprechenden Männern gegenüber, die andere getötet hatten und zum Töten hier waren, offen und vertrauensvoll geben würden. Und «die Feinde», die Briten, kamen in ihren Ferien als «die Engländer» hierher und ereiferten sich in Pubs über Fußball, stellten Fragen über gälischen Fußball und Hurley und ermöglichten es den meisten dieser jungen Männer, die jetzt, weil die Engländer nicht mehr kamen, arbeitslos waren, sich ihren Lebensunterhalt zu verdienen. West Cork war ein rauhes Land mit freundlichen Menschen, die an «Die Sache» glaubten, aber mit ihr seit Jahrzehnten nicht mehr leibhaftig konfrontiert worden waren. Und so beobachteten sie leise lächelnd und mit großer Neugier, wie Kiernan sich aufführte, und er verteilte sein Lob: «Ihr seid groß, ganz groß seid ihr. Ganz groß.»

«Wann ziehn wir los und grasen die Gegend ab?» sagte Powers ungeduldig.

«Morgen ist früh genug», erwiderte Sorahan ihm.

Er sagte es sanft, sanft wie die Luft im Südwesten, für einen wenig geduldigen Mann aus dem Norden aber klang es verdächtig, ja geradezu verbrecherisch lasch. «Was reden Sie da?»

«Hier in Bantry», sagte Sorahan noch langsamer, noch sanfter, «macht man sich nicht in der Dunkelheit auf die Suche, es sei denn, man weiß, wo das ist, was man sucht.» Er trank sein Glas mit wohlüberlegter Umständlichkeit aus, stellte es neben sich auf die Bank und stand auf. «Wenn Sie im Dunkeln westwärts fahren wollen, dann auf eigene Gefahr, Mr. Powers . . .» Es lag darin, nur eben angedeutet, eine leise Drohung oder ein Affront, und Powers hob den Kopf, warf Sorahan einen harten Blick zu und wartete wie ein angriffsbereiter Bulle auf Weiteres «. . . gehn Sie von mir aus, und viel Glück, wir werden dann am Morgen zu Ihnen stoßen.»

Die jungen Männer rings an der Wand grinsten, genossen die in der Luft liegende Feindseligkeit, und ihre Blicke schossen von Gesicht zu Gesicht wie Hunde, die an Bäumen nach feindlichen oder angenehmen Gerüchen schnuppern.

Kiernan erhob sich von der Bank, reckte sich, bis er mit seinen ein Meter fünfundfünfzig dastand, und betrachtete, hinter seinem gewinnenden Lächeln getarnt, die grinsenden Gesichter. «Morgen früh is' mir recht», sagte er.

Die Gesichter drehten sich Powers zu, der nicht zu ihnen hinsah. Er trank bedächtig sein Bier aus und behielt dabei über den Glasrand hinweg Sorahan im Auge. Er stellte das Glas neben sich und wischte sich den Mund. «Also gut», sagte er, blieb auf seinem Platz sitzen und folgte dem aus der Tür gehenden Sorahan mit den Augen. Er sah seinen Rücken noch vor sich, als er längst aus der Tür und in der Nacht verschwunden war.

«Gute Nacht. Morgen früh um sechs. Hier.»

«Nacht.»

Die Nachtluft war wie feuchter schwarzer Samt, der ihre Stimmen dämpfte. Die jungen Männer gingen vor sich hinlächelnd nach Hause, rechneten sich gefühlsmäßig die Chancen aus und spitzten sich darauf, daß Powers Daniel Sorahan zu einem Gang herausfordern würde, wenn der Alkohol floß. Sie waren gespannt auf den Morgen und brannten darauf, bei der Jagd mitzumachen.

Drei Autos, mehrere Motorräder und Mopeds, und Ferngläser. Brot, in Scheiben geschnittener Cheddarkäse, Würste und Bier in Kartons. Von den Frauen und Müttern zurechtgemacht; die Jäger und ihre Kolonne versammelten sich auf dem Wolfe Tone Square unter der Statue des Navigators St. Brendan, der, hieß es, Amerika entdeckt hatte. Sie versammelten sich unter seinen ausgestreckten Armen. Brendan sah über die Bantry-Bucht hinaus auf den Atlantik. Die Menschenjäger packten ihre Lebensmittel und Getränke in den Kofferraum von Powers' Wagen. Es wäre unsinnig gewesen, jetzt schon Hunger und Durst zu stillen. Sie hatten einen langen Tag vor sich, vielleicht mehr als den Tag; es sah nach Regen aus.

Daniel Sorahan hatte nicht gut geschlafen, jetzt aber in der kühlen Morgenluft fühlte er sich wohl.

«Darf ich fragen, wie es mit dir ist, Danny-Boy?» fragte ihn seine Frau Liz in der Nacht. Das fragte sie ihn immer, wenn ihr in einer nicht eingeplanten Nacht danach war.

«Ist nicht viel.»

«Was hast du denn?»

«Leg dich schlafen.»

Sie kam, als er sich früh am Morgen rasierte, ins Badezimmer. «Du hast keine gute Nacht gehabt, Dan.»

«Nein, hab ich nicht.»

Nachdenklich nahm er das kräftige Frühstück zu sich, ohne ein Wort zu reden, obwohl er sich sonst gern bei Tisch unterhielt.

Er gab ihr an der Tür einen Kuß. Er war noch nie aus dem Haus gegangen, ohne ihr einen Kuß zu geben, selbst wenn er nur eben über die Straße ging, um sich Tabak zu holen. Aber er vergaß, ihr einen Klaps auf den Popo zu geben, und auch das hatte er nun fünfundzwanzig Jahre lang jedesmal getan.

«Irgendwas paßt dir an der Sache nicht, Dan», sagte sie.

«Kann sein.»

«Was?»

«Ach was», sagte er und erinnerte sich jetzt und gab ihr einen Klaps. «Nichts weiter.»

Sie faßte sein Handgelenk. Sie hatte kräftige Hände. «Es ist doch irgendwas», sagte sie.

«Sicher.» Wieder gab er ihr einen Kuß. «Vielleicht finden sie den Jungen wirklich», sagte er.

«Na ja», sagte sie, wollte noch etwas sagen, aber beließ es dabei. Sie kannte ihren Mann. Gestern, als die beiden aus dem Norden hierher unterwegs gewesen waren, hatte er noch gewollt, daß sie den Informanten fänden. Jetzt war aus dem Informanten «der Junge» geworden.

«Die beiden möchte ich nicht mal mein Schwein schlachten lassen», sagte er und küßte sie wieder. «Diese Leute aus Ulster sind ein grober Menschenschlag.» Er schien eine Antwort von ihr zu erwarten.

«Und?» sagte sie und suchte auf den Unschlüssigen, dessen Anschauungen sie so gut kannte wie ihre eigenen, sanft Einfluß zu nehmen. Sie umfaßte sein Gesicht und küßte ihn auf die Wange. «Du bist ein guter Mensch, Dan», sagte sie und ging, nachdem sie so ihre Würfel ausgespielt hatte, abrupt nach drinnen und schloß die Tür hinter sich.

«Liz», hörte sie ihn rufen. Sie machte sich laut in der Küche zu schaffen, so daß die Geräusche seine Stimme übertönten. Dan fuhr in wenig erfreuliche Gedanken versunken zum Wolfe Tone Square.

Sie waren, dachte er, eine Mischung aus einer dieser motorisierten Banden, von denen er gelesen, die er aber nie gesehen hatte, und einer Schar von Vogelbeobachtern auf Rädern. Sie standen an ihren Maschinen und hörten sich mehr oder weniger aufmerksam Powers' Anweisungen an. Es war immerhin ein Ausflug, mal etwas andres.

Powers hatte, erklärte Kiernan, «das Kommando bei dieser Such- und Vernichtungsaktion», dann schwebte er wesenlos wie ein abgerissener Wolkenstreifen auf den neben St. Brendan stehenden Sorahan zu. «Mr. Powers hat eine Schwäche für dieses Links-zwei-drei-vier-Getue», flüsterte Kiernan. «Er ist der geborene Korporal.»

Sie fuhren die schmale Halbinsel bis Sheep's Head ab, das wie ein anklagender Finger zwischen der Bantry und der Dunmanus Bay scharf in den Atlantik vorstieß. Sie waren wie ein Schwarm von Blattläusen, der verheerend über das Land herfiel und die Büsche abfraß, in denen sich vielleicht «ein Junge und ein Mädchen», wie es jetzt Sorahan unablässig durch den Kopf ging, versteckt hielten. Von den Hügeln aus suchten sie mit ihren Feldstechern die Niederungen ab, klopften an Türen und folgten Bauern über kleine Felder und offenes Hügelgelände in Scheunen und Hühnerställe.

«Haben Sie hier irgendwo etwas gesehn . . .?»

«Ein Mädchen auf einem Fahrrad mit einem Rucksack auf dem Rücken . . .?»

«Fremde, die auf Ihrem Grundstück kampieren wollten . . .»

«Ein Mann und ein Mädchen mit einem Fahrrad und zwei Rucksäcken . . .?»

Sie stellten immer wieder andere Fragen, während sie das Land auf ihrer Menschenjagd durchkämmten.

Sie bekamen ausweichende Antworten. «Sind es Freunde von Ihnen, nach denen Sie suchen . . .?»

«Hier in der Gegend gibt es jetzt viele solche . . .»

«Hier kommen immer mal Leute auf Fahrrädern vorbei . . .»

Ausflüchte; abwandernde Augen, hinter denen sich mißtrauische Gedanken sammelten. Zwei von denen, schienen die

Augen zu sagen, stellen mir jetzt hier auf meinem Hof Fragen, und bei Curley da oben auf dem Hügel, sind da nicht noch zwei von ihnen? Und ein Kopf, der sich seitwärts neigt, um an ihnen vorbei die vor der weißen Mauer einer entfernten Hütte stehenden beiden Männer besser sehen zu können. «Ist um diese Zeit hier sehr windig, kaum was zu hören, wenn man den Rücken dreht.» Verschlossene Gesichter, schwer zu durchschauendes Lächeln, abirrende Augen; es war, als wollte man mit nassen Händen einen schlüpfrigen Lachs fassen.

Und die Engländer in ihren zu Ferienhäuschen umgebauten Hütten blickten sie ausdruckslos an und fragten höflich nach Einzelheiten. «Ich würde Ihnen gern helfen. Ein junger Mann und ein Mädchen? Haben sie sich verirrt? Könnten Sie sie näher beschreiben? Nein, hier kann man sich nicht verirren. Alle Wege führen irgendwohin. Machen Sie sich keine Sorgen. Tut mir leid, hätte Ihnen gern geholfen . . .»

Und die Stunden vergingen, man wurde immer durstiger und begann, die Leere im Magen zu spüren. Hier auf dieser Halbinsel, die nicht breiter war als die Kruppe eines Esels, mußte, mein Gott noch mal, doch irgendwer irgendwas gesehen haben.

Powers durchkämmte die Halbinsel in Cullens Wagen, sprang ab und stampfte wie ein schwerer Gaul über die Felder, wenn er eins der Suchkommandos entdeckte. «Habt ihr was? Habt ihr was rausgekriegt? Herrgott, in dieser Scheißgegend würde selbst ein Blinder was mit seinem Krückstock finden . . .» Aber sie hatten nichts gefunden. Sie fingen an, müde zu werden und sich zu langweilen, Durst hatten sie und Hunger, und die Kartons mit Bier und Lebensmitteln waren in Powers' Wagen, und Powers war wild entschlossen und unnachgiebig und dachte nicht daran zu pausieren. Das war nicht die Art, wie es die jungen Männer gewohnt waren, oder es sich vorgestellt hatten. Die Antworten, die er von ihnen erhielt, wurden immer kürzer, und das Mißbehagen wuchs, ohne daß Powers es merkte.

Laut brüllend und um sich bölkend stürmte er, rasend vor

Zorn und Vernichtungswillen, hügelauf und hügelab, als verkörperten sich in ihm die Schatten der niedrig am Himmel hinrollenden Wolken. «Sucht den Scheißkerl!» wütete er und wälzte sich in den Wagen, schaltete krachend und hetzte den Wagen über Feldwege, Weideland und steinige Hügel zu den anderen Suchkommandos, die er mit ähnlichen Flüchen traktierte.

Und die jungen Männer, von dem Wahnwitz dieser Aktion überzeugt, machten sich Luft. Barney, ein kleiner schüchterner Jugendlicher, sagte: «Hältst du diesen Bullen aus Ulster noch für normal?»

Sein Gefährte, ein untersetzter, stämmiger Bursche mit Namen Colum, hob wie ein Pferd am Stalltor die Nase schnuppernd in den Wind von der Dunmanus Bay her und sagte: «Werden sehn, wenn's nachher ans Trinken geht», und klopfte mit seinen groben Knöcheln an die nächste Tür.

Kiernan fuhr mit Daniel Sorahan an der Nordküste der Halbinsel entlang. Sorahan, hatte er den Eindruck, war wie er selbst ein anständiger Kerl. Er mochte den hageren, gebückt dasitzenden Schullehrer mit seinem eckigen, freundlich dreinschauenden Gesicht gern. Mit seinem schwarzen, leicht ergrauten Haar und seinen weißen Schläfen wirkte er vornehm. Jemand, dem man vertrauen konnte? War es so?

Er war sich nicht sicher. Er wußte nur, daß die Leute, die sie an den Türen, auf den Feldern und im Gelände gefragt hatten, etwas verwirrend Fremdartiges, Hinterhältiges an sich hatten . . . dieses verstohlene Lächeln, die Augen, die sich abwandten, immer wenn man sie ansah, dies verschlagene Zwinkern, wenn sie sich unbeobachtet glaubten, die Blicke, mit denen sie einen von der Seite ansahen, um Zeit zu gewinnen und Ausflüchte und ablenkende Fragen auszuhecken . . . Der Boden unter ihm war weich, die Luft um ihn schwer und belebt von Dingen, die ihm fremd schienen. Er wußte das nicht zu benennen, aber er spürte sie – diese aalglatte Unverläßlichkeit. Einen Orangisten im Norden, der «Scheiß auf den Papst!» brüllte, konnte er besser verstehen als diese Leute im Süden. Sie waren Fremde; man hatte ihnen gegenüber das

Gefühl, als stünde man als Nichtschwimmer hilflos bis zum Hals in der Brandung und hätte nirgends unter den Füßen festen Grund. *Antworten Sie mir um Himmels willen klipp und klar auf meine Frage!* Aber das war verdammt nicht zu erreichen, um keinen Preis! Es machte ihn nervös, und er sehnte sich nach dem Norden, wo die Leute geradezu und offen waren; er lehnte sich zurück ins Polster, das seine jungenhafte kleine Figur fast ganz umschloß. «Dieser Bauer», sagte er, «von dem Sie erzählt haben und der den Mann mit dem Revolver im Gepäck im Fieberwahn angetroffen hatte – wo wohnt der?»

«Cusack? Sheep's Head. Der Polizist sagte, er wäre wahrscheinlich betrunken gewesen.»

«Hm. Ich hab auch schon allerhand Komisches im Suff gesehn. Fahr'n Sie zu Cusack.» Es war ein Befehl. Sorahan bog von der Straße an der Nordküste ab und fuhr den Goat's Path hinauf, der die schmale Halbinsel ungefähr in der Mitte durchschnitt, und dann nach Westen auf die südliche Küstenstraße, wo er bei Sheep's Head zum Haus des Trinkers Cusack kommen mußte. Das war immerhin so etwas wie Aktivität. Er trug damit seinen Teil zu dieser neuerlichen Revolution bei.

Der Himmel war dunkel. Der Wind kam von der Bantry Bay und brachte Regen mit sich. Er kam zunächst in Böen heran und blies dann gleichmäßig über die Halbinsel.

«Die Jungens werden naß», sagte Sorahan.

«Im Norden», sagte Kiernan bitter und ohne zu lächeln, «werden die Jungens gekillt.»

Sie fuhren den schmalen gewundenen Weg an der Rückseite von Sheep's Head hinauf, und Wind und Regen drückten die Wolken niedrig auf sie herab. Der Wagen kroch den Weg hoch, und sie mußten aufpassen, daß sie nicht über den Rand hinauskamen. Links von ihnen taten sich zuweilen steil abfallende Schluchten auf, während zu ihrer Rechten abgetragene Torfmoore mit ihren grünlich-weißen Wasserlilien gespenstisch im Dunst verschwammen. Sie brauchten eine Stunde, um den Touristenparkplatz an der letzten befahrbaren Stelle des Felsmassivs zu erreichen. Sie stiegen aus und gingen durch den peitschenden Regen, um Cusacks Haus unter dieser erstickenden Decke aus tropfnasser Watte ausfindig zu machen.

Vom Parkplatz gingen sie den steilen Hang hinunter und kamen auf einen kurzen steinigen Weg, der in einer scharfen Kurve steil zu den Kliffs und den vom Ozean umbrandeten Felsen abfiel. Der Regen schlug ihnen entgegen, der Wind zerrte an ihnen. Stolpernd tasteten sie sich vor.

«Hier wohnt keiner», schrie Kiernan gegen den Wind, und kam dann den schrägen Hang hinunter zu einer breiten Felsplatte, auf der wie winzige Reihenhäuser zusammengekauert drei Hütten standen. Fenster und Türen waren gegen den Sturm verriegelt.

Sie hämmerten gegen die Tür des ersten Häuschens, und ein Mann kam an die Tür. Er öffnete sie einen Spalt, hielt sie gegen den Wind umklammert, und Sorahan fragte laut: *«Cusack?»*

«Das einzelstehende Haus. Rechts», schrie der Mann und zeigte mit dem Daumen in die Richtung. «Windig heute», rief er und zog die Tür zu.

Rechts war nichts zu sehen, aber als sie in die Richtung gingen, stießen sie auf einen Weg, der auf dem steilen Hang zu einer Felskuppe abzweigte, und dort stand wie eine Geistererscheinung mit der Rückseite zum Berg eine Hütte. Sie hämmerten gegen die Tür, aber nichts regte sich. Hinter dem Fenster war kein Licht. Sie schoben den Riegel hoch und gingen hinein. Es war alles dunkel.

«Geben Sie mir Streichhölzer», sagte Kiernan.

«Sie sind naß. Ich bin bis auf die Haut durchgeregnet.»

Die Asche des Torffeuers glimmte noch. Im Schaukelstuhl neben dem Feuer lag eine dunkle, kaum erkennbare Masse. Sorahan faßte hin, schüttelte daran und sagte: «Ein Mensch.»

«Es ist eine Frau.» Kiernan stocherte in der Asche herum. In ihrem Schoß hatte sie eine halbvolle verkorkte Limonadenflasche ohne Etikette. «Sie ist betrunken.» Sie fanden den Lichtschalter. Selbst die abgelegensten Teile Irlands werden mit Elektrizität versorgt. War das Wetter so wie jetzt, dann setzte der Strom oft längere Zeit aus. Aber auch in ruhigen Zeiten flackerte das Licht. Es ging an und dann wieder aus, als könnte es sich nicht entscheiden.

Sie rüttelten die Frau wach. Sie grinste verschlafen, ohne weiter überrascht zu sein, und hielt ihnen ihre Flasche hin. Sorahan legte sie ihr zurück in den Schoß. «Mrs. Cusack?»

«Bin ich.» Wieder hielt sie ihnen die Flasche hin.

«Wo ist Ihr Mann?»

«Kümmert sich ums Vieh.»

«Wo?»

«Am Nordhang.»

«Bei diesem Wetter?»

«Kann sich da unterstell'n.» Sie war fröhlich, nur halb bei Sinnen, und grinste wie ein Dachspeier.

«Erinnern Sie sich an den jungen Mann mit dem Revolver? Ihr Mann fand ihn im Gepäck.»

Das Grinsen erstarb. Sie sah mit ihren glasigen Augen von Gesicht zu Gesicht. Sie umschlang die Flasche und drückte sie an den Leib. Langsam sackte sie in den Schaukelstuhl zurück und schloß die Augen, als wäre sie wieder eingeschlafen.

«Wecken Sie sie», sagte Kiernan ungeduldig, packte dann aber selbst ihren Arm und schüttelte sie. Sie schien fest zu schlafen. Ihr Arm war hart und muskulös wie der eines Mannes. Ihre Augen blieben geschlossen. Sie schien tatsächlich zu schlafen.

«Lassen wir sie. Wenn Sie was von Cusack wollen, müssen Sie sehn, daß Sie ihn finden.» Es war Sorahan gleichgültig, ob er ihn fand oder nicht. Er war bis auf die Haut naß, fror und fühlte sich elend: Irlands Probleme konnten, was ihn anbetraf, warten. Ihm lag mehr an einem heißen Bad, trockenen warmen Kleidern und an einem Gespräch mit Liz vorm Kaminfeuer als an einem vereinten Irland. Diese ganze Aktion war eine Farce. Reumütig fragte er sich, wie viele irische Attentatsversuche, Rebellionen und sonstige heroische Unternehmungen wohl dem irischen Regen zum Opfer gefallen waren. Gab es unter Frank O'Connors Jugenderzählungen nicht eine drollige Geschichte über den Bürgerkrieg und Erskine

Childers, dem das kleine Gewehr einer Frau «wie eine Blume» ans Herz und unter seine Hosenträger gesteckt war; und es war eine Regennacht und ein Geschütz kam darin vor, mit dem niemand zu schießen verstand, und die Kämpfer auf beiden Seiten verirrten sich hoffnungslos und stolperten zufällig übereinander und rannten wie Dolans Esel alle miteinander und mit allen, die sonst auf den Beinen waren, voreinander weg. «Sehn Sie zu, daß Sie ihn finden», sagte Sorahan zu Kiernan. «Ich bin bis auf die Knochen durchgefroren.»

Der Strom fiel aus, und in der plötzlichen Dunkelheit beugte sich Sorahan vor und mußte husten, so überraschend kraftvoll hatte der kleine hagere Mann ihm die Mündung seines Revolvers in den Magen gestoßen. «Raus mit Ihnen in den Scheißregen, Mr. Sorahan», sagte Kiernan verbissen. «Abhauen können Sie, wenn Sie nicht mehr gebraucht werden.»

Gefügig ging Sorahan nach draußen in Wind und Regen. Sie bedrohten sogar ihre Helfer. Tief unten brandete der Atlantik heulend und zischend gegen die Felsen an. Was bliebe da von ihm übrig?

Kiernan klemmte den Küchentisch in die offene Haustür, so daß die Frau dem Regen und Wind ausgesetzt war.

«Warum das?» fragte Sorahan ihn.

«Das besoffene alte Dreckstück. Die schläft nicht.»

Gemeinheit. Die sinnlose, schiere Gemeinheit. Sorahan stemmte sich gegen den Wind, ging unter dem peitschenden Regen erschauernd den Hang hinauf und versuchte, von Scham gepackt, die Gedanken abzuschalten. Aber sie ließen ihm keine Ruhe. Waren er und Liz nicht als Paar vorbildlich? Hatten sie nicht schon vor dreißig Jahren Hebammenarbeit bei den langen Geburtswehen eines neuen Irland geleistet; hatten sie nicht gegen die Gesetze der Kirche und des Landes das Pessar in London einpassen lassen? Waren ihre beiden Söhne nicht das Ergebnis ihrer Familienplanung, bei der sie sich über die Methode, die empfängnisfreien Tage zu nutzen, hinwegsetzten? Hatten sie nicht Dr. Noel Browne und Dr. Conor Cruise O'Brien und ihre Labour Party mit Geldbeträgen unterstützt, die sie heimlich überwiesen? Heimlich. Kein Wort in der Öffentlichkeit. Aber ihre Stimme bei den geheimen Wahlen. Hebammenarbeit in aller Stille. Reformen in der Privatsphäre der eigenen Vorstellungswelt, der Phantasie. Hoffnungen und Gebete. Und sie waren auch alte Republikaner. Waren nicht alle richtigen Iren alte Republikaner von zweierlei Couleur. *Ein* Irland. Ein schönes Gefühl in der eigenen Vorstellungswelt. In der Phantasie. Ein vereintes Irland, schön wäre das, nicht wahr? hatte er immer zu Liz gesagt, aber bis dahin ist es noch ein langer Weg, wie es scheint. Immer daran denken, darüber sprechen, es in der Phantasie am Leben halten. Die Phantasie, die Einbildungskraft – das war doch der irische Genius, nicht wahr? Der Mann hinter ihm hatte darin keinen Platz. Was, um Himmels willen, hatte die Phantasie bewirkt? Sie hatte den Geist auf Eis gelegt und jetzt, mit Fünfzig, taute man auf im peitschenden Wind und Regen auf Sheep's Head und erkannte zu Tode geängstigt, daß man nie älter als zwanzig geworden und daß die Realität etwas Häßliches war, fade wie der am Morgen bis in den Magen reichende Nachgeschmack von zuviel Whisky.

«Cuuu – saaack!» schrie Kiernan, und der Wind riß ihm die Laute in Fetzen vom Mund.

Sorahan sah sich zu ihm um, trat ins Leere und fiel und fiel, schlug hart auf und rollte den Hang hinunter. Blindlings griff er in seiner Panik um sich, suchte sich an dem kurzen Gras festzuhalten, das ihm aber entglitt und ihm in die Finger schnitt. Er stieß hart gegen einen Felsen und lag schmerzverkrümmt, hilflos und heftig zitternd da.

«Mein Gott», sagte Kiernan neben ihm echt besorgt, «dachte schon, es wäre aus mit Ihnen. Sie sind ausgerutscht.»

Mühselig krochen sie langsam den tückischen Hang hinauf. «Hierein», sagte Kiernan, «hier können Sie sich unterstellen.» Ihm gut zuredend wie eine Mutter, zog er Sorahan unter den überhängenden Felsen, von dem er abgeglitten war. Jemand hatte dort bereits Schutz gesucht. Kiernan zog den Revolver. «Wer is' da?»

«Cusack is' mein Name.» Der Mann saß mit dem Rücken gegen die Felswand. «Ein schlimmer Tag heute.»

«Wir ha'm Sie gesucht.»

«Oh.»

Kiernan steckte den Revolver weg. «Machen wir's kurz bei dem Sauwetter», sagte er. «Wie war das mit dem Burschen mit dem Revolver im Gepäck? Sie ha'm dem Polizisten davon erzählt.»

«Stimmt. Er sagte zu mir, ich wäre betrunken. War ich auch.»

Kiernan wartete einen Moment. «Mister», sagte er drohend, «ich hab einen langen Weg hinter mir auf der Suche nach Ihnen. Erzähl'n Sie mir keinen Quark. Wie war das mit dem jungen Mann?»

«Warum fragen bloß alle nach dem?»

«Was heißt alle?»

«Na, das Yankee-Mädchen. Sie war auch bei der Polizei wegen ihm. Kam auch zu mir.»

«Was wollte sie?»

«Wissen, wo er ist. Gab mir ein Pfund.»

Kiernan grinste durchtrieben und gab ihm ein Pfund. «Erzählen Sie.»

«Er lag unten, wo der andre hingefallen ist. Schlief unterm Felsen. Ging ihm ganz schlecht. War offensichtlich schwer krank.»

«Trug 'n Bart?»

«An den Seiten, jedenfalls.»

«Ging ihm schlecht, sagen Sie?»

«Redete und brüllte im Fieber.»

«Über was?»

«Maureen.»

«Was?»

«Mehr hab ich nicht mitgekriegt. Maureen. Wohl das Yankee-Mädchen, denk ich.»

«Wohin ist er dann gegangen?»

«Den Hang runter.»

«In welcher Richtung?»

«Den Weg vom Parkplatz lang – von Sheep's Head weg.»

«Und weiter?»

«Ich weiß nicht. Hab ihn dann nicht mehr gesehn. Er stolperte da herum. Hab ihn noch zweimal fallen sehn.»

«Wo?»

«Unten am Hang.»

«Und kam wieder hoch?»

«Hab ich nicht gesehn. Er hatte den Revolver in der Hand.»

Kiernan streckte die Hand aus. «Geben Sie mir das Pfund zurück.»

«Aber ich hab Ihnen doch alles erzählt», sagte Cusack und rührte sich nicht.

«Ha'm Sie nich' gehört. Geben Sie her!» Wieder war der Revolver, unfehlbarstes Überzeugungsmittel, auf ihn gerichtet. Cusack händigte das Geld aus. «Und jetzt führ'n Sie uns hier runter», sagte Kiernan, den Revolver schwenkend, «diesen ganzen Scheißweg bis zum Parkplatz.»

Der Weg zurück war leichter zu begehn. Cusack kannte die Trampelpfade der Rinder und Schafe; in seiner Angst, sich die Knöchel zu brechen, machte sich Sorahan vorsichtig auf den Weg; erst als sie in die Nähe des Wagens kamen, hatte er wieder ebenen Boden unter den Füßen. «Gehn Sie nach Haus», sagte Kiernan, und Cusack verschwand im Dunst.

«Von dem letzten Revolver, den der zu Gesicht bekommen hat, hat er prompt der Polizei berichtet», sagte Sorahan.

«Dieser, weiß er, könnte losgehn. Diesmal fahr ich.» Kiernan war ganz von der Aufgabe besessen. Sie fuhren schweigend durch den Dunst zur Straße an der Südküste.

«Sagt Ihnen der Name Maureen irgendwas?» fragte Sorahan, als sie die gefährliche Wegstrecke hinter sich hatten.

«Das ist seine Schwester. Sie hat McManus zur Flucht verholfen. Sie ist tot.»

Sorahan hatte Ähnliches befürchtet, und es traf ihn wie ein Schock. Er versuchte, sich gegen den Sachverhalt abzuschirmen, aber es ging ihm auf den Magen. «McManus war sehr krank», sagte er kläglich, «er ist wahrscheinlich ins Wasser gestürzt.» Damit wäre das alles hier beendet. Bis ins Mark fröstelnd saß er zitternd da.

«Er lebt.»

«Wie wollen Sie das wissen?»

«Das Mädchen hat ihn gefunden. Sie hat ihn irgendwo untergebracht.»

«Woher wollen Sie das wissen?»

«Ich weiß es eben. Und deswegen suchen wir jetzt weiter.»

Als sie durch Kilcrohane kamen, stellte er die Frage nach Maureen. «Wie ist sie umgekommen?»

«Powers hatte sie getötet. Sie wollte ihm nicht sagen, wohin ihr Bruder geflohen war. Wir konnten sie nicht laufen lassen.» Es war nicht viel dabei. Eine Vergeltungsmaßnahme.

«Und Powers ist beauftragt, den Bruder auch zu töten?» sagte Sorahan verbittert. «Ist um Himmels willen nicht eine genug? Warum zwei?»

«Drei», sagte Kiernan, in den Regen starrend.

«Drei?»

«Ja. Er hat sie vergewaltigt, bevor er sie umbrachte.»

«Sie vergewaltigt? Gott im Himmel!» Sorahan fühlte sich von einer Schwäche befallen. Vielleicht kam es auch von dem Sturz. «Und Sie wollen ihm helfen, den Bruder zu finden und umzubringen?»

«Ja.»

«Und Sie meinen, um dieser Schurkerei willen hätte ich diese jungen Burschen als Helfer zur Verfügung gestellt?»

«Ja.»

«Darauf sollten Sie sich nicht verlassen, Kiernan!»

«O doch, Mr. Sorahan, ich verlaß mich drauf. Sie alle sind in dieser Armee, wie wir auch. Ich meine, sie gehören dazu, Mr. Sorahan, sie gehen da nicht einfach so aus und ein wie bei irgendeinem Altweiberklub. Und das wissen Sie auch, wissen's so gut wie ich. Ihr hier unten habt immer nur auf euren Ärschen gesessen und nichts weiter als 'n paar Pennies gesammelt, während sie unsre Jungs umgelegt und zu Krüppeln geschossen haben. Ich verlaß' mich auf Sie und Ihre jungen Männer. Ich verlaß' mich drauf, Mr. Sorahan.» Die Drohung lag in seiner Stimme, nicht im Ausdruck seines gnomenhaften Gesichts.

«Einschüchtern lassen wir uns nicht. Keiner von uns würde

auch nur einen Finger rühren, einem Gangster wie dem zu helfen.»

«Ich will Ihnen eine kleine Geschichte erzählen, Mr. Sorahan – vielleicht wird Ihnen dann wohler.»

«Wohler! Erbrechen könnte ich mich, nach dem, was Sie mir erzählt haben.»

«Ich kann's ja versuchen, Mr. Sorahan. Hör'n Sie gut zu, Sir. Powers hatte Auftrag, ein Mädchen zu teeren-und-federn, und dabei ging einer seiner Männer drauf. Er sagte, McManus wäre schuld, er hätte die Befehle nicht befolgt, und dann sagte eine der Frauen, die dabei war'n, aus, Powers hätte McManus bei dem Job weggeschickt. So hatten wir durch Powers einen Mann verloren, und das zu vertuschen, hat er uns angelogen. Dann entwischte McManus ihm an dem Tag, als er ihn umlegen sollte. Hatte die Nacht davor noch 'n paar Häuser weiter mit 'ner Witwe verbringen müssen, und sein Kumpel wurde von der Army geschnappt, ohne daß er einen Finger rührte. Eine alte kranke Frau im Haus gegenüber hat ihn aus dem Haus der Witwe rauskommen sehn. Dann hat er auf dem Weg hierher die Witwe mit nach Strabane genommen, und sie ha'm sich, nachdem sie das im Bett hinter sich hatten, so angeschrien und mit Dreck bekleistert, daß der Koch meinte, das Haus bräche zusammen. Die Polizei hat die Vergewaltigung aus den Papier'n weggelassen, aber sie packt aus, wenn's ihr in dem Kram paßt, und so sind wir informiert. Sie werden Powers nich' finden, sie wissen, das bißchen Arbeit nehmen wir ihnen ab.»

«Drei, sagten Sie?»

«Ja. Hab ich gesagt. Sie ha'm das schnell kapiert. Er hat die Sache mit McManus noch zu erledigen, Mr. Sorahan. Ich hab die schwarze Kapuze für ihn, wenn er's hinter sich hat. Eins müssen Sie uns lassen, Mr. Sorahan, wir schlagen hart zu, wenn einer moralisch versagt. Helfen müssen Sie mir nur eine gute Stelle finden, um Powers zu begraben. Jetzt ist Ihnen wohler, Sir, hab ich's nicht gesagt?» Kiernan war wieder der alte, er lächelte.

«Mein Gott!» Fünfundzwanzig Jahre lang hatte Sorahan

in seiner Landschule darauf gewartet. All die Jahre hatte er auf den Tag gewartet. Jetzt war er da, nackt und unverblümt. Er drehte das Wagenfenster runter, hielt das Gesicht in Wind und Regen und wünschte, er könnte jetzt mit seiner Frau Liz sprechen.

«Machen Sie sich keine Sorgen, Mr. Sorahan», sagte Kiernan begütigend und meinte es ehrlich. «Wenn Powers das mit McManus geschafft hat, sind Sie und Ihre Jungs entlassen. Den Rest besorg ich.» Er schien zu glauben, er hätte ihm eine Art Trostgebet zugesprochen.

Als sie auf einem Feld in der Gegend von Foilakill auf die anderen stießen, hatte der Wind nachgelassen, und der Regen nieselte nur noch – es war feucht und warm, aber angenehm.

Die Männer hatten sich hinter den beiden Wagen und den Motorrädern an einer Steinmauer untergestellt.

Kiernan parkte den Wagen vor ihnen und blieb drin sitzen. Die Kartons mit den Lebensmitteln waren in dem offenen Kofferraum des Stranorlar-Wagens abgedeckt durch ein bis zum Boden herabhängendes Plastiktuch. Die Kartons mit dem Bier standen auf dem Gras. Gegessen hatten sie schon, jetzt waren sie dabei zu trinken. Powers ging, diese elende Untätigkeit verfluchend, ungeduldig zwischen den jungen Männern auf und ab. Der junge Barney brachte Brote und Bier zu Sorahan und Kiernan und ging zurück zur Mauer, zu seinem stämmigen Freund Colum. Das Reden war ihnen vergangen. Sie hatten nichts gefunden, was sie auf die Spur von McManus gebracht hätte, sie waren bis auf die Haut naß und fröstelten, obwohl es jetzt warm war. Mit dem Verantwortungsgefühl, das sie gespürt haben mochten, war es vorbei. Ihre Stimmung war durch Powers' Verhalten umgeschlagen, und der Regen hatte ein übriges getan.

Der Hirtenhund vom Bauernhaus auf dem benachbarten Feld kam zögernd zu ihnen. Er trottete zwischen ihnen herum und blieb mit erhobenem Kopf neben der Plastikdecke stehen. Die jungen Männer beobachteten ihn mit einer gewissen Neugier. Es ließ sie immerhin momentan ihr Mißbehagen vergessen. Der Hund sprang in den offenen Kofferraum und schnüffelte da herum. Dann sprang er heraus und nahm intelligent wie er war, den Rand der herabhängenden Decke ins Maul. Vor und zurück riß er daran und zog die Hülle langsam von den Pappkartons.

Powers stand mit dem Rücken zum Wagen. Als er sich umdrehte, war der Hund wieder in den Kofferraum gesprungen und schnüffelte an den Würsten. «Holt den Scheißköter da raus», bölkte er.

Keiner rührte sich. Alle grinsten verschmitzt. Es war nicht gerade besonders spannend, aber es war doch eine Abwechslung.

«Holt den Hund raus!»

Colum schob sich breitschultrig vor und ging zwischen den andern hindurch zum Wagen. Er holte den Hund nicht raus. Er streichelte sein nasses Fell, bückte sich und nahm zwei Flaschen Bier aus einem der Kartons.

«Stell'n Sie die zurück und holen Sie den verdammten Hund raus», schrie ihn Powers an.

«Holen Sie ihn doch selbst raus.» Colum ging zurück zur Mauer. Er war jünger als Powers, aber ebenso groß; er war sich voll seiner Kraft bewußt und ließ sich nicht aus der Ruhe bringen.

Powers stellte sich ihm in den Weg. «Sie ha'm genug gehabt», sagte er, «stell'n Sie das Bier zurück.» Er sah sich mit zweierlei konfrontiert, mit Colum und mit dem Hund, der sich jetzt über die Würste hermachte. Es war nicht Powers' Stärke, mit zweierlei gleichzeitig fertig zu werden.

«Ich will Ihnen sagen, wovon ich genug hab. Von Ihrer Großkotzigkeit hab ich genug», sagte Colum gezielt, und Leben kam in die untätig und fröstelnd herumstehenden jungen Männer.

«Mr. Powers», rief Kiernan aus Sorahans Wagen, in dem er es trocken und bequem hatte, aber Powers hatte nur Colums Stimme gehört.

«Stell'n Sie das Bier zurück und bringen Sie den verdammten Köter weg. Das ist ein Befehl», sagte Powers.

«Das Bier will ich trinken. Bringen Sie den Hund selbst weg. Befehle ha'm Sie den ganzen Tag gebrüllt, ha'm selbst wie ein räudiger Köter gebellt und sich hier als Scheißgeneral oder Scheißkorporal aufgespielt, bis wir die Nase voll hatten von Ihnen. Machen Sie endlich Schluß, Sie alberner Angeber. Wofür, zum Teufel, halten Sie sich und mit wem, Teufel noch eins, glauben Sie es hier zu tun zu haben ...» Zornig und mißgelaunt, wie sie es alle waren, wollte er fortfahren. Sie revoltierten nicht gegen eine Idee oder eine Sache, sondern dagegen, daß sie, bis auf die Knochen durchgeregnet, herumkommandiert und beschimpft wurden, und das von einem Mann aus Ulster, der scheißegal ob er nun Katholik oder Protestant war, ein sturer, starrköpfiger, angeberischer und grobschlächtiger Scheißkerl aus dem Norden war ... Der junge Mann stand da und wartete darauf, was Powers erwidern würde ... Aber das war angesichts eines Mannes, dem es an Schlagfertigkeit fehlte, naiv.

Powers zog den Revolver.

«Mr. Powers!» Kiernan sprang aus dem Wagen.

Aber Powers hörte nicht auf ihn. Colums Stimme dröhnte ihm in den Ohren. Der Hund, einen Fleischbrocken im Maul, sprang aus dem Kofferraum, und Powers schoß auf ihn, als er auf dem Boden landete. Der Knall dröhnte weit über die See hin. Die Männer saßen still da und starrten Powers und den Hund an.

Sorahan sah zum Hund. Er lag mit offenen Augen auf der Seite, das Fleisch neben dem geöffneten Maul im Gras. Er wimmerte leise vor sich hin und war dann still. Blut rann ihm in einem schmalen Rinnsal aus dem Maul.

«Stell'n Sie jetzt das Bier weg und bringen Sie den Hund zum Bauern», sagte Powers.

«Stecken Sie die Kanone weg und kommen Sie her, wenn Sie von mir was woll'n.»

Kiernan trat mit vorgehaltenem Revolver dicht an Powers heran. «Geben Sie her, Mr. Powers», sagte er und griff sich dessen Revolver.

Colum stellte das Bier ab und ging auf Powers los. Darauf

hatte er den ganzen Morgen gewartet. Während der ganzen Mittagspause hatte er sich Mut angetrunken.

Aber als er auf Powers einschlug, duckte der sich weg. Seine schwere Faust traf Colum in der Leistengegend, und der massige Junge sackte gekrümmt vornüber und schrie vor Schmerzen. Ein schwerer Schlag traf ihn hinten auf den gesenkten Kopf, und er stürzte wie ein Sack Kartoffeln aufs Gesicht. Er fühlte die Tritte in die Seite, fühlte sich hochgehoben und gegen die Mauer gestemmt, fühlte kurz, aber schon wie aus der Ferne die Hammerschläge, die sein Gesicht trafen, und stürzte, ohne noch etwas zu empfinden, vornüber ins Gras. Powers wollte nicht auf ihn schießen. Er wollte ihn schlagen, ihn bluten sehn, sein Fleisch unter seinen Knöcheln zucken fühlen, wollte den schrillen Freudenschrei in sich genießen, wenn seine Fäuste ihn in den Leib trafen und seine Knochen knackten, wenn die Haut über den Knochen des andern aufplatzte. Wieder stemmte er Colum gegen die Mauer und drosch drauflos . . .

Dann plötzlich hielt er inne, drehte sich langsam um und sah den im Kreis zusammenhockenden jungen Männern in die angstvollen Gesichter. Machtgelüst schoß in ihm auf. Er sprang hoch und kreischte, dreißig Zentimeter über dem Erdboden und wie von einem Luftkissen getragen: «*Meine Befehle werden befolgt!*» und drehte sich wie eine Figur auf einer Drehscheibe, sah ihnen in die Gesichter und genoß die ihnen in den Augen stehende Angst.

Sein Blick fiel auf die lächerliche, schäbige kleine Gestalt Kiernans, der inmitten der jungen Männer stand und den Revolver auf Powers Magen gerichtet hatte. «Wofür, zum Teufel, halten Sie sich?» schrie Powers ihn an.

Kiernans Stimme war sanft wie der Regen. «Nehmen Sie den Hund hoch, Mr. Powers», sagte er, «bringen Sie ihn dem Bauern und zahlen Sie ihm, was er dafür verlangt. Oder ich leg Sie um.»

Powers sah vor sich genau das Gesicht, das er auf der Herfahrt im Wagen gemacht hatte, als er den kleinen Mann hochgenommen hatte. Seine Zeit war noch nicht gekommen, und dieser lausige kleine Scheißkerl war nicht der Mann für ihn. In dem knochig umkrallten Revolver da steckten kein Ruhm, keine Ballade für ihn. Seine Erregung ließ nach. Er überlegte, was er im Wagen zu Kiernan gesagt hatte, daß der so wütend wurde. Er konnte sich nicht erinnern. Nüchtern sagte er sich: «Der lausige Scheißkerl ist ein Killer», und hob den Hund auf und ging vor Kiernan her zu dem kleinen Bauernhof auf dem benachbarten Feld.

Der Bauer stand in der Tür und starrte ausdruckslos auf den toten Hund in den Armen des großen Mannes, und dann auf den kleinen Mann mit dem Revolver, der viel zu groß für ihn schien. Er schwieg.

«Er hat Ihren Hund erschossen», sagte Kiernan. «Er wird Ihnen zahlen, was er wert ist.»

Powers legte den Hund behutsam auf die Erde, wischte sich die blutbefleckten Hände an der Hose ab und kramte in der Hosentasche nach Geld.

Der Bauer sagte den Preis, Powers zahlte und ging vor Kiernan her übers Feld zurück.

Der Bauer sah ihnen nicht nach. Er ließ den Hund auf der Erde liegen, ging rasch zurück ins Haus, schloß die Tür und schob den Riegel vor. Er blieb mitten in der Küche schweigend stehn und starrte auf den langsam brennenden Torf im Herd.

Daniel Sorahan stand an seinem Wagen gelehnt da und sah Kiernan und Powers übers Feld herankommen. «Ich möchte euch eine Frage stellen», sagte er in seiner Rolle als Lehrer zu den jungen Männern. «Hat einer von euch schon mal eine Frau vergewaltigt?»

«Um Gottes willen, was redest du da, Dan», sagte einer von ihnen, «hast du im Umgang mit diesen Verrückten den Verstand verloren?»

«Ich möchte euch noch eine Frage stellen. Was würdet ihr tun, wenn ich eure Schwester oder eure Frau vergewaltigte?»

«Ich würde dich übern Haufen knall'n, wie's dieser Schurke mit dem armen Köter gemacht hat», sagte ein andrer.

«Wenn das so ist», sagte Sorahan, «dann wollen wir jetzt nach Haus gehn, uns trockenes Zeug anziehn und uns um vier im Haus von Father Heenan treffen – ohne diese beiden Freiheitskämpfer aus dem Norden. Es gibt einiges, was ich euch sagen muß. Darüber wollen wir uns dann unterhalten.»

Als Kiernan in den Kreis der schweigenden jungen Männer zurückkam, sagte er: «Hier ist McManus nicht. Wir treffen uns morgen mit den Skibereen-Männern und werden dann, wenn's sein muß, die ganze Gegend bis Mizen Head absuchen. Nach Haus jetzt und ziehn Sie sich was Trocknes an.»

Dann stieg er, den Revolver in der Hand, hinten in den Stranorlar-Wagen. Er sagte, mit dem Gesicht am Fenster: «Tut mir wirklich sehr leid, diese Sache, Mr. Sorahan.» Er sagte es förmlich, steif, als offizielle Entschuldigung. «Ich bin selbst ein großer Hundefreund.» Die jungen Männer trugen Colum zu Daniel Sorahans Wagen und betteten ihn auf den Rücksitz.

Kiernan im Rücken von Powers sagte laut und gebieterisch: «Fahr'n Sie los!» und ließ den Revolver aufblitzen, so daß keine Zweifel daran aufkommen konnten, daß er bereit und in der Lage war, gefährliche Situationen zu meistern.

12

McManus war in Sicherheit. Er fühlte sich in Sicherheit. Sie wanderten im Zwielicht zwischen den Klippen und unten über die Felsen zur kleinen Bucht. Mrs. Burke bestimmte immer die Wege, die sie gingen. Wenn er Pfade aussuchte, die höher hinauf zu den Klippen führten, sagte sie nein, das ist zu weit oben, und er gab sich damit zufrieden. Sie zeigte auf einen hohen schmalen Felsen, der über einer Klippe aufragte. Er sah aus wie ein Mensch. Er stand scharf geschnitten als Silhouette gegen das Zwielicht. So würden wir für sie auch aussehen, sagte sie, und er wußte, daß sie recht hatte. Die Felsen und Klippen, die Berge hinter ihnen, die kleinen Felder und die See schlossen sich zu einem schützenden Kreis zusammen. Er war in Sicherheit. England war fast vergessen und die Flucht von Ballycastle auch; das amerikanische Mädchen im Bus – wie war noch ihr Name? – war fast vergessen. Powers und die Provos lauerten irgendwo, aber sie waren im Norden, und er war hier in dieser Festung, und je länger er blieb, desto größer würden ihre Ratlosigkeit und Verwirrung sein – und dann ging es nach England. Aber so weit war es noch nicht. Wenn dieser Gedanke ihm kam, schob er ihn nervös beiseite; er beunruhigte ihn.

Als sie zum ersten Mal abends an der Küste saßen und dem abebbenden Wasser lauschten, sah er das kleine Segelboot, das vertäut auf dem nassen Strand stand. «Das gehört mir», sagte sie zu ihm. «Die Makrelen haben ihre Gründe gleich draußen vor der Bucht. Manchmal fahre ich raus zum Fischen. Sobald wir es wagen können, wollen wir das einmal machen». Wir. Sie sagte jetzt öfters wir. Sie waren tagsüber und nachts zusammen.

Er dachte auch tags häufig an die bevorstehende Nacht. Sie sprachen darüber nie. Er nannte sie Mrs. Burke. Sie nannte ihn

Kind. Am Tag Mutter, in der Nacht Geliebte. Immer häufiger dachte er an die Nacht, sein Verlangen nach ihr wuchs. Er schloß die Augen, er sah sie nicht vor sich, aber er fühlte sie, spürte ihre sanfte, warme, aufreizende Gegenwart. Es war das erstemal, daß sein Gelüst befriedigt wurde. Das machte ihn hörig. Ungeduldig wartete er auf die Nacht.

Der Arzt brachte ihnen zusammen mit seiner Frau ihre Lebensmittel. Der Arzt konnte sich seine Andeutungen nicht verkneifen, seine Frau nörgelte an allem herum, und Mrs. Burke schickte McManus in den Garten, wenn sie mit ihr herumstritten. Er hörte sie reden, hörte auch, wie die Frau des Arztes eines Tages sagte, sie würden nun nicht mehr für sie einholen. «Schick ihn weg! Wie willst du Jim O'Keefe im Laden erklären, daß du das Doppelte an Lebensmitteln brauchst?» fragte sie, als hätte sie damit ihre Trumpfkarte ausgespielt.

«In Schull gibt's mehr als einen Laden.»

McManus regte sich darüber auf, aber nur, bis sie fort waren. Mrs. Burke hatte immer ihr kleines Lächeln bereit, wenn sie gingen. Es war die Fahne, mit der sie ihre kleinen Siege anzeigte, und so konnte er sich wieder in seinen Kokon einspinnen. Er hatte manchmal das Gefühl, als wäre das alles unwirklich, aber er verdrängte es. Die Realität war kalt und bedrohlich; hier war er von Wärme umgeben.

Am Morgen, nachdem die Frau des Arztes gesagt hatte, sie würden keine Besorgungen mehr für sie machen, fuhr Mrs. Burke im Bus nach Schull, um, wie sie sagte, «einen Vorrat anzulegen».

«Sie sollten sich einen Wagen anschaffen», sagte McManus, der sich vor dem Alleinsein fürchtete. «Sie könnten das dann schneller erledigen.»

«Das geht auch mit dem Bus.»

«Bleiben Sie nicht zu lange.» Er spürte, wie abhängig er von ihr war.

Sie berührte seinen Handrücken mit ihrem langen, verarbeiteten Zeigefinger. «Warum, Kind?» Es war nicht viel mehr als ein Flüstern, wenn auch ihr Gesicht streng blieb. Es war, diesmal am Tage, eine zärtliche Annäherung.

«Ich möchte Sie hier haben», sagte er, und da es mehr war, als er eigentlich hatte sagen wollen, setzte er hinzu: «Sie besuchen sicher den Arzt und Ihre Schwester.»

«Ja, sicher.» Sie nahm ihre alte abgetragene, an den Rändern ausgefranste Handtasche auf.

«Sie wird wieder wissen sollen, wo Sie . . .» Das war eine nicht für den Tag geeignete Frage.

«Wird sie wohl.» Sie zuckte unbeholfen mit den Schultern, nahm seine Hand und wandte sich mit ihrer Handtasche zum Gehen. «Begleiten Sie mich bis zur Hecke.» Am Tor sagte sie: «Lassen Sie sich hier nirgends blicken. Gehn Sie nicht an die Tür, wenn es klopft.» Außer dem Arzt und seiner Frau war, solange er hier war, niemand an die Tür gekommen.

«Nein», beruhigte er sie. Sie wandte sich ab und schritt den schmalen Pfad hinunter. Er sah ihr bis zur Ecke nach, wo der Pfad zwischen Geißblatthecken abbog, um hundert Meter weiter in die Straße zu münden. Sie war jetzt außer Sichtweite. Er ging zurück ins Haus und schloß die Tür. Es war das erstemal, daß er allein im Haus war, und ein unbehagliches Gefühl der Verlorenheit überkam ihn. Die Zeiger der Uhr schienen fast stillzustehen. Er durchschritt das kleine Haus und den kleinen Garten, versuchte zu lesen, sich still aufs Bett zu legen und sich vorzustellen, Mrs. Burke läge neben ihm, aber nur um so deutlicher wurde ihm ihre Anwesenheit bewußt. Er erwartete sie lange vor dem Zeitpunkt zurück, an dem sie wieder hier sein konnte; er hatte keinen Hunger, dennoch aß er, um die Zeit hinzubringen, das Fleisch, das sie für ihn im Ofen gelassen hatte, wusch das Geschirr ab, machte Tee, wartete aber zu ungeduldig auf ihre Rückkehr, als daß er sich danach noch mehr Tee hätte machen können. Er ging wieder und wieder zum Tor und starrte angestrengt den Weg hinunter.

Aber sie schien sich zu verspäten, die Zeit, zu der sie normalerweise längst hätte zurück sein müssen, war überschritten, und aus seinem Unbehagen wurde Angst, und aus der Angst wurde Hilflosigkeit, die schließlich in Wut umschlug. Sie hatte kein Recht dazu, ihn warten zu lassen. Er war hier allein. Sie war der einzige Mensch, mit dem er Verbindung hatte. Der Arzt und seine Frau hatten gestern Lebensmittel gebracht, warum, zum Teufel, mußte sie dann heute nach Schull fahren, um noch mehr einzuholen? Was hatte sie überhaupt vor? Womöglich mit ihrer Schwester und ihrem Schwager ins reine zu kommen? Die beiden waren ihr wichtiger als er. Was bedeutete er überhaupt für sie? Für sie war er nicht viel mehr als ein Schuljunge, der mit einer Frau von . . . sagen wir, fünfzig . . .? Was hatte sie mit ihm vor? Warum hackten ihre Verwandten auf ihm herum? Warum warf ihr der Arzt dauernd vor, sie käme wohl ohne einen Patienten nicht aus? Warum wollte ihre Schwester unbedingt wissen, wo sie schliefe? Wußten sie irgend etwas, wovon er nichts ahnte? Daß sie vielleicht Dinge tat, über die sie entsetzt waren? Vielleicht steckte hinter der strengen, undurchschaubaren Fassade der Witwe von Thomas Burke eine Frau im mittleren Alter, die krank war vor Geilheit und in ihm jemand hatte, mit dem sie sich die gewünschte Befriedigung verschaffen konnte? Als es dämmerte und sie immer noch nicht auftauchte, sagte er, der zornige Sohn und eifersüchtige Liebhaber: «Zum Teufel mit ihr. Wenn sie den ganzen Tag wegbleiben kann, dann kann ich, bei Gott, auch gehn und einen Blick über die Mauer riskieren.»

Er ging über die Felder hinter dem Haus zu der Felskuppe, die sie Den Berg nannten. Er war nie da oben gewesen. Sie hatte das nicht zugelassen. Durch Ginster und Heidepflanzen, Flechten und Dorngestrüpp kletterte er hinauf, und der Schock, der ihn dort traf, zwang ihn zwischen Farnkraut auf die Knie.

Die Abgeschiedenheit, in der er sich wähnte, war eine Illusion.

Er sah über ihr Land hin zu der Stelle, wo hinter den Geißblatthecken die Straße verlief. An dieser Kreuzung waren drei Häuser, darunter ein Krämerladen. Zur Linken stand jenseits des Weges und abgedeckt durch die dazwischenliegenden Klippen ein weiteres kleines Haus und oben am Berghang, der sich braun und felsig eine halbe Meile weit nach Norden erstreckte, waren grün und gelb gesprenkelte Felder, an deren Rand eine weißgetünchte Hütte stand. Auf der Busstrecke tauchte ein Mann aus dem Nichts auf. Er trug einen Tweedanzug und einen Tweedhut, hatte einen Rucksack auf dem Rücken und schwenkte, während er kräftig ausschritt, seinen Weißdornstock. Er hatte den Kopf gesenkt, als wäre er mit seinen Gedanken in weiter Ferne. McManus kroch im Farnkraut zurück und kletterte bis zur halben Höhe den Hang hinunter.

Die Frau hatte also Nachbarn. Warum kamen sie nie vorbei oder besuchten sie? Keine fünfhundert Meter vom Haus entfernt war an der Kreuzung ein Krämer. Warum kaufte sie nicht bei dem? Wie kam er von hier zurück zum Haus? Die Straße entlang? Über die Klippen hinweg? Wer würde ihn da sehen? Den Hals würde er sich brechen, das Bein oder den Arm. Er wünschte die Frau dringend zurück. Seinen Ärger hatte er vergessen, er fühlte, wie sehr er abhängig war von ihr. Dunkelheit kam herab. Er ging wieder den Berg hinauf, setzte sich ins Farnkraut und versuchte, in der plötzlichen Dunkelheit auszumachen, wo die Straße war, auf der bald die Lichter des Abendbusses auftauchen würden. Mit dem mußte sie kommen. Es war der letzte der wenigen Busse, die hier fuhren.

Er war voller Besorgnis. Ringsum regte sich allerlei Getier, so daß er aufschrak. Feldmäuse, dachte er, oder Kaninchen, und suchte sich zu beruhigen.

Die Stimme hinter ihm sagte: «Bleiben Sie, wo Sie sind. Ich tu' Ihnen nichts.» Der Mann war aus Ulster, dem Akzent nach zu urteilen.

Eine lange Stille trat ein. Sein Herz schlug bis in den Hals. Von einer solchen Stimme hier auf dem Berg im Dunkeln, unsichtbar und verstohlen «Ich tu' Ihnen nichts» zu hören, das klang wie eine Drohung. «Ich komme und setz' mich hinter Sie», hörte er die Stimme sagen.

Er hörte unmittelbar über sich die Schritte im Farnkraut, hörte, wie sich der Mann setzte. «Bleiben Sie ganz still sitzen», sagte der Mann, «ich sehe Sie klar vor mir, mein Revolver würde Ihnen handtellergroß ein Loch in den Schädel reißen.» Ich tu' Ihnen nichts? McManus war übel vor Angst.

«Sie sind McManus.»

Was für einen Sinn hatte es, das zu leugnen? «Ja.» Er resignierte, es war, als bräche er innerlich zusammen. Ein Gefühl der Trauer überkam ihn. Er war nicht der Typ. Er war zu weich. Er war nicht wie McGuiness, der Führer der Provos in Bogside, der nicht älter war als er, aber ein anderer Typ. McGuiness würde ihn verachten und ihn so wenig verstehen wie er, wo er diese Typen jetzt kennengelernt hatte, McGuiness verstehen würde. Auch nur Angst zu haben, war sinnlos. Sie waren hier. Mit dieser ganzen lächerlichen Eskapade würde es in Minuten zu Ende sein. Noch mehr Kummer für seinen Vater und seine Mutter. Seine Trauer galt ihnen, nicht ihm selbst. In seiner tiefen Niedergeschlagenheit war er sich selbst gleichgültig, sein Vater und seine Mutter aber hatten nur einen Lebenszweck, ihre Kinder, und die würden nun bald beide tot sein. Wie sollten sie diesen zweiten Schlag, den er ihnen versetzte, überleben, dachte er, als der Mann wieder zu sprechen begann.

«Ich meine es nicht bös mit Ihnen, mein Junge.»

Hatte er richtig gehört? «Bitte?»

«Ich meine es nicht bös mit Ihnen, hab ich gesagt.»

«Hm.»

«Ich habe ein paar Fragen an Sie. Antworten Sie präzise. Ich habe nicht vor, Sie fertigzumachen.»

«Also?»

«Wer ist Mary Connors?»

«Eine Witwe in den Falls.»

«War sie Pat Powers' Flittchen?»

«Weiß ich nicht.»

«Aber Sie halten's für möglich?»

«Er ist, soviel ich weiß, nachts öfters bei ihr gewesen.»

«Wer ist Val Cleery?»

«Danny O'Connells Stellvertreter bei der Offiziellen IRA in Belfast.»

«Sie kennen ihn?»

«Hab ihn einmal in der Divis Street gesehn. Powers hat ihn mir gezeigt.»

«Sie würden ihn wiedererkennen?»

«Ja.» Das begann ihn zu verwirren.

«Wie war der Name Ihrer Schwester?»

War? Jetzt kam der Mann auf den Kern. Seine Fragen waren rätselhaft, erschreckend, in ihrer Sinnlosigkeit. Abwegig. Aber worauf wollte er hinaus?

«Powers hat sie getötet», sagte der Mann.

Das setzte ihm heftiger zu als der Schock vorhin, als er plötzlich die Stimme dieses Mannes hörte. Warum sprach er von Maureen? «Ich weiß», sagte er.

«Sie wissen das?»

«Ich habe es mir gedacht. Ich bin ihm entwischt. Sie hat mir dabei geholfen.» Es war ja doch alles egal. «Irgendwen müssen Leute wie Sie doch immer umbringen, oder?» sagte er verbittert. Und: «Abschaum wie Sie.»

Der Mann vergalt ihm das nicht. «Er hat ihren Freund auch umgebracht. Hat ihm das Genick gebrochen oben in der Schlucht.»

McManus schwieg. Er zitterte am ganzen Leibe. Wie hatte er Maureen getötet? Was er an Bildern vor sich sah, war blutig verfärbt.

«Er hat ihre Schwester erdrosselt.»

So würden sie ihm also die Gedärme herausziehn, bevor sie ihn umbrachten. Das war ihre Methode. So hatten sie's mit dem Lastwagenfahrer aus Newry gemacht. Der Mann wollte nichts mit ihnen zu tun haben, nicht als Spitzel für sie arbeiten, wollte ihnen seinen Lastwagen nicht zur Verfügung stellen und nicht dafür zahlen, daß sie ihn in Ruhe ließen. So griffen sie sich ihn eines Nachts, nahmen ihn mit über die Grenze, brachen ihm Kiefer und Nase, schossen ihm je viermal in beide Arme, schossen ihm in die Knie, dann in den Magen und dann erst in den Kopf. So berauschten sie sich bis zum Letzten an seinem Tod. McManus war außerstande, sich diese Art Grausamkeit auch nur vorzustellen, es ging über sein Fassungsvermögen. Die Schmerzen aber, die seine Eltern erlitten, konnte er sich vorstellen. Das ging ihm unter die Haut. Der Tod würde für ihn eine Erlösung sein. Ein seltsamer Gedanke kam ihm: Wurde von ihm als Christ erwartet, daß er sich auch nach seinem Tod noch der Leiden seiner Eltern bewußt war? Merkwürdig, dachte er, daß er als in einem christlichen Land aufgewachsener Katholik im Tod eine Flucht vor dem Wissen um die Qual seiner Eltern sehen konnte.

Der Mann hinter ihm wußte, wie er ihm beikommen konnte.

«Man hat sie im Evish Lake gefunden.»

Er hörte den Mann atmen.

«Sie war nackt.»

McManus brach in sich zusammen in der langen Stille, die eintrat. Er hätte schreien können.

«Er hat sie vergewaltigt.»

«Hör'n Sie auf, Mister, hör'n Sie auf!» Er hockte zusammengekauert im Farn, seine Nerven waren wie von heißen Nadeln durchspießt.

Der Mann riß ein Streichholz an. «Sehn Sie mich an, mein Sohn.»

Er hielt sich, als McManus sich zu ihm umdrehte, das Streichholz vors Gesicht. «Ich bin Val Cleery», sagte er. «Ich brauche Ihre Hilfe.»

Es war Cleery. Die Mündung seines großen Revolvers war auf McManus' Körper gerichtet. «Powers hat Danny O'Connell erschossen, McManus. Ich bin hinter ihm her», sagte Cleery.

McManus drehte den Kopf weg. Ein Gefühl der Erleichterung überkam ihn. Die Lichter des Busses näherten sich auf der Straße von Schull, er hielt bei den drei Häusern. Jetzt endlich kam sie. Er stand auf und ging um Cleery herum zu einer Stelle gegenüber dem Haus, von wo er sie den Weg hinunterkommen sah. Sie würde, schnell wie sie ging, in weniger als vier Minuten am Haus sein.

«Sie ist nicht ganz richtig im Kopf», sagte Cleery.

«Wer?»

«Die Frau. Thomas Burkes Witwe.»

«Wie kommen Sie darauf?»

«Der Mann im Laden an der Ecke hat's mir erzählt. Sie waren die ganze Zeit bei ihr, nicht wahr?»

«Ja. Ich war krank. Sie hat sich um mich gekümmert.»

«Sie waren gestern abend mit ihr unten am Fuß des Berges.»

«Ja.»

«Ich war in der Nähe und hab gehört, was Sie gesagt haben. Was haben Sie mit ihr? Sie spielt Ihnen gegenüber die Mutter?»

«Ja.»

«Ist das alles?»

«Was meinen Sie damit?»

«So jung sind Sie schließlich nicht mehr, McManus.»

«Behalten Sie Ihre schmutzigen Gedanken für sich.»

«Ich hab mir das nicht aus den Fingern gesogen, mein Junge. Der Mann im Laden hat mir davon erzählt.»

«Er weiß nicht, daß ich hier bin.»

«Das ist richtig. Aber er weiß, was sie mit dem anderen jungen Mann gehabt hat, der vor zwei Jahren zu ihr kam.»

«Ich weiß nichts über sie», sagte er kleinlaut. Er haßte den Mann.

«Die andern aber, jenseits des Berges, wissen Bescheid. Der junge Mann kam damals im Sommer mit seinem Rucksack in die Gegend. Er wollte hierbleiben, bis die Universität wieder anfing, aber keiner hier an der Straße wollte ihn so lange bei sich haben. Er ging dann auf dem Weg, auf dem sie jetzt gerade entlangkommt, zu ihrem Haus und blieb bei ihr. Der Arzt und ihre Schwester hatten deswegen mit ihr großen Streit.»

«Auch andere hier nehmen Sommergäste auf.»

«Nicht, wenn sie im Haus nur ein Bett haben. Der Krämer sagt, sie spinnt, hat zeitweise nicht alle beisammen. Spricht seit der Zeit nicht mehr mit ihnen, sagt er.»

«Wer sagt . . .?»

«Oh, die da an der Straße wissen alles. Über jeden einzelnen hier in der Gegend. Wissen genau, was sie im Haus hat.

Aber ich weiß sowieso alles. Ich war ganz in der Nähe, als Sie mit ihr unten an der Küste waren.»

«Also gut, ich schlafe in meinem Schlafsack, falls es Sie interessiert.» Es klang kindisch, er merkte es selbst.

«Nein, interessiert mich nicht. Sie haben recht. Mich interessiert nur eins – Powers . . .»

Er hörte das Tor in den Angeln quietschen. Licht ging im Haus an. Auch die Lampe hinten auf dem Hof ging an, die Tür öffnete sich, und sie trat heraus.

Cleery berührte seinen Arm mit dem Nachtfernglas. McManus nahm das Glas. Er sah sie in den Garten gehen, wo sie umherblickte und auch zum Berg sah. Sie zwängte sich durch die Fuchsienhecke und schaute sich auf dem Feld um. Dann ging sie zurück in den Garten und ins Haus. Die Lampe auf dem Hof und auch das Licht im Haus erloschen. Sie hatte nach ihm gesucht und ihn nicht gefunden. Arme Frau. Er fühlte sich zu ihr hingezogen oder hatte Mitleid mit ihr, er wußte selbst nicht genau, was es war. Er wollte zurück ins Haus. Die arme einsame Frau. Er stand auf.

«Bleiben Sie sitzen.» Es klang hart wie ein Befehl.

McManus setzte sich wieder. «Was wollen Sie noch?» sagte er.

Cleery nahm das Fernglas und steckte es in seinen Beutel. «Powers ist hier, mein Sohn.»

«Wo?»

«Hat mit einem Knülch aus Bogside, Kiernan heißt der Bursche, und einem andern Mann die Apotheken und Ärzte in Skibereen und Ballydehob abgeklappert. Ich weiß nicht, warum, aber wenn Sie krank waren, wie Sie sagen, wird das der Grund gewesen sein. Sie sind mit den Männern aus Bantry gekommen und kämmen die Gegend nach Ihnen durch.»

«Sie werden mich nicht finden.»

«Doch, mein Junge, das werden sie bestimmt.» Das klang nicht wie eine Vermutung, der Mann schien davon überzeugt. Er sagte nicht, daß er dafür sorgen würde, das war für McManus aus der Gewißheit, mit der der Mann sprach, nicht herauszuhören. Daniel Sorahan hätte es herausgehört, Kiernan hätte es herausgehört. McManus hatte dafür kein Ohr. «Wenn es soweit ist, werde ich zur Stelle sein.»

«Wie haben Sie mich gefunden?»

«Durch Zufall. Sie sind nicht der Typ, mein Sohn. Sie hätten nicht zu den Provos gehn, hätten zu uns kommen sollen. Und so bin ich zu Ihrer Mutter gegangen, habe mit ihr gesprochen und ihr rundheraus gesagt, worum's geht. Ihre Mutter, mein Sohn, will, daß Powers getötet wird.»

Daran zweifelte er nicht. Während der Monate in den Belfaster Ghettos war er zu der Überzeugung gekommen, daß das Töten erst aufhören würde, wenn die schrecklichen, kriegslüsternen Frauen Ulsters eine solche Entscheidung träfen; eher nicht. Sie gebaren Haß und Rachsucht, wie sie Kinder gebaren, und übertrugen das Gift mit ihrem Blut. Er zweifelte nicht daran, daß seine Mutter keine Ruhe geben würde, bis Powers tot wäre.

«Sie erzählte uns, daß Ihre Familie den Sommer gewöhnlich nicht weit von hier in Goleen verbrachte. Sie sagte, wir würden Sie gewiß nicht in irgendeiner schäbigen Scheune finden.»

Das sah seiner Mutter ähnlich. Er rannte um sein Leben, sie aber wußte, daß er nichts tun würde, was unter seinem Stand wäre. Sie war unnachgiebig in ihrem Standesbewußtsein, genau wie die Protestanten des Mittelstands in Ulster.

«Wir haben von Goleen bis Mizen Head alle Häuser, besonders die besseren, ob sie nun vermietet waren oder leer standen, überprüft. Und als ich dies hier vor einigen Tagen mit dem Fernglas beobachtete, habe ich Sie herauskommen sehn.»

«Wir?»

«Wir sind zu dritt. Außer mir Danny O'Connells Bruder und Dannys ältester Sohn. Dannys Witwe sagte, der Junge hätte dabeizusein. Sie sind unterwegs und Powers und seinen Spürhunden auf den Fersen.»

Noch nach vierzig Jahren würden sich Leute finden, um für diese Dinge Rache zu üben, und die irischen Christen verachteten die mohammedanischen Araber wegen ihrer blutigen

Fehden! Ich muß hier weg, dachte McManus. «Ich kann Ihnen nicht helfen», sagte er.

«Sie müssen. Denken Sie an Ihre Schwester. Wir haben Ihrer Mutter versprochen, daß wir Ihnen heraushelfen würden. Um welchen Preis haben wir ihr nicht gesagt, weil wir es nicht wußten. Jetzt wissen wir es. Er wird auf der Suche nach Ihnen herkommen, und dann werde ich auf dem Dachboden der kleinen Scheune hinten am Haus sein. Über dem Hühnerstall. Dort werde ich auf ihn warten.»

«Es ist nicht mein Haus. Ich kann Ihnen nichts versprechen.»

«Dann müssen wir jetzt zu ihr gehn und mit ihr sprechen.»

«Sie hat mit der Sache nichts zu tun.»

«Sie hatte von dem Moment an damit zu tun, als sie Sie aufnahm. Sie bleibt so lange beteiligt, bis ich Pat Powers umgelegt habe. Kommen Sie, wir gehn jetzt hin.»

Vorsichtig gingen sie den Felshang hinunter, überquerten das kleine Feld und drangen durch die Fuchsienhecke in den Garten ein.

Cleery hielt ihn am Arm fest. «Sie werden helfen, McManus. Gehn Sie jetzt und sagen Sie ihr, was wir vorhaben. Und denken Sie dran, für nichts bekommen Sie nichts. Ihre Mutter will, daß Powers getötet wird, Dannys Witwe will das auch, und ich bin bereit dazu. Und ich sage es Ihnen nicht zum Spaß – entweder Sie überreden die Frau, oder ich komm' hinterher und helfe ein bißchen nach. Ich will auf den Dachboden der Scheune, ich brauche da Lebensmittel und Wasser zum Trinken, und ich möchte, daß sie mir beides hinbringt. Sie bleiben im Haus. Wenn ich Ihnen helfen soll, hier lebendig rauszukommen, dann regeln Sie das so mit der Frau, wie ich es haben will. Gehn Sie jetzt rein und machen Sie's kurz. Wenn sie sich nicht bereit zeigt, und zwar augenblicklich – bei Gott, dann mach' ich kurzen Prozeß.»

McManus ging ins Haus.

Er machte in der Küche Licht. Sie war nicht da. Alles still, nirgends im Haus ein Geräusch. «Mrs. Burke?» Keine Antwort. Er trat ins Schlafzimmer, wo er sie nicht gleich sah. Sie saß in dem dunklen Zimmer auf einem an die Wand geschobenen Lehnstuhl.

«Mrs. Burke.»

«Sie sind aus dem Haus gegangen.»

«Sie waren lange weg.»

«Ich hatte meine Gründe.»

«Ist irgendwas?»

«Ich dachte, Sie wären gegangen.» Sie stand auf und kam zu ihm zur Tür. Ihre harten Finger berührten sein Gesicht. «Wir können gar nicht vorsichtig genug sein, Kind.» Sie drängte sich seitwärts an ihm vorbei zur Küche, ohne die Finger von ihm zu nehmen. «Das war gefährlich, allein auszugehn. Wir müssen die Fenster geschlossen halten und sie verriegeln. Wenn ich zum Hühnerstall oder zu den Abfalleimern gehe, schließen Sie die Tür hinter mir ab, ich klopfe dann, wenn ich zurückkomme. Sie dürfen nicht aus den Fenstern sehen. Wir haben mehr als genug Lebensmittel, und Milch brauchen wir nicht – für den Tee habe ich Kondensmilch ...»

Sie ging, während sie weiterredete, in die Küche, er sah zu ihr hin und bemerkte jetzt erst den vollgepackten Rucksack neben dem Küchentisch. Er ging hin und hob ihn an. Er wog wohl an die vierzig Pfund. Er unterbrach sie: «Sie hätten sich verletzen können, mit dem schweren Ding auf dem Rükken ...» Er hatte sie noch nie so außer sich erlebt. Noch nie hatte er sie lächeln sehn; ihr Gesicht war blasser als sonst, ihre Augen glänzten vor Erregung. Oder war es nur Nervosität? Er wußte nicht genug über das Verhalten und die Stimmungen von Frauen im mittleren Alter, so konnte er das nicht beurteilen. Er sah nur die Gelöstheit und das Lächeln, wodurch dieses scharf geschnittene Gesicht fast hübsch wurde.

«Ach was! Ich hab Kraft», sagte sie und hob den Rucksack vom Boden. «Ich schließ' jetzt ab», sagte sie.

«Nein.»

Das Lächeln verschwand. Ihre Wangen schienen einzufallen. In dem Licht, unter dem sie stand, trat die Struktur der Gesichtsknochen hervor. «Aber was ist denn, Kind?» Es war ihre Kindergarten-Stimme, mit der sie das sagte.

«Draußen ist ein Mann ...»

«Sie sind hier?» Es war fast wie ein Aufschrei.

«Wer?»

«Die Männer, die hinter Ihnen her sind.» So typisch irisch hatte er sie, seit er hier war, noch nie sprechen hören. Er begriff, was sich darin ausdrückte: ihre lehrerhafte Beherrschtheit ließ sie im Stich.

«Was hat sich in Schull abgespielt, Mrs. Burke?» sagte er. Wie lange, dachte er, würde Cleery draußen noch warten. Er konnte jeden Moment mit seinem großen Revolver hier reingestürmt kommen.

«Kate», sagte sie. Es war ihm unklar, worauf sie hinauswollte. Sie schien in Gedanken die Einzelheiten gehetzt durchzugehen.

«Kate.»

«Die hinter Ihnen her sind. Sie haben Seamus gefragt. Ein großer grobschlächtiger Bursche mit rotem Gesicht ...»

«Powers.»

«... und ein Kleiner, der eine viel zu weite Hose anhat. Und noch einer aus Bantry, den ich kenne, Dan Sorahan ... Seamus sagte, der Große hätte Sie genau beschrieben ... aufs Haar genau – Ihren Tweedanzug, Ihren Rucksack, Ihren Stock, hätte auch von Ihrer Krankheit gewußt ...» Sie rang die Hände. «... und das Mädchen, das mit Ihnen zusammen war. Eine Amerikanerin, sagten sie.» Ihre Stimme klang sehr gereizt.

«Wo ist sie?»

«Ich weiß nicht. Ich hab sie nur im Bus gesehen. Ich weiß nicht mal mehr, wie sie heißt.»

«Brendine Healy, sagten sie.»

«Ah ja, Mrs. Burke ...»

«Kate.»

«Kate, bitte. Draußen ist ein Mann ...»

«Sorahan hat gesagt, sie wäre ausgestiegen und mit Ihnen gegangen ...»

«Das stimmt nicht. Der Mann ...»

Der Mann, den großen Revolver vor sich schwenkend, kam

durch die Hintertür herein. «Was, zum Teufel, machen Sie so lange, McManus?» sagte er.

«Das ist er», sagte McManus zu ihr. Sie stand regungslos da und sah zu dem Mann hin. Sie schien nicht zu denken, nur sprachlos und wie betäubt zu ihm hinzustarren, als wäre Schlimmes passiert.

«Was hat sie gesagt?»

«Wir sind noch nicht dazu gekommen.»

«Mein Gott! Sie wissen genau, was Sie ihr zu sagen haben. Tun Sie's jetzt.»

McManus sagte es ihr. Sie verzog keine Meine. Ihr Gesicht war ohne Ausdruck, ihr Blick nicht fragend, eher bohrend.

«Und Sie werden dafür sorgen, daß er hier wegkommt?» sagte sie, als sie alles erfahren hatte, mit tonloser Stimme zu Cleery.

«Wenn ich kann.»

«Na gut», sagte sie. Es war wie eine leere, sinnlose Floskel, als hätte sie weder begriffen, was sie gehört, noch was sie selber gesagt hatte. «Gut.»

Cleery sprach forsch, im Befehlston. Sandwiches, sagte er. Eine Thermosflasche mit Kaffee. Zwei, wenn sie hätte. Er breitete die Lebensmittel auf dem Tisch aus. Brotaufstrich, das ist gut; Corned Beef als Aufschnitt, auch gut; gekochter Schinken – gut, und beeilen Sie sich. Bestreichen Sie auch etwas Zwieback mit Butter, und eine Tasse Tee für mich jetzt. Er setzte sich an den Küchentisch, trank seinen Tee und aß die Zwiebackstücke, die sie ihm auf den Teller legte.

Sie bestrich mehr, während er aß, wickelte den Zwieback ein, goß Kaffee in eine Thermosflasche, tat das Brot und die Sandwiches in eine Tüte und ging ins Schlafzimmer. Sie schloß die Tür hinter sich.

«Ich nehme Ihren Schlafsack mit», sagte Cleery und schob die Rolle unter den Arm.

«Und Sie wollen die hier mit 'ner alten 45er in Empfang nehmen?» fragte McManus ihn.

«Gott bewahre. Wir haben die neuen Schießeisen vorgestern nacht oben in ihrer Scheune verstaut, mein Sohn», sagte

Cleery amüsiert. «Wir kommen morgen hierher zum Frühstück – in aller Frühe», sagte er.

«Wir?»

«Ja. Sie kreuzen hier auf, sobald Powers und seine Papiertiger diesseits von Schull die Gegend abzuklappern beginnen.» Er ging und überließ es McManus, die Tür hinter ihm zu schließen.

Sie lag in ihrem grauen Mehlsack von Kleid auf dem Bett, ihre breiten Schuhe standen auf dem Boden, ihre Brille lag auf dem Ankleidetisch. Jetzt zum erstenmal bemerkte er, daß ihre Augen tiefbraun waren. Ob sie jenseits der Zimmerdekke, gegen die sie starrte, noch anderes sah, konnte er nicht ahnen. «Kommen Sie jetzt ins Bett, Kind?» sagte sie zur Dekke gewandt.

Legen Sie sich schlafen, Mrs. Burke. Legen Sie sich schlafen, Cleery: Sie alle, um Gottes willen, und lassen Sie mich laufen.

«Ja.» Er zog den Vorhang vor dem großen Fenster zu. Cleery da draußen, können Sie jetzt sehn, wie gut ich ohne meinen Schlafsack auskomme? Jetzt wissen Sie's also. Nicht ganz richtig im Kopf, die Frau? Bei Gott. Einen wandernden Studenten aufgenommen, hat sie das, in einem Haus mit nur einem Bett? Sie ist wie ich leer und einsam und braucht jemanden, den sie berühren kann. Kennt ihr dies Gefühl, ihr sturen Bökke? Gebt nur, ihr an der Kreuzung, an jeden lausigen Fragensteller, der euch nach Thomas Burkes verrückter Witwe fragt, weiter, was ihr wißt, ich nur weiß, was sie fühlt. Legt euch schlafen und laßt mich um mein bißchen Leben rennen . . .

«Sie sehn so böse aus», sagte sie.

«Ja.»

«Böse auf ihn?»

«Ja.» Auf alle. Auch auf Sie, Mrs. Burke. Sie wollen zur falschen Zeit was von mir. Ich weiß, was Sie fühlen, aber für mich ist es Zeit, zu laufen. Wissen Sie nicht, daß wir in diesem gottverdammten Land immer vor etwas weglaufen; immer und immer?

«Weil er Sie hier wegholen will?»

«Ja.» Sie hatte Anspruch auf eine Lüge, was immer für Hoffnungen oder Empfindungen das in ihr auslösen mochte. Sie würde schneller einschlafen.

«Sie hätten Sie hier nicht gefunden.»

«Ich weiß.» Er fühlte sich zu ihr hingezogen. Aus Zuneigung oder Mitleid? Er machte sich darüber keine Gedanken. Es fiel ihm nicht ein, sich das zu fragen. Er war jung jetzt, nicht älter als damals, als er sich den Provos anschloß. Tut mir leid, Mrs. Burke. Tut mir leid, tut mir leid. Ich muß wieder los.

«Komm ins Bett, Kind.»

Er tastete nach dem Lichtschalter.

«Nein.» Sie stand unbeholfen auf, er sah das, und diese Unbeholfenheit steigerte noch die Wärme, die er für sie empfand, eine Art Mitleid; er wußte das; Zuneigung wäre besser gewesen; aber manchmal erwuchs sie auch aus Mitgefühl, war's nicht so? Sie hätte Zuneigung verdient. «Kannst du mich im vollen Licht ertragen?» sagte sie.

«Was soll das? Das ist doch Unsinn.»

«Dann zieh mich aus.»

Jetzt? Wo die Gewehre schon im Anschlag sind? Wo ich an nichts als Flucht denke? Sie drehte sich mit dem Rücken zu ihm, wartete darauf, daß er ihr Kleid aufknöpfte. Er kommt: na schön, dann treibe ich es jetzt mit ihr, dann wird sie schlafen. Ein langes, letztes Mal für uns beide. Mrs. Burke. Er sah sie lächeln, sah sie hinsehn, als er jetzt Kleider und Schuhe auszog. Er berührte sie mit dem, was Gott ihm mitgegeben hatte. Er hatte viel in den dunklen Nächten hier gelernt. Er knöpfte ihr Kleid auf, hob langsam den Rock und küßte ihren Hals. Ihr Hals war lang, und auch das wurde ihm erst jetzt bewußt. Er strich mit den Fingerspitzen über ihre Hüften und fühlte, wie sie erschauerte. Sie zog ihr Kleid über den Kopf und warf es auf den Boden. «Das ist Knocknamadree», sagte sie und lächelte ihm, während er über ihre linke Hüfte strich, mit geneigtem Kopf zu, wie er sie noch nie hatte lächeln sehen, und «das ist Gabriel», sagte sie, als er die rechte Hüfte liebkoste, und er wußte, aus ihr sprach die Stimme von Thomas Burke ... Wahrhaftig, sie lebte in Thomas Burkes Büchern. In Büchern und Gedichten war sie Gestalt geworden und lebte in ihnen. Was sie gesagt hatte, war Zitat aus einer Verführungsszene in einer kleinen steinernen Scheune in Burkes Buch *Trage deinen eigenen Sarg*, einem Roman über die Liebe von jungen Männern und Mädchen und über Priester in Irland; und Cleery war da draußen in dieser kleinen steinernen Scheune, Knocknamadree war die Anhöhe hinter Dem Berg, und Gabriel war der Berg hinter Schull. Es war eine der Stellen, die sie in dem unterm Pult versteckten Buch in der Schule gelesen hatten. Die Erinnerung daran steigerte sein Verlangen. Sie war vielleicht in ihren Phantasien befangen, aber die gleichen, von denselben Büchern beschworenen Phantasien nutzten beide jeder auf seine Weise. Er wußte, wie es weiterging; sollte sie haben, was sie wollte, damit aus ihrer Phantasie Wirklichkeit würde. Dann würde sie schlafen. Er zog ihren Schlüpfer langsam aus, küßte sie dabei auf den Rükken, legte, während sie den Schlüpfer mit den Füßen fortstieß, den Kopf an ihre Hüfte und bog ihre Beine sanft auseinander – hatte nicht Burke das Bauernmädchen, das in ähnlicher Haltung im Heu der kleinen Scheune stand, als «bereitstehende Stute» beschrieben? Es machte ihn blind vor Lüsternheit, und wie bei einem Hengst an einer Stute schoß es wild in ihm auf. Er packte ihren Bauch und ihre Brüste und flüsterte liebevoll Obszönes, das sich, während er sie aufs Bett warf und sie bestieg, mit ihrem geilen Lachen vermischte. Sie nahm sein Glied in ihre großen Hände und führte es ein. «Fick mich, mein süßes Kind», sagte sie, stöhnte brünstig unter seinen zustoßenden Bewegungen und umklammerte ihn, die Hände in sein Fleisch vergraben, mit ihren kraftvollen Schenkeln. Zuckend krümmte sie sich, als es bei ihr kam, und hob dann und senkte sanft die Hüfte und sagte: «Kind, Kind, o Kind, richtig und gut hast du mich gefickt.»

Sie umschlang ihn mit Armen und Beinen und hielt ihn auf sich fest, und er lag wartend da, ohne zu reden. Schlaf würde sie überkommen. Aber sie sprach und sprach und rieb sich an seinem Körper.

«Bin ich für dich eine Hure?»

«Nein. Ich liebe dich.»

«Aber ich bin eine alte Frau, nicht?»

«Nein, das bist du nicht.»

«Eine alte lüsterne Witwe, die scharf ist auf junge Burschen?»

«Nein. Du bist eine herrliche Frau, eine wundervolle Frau, und ich liebe dich.»

«Das hat auch Thomas Burke gesagt. Du schämst dich nicht, so hier im hellen Licht zu liegen?»

«Wunderbar ist das.»

Sie grunzte brünstig und umschlang ihn noch fester mit Armen und Schenkeln. «Können wir das nicht auch am Tag machen?»

«Wie jetzt. Jeden Tag.» Er wünschte, das wäre so.

«Er war jünger als ich.» Sie war jetzt wieder bei dem, in dessen Büchern sie lebte. «Er fiel gewöhnlich in der Scheune, in der Küche, in den Feldern oder an der Küste über mich her. Er sagte nie: ‹Ich möchte mit dir schlafen, Kate.› Er sagte nie: ‹Ich habe Verlangen nach dir› oder ‹Ich lege mich jetzt zu dir.› Er war entsetzlich scharf auf mich, zog mich in der Scheune oder, wenn es dunkel war, auf den Feldern aus und sagte immer: ‹Jetzt *fick* ich dich, Frau.› Er hat mich nackt im kühlen Tau gefickt ... Manchmal meinte er, ich wollte ihn nicht oder ich würde ihn verlassen, aber, o Gott, er hätte mich den ganzen Tag und die ganze Nacht ficken können, ich hätte immer nur noch mehr gewollt ... o Gott, wie sehr ich Thomas Burke liebe ... unten an der Ecke im Krämerladen haben sie Seamus erzählt, ich wäre nicht ganz richtig im Kopf ... Ah, sie alle haben Thomas Burke umgebracht.» Tränen standen ihr in den Augen.

Er hörte ihr zu, ohne zu begreifen, wer eigentlich Thomas Burke umgebracht hatte.

«Thomas Burke hat alte Geschichten über Irland geschrieben», sagte sie, «in denen es, wie er mir sagte, immer nur um mich ging. Ich kenne sie alle auswendig.»

«Erzähl mir eine.» Dann wird sie müde werden, wird einschlafen. Dann gehe ich und renne um mein Leben. Verzeih mir. Ihre Umschlingung lockerte sich etwas. Sie spreizte die Beine. «Bleib bei mir, Kind, wenn ich dir jetzt eine erzähle. Es geschah einmal, daß Goll McMorna zu einer Wanderung aufbrach, noch bevor es hell wurde.

Als er an das Ufer des Sees kam, beugte er sich weit vor, um die trockene Kehle zu netzen.

Eine Stimme drang ihm ans Ohr, während er trank, und als er sie das erste Mal hörte, sagte er: ‹Ich habe eine Forelle die Wasserfläche durchbrechen hören.›

Er hörte sie ein zweites Mal, und er sagte: ‹Die Vögel rufen zum Licht.›

Als er sie zum drittenmal hörte, sagte er: ‹Die Luft beugt das Gras nieder.›

Darauf sagte die Stimme: ‹McMorna ist schön und er ist der Sieger.›

Und der kleine Mann richtete sich in voller Größe auf und sagte: ‹Ich bin eine winzige Kreatur und ganz und gar nicht schön.›

Die Stimme sagte: ‹McMorna singt wie die Amsel.›

Und McMorna sagte: ‹Mein Gesang erschrickt den Zaunkönig.›

‹Komm die Böschung hoch zu mir›, sagte die Stimme, ‹und ich werde dich größer als Finn und deinen Gesang süßer als den Cuchullains machen.›

McMorna ging die Böschung hinauf, und da war dies junge Mädchen, das naß im Gras lag und glänzte wie gehämmertes Gold.

‹Vergnüge dich an mir und gib mir Söhne, die mir Söhne geben sollen›, sagte das Mädchen, und McMorna, größer als Finn und süßer als Cuchullain, schwamm wie der Lachs in einem goldenen Strom.

Aber als das Licht kam, war das Mädchen unter ihm eine alte wandernde Frau, ihre Brüste waren die brüchigen Hügel, ihr Bauch war faltig und gefurcht wie das bergige Burren, ihre Beine waren dürre Gerten, und er sprang von ihr wie ein aufgestörter Hirsch und rannte über die Hügel davon.

Als das Licht verging, war sie hinter ihm wie feines schimmerndes Silber, und er legte sich hin, um sich auszuruhen, denn der Versuch, der Frau davonzulaufen, hatte ihn all seine Kraft gekostet.

In der Dunkelheit sagte sie zu ihm: ‹Nuckle an meinen beiden Brüsten, McMorna, sind sie nicht die süßen grünen Hügel, an denen du die Stirn kühlst? Leg dich auf meinen Bauch, McMorna. Ist er nicht so weich und üppig wie eine Wiese in Meath? Fest zwischen meinen Schenkeln, McMorna. Sind sie nicht wie junge Äste der Eichen von Derry? Drück deinen Mund an meinen Mund, McMorna, denn ist meine Zunge nicht wie der springende Lachs im Shannon? Bohre dich in meinen Schoß, McMorna, und gib mir Söhne, daß ich sie am Tag heimsuchen und, wenn die Nacht kommt, mit ihnen huren kann.›

Die ganze Nacht hurte McMorna mit dem schimmernden Mädchen, und als das Licht kam, hatte er nicht mehr den Willen, von der alten Frau fortzulaufen, und von der Zeit an gingen sie und hurten miteinander Tag und Nacht.

‹Welches ist dein Name?› fragte er sie, als das Licht versank und sie nach einem Ort suchten, wo sie sich legen könnten.

‹Der Name, mit dem man mich nennt›, sagte sie, ‹ist Cathleen die Hurenmutter.›»

Ihre Stimme war schläfrig, ihre Augen waren geschlossen und feucht, ihr Körper war weich und entspannt, ihre Beine waren ausgestreckt und ihre Arme lagen neben ihr auf dem Bett. Ihr Gesicht war gealtert. Er hob sich sanft von ihr und legte sich neben sie. Sie sank leise vor sich hinmurmelnd, in Schlaf.

Er sah im grellen Licht zu ihr hin. In ihr müdes Gesicht. Sie war die erste Frau, die er nackt gesehen, die einzige Frau, die er geliebt hatte, und sie hatte volle Brüste, ihr Bauch war weiß, sie hatte lange Schenkel und war in seinen Augen eine wundervolle Frau. Sie war freundlich und sehr allein. In ihrer Lust war sie großartig, und sie teilte diese Lust mit ihm. Sie war von einem Dichter und Geschichtenerzähler geschaffen, und sie lebte in seinen Versen und Geschichten, ohne daß er das wirklich verstand. Sie war da, das war alles. Und jetzt, zur rechten Zeit, schläft sie, Gott verzeih mir. Er beugte sich über sie und küßte ihre Brustwarzen. Sie lächelte ein wenig, als hätte sie es bemerkt. Sie tat ihm leid. Aber es half nichts, er mußte gehn.

Noch eine halbe Stunde still daliegen, dachte er. Das Licht war noch an. Auch Cleery schlief sicher jetzt. Er konnte sich anziehen, sein Geld und seinen Revolver an sich nehmen und längst über alle Berge sein, wenn sie aufwachte. Auf der Straße hinter Schull würde ihn ein Wagen mitnehmen, und weder Cleery noch Powers konnten ihn hindern, von Cork aus mit der ersten Maschine nach England zu fliegen. Er sah dankbar und voller Mitgefühl zu ihr hin, als er plötzlich hörte, wie an der Haustür ein Schlüssel ins Schloß geschoben wurde. Der Atem stockte ihm.

«Kate!» Er schüttelte sie, und sie lächelte und kuschelte sich im Halbschlaf an ihn.

«Kate! Wer hat einen Schlüssel zum Haus?»

«Was?»

«Wer hat einen Schlüssel zum Haus?»

«Meine Schwester», sagte sie verschlafen und ihn noch in den Armen haltend.

«Sie ist an der Tür!»

Mrs. Burke schoß hoch und stützte sich mit steifen Armen hinter sich auf, ihre Brüste waren entblößt und sie blinzelte unsicher ins Licht, als der Arzt jetzt die Schlafzimmertür krachend aufstieß und wie ein angreifender Bulle im Türrahmen stand.

«Du alte Hurensau,» brüllte er. «Mein Gott, ich wußte, was du hier wieder treibst.»

Verwirrt und schuldbewußt sprang McManus, in seiner Nacktheit doppelt durch die Gegenwart eines Bekleideten beschämt, aus dem Bett. Für ihn waren die Kleidung und die Stiefel des Arztes wie eine Rüstung; er hatte Angst um seine bloßliegenden Genitalien und seine nackten Füße. Er bückte sich und griff sich seine Hose, wagte aber nicht, sich dadurch, daß er sie anzog, dem Arzt wehrlos auszusetzen. So stand er, sich linkisch mit der vorgehaltenen Hose deckend, albern da.

«Sie dreckiger, verdammter kleiner Scheißkerl», schrie der Arzt. «Deswegen also sind Sie hiergeblieben!»

«Untersteh dich nicht, so hier in diesem Haus zu reden», sagte Mrs. Burke laut und so ehrlich empört, daß McManus den Mut fand, ihr rasch einen Blick zuzuwerfen.

Sie saß immer noch steif aufgestützt mit gradem Rücken und vorgeschobenen Brüsten da. Sie hatte den Kopf erhoben, ihre Beine waren gekreuzt. Sie schien sich, ganz ihrer Entrüstung hingegeben, ihrer Nacktheit nicht bewußt. «Du bist eifersüchtig, Seamus. Es hat dich schon immer gefuchst, weil du die frigide Schwester zur Frau hast. Hol mir meine Brille. Sie ist auf dem Ankleidetisch», sagte sie bündig, «und nimm dich zusammen.»

«Herr du meine Güte», sagte der Arzt verzweifelt, «sitzt in deiner ganzen Nacktheit da und gibst Befehle», und ging um das Fußende des Bettes herum, um die Brille zu holen. Als der Mann hinter dem Bett in sicherem Abstand war, zog McManus in aller Eile Unterzeug, Hose und Hemd an. Ohne ihn aus den Augen zu lassen, setzte er sich, um Strümpfe und Schuhe anzuziehen.

«Sie ist mitten in der Nacht aufgewacht», sagte der Arzt und reichte ihr die Brille, «und hat von den drei Männern gefaselt, die hinter diesem Dreckskerl her sind. ‹Hol sie aus dem Haus›, hat sie gesagt – steh also auf und komm mit.«

Mrs. Burke setzte die Brille auf und stieg, nackt und mit der altjüngferlichen Stahlbrille auf der Nase, aus dem Bett. Der Kopf mit dem vollen Haar wirkte zu groß für den unbehaarten Körper. Mrs. Burkes Stahlbrille schien irgendwie in einer widersinnigen Beziehung zu ihrem Schamhaar zu stehen. Dennoch war sie von Würde und herausforderndem Selbstvertrauen erfüllt.

«Meine Schwester hat dich wie einen Affen am Gängelband, mich nicht. Wir bleiben. Wir werden mit der Sache schon fertig. Geh jetzt.» Sie ging um das Bett herum und setzte sich, ohne daß ihre Nacktheit sie zu stören schien, auf die Stuhllehne zu McManus. «Mach, daß du wegkommst, Seamus», sagte sie energisch und zeigte zur Tür.

«Heilige Mutter Gottes!» sagte der Arzt mit beschwörend erhobenen Händen. «Zieh dich um Himmels willen an, Kate, und komm mit.»

«Nein.»

Der Arzt wandte sich an McManus. «McManus, Sie haben hier im Haus großen Einfluß. Sagen Sie's ihr.»

«Mrs. Burke», setzte McManus halbherzig an. Ihm ging es nur darum, hier ungesehen zu verschwinden und sich aus dem Staub zu machen.

«Kate», korrigierte Mrs. Burke ihn.

«Kate», begann McManus noch einmal.

«Nein.» Sie lächelte, wie sie es nach ihren kleinen Siegen tat.

«Er kann auch mitkommen. Ich nehm ihn mit, bring ihn zum Corker Flughafen ...» Der Arzt ging zum Schrank und warf ihren Morgenmantel aufs Bett. «Zieh ihn an, Kate», schrie er.

Sie tat das. «Wir haben alles geregelt.» Sie sah selbstgewiß zu McManus. «Wollen Sie gehn, Kind?» Sie hatte die Hand auf seinen Kopf gelegt. Sie hatte keinen Zweifel daran, wie seine Antwort ausfallen würde.

«Ja.» Er fühlte sich als Verräter.

Der Arzt schöpfte Hoffnung. «Also klar. Kommt jetzt. Der Wagen steht an der Kreuzung ...»

Mrs. Burke ging zum Bett. Ihr Gesicht schien verfallen und alt. Schweigend starrte sie einen Moment aufs Bett. «Sie woll'n gehn.»

«Hier werden sie mich finden.»

«Nein.»

«Doch. Und mich umbringen. Sie kommen auch mit.»

Sie ließ den Morgenmantel auf den Boden fallen. Ihr Bauch war vorgewölbt, ihre Brüste hingen herab, die Haut über ihren Hüften war runzlig und schlaff. Sie legte sich ins Bett. «Auch Sie», sagte sie und zog die Decke bis ans Kinn.

«Ich kann nicht ohne dich zurückkommen, Kate. Ich hätte

die Hölle zu Hause», sagte flehentlich der Arzt, der die Zusammenhänge nicht sah. «Bitte, Kate.»

«Nimm *ihn* mit», sagte sie.

«Wohin?» hörte sie bestürzt eine Stimme von der Küche her sagen, und ihre angespannten Nerven zersprangen fast. Cleery, ein zweiter Mann und ein blasser, magerer Jugendlicher standen in der Tür. Cleery richtete seinen großen Revolver auf sie. «Wer meint hier, irgendwohin abhauen zu können, Missus?» sagte er verbittert. Er trat ins Schlafzimmer und tippte lässig mit dem Revolver gegen McManus' Schulter.

Es war diese Mischung aus Verbitterung, Lässigkeit und demonstrativer Gewalttätigkeit, die McManus entsetzte. Er hatte das unzählige Male bei den Provos erlebt, wenn sie hilflose katholische Familien, die ihre Häuser nicht als Schlupfwinkel für Heckenschützen hergeben wollten, einschüchterten, oder wenn wichtigtuende Jungens Beiträge für «die Sache» einsammelten oder Jagd machten auf Andersdenkende, Zahlungsunwillige oder Nonkonformisten und Informanten ... Die Offiziellen waren etwas seriöser, politisch etwas solider, aber auch ihre Antwort war Waffengewalt, wenn von dem vorgeschriebenen Verhalten auch nur im Geringsten abgewichen wurde. So sagte er nichts, denn er wußte nicht, was Cleery als Antwort hören wollte, und die falsche Antwort konnte den Schuß aus dem Revolver auslösen und Cleery aller Zweifel entheben. Mut zu beweisen, war sinnlos, selbst wenn er dazu imstande gewesen wäre, denn Tapferkeit konnte Cleery demütigen und damit seine Wut bis zur Gewalttätigkeit steigern. Tapferkeit setzte ihrem Terror eine Grenze, und das konnte nicht geduldet werden; Angst andererseits verstärkte nur ihre Verachtung für jene, die Angst zeigten ... McManus sah schweigend vor sich hin, während das Blut ihm in den Ohren dröhnte.

Mrs. Burke starrte gegen die Decke.

Der Arzt sagte: «Meine Frau hat mich geschickt, ihre Schwester zu sich ins Haus zu holen.» Heftig bewegte er Zunge und Lippen, um die trockene Mundhöhle zu befeuchten.

Die drei wandten ihre bleichen Gesichter dem Arzt zu, aus

dessen Gesicht die Röte gewichen war. McManus sah sie alle wie auf einem zusammenhanglosen Tafelbild, still und merkwürdig fern.

Cleery wandte sich an McManus. «Sie wollten hier abhaun.»

«Ja.»

«Aber jetzt doch noch nicht.»

«Nein.»

«Ein Scheißkerl sind Sie, ein verdammter.»

Wenn das stimmte, war weiter nichts dazu zu sagen. Er schwieg.

«Stimmt doch, nicht wahr?» Dem Opfer Selbsterkenntnis in den Schlund rammen.

«Ja.»

Ein Zugeständnis, immerhin. Cleery nickte nachdenklich. «Ihre Schwester hatte mehr Mumm.» Cleery besaß mehr Menschenkenntnis als Powers. Cleery lächelte, als McManus Tränen der Scham und der Qual in die Augen traten. «Hatte sie doch?»

«Ja», sagte McManus. Es war wie ein Aufschrei.

«Gesindel», sagte Mrs. Burke.

Cleery wandte sich ihr zu. Sie starrte ihn ergrimmt an. «Hat hier seinen Mann gestanden, Missus, nicht wahr?»

«Gesindel», sagte sie und sah wieder zur Decke.

«Quaß'lige alte Zicke», sagte Cleery, dem das Austeilen Spaß zu machen schien. «Weglaufen is' nich.» Er zeigte mit dem Daumen auf McManus. «Tot oder lebend, Sie sind unser Köder, mein Junge. Sie bleiben alle schön hier, bis Powers kommt . . .»

«Meine Frau . . .» sagte der Arzt, aber beließ es dabei aus Angst um ihre Sicherheit.

«Kann mich mal lecken, Ihre Frau . . . oder McManus kann's bei ihr tun.» Der Arzt zuckte zusammen. «Ihre Frau sitzt in dem dicken Mercedes unten an der Kreuzung. Soll sie. Kommt sie her, dann bleibt sie, bis wir mit Powers fertig sind.» Er zeigte mit dem Kopf auf den Mann hinter sich. «Das is' Kevin O'Connell, Dannys Bruder. Er bleibt hier, sorgt dafür, daß hier keiner aus der Reihe tanzt. Und das da is' Dannys Sohn Diarmuid. Wenn der Laden aufmacht, geht er hin. Wissen Sie, was er denen dann erzählt, McManus?» Grinsend drehte er sich weg und führte seine kleine Truppe in die Küche. Er verließ mit Diarmuid O'Connell das Haus und schloß die Tür hinter sich.

«Machen wir's uns bequem», sagte der Mann, den Cleery als Kevin vorgestellt hatte, und setzte sich in Thomas Burkes Schaukelstuhl ans Küchenfenster.

Im Schlafzimmer trat Stille ein, die vom rhythmischen Quietschen des Schaukelstuhls unterbrochen wurde.

«Denen werd' ich's zeigen», sagte, die Augen zur Decke gerichtet, Mrs. Burke leise.

Kevin kam an die Schlafzimmertür. «Sie beide», sagte er, »setzen sich hier an den Tisch. Sie, Missus, Sie bleiben im Bett. Scheint so, als brauchten Sie Schlaf.» Er scheuchte sie mit einer Handbewegung an den Tisch und schloß die Tür. Mrs. Burke lag auf dem Rücken und starrte zur Decke, als wollte sie sie einreißen.

Die Zeit spulte sich langsam mit dem Ticken der Küchenuhr ab. Kevin behielt sie auf seiner Armbanduhr im Auge und schien in der geschäftigen Stille die Viertelstunden unheimlich präzise auszumessen. Als eine Stunde herum war, stand er auf. «Er schläft mittlerweile», sagte er. «Los jetzt. Aber leise.»

«Wir können gehn?» sagte der Arzt überrascht und erleichtert.

«Leise, wenn Sie nicht erschossen werden woll'n», sagte O'Connell zu McManus. «Ich bin über alles im Bilde, Junge, über Ihre Schwester und so. Powers hat meinen Bruder Danny ermordet. Mir geht's nur darum, daß Powers sein Fett kriegt. Solange er glaubt, daß Sie hier sind, brauchen Sie nicht hier zu sein. Mit Cleery regle ich das schon. Los jetzt.»

«Mrs. Burke auch?» sagte McManus.

«Die da drin, Ihre verzweifelte Frau. Wär' froh, wenn mir die nie wieder über'n Weg käme.»

McManus ging zurück ins Schlafzimmer. «Der Mann sagt,

wir können gehn, wenn wir ganz leise sind. Ziehn Sie sich an, Kate, und kommen Sie mit», sagte er.

«Komm her, Kind.» Ihr Gesicht wirkte noch älter, noch strenger; keine Spur eines Lächelns um den Mund, kein Zwinkern um die leblosen Augen. «Setz dich hierher,» sagte sie und strich das Bettlaken neben sich glatt. Er setzte sich und sie nahm seine Hand. «Sag mir ehrlich, Kind, warst du glücklich mit mir hier im Bett – im Dunkeln?»

«Ja, Kate.»

«Und am Tag auch?»

Ja, Kate. Stehn Sie auf und kommen Sie.»

«Das hat meinem Herzen wohlgetan, Kind.»

«Meinem auch, Kate.»

«Du gehst jetzt nach England.»

«Wenn ich Glück hab.»

«Dort lebt ein Bruder von uns. Er ist reich.»

«Kommen Sie, wir fahr'n mit dem Arzt, Kate.»

«Er wohnt in East Grinstead.»

«Das ist jetzt nicht wichtig, Kate. Ziehn Sie sich an und kommen Sie.»

«Hol mir den Aktendeckel aus der untersten Schublade da drüben.»

O'Connell erschien ungeduldig an der Tür. «Mein Gott noch mal, machen Sie Schluß und gehn Sie.»

«Nur noch 'n paar Minuten, Sir», sagte Mrs. Burke mit erstaunlichem Charme, und McManus brachte ihr den Aktendeckel. «Mein Bruder hat keine Kinder», sagte sie. «Er und seine Frau gehen jeden Sommer nach Spanien. Er ist Börsenmakler.» Sie sagte das nicht ohne Stolz. «Wir können im Sommer jederzeit in seinem Haus wohnen.»

«Jetzt also auch.»

Sie schrieb etwas auf den Block aus dem Aktendeckel und reichte ihm das Blatt. «Ein Grundstückmakler am Markt in East Grinstead hat den Schlüssel. Gib ihm dies. Dann bekommst du von ihm den Schlüssel. Da bist du in Sicherheit.»

Er steckte den Brief ein. «Danke, Kate. Kommen Sie jetzt.»

«Du bist ein gutes Kind. Bleib so. Küß mich.»

Er beugte sich vor und küßte sie.

«Immer werd' ich verlassen, Kind. Immer.»

O'Connell stand wieder in der Tür. «Wenn Sie nicht anders können, dann gehn Sie, Teufel noch mal, ins Bett und ficken drauflos. Oder Sie reißen sich jetzt am Riemen!»

McManus sprang vom Bett auf. Herrgott, immer wurde einem alles vermiest, immer endete alles in einer lächerlichen Farce. Er selbst kam sich auch lächerlich vor. «Lebwohl, Kate», sagte er verwirrt, holte sein Geld und seinen Revolver aus der Schublade und stürzte aus dem Zimmer. «Sie kommt nicht mit», sagte er zu dem Arzt.

«Dann soll sie bleiben, wo sie ist.»

O'Connell nahm McManus den Revolver ab. «Den brauchen Sie nicht. Hätten nie so'n Ding anfassen soll'n. Sie sind mir ein verdammt feines Paar», sagte er, «und, Doktor: die Polizei bleibt aus'm Spiel, sonst rücken wir Ihnen auf die Bude.»

Sie vermieden das quietschende Gartentor, zwängten sich durch die vordere Fuchsienhecke und gingen zwischen den Schieferklippen durch die Grasmulden zur Kreuzung. Die Frau des Arztes saß hinten im Wagen und schlief.

«Ich fahre,» sagte McManus und setzte sich ans Steuer. Als er durch die schmalen gewundenen Straßen preschte, wachte die Frau auf.

«Wo ist Kate?» schrie sie.

«Sie wollte nicht mit», sagte ihr Mann kurz.

«Du hättst sie zwingen soll'n. Soll sie von mir aus verrecken. Ich hab getan, was ich konnte, für das verrückte Weibsbild. Warum fährt *er*?» kreischte die Frau.

«Halt 'n Mund», zischte der Arzt, als sagte er das zum erstenmal während seiner Ehe.

«*Seamus!*»

«Halt deine verdammte Klappe!»

Aufheulend fuhr der Mercedes durch Schull. «*Schull! Schull!* Halten Sie!» schrie der Arzt. «Wo zum Teufel fahr'n Sie hin?»

«Flughafen Cork.» McManus sagte nichts weiter. Er war

auf und davon. Wieder einmal über alle Berge. In wenigen Stunden würde er in England sein, wo er sich in einem Haus verstecken konnte. Er war auf dem Wege dahin. Danke, Kate.

«Ich bin todmüde», sagte Mrs. Sullivan kläglich und verfiel erschöpft in Schweigen.

Lichter tauchten auf. Das Rollfeld des Flughafens. McManus stieg, ohne ein Wort zu sagen, aus und ging in die Empfangshalle. Um Viertel vor neun ging eine Maschine der Cambrian Airline nach Cardiff. Ja, in ihr waren noch Plätze frei. Ja, er würde mit ihr fliegen. Ihm war es gleich, womit er flog, wenn er nur schnell hier wegkam.

«Hello», hörte er jemand hinter sich sagen.

Er drehte sich um und sagte: «Brendine Healy aus Boston.»

«Ich habe vergeblich versucht, Sie zu finden», sagte sie. «Sie sehn gut aus. Nein, so meine ich es nicht. Wohl sehn Sie aus, meine ich . . . nicht krank . . . verstehn Sie . . .»

«Oh?» sagte er. «Ja, ich verstehe», sagte er. Er war selbst überrascht, daß er sich so plötzlich erleichtert fühlte. Mußte plötzlich lachen, denn der Alptraum und all jene Unwirklichkeit waren zerstoben, er hatte ins Normale, in die Realität zurückgefunden. Er streckte die Hand aus, um sie zu berühren.

13

Powers saß am Steuer.

«Dieser Wagen», sagte Kiernan verbittert, «fährt die Landstraße von Schull nach Mizen Head und alles, was von da erreichbar ist, ab. Ein halbes Dutzend ist auf der Küstenstraße unterwegs. Die übrigen kämmen die Gegend hinter uns jenseits der Landstraße durch.» Er saß hinter Powers.

Sorahan, neben Powers, hatte hinter sich den kleinen Barney. Sorahan kannte den Grund, weswegen Kiernan verbittert war, und hätte lächeln mögen. Aber ließ sich nichts anmerken.

«Ich weiß nicht», sagte Kiernan vor sich hinbrütend zum vierten- oder fünftenmal. «Ich weiß verdammt nicht, was das soll. Keiner aus Skibereen? Ist mir ein Rätsel.»

Das war's für Sorahan nicht, und es fiel ihm jetzt noch schwerer, ein Lächeln zu unterdrücken. Er machte sich gut als Verschwörer. Aber schließlich ist Verschwörer zu sein unsre zweite Natur, sagte er sich beruhigt. Wir können das besser als jeder andre.

«Dieser Sheehy in Skibereen», sagte Kiernan, «das ist mir ein Sleakider.» (Sleakid, erklärte Sorahan dem kleinen Barney, war ein Dialektwort, es hieß aalglatt, betrügerisch, verschlagen, nicht verläßlich.)

«Hat verdammt viel zu tun», sagte Barney nicht ohne Hintergedanken.

Sheehy hatte tatsächlich viel zu tun gehabt. Sorahan hatte ihn nach dem Treffen mit den Bantry-Männern im Haus des Priesters angerufen, und sie waren früh am Abend hinten in O'Keeffes Bar in Schull zusammengekommen. «Ich will dir sagen, worum's geht, Tim, und dann werd' ich dich fragen, was du in dieser Sache zu tun gedenkst, und ich hoffe, du tust nichts.»

Sheehy hörte aufmerksam zu. «So ist das also», sagte er am Schluß.

«So ist das.»

«Vergewaltigt hat er sie?»

«Ja, vergewaltigt.»

«Gott im Himmel.» Sheehy faltete die Hände wie in einer Abwehrbewegung im Schoß. «Das ist schlimm.»

«Weiß Gott.»

«Und es war absolut überflüssig.»

«Absolut.»

«Und hier soll'n nun *zwei* umgebracht werden?»

«Ja.»

«Mein Gott. Ich dachte, sie würden den Jungen mitnehmen und es im Norden machen.»

«Das ha'm sie nicht vor.»

«Hier also?»

«Ja. Hier.»

«Gott im Himmel. Ausgerechnet in dieser Zeit, Daniel. Wo in Ballydehob die Jahresschau stattfindet, das Gymkhana in Skibereen, das Skibereen Festival und das Erntefest in Drinagh. Alles zur gleichen Zeit. Und dann zwei solche Morde. Da können sie das Ganze getrost abblasen.»

«Weiß Gott. Und ein übler Nachgeschmack würde bleiben.»

«Bei Gott, ja. Ein verdammt übler Nachgeschmack. Hast du Zeit, mit mir nach Skibereen zu gehn, daß wir von Tür zu Tür die Jungs zusammentrommeln?»

«Die ganze Nacht, Tim.» Sie sahen sich flüchtig in die Augen, in ihren Blicken lag, was sie einander unausgesprochen übermittelt hatten, und in ihren Gesichtern deutete sich ein Lächeln an, als könnten jene, die es nichts anging, aufmerken, falls sie offenheraus gelächelt hätten, und sie fuhren nach Skibereen, klopften überall an die Türen und setzten sich mit den Männern von Skibereen zu einer gemeinsamen Besprechung zusammen.

Die Besprechung dauerte sehr lange. Das Licht kroch bereits am Horizont hoch, als sie zum Frühstück nach Hause gingen. Sorahan hatte ihnen im einzelnen berichtet, was Kiernan ihm über McManus und Powers und Maureen McManus und Powers erzählt hatte, und das schreckliche Wort Vergewaltigung, von ihm schulmeisterlich gekonnt vorgebracht, ging ihnen in ihrer frühmorgendlichen Gereiztheit auf die Nerven. Als er geendet hatte, kam keiner von ihnen noch einmal darauf zurück.

«Zwei Morde also während der Festivals, des Gymkhana und des Erntefestes . . .» sagte Sheehy bedachtsam und sah von Gesicht zu Gesicht. «. . . das haut zeitlich genau hin», sagte er, und in ihrer verqueren Art verdrängten sie ihren Abscheu und bekräftigten sich innerlich in ihrer Loyalität zur Gemeinsamen Sache – Reaktionen, die den getrennten Bereichen ihres Individual- und ihres Kollektivbewußtseins entsprangen.

«Unruhige Zeiten sind heutigentags», sagte ein auf dem Fußboden sitzender, rundlicher Mann, «und das wenigste, was wir tun könnten, um unsrerseits einen Beitrag zu leisten, wäre eine Geldsammlung, noch in dieser Woche, für die Jungs im Norden.» Sie gingen nach Hause, um zum Frühstück gebratenen Speck und Makrelen und gezuckerten Tee zu sich zu nehmen, und ihr Gewissen war rein wie die Luft des beginnenden Tages.

Als sie später am Morgen mit Kiernan und Powers zusammenkamen, mußten die beiden ungeduldigen und enttäuschten Männer aus dem Norden sich eine umständlich vorgetragene Liste der verantwortlichen Aufgaben anhören, welche in dieser Woche aller Wochen auf jene zukamen, die mit dem Organisieren der irischen Tanzfeste, der Reitturniere, der Stände mit Fisch und Pommes frites, Bratwürsten und Blumen und der Ausstellung des ländlichen Kunstgewerbes befaßt waren . . . und wie sollten sie erklären, daß diese Männer in der Gegend rumrannten, während gleichzeitig – weil sie fehlten – die Festivals in Ballydehob und Drinagh und Skibereen ins Wasser fielen? Hatten hier schließlich ihren Pflichten nachzukommen, ist doch so.

Geschlagen und ohne rechte Handhabe, sagte Kiernan verbittert: ««Bei Gott, eure Jungs ha'm schwer an ihren Pflichten zu schleppen. Unsre im Norden ha'm bloß die Pflicht zu sterben.»

Was Sheehy sich sagte, konnte er nicht hören: «Gott hab sie selig, solange sie das im Norden tun.»

Und auch Sorahans verstecktes Lächeln blieb seinen Augen verborgen. «Ihr macht euch jeweils zu zweit auf den Weg», sagte er zu den jungen Bantry-Männern, «und die den Jungen finden, sagen nichts – sorgen nur dafür, daß er aus West Cork verschwindet. Soll'n sie ihn sonstwo finden – hier nicht.» Der Tod verliert viel von seinem Grauen, wenn er sich außer Sicht- und Hörweite zuträgt, und die Vollstrecker sind oben im Norden oder irgendwo sonst weit weg von West Cork ein geringeres Übel . . . «Und du, Barney», sagte er, «falls *wir* ihn finden, haust du ab und telefonierst vielleicht mit der Polizei . . . wir reden noch drüber.» Mein Gott, das war schlimm. Das war Verrat. Das mußte man sich noch überlegen. Aber jetzt nicht; noch nicht; «später» – das war die heilsame Zuflucht, die einem, Gott sei Dank, vor der verdammten Entscheidung blieb.

Sorahan fühlte sich in seiner Rolle als Verschwörer wohl, konnte er sich doch, als sie um sieben Uhr abends den Laden an der Kreuzung erreichten, sagen, daß zwei der Bantry-Jungs McManus höchstwahrscheinlich längst im Bus nach Cork in Sicherheit gebracht hatten.

Es war ein schlichter Dorfladen, in dem es nach Kartoffeln, Speck und Brot roch, und der große, vorgebeugt hinter dem Tresen stehende und wie ein Lehrer aussehende Mr. Deasy war im Begriff, den Laden zu schließen.

«Was kann ich für die Herren tun», sagte er und überlegte sich insgeheim, mit was für Leuten er es hier wohl zu tun haben mochte.

«Ein halbes Pfund Speck», sagte Kiernan. Die anderen, die Anweisung hatten, den Mund zu halten und das Reden dem ärgerlichen, ungeduldigen Mann zu überlassen, standen abseits neben den Kästen mit Limonade.

«In Scheiben oder abgepackt?»

«Bitte?»

«In Scheiben vom Stück oder im Päckchen aus dem Kühlschrank?»

«Ach so. Im Päckchen.»

Mr. Deasy ging zum Kühlschrank an der Tür zu seinen Wohnräumen. «Schöner Tag heute.»

«Ja, schön.»

«Sie sind nicht hier aus der Gegend.»

«Nein. Kennen Sie zufällig», sagte Kiernan beiläufig, «einen jungen Mann namens McManus, der hier irgendwo wohnen soll?»

Mr. Deasy dachte nach. «Nein, ich kenne niemand mit dem Namen. Ein Freund von Ihnen?»

«Ich bin sein Onkel. Möchte ihn besuchen.»

«Ziemlich groß?»

«Ja, das ist er. Sie ha'm ihn hier mal gesehn?»

«Nein. Trägt er vielleicht einen Bart?»

«Ja, Sie ha'm ihn hier also schon gesehn.»

«Nein. Viele junge Leute tragen heute Bärte. Ist er vom Norden?»

«Ja. Woher wissen Sie das?»

«Ich vermute es nur. Sie sind vom Norden. Ihr Neffe also wahrscheinlich auch.»

Mein Gott noch mal! Kiernan bezahlte den Speck und machte noch einen Versuch. «Er ist auf 'ner Wanderung. Mit 'nem Rucksack, verstehn Sie.»

«Da is' er nicht der einzige.»

«Kann sein, daß er ein Mädchen bei sich hat.»

«Scharf auf Frauen, was?»

«Na ja, er is' jung.»

«Dieser McManus?»

«Ja.»

«Is' mir nie übern Weg gekommen.»

Kiernan wandte sich zum Gehn, öffnete die Tür, so daß die Ladenglocke läutete.

«Aber ich weiß, wo er is'», sagte Mr. Deasy verschmitzt. Hier war nicht viel los, und so leistete sich Mr. Deasy gern mal einen kleinen Spaß. Was machen Sie im Winter hier, hatte Cleery ihn gefragt. Na ja, wir spielen zum Beispiel Tischtennis, hatte Mr. Deasy gesagt und Cleery vergnügt zugelächelt. Er sah jetzt, wie die vier Figuren sich vom Hintergrund lösten und zwischen Limonadeflaschen vorm Tresen Position bezogen. Er hatte etwas Magisches von sich gegeben, wie wenn er den Knopf am Fernsehapparat eingedrückt hätte.

«Wirklich?» So beiläufig wie möglich. Ohne übertriebenen Eifer. Komme allmählich nun diesen Fremden hier in West Cork auf die Schliche, sagte sich Kiernan.

«Hat 'ne Schwäche für Frauen?» sagte Mr. Deasy.

«Ja. Hat er sich hier irgendwo eine aufgegabelt?»

«Eine ganz scharfe.» Mr. Deasy wischte den Tresen mit demselben Tuch ab, mit dem er dann auch seine Fleischschneidemaschine säuberte. «Sie is' nicht ganz bei Trost. Aber sie hat's auf junge Männer abgesehn. Er is' schon der zweite.»

Sie reden über Leben und Tod eines Menschen, dachte Sorahan, der Barneys Arm gefaßt hatte, und wartete ab.

«Das hab ich befürchtet», sagte Kiernan. «Hier in der Nähe?»

«Weiter unten.»

«Wo weiter unten?»

«Hinterm Berg da drüben.»

«Aber gesehn ha'm Sie ihn noch nie?»

«Bis jetzt noch nicht.»

«Woher wissen Sie's dann?»

«Drei Männer war'n hier und haben's mir erzählt. Sie ha'm mit ihm gesprochen. Waren im Haus der Frau. In dem Haus ist nur ein Bett.» Seine zwinkernden Augen fragten: Wie finden Sie das? Und ist nicht Klatsch die Theaterschau für den Mann auf dem Lande und noch dazu frei von Vergnügungssteuer?

«Drei Männer? Wo sind die?»

«Wieder weg. Sind heute in aller Frühe aufgebrochen.»

«Und wer is' die Frau?»

«Thomas Burkes Witwe.»

«Wie kommt man zu ihrem Haus hin?» Überall Feinde, wohin man sich wandte. Dieser dämliche alte Kerl gehörte auch dazu. Das ganze Land wimmelt davon. Auch was Sorahan anging, war sich Kiernan längst nicht mehr so sicher.

«Eine Schwester von ihr lebt in Schull – sie ist die Frau vom Arzt, die Schwester. Die hier hält die beiden ganz schön in Trab, würd' ich sagen.» Auf Fragen erst abschließend antworten, wenn's nicht anders geht. Sonst ist das Spiel aus.

«Die Frau des *Arztes*?»

«Sullivan. Unten an der Küstenstraße.»

Alles was Kiernan befürchtet hatte, fand er bestätigt. Eine Schlangengrube war das hier. Die Skibereen-Männer hatten *zu tun*, du meine Güte. Zu *tun*! Und jetzt dieser Arzt. Sullivan hatte ihnen gesagt, keine Seele wäre zu ihm gekommen. Keiner wäre wegen Medizin oder zur Behandlung gekommen! Verdammte Lügner allesamt. Schlimmer noch. «Dieser Arzt – kommt er manchmal zu der Schwester ... zum Haus der Witwe?»

«Kam eine Zeitlang immerzu. Tag für Tag, bis vor kurzem. Und die Frau immer dabei. War jeden Tag mit ihm hier. Na ja», zwinkerte er ihnen zu und nickte, «ein Arzt muß da schließlich aufpassen, oder? Mit 'ner flotten Schwägerin wie die Frau von Burke ... Gibt immer Leute, denen geht nichts über Klatsch.»

«Wie kommen wir da hin?»

«Er war letzte Nacht hier. Hat mich mitten in der Nacht geweckt. Ich stand auf und sah seinen Wagen hier vorm Laden parken. Gegen Morgen hat er mich noch mal geweckt, als er hier wie'n Rennfahrer abbrummte ...»

«Danke.» Kiernan drängte sie aus dem Laden. «Wir fahr'n jetzt die Straße runter», sagte er zu Powers.

«Moment. Ich hol mir noch eben Zigaretten,» rief Sorahan und lief in Panik zurück in den Laden. «Ha'm Sie hier ein Telefon?» fragte er Mr. Deasy, und dann wurde ihm zu spät klar, daß er nur hätte hinzusehn brauchen, ob ein Kabel von der Telegrafenleitung ins Haus ging. Hätte sich das dann ersparen können. Herrgott, woran man nicht alles denken mußte!

«Nein. Das einzige hier in der Gegend is' in der Post, 'n

paar hundert Meter die Straße runter. Sie woll'n telefonier'n?»

«In welcher Richtung?»

«Moment, ich zeig's Ihnen.»

«Nein! Ist nicht nötig. Sagen Sie's mir.»

«Is' ganz einfach.» Mr. Deasy kam um den Tresen herum zu Sorahan.

«Nicht nötig! Links oder rechts?»

«Ich zeig's Ihnen.» Mr. Deasy schob Sorahan durch die Tür, wo Kiernan sie hören konnte. «Dahinten. Da senkt sich die Straße und biegt ab, das Postamt is' in einem Privathaus rechts. Man sieht's von hier nicht wegen der Bäume und Hekken . . .»

«Danke, danke . . .» Sorahan stolperte in den Wagen.

Mr. Deasy hatte die Hände an die Tür gelegt. «Eins muß ich Ihnen noch sagen.»

«Danke, danke . . .»

«Der Postmann ist über achtzig. Ein alter Querkopf. Läßt nach drei keinen mehr ans öffentliche Telefon, der alte Krüppel. Sie kommen über vier Stunden zu spät, Mister.»

«Danke, danke.»

«Los jetzt», sagte Kiernan. «Die Straße lang.» Er beugte sich zu Sorahan. «Worum ging's denn?»

Sorahan mußte sein ganzes Talent zum Verschwörer aufbieten, um sein Gesicht zu wahren. «Ich hab ihn nach einem Telefon gefragt. Ich muß meine Frau anrufen, sobald ich kann», sagte er, weil ihm nichts Besseres einfiel. Er flog innerlich vor Nervosität, und Kiernan war sehr ruhig. Sich in aller Eile eine passende Lüge auszudenken, das war nicht gerade seine Stärke.

«Sie gingen Zigaretten holen. Sie kamen raus, sich ein Telefon zeigen zu lassen», sagte Kiernan freundlich.

«Ja. Hab die Zigaretten ganz vergessen, als mir das mit meiner Frau einfiel.»

«Aber der Mann in der Post ist ein Krüppel und würde Sie nach drei nicht telefonieren lassen?»

«Das hat er mir gesagt.»

«Wie woll'n Sie dann mit Ihrer Frau telefonieren?»

«Ich weiß nicht.» Er wußte tatsächlich nichts mehr.

Kiernan hielt ihm eine offene Packung Zigaretten hin. Er hatte seit fünfzehn Jahren nicht mehr geraucht. «Ich hab Sie nie mit 'ner Zigarette gesehn, Mr. Sorahan.»

Er ließ sich von Kiernan Feuer geben. «Manchmal rauche ich schon», sagte er.

Sie hielten nach kurzer Fahrt an einer Biegung, von der aus sie Den Berg sehn konnten. McManus war in Reichweite. Das Ende der Reise war in Sicht, für McManus; für Powers.

«Sind Sie so weit?» sagte Kiernan zu Powers.

«Das bin ich, verflucht und zugenäht.» Er war die ganze Zeit still gewesen, hatte sich beherrscht. Jetzt war seine Zeit gekommen. Er witterte schon McManus und hatte sein Vergnügen daran.

Kiernan nahm das Fernglas aus der Seitentasche. «Wir sehn uns das mal von dem Fels da oben an.»

Sie stiegen auf Den Berg, gingen knietief durch Farn und Ginster und legten sich auf der Anhöhe ins Gras. Das kleine Haus lag, von der Fuchsienhecke gerahmt, weiß und still wie ein Blumenbeet da. Die weiße steinerne Scheune schloß sich im Winkel zum Haus links an. Ihr eines glasloses Fenster glotzte wie ein blindes Auge herauf.

Sorahan fühlte sich bei diesem friedlichen Anblick elend. Es war eine Schlachtstätte. Was der Krämer über Thomas Burkes Witwe gesagt hatte, war für ihn ohne Belang. Er hatte Thomas Burke einst für einen Propheten gehalten; jetzt war er nichts weiter als ein toter Schriftsteller. Die Frauen von lebenden Schriftstellern bedeuten nur diesen Schriftstellern etwas; ihre Witwen bedeuten niemandem etwas. Sorahan hatte keine dreißig Kilometer von diesem Mann entfernt gewohnt und von der Existenz dieser Frau, ob sie nun seine Gattin oder Witwe war, hatte er nichts gewußt.

Einiges von dem, was er zu wissen vorgab, mußte der Krämer tatsächlich wissen. Um das, was fehlte, mit Leben auszustatten, mußte Klatsch herhalten. Gehässigkeit gab dem Ganzen die Würze. Sicher hatte die Frau, die in dem Haus wohnte,

Deasy gelegentlich abfahren lassen. Das durchtriebene Zwinkern, mit dem er sein Messer ansetzte, war die Garnierung an dem Festtagskuchen – das Drum und Dran bei dem Theaterspiel. Der Krämer mußte wissen, was für eine Person diese Frau war. Er mußte wissen, wer in dem Haus aus und ein ging und wie viele Betten im Haus waren. Wer darin mit wem schlief, darüber würde er nach dem befinden, was er selbst gern an McManus' Stelle getan hätte. Vielleicht hatte er selbst einmal mit ihr angebandelt, und sie hatte ihn wegen seiner Jahre ausgelacht? Was immer es gewesen sein mochte, es dürfte seine humorige Boshaftigkeit nur gesteigert, und er dürfte es dramatisiert haben. Das Leben hier am äußersten Ende Europas war etwas Subjektives, es spielte sich innerlich ab, als Drama in der Phantasie. Die fehlenden Textzeilen wurden aus dem Stegreif ergänzt.

Sorahan brauchte nicht weiter darüber nachzudenken. Es rollte ab, ohne daß noch irgend etwas zu ergänzen gewesen wäre. Und er war einer von denen, die mitspielten.

Seine Gedanken kreisten um ihn selbst und sein Dilemma. Ausgehend von seiner Freude an der so gern gehegten Illusion, das Talent der Iren zu Verschwörung und Intrigantentum sei ihm angeboren, hatte er den Kreis halb durchschritten und stand nun an einem Punkt, wo ihm nichts blieb als das Entsetzen und die Verzweiflung über seine eigene, kaum vorausbedachte Hilflosigkeit. Verschwörung nur *in Gedanken*. Das war Teil des sich innerlich abspielenden Dramas. Die meisten irischen Literaten nannten es Phantasie. So hatte es Sorahan vor kurzem auch genannt. Heute hier auf diesem Felshügel nannte er es Phantasterei. Wie in aller Welt hatte er annehmen können, daß er hier leicht ein Telefon finden würde, hier in dieser Gegend, wo es, wie er *wußte*, nur alle acht Kilometer ein Telefon gab? Wieso hatte er gemeint, er könnte diesen Männern die Polizei auf den Hals hetzen? War er nicht wie mehr als die Hälfte seiner Landsleute ihr stillschweigender Helfershelfer? Wie war er auf die Idee gekommen, er könnte den Informanten spielen? Der ihm als Angehörigem dieses Volkes eingeborene Instinkt hätte ihn warnen müssen. Würde den kleinen Barney nicht der Schlag treffen, wenn er den Telefonhörer in die Hand nahm? Es spielte sich alles nur in der Phantasie ab. Iren, ob jung oder im mittleren Alter oder alt, sahen immer nur an der Wirklichkeit vorbei, waren unfähig, sich ihr zu stellen. Mythen; von Mythen erzeugte onanistische Empfindungen; zu Heiligen gemachte schulmeisternde Prahlhänse; zu Märtyrern gemachte psychopathische Mörder ... heroische Tugenden, die ihren Weg durch den Lauf einer Pistole nahmen ... wir sind eine Nation von politischen Onanisten, dachte er, und vergrub sein schweißüberströmtes Gesicht im Farn. Der ruhige weißschimmernde Fleck da unten ist eine Schlachtstätte, und ich habe mit meinen in Politik machenden Genitalien wie ein Dreizehnjähriger gespielt, die wahren Ficker aber sind hier, hier neben mir an dieser Stelle, und wenn ich sehe, wie sie, auf Politik versessen, ihren Schlitz öffnen, dann kehrt es mir den Magen um.

«Ist irgendwas mit Ihnen, Mr. Sorahan?» fragte Kiernan ihn.

«Ich bin müde.» Ich bin ein irischer Phantast, hatte er sagen wollen, und ich bin mit dem Kopf voran gegen eine Mauer gelaufen.

«Nicht mehr lange.» Es klang verächtlich. «Wenn's dunkel wird, ist alles rasch vorbei, und Sie können dann nach Hause gehn.» Es war der pure Hohn, der aus ihm sprach. Kiernan rollte sich auf den Rücken und sah zum Himmel. «Ein schöner, stiller Fleck, das hier.»

Powers beobachtete das Haus mit dem Fernglas. «Ich seh die Frau», sagte er. «Sie ist in dem Zimmer mit dem großen Fenster, liegt auf dem Bett.» Er hob den Kopf und grinste. «Sie is' nackt.»

«Und McManus?»

«Bis jetzt noch nicht gesehn. Warum liegt sie da nackt?»

«Das können Sie die Frau fragen, wenn's dunkel is'.»

«Der alte Knacker im Laden hat recht. Er treibt's da mit ihr.»

Barney lag etwas abseits wie ein lauernder Jagdhund.

Wenn seine gleichaltrigen Freunde dreckige Witze rissen, dann machte ihm das nichts aus, er fand es komisch. Aber wenn ältere Männer schmutzig daherredeten, dann fühlte er sich selbst beschmutzt. Er drehte sich weg, um nicht zuhören zu müssen, und fühlte sich einsam; er dachte an seine Mutter und seinen Vater und hätte bei ihnen zu Hause sein mögen. Da in dem Haus war ein Mann, der getötet werden sollte. Ermordet, hätte er vor sich hin sagen wollen, aber er scheute davor zurück. Er ist nicht viel älter als ich, sagte er sich. Bei Gott, herrlich war das, in der warmen Sonne auf einem Hügel zu liegen, die Bienen summen zu hören und dabei an den Tod für Irland zu denken; aber mein Gott, keinem fiel dabei ein, daß dies auch *Töten* für Irland bedeutete. Vorsichtig rückte er beiseite, als wäre er dann weniger gefährdet, weniger an der Sache beteiligt. Er hatte Mr. Sorahan gern, gewiß, und der würde auch nicht zulassen, was Barney nicht ertragen könnte ... aber was konnte Mr. Sorahan schon machen? Er war Schullehrer, weiter nichts.

«Die werden Sie nich' ficken», sagte in einiger Entfernung Kiernan, die Augen zum Himmel gerichtet.

«Was woll'n Sie damit ...?» Powers hatte sich abrupt aufgestützt.

«Runter mit Ihrem dämlichen Kopf ...»

«Sie ha'm da was gesagt, Kiernan. Woll'n Sie mir das vielleicht erklär'n!» Der Mann hackte wieder auf ihm herum. Maureen McManus war es, wovon er sprach. Er hatte Maureen McManus längst vergessen gehabt. Was wußte Kiernan davon? Er dachte angestrengt nach, ohne zu einem Ergebnis zu kommen. Er wußte nicht, woran er mit diesem Wicht war ...

«*Was* erklär'n?» Gereizt, als hätte er tatsächlich vor, was zu sagen.

«Das mit dem Fi ...» Aber er brachte es nicht heraus. Der Name Maureen McManus verschnürte ihm die Kehle, er sah sie vor sich, und falls Kiernan wußte ... er verschluckte, was er noch sagen wollte. Wenn's nicht gesagt wurde, würde es auch Kiernan aus dem Kopf gehn. Powers wußte nicht, was

Kiernan im Sinn hatte. Etwas nicht zu wissen, war quälend. Sich im unklaren zu sein, ging einem verdammt auf die Nerven.

Kiernan drehte sich herum und sah Powers an. «Hatten Sie vor, sie zu ficken, Mr. Powers?»

Die Art, wie er «Mr. Powers» sagte. Macht sich über mich lustig. «Hatte ich *nicht*», sagte Powers.

«Gut», sagte Kiernan mißfällig und drehte sich wieder auf den Rücken. «Wenn's dunkel wird, gehn Sie runter und erkunden die Lage. Dann kommen Sie zurück, und wir sehn weiter.»

«Ich weiß schon, wie ich's mache.»

«Prima. Ganz groß.» Kiernan lächelte nicht – seit über zwölf Stunden hatte er das nicht mehr getan, dachte Sorahan. Es war so weit, Kiernans Stunde rückte heran; das Warten darauf machte ihn krank. Er wandte sich Powers zu. Gier lag in seinem Blick. «Geben Sie Mr. Sorahan das Glas», sagte er. Er kannte sich mit Menschen aus. Er lächelte Sorahan zu, als der das Fernglas hatte, und sagte: «Sie beobachten das Haus und halten uns auf dem laufenden.» Sorahan wünschte, er hätte noch weitere zwölf Stunden dieses Lächeln nicht zu Gesicht bekommen.

Die Dämmerung setzte ein. «Sie ist aufgestanden», sagte Sorahan.

«Was macht sie?»

«Zieht einen Morgenmantel über.»

«Kein Kleid?»

«Nein.»

«McManus irgendwo zu sehn?»

«Nein.»

«Behalten Sie das Haus im Auge.»

Es war nicht viel zu sehen. Durchs Küchenfenster sah er die Frau im Umriß. Sie machte sich an der Tischplatte neben dem Abwaschbecken zu schaffen. Was sie dort tat, konnte er nicht erkennen. Machte vielleicht was zu essen?

Er richtete das Glas rechts vom Haus auf die etwa fünfzig Meter hohe Felsklippe unmittelbar dahinter. Von dort mußte man, sagte er sich, knapp über die Fuchsienhecke hinweg Einblick in den Vorgarten haben. Er empfand es als angenehme Abwechslung, statt des Hauses mit Mrs. Burke die Felsklippe müßig abzusuchen, als er plötzlich dort zwischen den Felsen sich etwas bewegen sah. Es war ein Mann. Er sah, wie der ein Gewehr von links nach rechts verlagerte und sich unter einem Felsen in Deckung brachte.

Er richtete das Glas wieder auf das Küchenfenster und überlegte, wer der Mann auf der Klippe sein könnte. Ein Polizist? Hatte Dr. Sullivan, der wußte, wo McManus war, gemeldet, daß sie auf dem Wege hierher waren? War McManus überhaupt da? Warum war immer nur Mrs. Burke zu sehen, McManus aber nicht? Liefen er, diese beiden Männer und der kleine Barney hier in eine von der Polizei gestellte Falle? Was sollte er Kiernan sagen? Nichts, beschloß er. Nichts. Noch nicht.

«Was macht sie jetzt?»

«Was zu essen, nehm ich an.» Der Mann auf der Klippe war nicht mehr zu sehen. Es war inzwischen dunkler geworden. Im Haus und auch auf dem Hof gingen die Lichter an. Die Hintertür öffnete sich, und Mrs. Burke im Morgenmantel kam heraus, sie trug einen Rucksack und einen Benzinkanister.

Sie ging mit gesenktem Kopf langsam über den Rasen. «Geb'n Sie mir das Glas.» Kiernan sah zu ihr hin. «Das muß McManus' Rucksack sein», sagte er. «Vielleicht ist er in der Scheune.» Sie ging durch die Tür in die Scheune.

«Die Scheunen sind alle gleich», sagte Powers, der kaum noch an sich halten konnte. «Da drin entwischt er mir nicht.»

«Wenn er in der Scheune ist», sagte Kiernan kühl, «dann gibt es nur eins – die Frau dazu bringen, ihn rauszurufen.»

«Ich erwisch ihn auch da drin», sagte Powers verbissen.

«Um selbst dabei draufzugehn.» Kiernan hatte seinen eigenen Vollstreckungsplan. Den wollte er sich nicht durchkreuzen lassen. «Gehn Sie und erkunden Sie die Lage.» Er setzte das Glas ab. «Sie gehn hier den Berg runter den Weg lang, den wir gekommen sind und um das Grundstück herum – sehn

Sie da, hinter dem Buckel rechts vom Haus gehn Sie rum und erkunden das Grundstück von der Vorderseite aus. Dann kommen Sie hierher zurück.» Energisch fügte er hinzu: «Powers. Sie richten sich genau nach dem, was ich sage. Ich will nur eins wissen – ob McManus im Haus ist.»

«Is' klar.» In seiner gutturalen Stimme kochte der Ärger. Sorahan sagte nichts von dem Mann «auf dem Buckel», und Powers machte sich den Hang hinunter auf den Weg.

Die Frau war ziemlich lange in der Scheune. Als sie rauskam, hatte sie den Rucksack noch in der Hand, aber er hing schlaff herunter. «Er ist da drin», sagte Kiernan. «Sie hat ihm was gebracht. Was zu essen vielleicht.» Den Benzinkanister hatte sie nicht bei sich. «Da war Wasser drin. Er ist in der Scheune.»

Sie betrat das Haus und schloß die Tür. Das Licht auf der Vorderseite ging an.

«Hoffe bloß, Powers is' nich' so dämlich und rennt da ins Licht.» Kiernan sagte das wie jemand, der befürchtet, hintergangen zu werden.

Mrs. Burke ging in das erleuchtete Schlafzimmer und ließ ihren Morgenmantel auf den Boden fallen. Nackt legte sie sich wieder aufs Bett. Wie bei einer Nachtwache, dachte Sorahan; wie eine nackte Jungfrau auf dem Altar bei einer schwarzen Messe. Sie lag auf dem Rücken, hatte ihre Beine ausgestreckt, ihre Hände auf dem Bauch gefaltet, wie eine Pharaonenwitwe auf einem Sarkophag: es hatte nichts Gewöhnliches, nichts Gemeines; auch so ein sich innen abspielendes Drama. McManus war in der Scheune. Sie hatte ihm Wasser und Nahrung gebracht. Dort auch hatte er krank gelegen, sich im Heu gewunden und im Fieber geredet. Dort im Heu hatte Dr. Sullivan nach ihm gesehen. Die arme Frau hatte bei dem Fiebernden gewacht, seine Stirn gekühlt. Während der ganzen Zeit war er der Gejagte gewesen, inmitten des blöden Viehs, das die Frau da in der Scheune hielt, und außer dieser Frau hatte er niemanden sich zur Seite, mit dem er reden konnte . . . vielleicht noch die drei Männer, die der Krämer erwähnt und die ihn aufgesucht und mit ihm gesprochen hatten. Nein, die waren gegangen, hatte der Krämer gesagt, sie hatten keine Verbindung mit dem Mann auf der Klippe. Ringsum lauerte die Polizei, der Mann auf der Klippe war einer von ihnen: Powers und Kiernan und er selbst waren zum Arzt gegangen, um sich nach einem Patienten zu erkundigen, «mit Namen McManus oder so ähnlich, Bart, Rucksack, vielleicht in Begleitung eines Mädchens ...» und der Arzt hatte gewußt, wen sie meinten, den Mann dort in der Scheune seiner Schwägerin. Er hatte es der Polizei gemeldet. Gut. So brauchte es Sorahan nicht mehr zu tun. Ihm war Absolution erteilt. Es war bereits geschehen, *durch einen Arzt.* Eine humane Tat. Und Powers lief in die von der Polizei gestellte Falle. Gut. Bald konnten er und Barney sich in der Dunkelheit davonschleichen. Es war alles längst geschehen, nur das Gebrüll stand noch bevor ... das sich in der Phantasie abspielende Drama. Er hatte sich alles in Gemütsruhe zurechtgelegt.

Powers ging vom Fuß des Berges weit nach rechts, wo er an die See kam. Es war der falsche Weg, auf dem er sich dem Haus näherte. Er hätte links herum gehen und sich in Dekkung der im Winkel zum Haus versetzten Scheune heranpirschen sollen. Kiernan aber hatte ihm gesagt, er solle sich um den Buckel herum von rechts an das Haus heranmachen. Der scheißdämliche eifersüchtige Idiot hatte ihm die falschen Anweisungen gegeben, also mußte er das korrigieren. Er ging ganz runter zur See und dann links über die Felsen an der Küste. Die in den Felsen nistenden Möwen stießen wütend ihre Warnschreie aus, hoben ab und flogen hinaus auf die See, wo sie wie heisere Marktweiber keiften. Er kletterte jetzt, das Tempo verschärfend, von der Küste hinauf über die Erdmulden zwischen den Felsen und durch stechenden Ginster und Disteln, und die Schafe erhoben sich schnaufend und bähend, trabten blöde zwischen den Felsscharten vor ihm her und verrieten seine Anwesenheit. Er hatte jetzt als letztes jene Felsklippe unmittelbar hinterm Haus vor sich. Er stieg hinab in die grasbewachsene Senke, die an ihr vorbei zu dem Weg zum Tor in der vorderen Fuchsienhecke führte.

Mit dieser Hecke vor sich hatte er fast das Ende der weiten Reise erreicht. Jenseits von ihr befand sich McManus, der Urheber all diesen Ärgers. Diesmal aber gab es keine Zweifel. Sein Herz schlug schneller, aber nicht von der Anstrengung, die ihn der Weg hierher gekostet hatte. In seinen Ohren tönte es, angenehm wie Musik, und bis in den Unterleib fühlte er sich von einem süßen Behagen durchronnen. Er war versessen darauf, zu töten. Auch in den Augen spürte er diese Süße wie ein Kribbeln. Er rieb sich die Augen und verstärkte dadurch nur noch das Behagen. Er murmelte Obszönes vor sich hin, gierige, lüsterne Obszönitäten, und unbändige Freude quoll in ihm auf, und er hätte singen mögen.

Er hatte das schwarze Massiv der Felsklippe links von sich. Er hielt sich dicht am Hang und ging schneller, seine Schritte wurden durch das abgeweidete Gras gedämpft, und als er aus der Deckung hervortrat, rannte er gebückt die letzten dreißig Meter zur Hecke. Nicht durchs Tor. Tore quietschen in den Angeln. Langsam, vorsichtig durch die Hecke. Er, der Jäger. Er stand in der Hecke, bog die Zweige auseinander und sah sie durchs kleine Vorderfenster nackt auf dem Bett liegen.

Gottverdammich, *so lang* hatte er sie sich nicht vorgestellt!

Seine Augen grasten ihren Körper vom Kopf bis zu den Füßen ab.

Meine Güte, liegt da nackt mit ihrer Brille auf der Nase.

Der Anblick der Stahlbrille rührte irgend etwas in ihm an. Er mußte näher an sie ran. Er schob sich am Halbrund der Hecke zum Haus und an der Mauer entlang zum kleinen Fenster.

Ungedeckt stand er da im Widerschein des ihn rötlich umhüllenden Lichtes da.

Die Augen der Frau waren geschlossen. Sie schlief. Diese Scheißvorhänge vor dem großen Fenster waren offen. Kiernan hatte jetzt wahrscheinlich das Glas auf sie gerichtet und weidete sich an ihr. Mein Gott, an der ist was dran. Er fühlte ihre Schenkel um seinen Leib. Die Brille. Die machte ihn ganz besoffen. Er spürte das Juchzen in seiner Kehle.

Wenn er mit McManus durch war ... McManus ... es kostete ihn Mühe, sich vom Fenster zu lösen. Er schob sich an der Tür und dem kleinen Fenster von Thomas Burkes Arbeitszimmer vorbei. Das Licht in der Küche verriet ihm, was er wissen wollte. McManus war nicht da. In die Küche? Er tastete mit der linken Hand zum Riegel und stellte fest, daß sie verschlossen war ... das Küchenfenster hinten ... seine Hand sackte vom Riegel, als er sich jetzt umdrehte, und er hörte den Schuß erst, als er schon spürte, wie das Geschoß seine fleischige linke Schulter durchschlug und ein Loch in die Tür riß. Er fiel, sich abrollend und ohne sich zu verletzen, hin, sein Arm hing leblos herab wie ein Stumpen, und er hörte drei? vier? weitere Schüsse, als er sich zur Hecke hinrollte und einen heftigen Schlag gegen seinen Fuß fühlte. Dann war er durch die Hecke und aus dem Licht heraus und kroch vor, sich mit dem gesunden Arm vorm Fallen schützend, während der andere, vom Blut warm und feucht, herabhing. Er war wieder zwischen den Felsen und Klippen und versuchte, sich an den Weg zurück zum Wagen zu erinnern. Aber er ging in die falsche Richtung, der Arm tat ihm bei jedem Ausrutschen und Stolpern weh und schmerzte ihn bis in den Nacken. Er rannte, von den Beinen her bis in Schultern und Kopf durchschüttelt. Im Fuß hatte er keine Schmerzen, aber die Hacke seines Stiefels war abgerissen, und Steine und Dornen durchdrangen die dünne ledrige Haut seiner Fußsohle. Als er auf den Weg neben dem Krämerladen stieß, wußte er wieder, wo er war, und rannte hinkend zu der Stelle, wo der Wagen stand. Brennend heiß schossen mit jedem humpelnden Schritt die Qualen vom Arm her in Schultern und Kopf, und dann war er im Wagen, fummelte tastend und halbblind vor Schmerzen, Brechreiz und Blutverlust nach den Hebeln und gab, wilde erstickende Schmerzensschreie in der Kehle, Gas.

«Das *nicht*, hab ich ihm gesagt», sagte Kiernan, als der erste Schuß fiel. *«Ich hab's ihm gesagt!»* Er schlug mit seinen kleinen Fäusten auf das Farnkraut ein. «Hab's ihm *gesagt* ...» und vier weitere Schüsse dröhnten von den Felsmulden auf die enge Bucht hinaus. *«Es war ein Gewehr!»* Dann ein sechster Schuß. Dann Stille, und danach nur als Nachklang die Klageschreie der Seevögel und das mitleidig protestierende Blöken der Schafe.

«Ein Gewehr war's», sagte Kiernan mit wimmernder Stimme. «War nie die Rede davon, daß McManus ein Gewehr hat.»

Mit ausgedörrter Mundhöhle und schwach in den Beinen rutschte der kleine Barney in einiger Entfernung ein Stück den Abhang hinunter.

Sorahan sagte nichts. Er hatte auf eine Stimme gewartet, auf eine Herausforderung in der Nacht. Er hatte in Gedanken bereits eine Stimme «Hände hoch!» rufen hören, und das klang noch in ihm nach. Das Dröhnen der Schüsse hatte ihn betäubt.

«Powers hat's erwischt», sagte Kiernan. «Allmächtiger Gott.» Gelähmt lag er still da, verwirrt und enttäuscht. «Er hat Powers erwischt. Der letzte Schuß hat ihn fertiggemacht.» Er kniete sich auf und kroch ins Farnkraut. «Aber wo ist er?» sagte er verzweifelt und starrte zum Haus hin. «Wo ist er?» Der kleine Mann war vom Schrecken gepackt. Er legte sich wieder hin und schmiegte sich an die Erde. «Warten wir ab», sagte er zögernd.

Sorahan nahm ihm das Glas aus den Händen weg und bog die Farnblätter auseinander. Mrs. Burke war aufgestanden. Sie schien es nicht eilig zu haben. Langsam zog sie den Morgenmantel an. Er sah sie in die Küche gehen und dann verschwinden. Die Hintertür öffnete sich. Die Vögel und auch die Schafe waren zur Ruhe gekommen, die Blätter raschelten in der Nacht, und Mrs. Burke ging langsam, unheimlich gefaßt und entschlossen über den Rasen. Sie trat in die Scheune und kam gleich wieder mit dem Benzinkanister heraus, den sie dorthin gebracht hatte. Sie holte aus der Tasche ihres Morgenmantels etwas, das aussah wie ein schmales Tuch, ein Hemdsärmel oder ein Handtuch, und stopfte es in das Mundstück des Kanisters. Dann trug sie den Kanister zurück in die Scheune, blieb eine Weile drinnen und schloß dann, als sie herauskam, die Tür hinter sich.

«Um Himmels willen, das ist eine Benzinbombe», sagte Kiernan und stand auf. «Sie brennt Haus und Hof nieder!» Das aus dem blinden Scheunenfenster abgefeuerte Geschoß traf ihn in die Brust. Mrs. Burke ging rasch ins Haus und schloß die Tür.

Die Benzinbombe ging zischend hoch.

Sie hörten die kreischenden Hühner, die wie brennende Bälle durch die aufgerissene Tür wirbelten und sich wie kleine Lagerfeuer im Gras verstreuten.

Kiernan fiel quer auf Sorahan, als wäre er geworfen worden. Sorahan dachte, er hätte sich selbst niedergeworfen. «Der Schuß kam aus der Scheune», sagte er, Kiernan mit seinem ganzen Gewicht auf sich.

«Barney», rief Sorahan, als jetzt eine schmächtige Gestalt aus dem Scheunenfenster sprang, schwer aufschlug und verzweifelt versuchte, sich mit gebrochenem Bein aus dem Staube zu machen. Sorahan sah, wie der Mann sich auf dem Bauch davonschleppte, um von der brennenden Scheune wegzukommen. Die Seevögel kreischten heiser, die Schafe wimmerten, die Scheune knisterte krachend. «Barney!» schrie Sorahan noch mal.

«Ich bin hier unten», rief Barney.

Auf der Felsklippe rechts hinter dem Haus hob sich eine schwarze Gestalt gegen den Nachthimmel ab. Es war ein Mann, der gleich darauf hinuntersprang und außer Sicht geriet.

«Komm hier rauf und hilf mir», schrie Sorahan und stieß Kiernans Leiche beiseite.

Der Mann von der Klippe kam, mit dem Gewehr fuchtelnd, links um die Scheune angestürmt. Er faßte den kriechenden Mann am Arm und schleppte ihn mühselig vom Feuer weg übers Feld.

Wie unter Folterqualen schrie von dem blinden Fenster aus eine Stimme: «Kev-innnn . . .»

Ein Mann, dessen Jacke und Hut in Flammen standen, lehnte sich aus dem Fenster und sprang wie eine Fackel hinab. Er rollte sich auf dem Rasen herum, warf den Hut weg und versuchte, das Feuer mit den Händen auszuschlagen. Der Mann vorn ließ den andern, den er mit sich schleppte, los, warf das Gewehr hin und zog, während er zurückrannte, seine Jacke aus. Er schlug mit der Jacke auf den brennenden Mann ein, als mähte er in dem nächtlichen Licht wie der Sensenmann selbst, und zog dann den Mann in der noch schwelenden Jacke fort. Er hängte sein Gewehr um und schleppte die beiden Männer mit sich. Sorahan sah ihnen nach, bis sie hinter dem Feld in einer Lücke der Steinmauer verschwanden, und fragte sich, aus was für einer dunklen Quelle die Besessenheit stammen mochte, mit der die Iren Feuer als Vernichtungswaffe benutzen. Er hörte irgendwo Stimmen wie fernes Gebell von Hunden.

«Hier bin ich, Mr. Sorahan», sagte Barney, der sein Gesicht an die Erde gedrückt hatte, kläglich. Er lag, ohne daß es ihm bewußt war, zwischen Sorahan und Kiernans Leiche.

«Die Frau kommt in den Flammen um, Barney», sagte Sorahan. «Ich muß sie da rausholen. Bleib hier und bleib liegen.»

«Lassen Sie *ihn* doch gehn, Mr. Sorahan», winselte Barney.

«Er ist tot.»

Der Junge kroch rasch von Kiernan weg. «Gott im Himmel . . . ich will nach Hause . . .»

«Du kannst jetzt nirgendswohin. Du bleibst hier, Junge.» Sorahan kroch den Hang hinunter zu dem kleinen Feld, dort stand er auf und rannte los. Er dachte nicht weiter nach, er hatte auch keine Angst, er rannte einfach los. Das Schießen begann, als er das Feld halbwegs hinter sich hatte. Schnell, bösartig, ein gezielter Racheakt. Sorahan war nicht imstande, irgend etwas zu denken. Erklärungen hatte er ohnedies bereit, und er holte Luft und schrie, während er lief: *«Polizei! Polizei! Polizei!»* Das Blei surrte an ihm vorbei . . . sechs, sieben, acht . . . er nahm nur wahr, daß die Kugeln an ihm vorbeipfiffen. Er zählte nicht mehr. «Polizei», schrie er, während er rannte, und seine Rockschösse umflogen ihn wie die Flügel einer verkrüppelten Krähe. Der neunte Schuß traf ihn ins linke Knie, er stürzte kopfüber und schlug mit dem Rücken auf die Erde. Er lag da, sein eines Bein war steif, während das andere noch zuckte und ihm wurde schwarz vor Augen.

Und Barney, der das vom Berg aus beobachtete, suchte seine Sinne zusammenzuhalten und sagte: «Ich hol den Krämer, Sir, ich hol den Krämer», und glitt, von Verzweiflung und Grauen gepackt, den Hügel hinunter und rannte jammernd los.

Und Mrs. Burke mit der Stahlbrille und bekleidet mit Thomas Burkes altem Morgenmantel stand irgendwo in der Ferne, in ihrer Küche, und sagte an dem Ort, an dem sie war, zu irgend jemand: «Wir wurden geboren, um uns selbst zu zerstören, Kind.»

Powers fuhr direkt auf Dr. Sullivans hölzernes Tor zu und nahm auf dem Weg zur Haustür Teile davon auf der verbeulten Motorhaube mit. Er bewegte sich haltlos schwimmend am Rande der Bewußtlosigkeit. Der obere Teil der Haustür war aus Glas. Er schwankte draufzu und zerschmetterte die Scheibe mit dem Griff seines Revolvers. Mrs. Sullivan stürzte in die Vorhalle und kam in den Windfang.

«Machen Sie auf.» Sein Gesicht war schmerzverzerrt.

Sie schloß die Tür auf.

«Wo ist er?»

«Gegenüber im Krankenhaus.» Er hielt ihr den Revolver ans Gesicht, das rot war vor Angst.

«Holen Sie ihn her.»

«Er ist bei den Kranken, ich weiß nicht . . .»

«Mir scheißegal, Missus. Ich verblute. Hol'n Sie ihn!»

Nervös und mit zittrigen Händen wählte sie die Nummer. Powers nahm ihr den Hörer ab. «Ich verblute, Mister. Sie steht neben mir, mit dem Revolver im Rücken. Keine Polente. Kommen Sie schnell mit allem, was Sie brauchen, die Wunde zu nähn. Keine Polente, verstanden?»

«Ich komme.»

Powers' Blut tropfte auf einen ihrer besten Sessel. Er setzte sich, den Kopf hochgestützt, mit offenen Augen, und Mrs.

Sullivan ließ sich ihm gegenüber am Kamin auf dem Stuhlrand nieder. Der Arzt war in zwei Minuten da.

«Stoppen Sie das Blut und geb'n Sie mir was gegen die Schmerzen», sagte Powers zu den beiden, vor seinen Augen schwankenden Figuren, «und keine Polente.»

«Keine Polizei.»

Sie schleppten ihn in die Praxis in den Nebenräumen des Hauses, wo er das Bewußtsein verlor und ihm der Revolver aus der Hand fiel. Der Arzt schob ihn mit dem Fuß beiseite und machte sich an die Arbeit.

«Hol jetzt die Polizei», sagte Mrs. Sullivan in Panik; nicht, weil sie Mut gefaßt hatte.

«Herrgott, Frau, ich hab's ihm versprochen. Willst du erschossen werden?»

«Er ist bewußtlos, siehst du doch.»

«Hinter ihm stehn andre. Immer stehn da andre. Halt den Mund und hilf mir.»

«Ich ruf die Polizei.»

«Kannst es ja versuchen», sagte er grimmig. «Und uns die Bande auf den Hals holen. Wir behandeln und verbinden ihn, und dann kann er gehn. Und wir halten hübsch das Maul.»

«Und wenn er nicht geht?»

«Dann kümmerst du dich um ihn und hältst den Mund.»

Nichts einfacher, als den Hörer abzunehmen und anzurufen. Die Polizeiwache war am Ende der Straße bei der Munster-und-Leinster-Bank. Es wäre sehr einfach, aber es war nicht leicht. Sie hätten sich die Sache vom Halse geschafft. Fürs erste, jedenfalls. Dr. Sullivan hatte seine Erfahrungen mit Vergeltungsmaßnahmen, wie Geschworene und die Frauen von nicht bewaffneten Polizisten ihre Erfahrungen damit hatten. Sie, die Straf- und Vergeltungsmaßnahmen lagen wie graues Mullgewebe auf den Seelen der Menschen, bewirkten eine Art aufgezwungene Teilnahmslosigkeit. Dr. Sullivan säuberte die Wunde, nähte sie und legte mit professionell gelenktem Geschick einen Verband an. Das hier ist eine Wunde. Der Mann hat Schmerzen und hat Blut verloren. Ich tue meine Pflicht. Wenn ich fertig bin, kümmere ich mich wieder um meine eigenen Dinge. Dieser Mann kann sich ausruhen und dann gehn. Nähen, verbinden, eine Schlinge anlegen, ihn ins Bett bringen.

«Schußwunden sind meldepflichtig,» sagte seine Frau ängstlich.

«Ich *bitte* dich, um Himmels willen, Frau! Dieser Mann ist nie hier gewesen. Hast du Verstand genug, das zu begreifen?»

«Ja, Seamus», sagte sie, als sie die Verzweiflung in seiner Stimme hörte und zu begreifen begann.

Sie trugen ihn zum Bett und standen wartend bei ihm, eingeschüchtert nicht durch den massigen Körperbau und die Kraft des Mannes, sondern durch die langen, unsichtbaren und lautlosen Verbindungslinien, die unzerreißbar wie Drähte von ihm ausgingen. Wohin führen sie? Nach Belfast, nach Dublin, zur Bank an der Ecke ... zu welchem Angestellten? ... zu den Bars in der kleinen Stadt ... zu welchem Barmann, welchem Wirt? ... zu welchem Krämerladen oder Fischerboot? Einige lagen offen zutage und waren bekannt, einige nicht ... die unbekannten waren es, die das Blut grau verfärbten und für jene allgemein herrschende Teilnahmslosigkeit sorgten: schaut dorthin, schaut drüben hin, aber schaut nicht hierher.

«Wir gehn jetzt zu Bett», sagte der Arzt, als Powers zu sich kam.

«Sie bleiben, wo Sie sind. Wo is' mein Revolver?»

Sullivan holte ihn und händigte ihn unterwürfig aus. «Meine Frau ist total erschöpft. Darf sie gehn und sich schlafen legen?»

«Stell'n Sie ihren Stuhl da in die Ecke. Sie kann im Sitzen schlafen.»

Mrs. Sullivan ließ sich auf den Stuhl in der Ecke fallen und saß da wie eine enterbte Verwandte bei einer Totenwache.

«Bringen Sie mir was zu essen, Missus», sagte Powers, und sie schleppte sich zur Küche.

Er trank Brandy und aß Schinkensandwiches. «Ha'm Sie kein Guiness? Das Zeugs hier ist das pure Gift.»

«Nein.»

Mrs. Sullivan nahm wieder ihren Platz in der Ecke ein; mit gekreuzten Füßen und im Schoß gefalteten Händen saß sie steif und gefaßt da. Ihre Halsmuskeln schmerzten, ihr Gesicht war erschlafft, und sie hatte ihre Augen krampfhaft weit geöffnet.

Sullivan hatte seine Arme auf die Knie gelegt und das Kinn aufgestützt.

«Wir sind zu Ihnen gekommen, Mister. Ha'm nach McManus gefragt. Ha'm Ihnen den Mann beschrieben. Is' er wegen Medizin bei Ihnen gewesen, ha'm wir Sie gefragt. Nein, ha'm Sie gesagt.»

«Ja.» Er sah nicht auf. Er hatte gegen sie konspiriert. Er wagte nicht hochzusehen.

«Die ganze Zeit ha'm Sie sich im Haus der Witwe um ihn gekümmert.»

«Ja.» Kälte breitete sich im Zimmer aus. Warum, um Gottes willen, hatte er den Jungen nicht ins Hospital gebracht, ganz gleich wie sich diese verrückte Frau dann angestellt hätte? Zu spät jetzt, und hier haben wir die Quittung. Einen von ihnen *hier im Haus. Mit einem Revolver.*

«Die Frau und Sie ha'm McManus versteckt.»

«Nein. Er war krank. Das ist alles.»

«Sie ha'm, als wir Sie fragten, gesagt, Sie kennen ihn nicht!»

«Er war krank. Ich bin Arzt.»

«Ein Lügner sind Sie.» Powers sah sie da vor sich sitzen, und zum erstenmal faßte er wieder klare Gedanken. Nach dem ersten Schuß und dem dumpfen Schmerz in seiner Schulter hatte ein animalischer Instinkt das Denken ausgeschaltet, er hatte nur gehandelt, um am Leben zu bleiben. Schmerz und Instinkt hatten ihn hierhergeführt, ohne daß der Verstand beteiligt gewesen war. Er erinnerte sich an den Weg, das war alles. Aber jetzt war er wieder imstande zu denken. Beim Haus der Witwe war auf ihn geschossen worden. Dieser Mann hier wußte, daß McManus dort war. Dieser Mann wußte, daß sie McManus suchten. Seine Gedanken waren wie ein Eispikkel, mit dem er auf den Arzt und seine Frau einhackte. Er hatte die beiden hier vor Augen – häßliche, feindselige, verräterische, isolierte Gestalten voller Boshaftigkeit.

«Sie ha'm McManus ein Gewehr gegeben.»

«Nein. Nein. Ich habe kein Gewehr. Nicht mal einen Revolver.»

«Sie war'n letzte Nacht da. Der Krämer hat Sie gesehn. Sie ha'm McManus das Gewehr gebracht.» Die beiden da waren der Feind. Der Scheißkerl und seine Frau da werden dafür zahlen. Ich kann warten. Kann mich hier ausruhn. Aber sie werden zahlen. Denen werd' ich's zeigen. «McManus hat auf mich geschossen. Hat auf mich gelauert. Wußte, ich würde kommen. Sie wußten, daß ich hinkommen würde. Sie ha'm ihm gesagt, daß ich komme. Sie ha'm ihm das Gewehr gegeben. Die Witwe hat die Vorhänge aufgelassen und sich nackt aufs Bett gelegt, um mich ins Licht zu locken. Er hat auf mich geschossen. Sie ha'm auf mich geschossen.» Es war sehr still im Raum. Sie waren da. Sie waren hilflos. Ihre Hilflosigkeit bereitete ihm Vergnügen. Er spürte dies Vergnügen in der Brust, im Kopf, in seinen Genitalien. Es war, als wären Teile von ihm warm, andere Teile kalt. Sein Kopf war warm, sein Verstand kalt. Seine Zunge war kalt, sein Glied warm. Er berührte es mit dem Griff des Revolvers und lächelte.

Der Arzt bemerkte diese Geste, sah ihn lächeln, und der Magen verkrampfte sich ihm. «McManus ist dort nicht», sagte er. «Ich war da, um meine Schwägerin herzuholen. Nicht McManus. Nicht McManus», sagte er, als wollte er McManus hintergehen, nicht aber diesen Mann da im Bett. Das nicht. «Sie wollte nicht mitkommen. Er setzte sich ans Steuer meines Wagens und fuhr uns zum Flughafen Cork.» Als könnte er sich dadurch Absolution verschaffen, sagte er mit einem Seufzer der Erleichterung: «Er ist längst fort von hier, er ist in England.»

Stille trat ein. Powers saß auf Kissen gestützt da, sein Hemd war über Brust und Schultern aufgeschnitten, seine linke Schulter und Teile der Brust waren verbunden und mit Pflaster verklebt. Seine linke Hand war halb geschlossen. Die Hand lag frei außerhalb der Schlinge, wie ein Stück Schinken.

Die Finger öffneten und schlossen sich langsam, als übte er sie ein.

Sullivan fühlte sich erleichtert. Er hatte immerhin etwas gesagt. Nicht alles. Etwas von seiner Selbstachtung kehrte zurück. Die drei Männer in Kates Haus, dieser O'Connell, der zu McManus gesagt hatte: «Powers ist es, den wir suchen . . .» *sie* hatten auf diesen Mann geschossen. Sie würden ihn finden. Sollten sie ihn finden. Sollten sie sich doch gegenseitig umbringen. Was konnten Leute wie er gegen Irlands geheime Mordsekten tun, die keine Regierung, kein Parlament, kein Gericht und außer ihren eigenen keine Gesetze anerkannten? Was konnten Leute wie er *tun*? Sich der allgemein herrschenden Teilnahmslosigkeit anschließen. Das war alles, das war alles; alles.

Aber so einfach war das nicht. «Wer hat denn dann auf mich geschossen, Mister?»

Großer Gott, daran habe ich gar nicht gedacht. Wieder in die Enge getrieben. Verzweifelt sagte Sullivan: «Gott ist mein Zeuge, ich weiß es nicht. McManus ist dort nicht. Er ist abgeflogen.» Bei der Sache bleiben. Ist bei Gott alles schon schlimm genug, und wie komme ich hier heraus?

Powers sah Sullivan lange an, sah Mrs. Sullivan lange an, so daß sie sich wie gelähmt fühlen mußten. Das Telefon ging. Sullivan fühlte sich durch den Schock, den dies Geräusch in ihm auslöste, in seine Fassungslosigkeit zurückversetzt. Die Nerven gingen mit ihm durch. Powers kam zu ihm, stellte sich hinter ihn. «Ja?»

«Doktor», sagte die Schwester, «es ist etwas Furchtbares passiert. Können Sie schnell kommen?»

«Was ist denn?»

«Der Krämer Deasy. Toormore. Er hat eben Daniel Sorahan hergebracht, den Lehrer aus Bantry. Er ist verwundet. Hören Sie?»

«Reden Sie.»

«Auf Mrs. Burkes Grundstück ins Knie geschossen. Er ist bewußtlos. Sind Sie noch da?»

«Sprechen Sie, Schwester.»

«Er hat viel Blut verloren, aber das Bluten hat jetzt aufgehört. Und noch was, Doktor.»

«Noch was?»

«Deasy und ein Junge aus Bantry haben eine Leiche hergebracht – einen kleinen Mann mit Brustschuß. Und Mrs. Burke ...»

«Nein!»

«Ihr Haus ist abgebrannt. Deasy sagt, sie wollte das Haus nicht verlassen, er mußte sie an den Haaren rausziehn. Kommen Sie?»

«Ich komme.» Er legte den Hörer hart auf. «Es ist dringend», sagte er, «ein Toter und ein Sterbender. Ich muß rüber ins Hospital.» Mund halten, nichts weiter sagen. Hören, was Deasy zu sagen hat. «Ich muß gehn», sagte er laut.

«Kein Polente. Sie bleibt.»

«Keine Polizei. Herrgott, Mann ich bin *Arzt.*»

«Ziehn Sie los. Ich hab sie hier. Vergessen Sie das nicht. Bleiben Sie mir mit der Scheißpolente vom Hals.»

«Hab doch gesagt: keine Polizei. Ich muß los.»

«Was ist, Seamus?» rief Mrs. Sullivan und kam auf ihn zu.

«Ein Unfall. Zurück jetzt», sagte Powers und stellte sich ihr in den Weg, «zurück auf Ihren Platz.» Er hatte sich nicht in Kontrolle. Zweifel und Ratlosigkeit nagten an ihm. Er setzte sich aufs Bett, warf Mrs. Sullivan einen Blick zu, ging zum Fenster und sah zum Hospital auf der anderen Seite der Straße, dann wieder zurück zum Bett. «Verdammte Scheiße, dauert mir alles zu lange», sagte er.

«Gebrauchen Sie nicht solche Worte», sagte sie mit einer gewissen Würde.

«Bitte um Verzeihung, Missus.»

Zuviel auf einmal, das alles: Telefon, Leute, die kamen und gingen, Fragen, Zweifel: Wer hat auf mich geschossen? All das trieb verworren an ihm vorüber. Wo ist McManus? – das war die Frage, um die es ging. Auf sie konzentrierte er sich.

Zwei Stunden vergingen, in denen keiner was sagte. Halb

vor sich hindösend, ruhte Powers sich aus. Sullivan kam zurück, hager, grau, mit verfallenem Gesicht. Wieviel mußte er erzählen, wenn er gedrängt wurde? Alles, was Deasy ihm gesagt hatte? Was ihm der verängstigte Barney gesagt hatte? Was Sorahan stockend von sich gegeben hatte? Nein, *nichts* von all dem. Der Mann wußte nichts. Ihm nichts erzählen. Eine Art Trotz flackerte in ihm auf. Ihm nichts erzählen, was ihn nichts angeht! Ihn dazu bringen, daß er geht, irgendwie, ganz gleich auf welche Weise.

«Er ist tot», sagte er.

«Wer is' tot?»

«Der Mann.» Das reichte als Erklärung.

«Wo in England ist McManus?» Darum ging es.

«Ich weiß nicht. Er hat auf der Fahrt nach Cork kein Wort mit uns geredet. Er ist nach England geflogen. Mehr wissen wir nicht.»

«Zurück ins Schlafzimmer.»

Sullivan ging gehorsam dorthin und setzte sich auf den ihm zugewiesenen Platz. Powers setzte sich bei Mrs. Sullivan auf die Stuhllehne und legte ihr den Revolver an die Schultern.

«Sie ha'm doch davon reden hör'n», sagte er zu dem Arzt. «Ich frag' Sie jetzt: Wo ist McManus in England? Jedesmal wenn Sie sag'n, ich weiß nicht, schieß ich der Frau hier in den Arm, von der Schulter bis runter zur Hand. Sie wissen's also?»

«Ja.»

«Na, sehn Sie. Sie ha'm McManus geholfen. Die Witwe hat McManus geholfen. Er hat sie gefickt, sagt der Krämer . . .»

«Das lügt er.» Selbst in dieser Lage suchte Sullivan noch die Familienwürde zu wahren.

«. . . und wenn Sie beide ihm einmal geholfen ha'm, dann auch 'n zweites Mal. Wo is' McManus in England?»

«Meine Frau», sagte der Arzt, er schluckte dabei und sah auf den Revolver an der Schulter seiner Frau, «hat einen Bruder in England.» Er sah ihr flüchtig in die Augen, wandte sich aber rasch wieder ab. Er hatte zugelassen, daß McManus bei ihrer verwitweten Schwester blieb, jetzt schickte er diesen Mann zu ihrem Bruder nach England. «McManus war, bevor er ging, mit Mrs. Burke allein im Haus. Er hatte einen Brief ... der vielleicht mit meinem Schwager zu tun hatte. Das ist, ich schwöre zu Gott, alles was ich Ihnen sagen kann ...» Er sah wie ein geprügelter Hund zu seiner Frau, die seinen Blick mitfühlend erwiderte. Seit vielen Jahren hatten sie sich nicht so eng miteinander verbunden gefühlt.

«Mag sein, daß sie ihn dorthin geschickt hat», sagte Mrs. Sullivan bestätigend.

Vielleicht würde der Mann jetzt das Haus verlassen? Irgendwo anders hingehen?

«Schreiben Sie's auf», sagte Powers, und der Arzt schrieb die Adresse in Blockschrift auf.

«Ich brauch eine Verbandtasche, Lebensmittel und Tabletten gegen die Schmerzen.» Sie brachten ihm alles.

«Geben Sie mir an Geld, was Sie im Haus haben.» Sie leerten ihre Geldkassette und ihre Portemonnaies. Einhundertundzwanzig Pfund in Zehnpfundnoten.

«Und jetzt noch 'ne Spritze.» Er bekam sie. Der Mann hatte eine Reise vor sich. In seiner Bedrängnis kam der Arzt nicht auf die Idee zu erwähnen, auf welche Weise sein Schwager gewöhnlich den Sommer verbrachte. Er vergaß es einfach. Der Mann würde nun Gott sei Dank gehn.

«Hol'n Sie Ihren Wagen!» Der Arzt fuhr den Wagen vor die Haustür.

«Sie fahr'n mich jetzt zum Flughafen Cork.»

«Haben Sie ein Einsehen, Mann. Ich habe Patienten, die mich brauchen.» Da war Sorahan, der sein Leben lang Krüppel bleiben würde, wenn ihm der gequälte Arzt nicht augenblicklich hülfe. Da war Mrs. Burke, die wie eine Geißel in Deasys Haus saß.

«Wer Sie braucht, Mister, bin *ich*. Los, Sie beide setzen sich vorn rein. Ich leg mich hinten schlafen. Wenn Sie anhalten oder die Geschwindigkeit verändern, komm ich hoch und schlag Ihnen die Schädel ein.»

Und am Flughafen sagte er: «Und merken Sie sich – keine Polente, wenn Sie nächste Woche noch am Leben sein woll'n. Merken sich das!»

«Keine Polizei.» Wochen, Monate, und Jahre lagen noch vor ihnen, um deretwillen sie darauf eingehen mußten. Der Mann war am Gehen. Der Nachtmahr, der halbtot an der Tür der Witwe zusammengebrochen war, löste sich auf.

Er saß im Flugzeug und flog.

Schwebte, stürmte am Himmel hin. Himmelhund über der Scheißerde.

Er saß ganz still, seine Gedanken kreisten. Von allem gelöst. Alles was gewesen war, war nicht mehr. Sie waren nicht hier, sie waren dort, und er war noch nicht dort. Erst wenn er dort war, würden sie Gestalt annehmen. Er war auf dem Wege. Er reiste. Fort von allem. Allein. Er war das Maß all dessen, was existierte. Seine Gedanken kreisten und sangen und er schloß die Augen und fühlte sich leicht wie eine Feder. Er hätte auch ohne das Flugzeug fliegen können. Er lächelte, nicht sichtbar, nach innen zu lächelte er. Siebzig Minuten Aufhebung der Schwerkraft von Cork nach Heathrow, den Kopf und die Brust voller Geheimnisse. Aaah, ihr guten Leute, wenn ihr wüßtet, was ich weiß . . . wer ich bin . . . wohin ich fliege.

Ich weiß, wohin ich gehe,
Und ich weiß, wer mit mir geht!

Höflichkeit bei der Landung, syrupsüße Höflichkeit. Ich bitte um Verzeihung, Mad'm, ganz mein Verschulden. Ich hebe es sofort auf. Victoria Station bitte, Fahrer. Danke, Sir. Verdammt, war das eine prächtige Fahrt. Und ein Wetter war das!

Rückfahrkarte nach East Grinstead, Sir. Danke, Sir. Der äußere Bahnsteig rechts? *Danke,* Sir, *danke*!

Von Euphorie geschwellt. Taramta, ramtamta, taram. Wird Mutter England überrascht sein!

Richter Jeffreys' Haus, Lunch und Tee und Abendessen. Eine tüchtige Portion Rührei, bitte. Der Arm, meinen Sie? Bin Samstagabend von 'ner Brücke gefall'n . . . Einen Löffel bitte, und die Sauce, Missus. Richter Jeffreys hat hier im Haus gewohnt, ist das so? Der Henkersrichter? Ha'm *ihn* kaltgestellt, nicht wahr? Henkersrichter arbeitslos!

Englische Scheißnutte. Keinen Sinn für Humor. Mein Gott, wär' das komisch in Belfast. Schnibbeldi-tip!

Stoneleigh Haus? So war doch der Name – einen Bobby fragen? Verzeihn Sie, Wachtmeister, wo geht's hier zum Stoneleigh Haus? Das erste links hinter der Pfarrkirche, das große Haus links am Stadtrand? Danke, Sir. (Mit Scheißkerlen wie dir würde man in den Falls kurzen Prozeß machen.)

Das Tor war offen. Es war seit Jahren nicht mehr geschlossen gewesen. Seine Euphorie schlug in Härte um. Er stand an der Einfahrt, sah in die Kurve, die zum Haus führte, nahm, in Gedanken mit seinem Vorhaben beschäftigt, nichts bewußt in sich auf.

Dann erhitzte sich die Härte, das Blut kochte in ihm auf. McManus, McManus, McManus, Scheißkerl von der Antrim Road, McManus. Er ging langsam die Einfahrt hinauf und sah hinter der Biegung das Haus, ein steinernes Monument auf dem weiten Halbkreis aus Kieseln und Gras. Eijeija, das ist genau der richtige Ort für dich, alter Junge. First Class. So ein scheißprotestantischer Edelprotz. McManus, McManus, McManus. Begann ihm zu gefallen, der Klang des Namens. Er ging die Stufen zur Haustür rauf und schob den Revolver in die Schlinge.

Die Tür war abgeschlossen. An der Säule des Türrahmens war ein kleiner weißer Knopf mit der Aufschrift KLINGEL. Eine winzige Klingel für ein so großes Haus. Nichts regte sich, als er wieder und wieder auf den Knopf drückte. Er lehnte sich gegen den Knopf. Er hörte die Klingel im Haus, wie einen Wecker in einer leeren Kiste. Niemand kam an die Tür.

Er ging die Stufen hinunter und durch ein sauber geschnittenes Heckentor ums Haus in einen Blumengarten und von dort in den Gemüsegarten. Ein alter Mann hinter einer Buchsbaumhecke rechts sagte: «Was wünschen Sie?»

«Ich hab geklingelt. Ist niemand gekommen.»

«Kann auch nicht. Sind alle weg.»

«Weg? Wohin?»

«Sind in Spanien.»

«Spanien?»

«Ja, Spanien.»

«Wieso?»

«Was geht's Sie an?»

«Und wie lange?»

«Den ganzen Sommer. Fahr'n jeden Sommer hin. Kommen im nächsten Monat zurück.»

«Und keiner hier?»

«Nein. Ich bin allein.»

«Wer sind Sie?»

«Der Gärtner. Suchen Sie Arbeit?»

«Ich hab Arbeit. Wohnen Sie hier?»

«Nein. In mei'm Haus.»

Der Arzt hatte ihn abgeschoben, ihn angelogen, hatte ihn an der Nase rumgeführt. Er fühlte die Schwäche in sich, schwärzer als Nacht, eine große Leere in sich, in der nichts als Schwärze war, in der er zu versinken drohte. Was um ihn war, sah er nicht.

«Is' irgendwas?» fragte der alte Mann ihn.

Powers hörte nicht. Er ging wie ein Blinder ums Haus, hob mechanisch die Füße und kam zurück auf die Straße. Auf dem Feld gegenüber spielten Leute Kricket. Vielleicht sah er sie. Er ging rüber zum Feld, setzte sich auf die Böschung und starrte zu den Spielern hin. Sie waren für ihn wie weiße Flecke. Das Gesicht des Arztes schob sich davor, die in der Ecke sitzende Frau des Arztes, die nackt auf dem Bett liegende Schwester der Frau. Er suchte vergeblich nach Worten, er spürte nur dumpfe Impulse in sich. Als die Schmerzen jetzt wiederkamen, nahm er wahr, was um ihn her vorging, und sah, daß die Kricketspieler nicht mehr da waren. Er durchwühlte die Verbandtasche, knöpfte sein Hemd auf und stöhnte auf, als die Nadel in seine Schulter drang. Der Schmerz ließ nach, und er sank in sich zusammen. Tiefe Niedergeschlagenheit überkam ihn, er ertrank darin und jammerte, von Selbstmitleid übermannt, vor sich ins grüne Gras, bis er dann wieder jenseits der Straße das Stoneleigh Haus sah und Zorn und gleich darauf Rachsucht in ihm aufstiegen und ihn mit sich rissen wie in den Krallen auffliegender Adler.

Er ging in die Stadt, kaufte ein schweres Klappmesser, besorgte sich dann in der Hauptstraße bei Sainsbury vier Pfund geschnittenen Schinken, ein Pfund Butter, ein Paket Brot, ein Bündel Bananen, ein Paket Tee und eine Flasche Milch. Die Tüte mit diesen Lebensmitteln und die Verbandtasche an der Hand, ging er ins Kino.

Als er herauskam, war es schon fast dunkel. Er ging zurück zum Stoneleigh Haus, fand im Gartenschuppen eine kurze Leiter, öffnete den Riegel des Küchenfensters, das er hinter sich wieder schloß, ging durch die Hintertür hinaus, brachte die Leiter zurück und holte seine Sachen ins Haus.

Das Haus hatte drei Stockwerke. Er ging ganz nach oben; ein Billardzimmer und zwei Kammern für Dienstmädchen. Hier konnte er schlafen. Im zweiten Stock befanden sich ein Wohnzimmer und die Räume für die Familie; vier Schlafzimmer, Badezimmer und eine kleine Küche zur Zubereitung von Morgenkaffee, Tee und Imbissen. Bequem fürs Servieren durch das Personal. Scheißreiche Leute.

Er sah sich an, was für Ausgänge es im Parterre gab und wie man zu ihnen hinkam, und ging über die Treppe zurück. Die kleine Küche war für ihn genau richtig. Er aß bei Kerzenlicht Schinken, Brot und Butter und trank Tee, stellte seine Lebensmittel in den Kühlschrank, räumte ab und ging in der Dachkammer zu Bett.

Er brauchte Schlaf.

Morgen früh zurück zu diesem Arzt und seiner Frau und dieser gottverdammten Witwe . . .

Er legte sich auf die rechte Seite. Herrgott, bin ich fertig.

Aaaahh. Er streckte sich lang aus, stemmte die Füße gegen das Brett am Fußende. Himmel, ist das schön.

Dann zog er die Knie bis zum Bauch an. Die fetale Hockstellung. Er schlief sofort ein.

14

McManus fühlte sich plötzlich jung; so jung, wie er war. Unbelastet. Er lachte einfach aus Lust am Lachen. Ein Gefühl der Freude durchdrang ihn. Es war jene spontane, die Schwerkraft aufhebende Freudigkeit, wie er sie im Hof der Universität, im Campus empfunden hatte.

Er hielt ihre Hand und hatte vergessen, daß er sich noch vor kurzem nicht hatte an ihren Namen erinnern können. «Brendine Healy von Boston», sagte er, «ich muß Ihnen etwas sagen. Ich muß mich bei Ihnen entschuldigen ...» Er führte sie vom Flugkartenschalter fort.

«Unsre Tickets ...?»

«Gleich. Oben gibt's Kaffee.» Er trippelte mit ihr davon. Sie lachte.

«Sie waren furchtbar krank», lachte sie.

«Ja. Ja, das war ich. Mein Gott, freu ich mich, Sie wiedergetroffen zu haben.» Er wußte selbst nicht, warum. Es war ja auch nicht wichtig, warum. Sie war jung. So alt wie er. Wieder ein Hafen für ihn. Unberührt von ... aber lassen wir das ... «Setzen Sie sich. Ich hol den Kaffee.»

Selber von Glücksgefühl durchströmt, sah sie ihn an die Theke der Cafeteria treten. Vertrautheit. Ein junger Mann, nicht älter als sie. Sie erinnerte sich, wie sehr er sie gebraucht hatte. Sein Bart sah jetzt schon eher wie ein Bart aus. Er wirkte jünger damit. Er war überhaupt ein gutaussehender Junge ...

Er brachte den Kaffee. «Zucker?» Wie aufmerksam.

«Nein danke. Die Figur, wissen Sie.» Sie lachten darüber. Wer würde sich bei ihrer Figur schon über so was Gedanken machen?

«Sehn Sie.» Jetzt wurde die Sache schon schwieriger. Er rührte seinen Kaffee um. «Sehn Sie. Ich habe ... habe ein sehr schlechtes Gewissen ... Ich muß ...» Er legte den Löffel auf die Untertasse. «Ich muß Ihnen etwas sagen. Etwas Furchtbares. Ich will versuchen, es Ihnen zu erklären. Sie müssen mir verzeihen.» Er mußte sprechen. Wenn man aus der Tiefe heraufkommt, dann muß man reden, erzählen, schlechtes Blut abstoßen wie böse Träume.

«Erzählen Sie», sagte sie. «Sie wissen, ich habe nach Ihnen gesucht.»

«Dafür danke ich Ihnen. Ich wünschte, Sie hätten mich gefunden.»

Er erzählte es ihr. Fast alles, von Anfang an. «Ich war guten Glaubens», sagte er, als er zu Ende war.

Sie rührte in ihrem Kaffee, sah in die kleinen milchigen Strudel. «Wo sind sie jetzt?»

«Noch in West Cork, suchen da weiter nach mir, nehme ich an. Ich habe sie aus den Augen verloren.» Hebe dich von mir, Satan; ich bin frei.

«Aber man weiß es eben doch alles, oder? Auch wenn man jung ist, meine ich.»

«Ich hab es gewußt. Aber es gab Gründe, glauben Sie mir. Ich war ein Narr. Herrgott, was für Qualen habe ich über sie gebracht. Was für furchtbare Qualen ... Meine Schwester, meine Eltern ... und anderen auch ...» Wie Mrs. Burke und dem Arzt und seiner Frau ... In Erinnerung an Mrs. Burke wurde ihm warm ums Herz ...

«Denken Sie nicht mehr daran. Es ist vorbei jetzt, alles vorbei.»

«Ja. Ja», sagte er und dachte an Mrs. Burke, während er Brendine Healy aus Boston ansah.

Nach befreiendem Lachen war ihnen zumute, jung wie sie waren.

Sie senkte den Kopf, warf ihn herum und lächelte zögernd. «Ich kenne noch nicht einmal Ihren Namen.»

«Johnny McManus.»

«Sie würden keinen guten Heckenschützen abgeben, Johnny. Der Typ sind Sie nicht, glaube ich.» Es klang gespielt weise und erfahrener, als sie es war.

«Nein. Bin ich nicht.» Alle hatten es gesagt. «Da sind Sie sich mit allen einig, die ich gern hab.»

«Sagen Sie . . .» Sie sah schnell um sich, als wollte sie sich vergewissern, daß ihnen keine Gefahr drohte, und legte die Hand auf seinen Arm. «Warum reisen wir nicht per Schiff? Mit der Autofähre, meine ich.»

«Ich hab keinen Wagen.»

«Wir könnten uns einen mieten.» Sie faßte seine Hand. «Warum nicht? Machen wir's doch so.» Ein kleines Abenteuer; Jugend und Lachen. Der Sommer war fast vorüber und hatte nicht viel gebracht. In ein oder zwei Wochen würde sie nach Boston zurückfliegen und eine Woche darauf wieder in dem Bostoner College büffeln. Zu denken würde es genug geben, aber zu lachen sehr wenig. Sie konnte einen Aufsatz daraus machen; aber sie hatte nichts, woran sie sich, unter der Heizdecke zusammengekuschelt, lächelnd erinnern und in Schlaf wiegen konnte. «Wir wollten doch . . . wissen Sie noch . . . wir wollten eigentlich . . .»

«Da ist dies Haus wo ich hin kann», sagte er. «Mrs. Burke hat mir einen Brief mitgegeben.» Er reichte ihn ihr. «Nach East Grinstead fahren, meinen Sie? Durch ganz Wales und Südengland?»

«Warum nicht?» Der Sommer geht zu Ende, bis zum Winter ist es nicht weit.

«Wenn wir zusammenlegen und jeder die Hälfte bezahlt . . .»

«Das wär' doch ein großer Spaß. Ha», lachte sie mädchenhaft jung. «Ach, ich bin froh, daß wir uns hier getroffen haben. Ich war da drüben, saß da . . . Sie sahen so düster aus . . . Ich bin richtig froh, daß ich Sie gesehn hab . . .» So jung und begeistert. «Jeder die Hälfte. Ich übernehme die Autofähre . . . Sie das Essen . . . Benzin.» Hüpfend tanzte sie neben ihm her zum Gepäck. Die Autofähre würde mehr als die Hälfte kosten, aber sicher hatte er nicht viel Geld, und Daddy würde es nicht drauf ankommen . . . sie waren wie Kinder beim Spielen . . . auf ihren internationalen Führerschein mieteten sie sich bei Cahill einen zweitürigen hellblauen Opel, und sie, glückliches kleines, mütterliches Mädchen in Gesellschaft mit einem Gleichaltrigen, besorgte die Karten für die Fähre, die nicht vor acht ablegte, aber es war ein kühler herrlicher Tag, den sie noch voll nutzen konnten.

Sie verbrachten ihn bei Old Head in der Nähe von Kinsale, einem Felsen auf einer kleinen, in die See vorstoßenden Halbinsel. Sie gingen durch das spätsommerliche, blaßgrüne und gelbliche Weideland Corks. Hier war es anders als in der großartig-herben, von Felsen durchsetzten Landschaft West Corks, nicht das Gold und Orange, das Weiß und Rosa und das kraftvolle Purpurbraun, nicht das wild gegen spröden Fels brandende Wasser, die Schwärme kreischender Seevögel, das poetische Gegurre der Waldtauben, der krächzende Schrei der Krähen, das Heulen des Windes; nicht Ginster, Farnkraut und Disteln, die die Beine zerkratzten ... Hier war das Land weich und eben, und grenzenlos schimmerte die See.

Barfüßig rannten sie an der Bucht entlang, kauften im Hotel Sandwiches und warfen den Möwen Brot zu, die, eine zahme Gefolgschaft, wie beschwingte Landstreicher darauf warteten, gefüttert zu werden. Sie waren nicht wie diese wilden Kreaturen in den westlichen Felshöhlen. Brendine lag am Strand, spielte mit dem Sand – jung, sanft, schlank, heil, ohne Makel oder Verunstaltung, ohne Vergangenheit oder Gegenwart. Nicht wie Kate Burke – hart, streng, schroff, voller Kraft und Lüsternheit, voller Angst und Mut und von einer gewissen großen, wilden Schönheit. Verrückt. Laß mich, Kate, geh, geh von mir. Laß mich, du verschlingende alte Hure ...

Im Sand lagen sie, auf dem Rücken, die Finger ineinander verschränkt, die Gesichter der Sonne ausgesetzt, die Augen gegen das grelle Licht geschlossen. «Was haben Sie vor, Johnny?»

«Ich weiß es nicht. Nach Hause kann ich nicht. In Irland bleiben auch nicht.»

«Das bekümmert Sie?»

«O ja. Schon.»

Sie sah flüchtig zu ihm hin – die Lippen hatte er aufeinandergepreßt, die Augen geschlossen.

Er zog die Hand weg und wandte sich ihr zu. «O ja. Irland, das ist die Hure, von der wir nie loskommen», sagte er, die Lider geschlossen, um die Tränen zurückzuhalten. «Wir können gehn, wohin wir wollen, wir sind immer hier. Irgend jemand hat dies Land die alte Sau genannt, die ihre Ferkel frißt ...»

«Wie ist das gemeint?»

«Gott ja, eine Frau wie Kate Burke wußte das. Ein altes Schwein, das seinen Wurf frißt.»

«Ich verstehe,» sagte sie kleinlaut, als wollte sie sich entschuldigen. «Aber so ganz doch nicht.»

Sie war sehr jung, sehr offen; keine von uns. Aber *wir* verstehn. Wir, auf uns selbst gestellt. «Immer reden wir mit diesem Land und über dies Land», sagte er. «Haben Sie in dem Kursus über irische Literatur, von dem Sie mir erzählt haben, auch Austin Clarke durchgenommen?»

«Ich erinnere mich nicht an den Namen», sagte sie nachdenkend, einen sterilen Moment lang nichts als die beflissene Literaturstudentin. Wozu überhaupt soll ich diesen Kram lesen, fragte sie sich. Mir macht's Spaß, was zu arrangieren, mich nützlich zu machen. Das ist es, was mir liegt – was soll ich mit diesem Kram?

«Er ist ein Dichter, antiklerikal und in seinen Versen bitter», sagte er. «Ich wünschte, ich wäre Dichter. Dann würde ich Verse schreiben, wie Austin Clarke sie schrieb, Verse wie diese ...» Seine Finger gruben sich in den Sand und zermahlten ihn.

Dann zitierte er mit halb geschlossenen Augen und harter Stimme:

An einem heil'gen Tag, als sich die Segel südwärts blähten,
Da sang ein Bischof in Irishmore die Messe,
Die Männer auf der einen, die Frauen auf der andren Seite,
Ich aber hörte die Frau, die von der Küste kam:
Und in Verzweiflung schrien meine Eltern,
Denn sie sahn, wie mich die Vision zur Tür zog.

Lang lebte sie in Rom bei schlechten Päpsten,
Machte die Fülle jeden Alters sich zu eigen,
Doch lächelte sie mich bewundernd an
Und lehrte einen Sommer mich alles, was ich weiß.
Mit ihrem großen Lachen, das wie das Echo
Einer Säulenhalle klang, verscheuchte sie die Scham.

Aus ihrem Munde lernte ich den stolz'ren Rat,
Mein Geist ward hell wie Licht in Griechenland;
Und als ich sah, wie sich im Schlafe ihre Glieder regten,
Pries ich den morgendlichen Fels, der keine Bäume kannte:
Und eine Stunde war der Berg ihr Thron,
Wenn auch in ihren Augen hell der Spott stand . . .

Wach oder schlafend hab ich jetzt keinen Frieden,
Eh nicht der Schlag erfolgt ist und ich nicht mehr atme,
Doch zittre ich, sie möge mich betrügen
Und mich in diesem Lande lassen, wo jeder Sohn
Den eignen Sarg trägt und geängstigt alles glauben muß,
Was hier die Geistlichkeit die Jugend lehrt.

«Kommen Sie. Es wird Zeit», sagte er, sprang auf und zog sie hoch, so daß sie gar nicht erst zum Sprechen kam. «Am Morgen sind wir auf dem Weg nach Philadelphia.» *Fort von mir, Kate, du alte Hure, fort aus meinem Leib und meinen Lenden.*

«Unsre?» sagte er und lehnte sich in der Doppelkabine gegen die Kojen.

«Es ist billiger so, hab ich mir gedacht», sagte sie. «Die Fahrt von Cork nach Swansea dauert neun Stunden. Ich hab sie auf meinen Namen gebucht. Wir würden uns Stunden nicht sehn, in getrennten Kabinen. Verstehn Sie? Sie brauchen doch Gesellschaft, Johnny.» Kleines mütterliches Mädchen.

«Knobeln wir um die untre Koje.»

Sie gewann. Sie kletterten auf die obere Koje und saßen mit ausgestreckten Beinen und verschränkten Füßen mit dem Rücken gegen das Längsschott. «Am *Abend* sind wir auf dem

Weg nach Philadelphia», sagte sie und schien sich über irgend etwas zu vergnügen. «Und was werden Sie dann machen, Johnny?» Wieder die gleiche Frage. Hartnäckig.

«Arbeit suchen», sagte er. «Auf'm Bau wahrscheinlich.»

«Auf was für einem Bau?»

«In der Bauindustrie. So nennen irische Auswanderer das, wenn sie im englischen Baugewerbe arbeiten. Da hab ich was um die Ohren, bis ich einen vernünftigen Job finde.»

«Johnny . . .»

«Ja?»

«Ich habe gerade überlegt . . .»

«Was denn?»

«Warum kommen Sie nicht in die Staaten?»

«Aus verschiedenen Gründen. Reisegeld, Stellung. Bürgschaft, Einwanderungsquote. Macht zusammen: kein Visum.»

«Ich könnte Daddy bitten zu helfen.»

«Was hat . . .» er hätte beinahe Daddy gesagt «. . . er denn für einen Job?»

«Er hat mehrere Firmen unter sich.»

Ah. Leute, die Firmen haben. Reiche Leute haben Firmen. Reiche Leute haben Macht. Was aber, wenn ein Weizenkorn auf fruchtbare Erde fällt und dort nicht Wurzel fassen kann?

«Sie haben Zweigstellen in Kanada. Manchmal, wenn er Leute in die Staaten holen will, verschafft er ihnen eine Stellung bei den Firmen in Kanada und läßt sie von da in die Staaten überschreiben. Das geht ganz schnell und leicht.»

«Bevor dies alles geschah, hab ich nie daran gedacht, hier wegzugehn . . . Gehn wir an Deck und sehn zu, wie wir abfahren.»

Sie hatten gegen die lange Dünung an den Kanal überquert. Da in der Ferne lag sie auf ihrem Rücken, die kühle Abendluft strich über ihre grünen Brüste. *Barmherziger Christ, Kate, ruf mich!* Die Stimme, die Gedanken, die ihr Spiel mit ihm trieben. Er schlug sich ans Herz. «Wissen Sie, was Kavanagh über uns und die alte Hure da drüben sagt?» Er schrie das fast, es war wie ein Peitschenschlag, mit der die Zunge die Vergangenheit aus ihm herausprügeln wollte.

«Kavanagh?»

«Auch ein Dichter. Das sind die Leute, die in Irland am härtesten arbeiten. Er hat gesagt: ‹Es wird nie Frühling werden, immer Herbst bleiben.› In Irland, meint er. In uns, verstehn Sie? Bei der Art, wie wir reden. Wie wir denken und fühlen . . .»

Es wird nie Frühling werden, immer nur Herbst
Nach ständig verlorener Ernte;
Als Drake Meere für England gewann,
Segelten wir in Pfützen der Vergangenheit,
Jagten dem Geist von Brendans Mast nach.

«Wer ist Brendan?»

«Ein Mönch und Seefahrer. Man sagt, er habe Amerika entdeckt.»

Die Stimme, die Gedanken, die ihr Spiel mit ihm trieben. Das war das Wort. Amerika. «Warum möchten Sie, daß ich nach Amerika gehe, Brendine?»

Sie nahm seinen Arm, lehnte den Kopf gegen seine Schulter und schwieg. Dann sagte sie: «Es ist kalt. Gehn wir nach unten.»

Spiel der Stimme. Spiel der Gedanken. Er wandte sich ab, ohne noch einmal zu ihren grünen Brüsten hinzusehen, und sie gingen nach unten. Amerika. Zukunft. Kein Schädel eines irischen Barden, kein Schenkel eines irischen Häuptlings dort, kein junger Sprößling, der verflucht wurde, weil er im Weg war; Zukunft. Aus Tränen Lachen.

«Glauben Sie, Ihr Vater würde wirklich . . .?» Mein Gott, das wäre etwas! Vom Tod ins Leben springen. Sprung aus dem Kummer in die Freude. Sprung von Ziel zu Ziel. Sprung von Fuß zu Fuß. Er schloß die Kabinentür. «Glauben Sie . . .?»

«Bestimmt würde er. Seine Vorfahren fuhren während der Hungersnot in einem der Sargschiffe rüber. Ich werd' ihm sagen, was er dazu wissen muß. Sie vergessen das nie . . .» Kleine Mutter.

«Ich könnte Sie küssen.»

«Warum tun Sie's nicht, Johnny?»

Er nahm ihr Gesicht in die Hände und berührte ihren Mund sanft mit den Lippen. Süß und weich war ihr Mund. Kleiner als Kates Mund. Kein verschlingender Mund wie der Kates. *Geh, Kate, geh weg, laß mich.*

«Johnny?»

«Ja?»

«Brendine Healy aus Boston, sind Sie Jungfrau? Erinnerst du dich?»

«Ja.»

«Ich bin's.» Sie umschlang ihn mit den Armen und küßte ihn. «Und du?»

Er nahm die Lippen nicht von ihrem Mund, überlegte. «Nein,» sagte er.

«Viele Mädchen gehabt?»

«Nein.» Laß mich, Kate. «Mrs. Burke», sagte er. «Sie hat's mir beigebracht.» Er nippelte an ihren Lippen.

«Johnny.»

«Ja.»

«Und jetzt bringst du's mir bei.»

«Ja.»

Nackt und ein wenig scheu legten sie sich zueinander in der untern Koje. So wie du's mir beigebracht hast, Kate. Gestern, das war ein langer Tag, voller Aufregung und verzehrender Angst. Die Nacht gestern war eine lange Nacht, angefüllt von Cleerys Rachsucht und Kates verzehrender Lust. Der Tag heute war lang, durchkreuzt vom Spiel, das Gedanken und Stimme mit ihm trieben.

«Johnny?»

Er war eingeschlafen.

Früh am Morgen, als es noch dunkel war und die Fähre an Port Eynon vorbei in die Bucht von Swansea einlief, regten sie sich erwachend.

«Johnny? Jetzt?» flüsterte sie. «Bitte.»

«Ja.»

Langsam, vorsichtig und sanft bewegte er sich.

Sie war nicht wie Kate. Diese Schenkel waren nicht stark

und geschickt wie die Schenkel Kates, diese zarten Hüften waren nicht wie die Hüften Kates darauf aus, lüstern und verschwendrisch zu schwelgen, dieser kleine Bauch war nicht wie der warme, gierige Bauch Kates, diese kleinen Brüste . . . dies war nicht Kate. Geh, Kate, geh von mir. Laß mich in Frieden, Kate.

«Johnny? War es schön für dich?»

Er lag auf ihrem Bauch. «Ja. Oh, ja.» Mit freundlicher Stimme sprechen. Nett sein.

«Woll'n wir nicht heute schon zu dem Haus fahren, Johnny? Unterwegs nirgends halten. Heut nacht bin ich bestimmt besser. Du sagst mir, was du gern möchtest. Sagst mir, was ich tun soll. Ja?»

«Ja.»

Aber auf der Fahrt waren sie glücklich, es war ein glücklicher Tag. Ein Springen von der Vergangenheit in die Zukunft, von Land zu Land, von Bardenschädel und Häuptlingsschenkel zur Vertrautheit mit der Tochter, mit der Mutter, ein Springen von Fuß zu Fuß, von alt zu jung, von Frau zu Frau. Sprunghafte, plötzliche Übergänge. Immer freier lachten sie miteinander. Kate war entrückt. Brendine war Gegenwart. Seine Neigung zu ihr wuchs. Der Grundstückmakler sagte am Telefon: «Ja gut, bringen Sie Mrs. Burkes Brief her und zeigen Sie ihn mir. Den Schlüssel zum Haus hab ich hier.»

Um elf schlossen sie die Tür auf und machten im Haus Licht. Ja, heute nacht würde es besser gehn. Wärme und Vorfreude in den Augen, in ihren Geschlechtsteilen.

«Woll'n wir erst essen?»

«Oben sind noch mehr Stockwerke.»

«Das ist doch egal. Such dir hier das Bett aus, in dem du schlafen willst.»

«Du hast letzte Nacht geschlafen.» Lachen. Küß mich. Umarme mich. Halt mich. «Heute nacht woll'n wir nicht viel schlafen.»

«Guck hier – Schinken und Milch und Bananen im Kühlschrank . . .»

Sie aßen in der kleinen Küche. Brot, in Scheiben geschnittenen Schinken, Bananen, Kaffee. «Abwaschen tun wir später.»

Er zog sie langsam aus, lenkte sie mit aufreizenden Worten, umgab sie mit überströmender, leidenschaftlicher Zärtlichkeit, stimmte ein in ihr dankbares Lachen. Sie hielt ihn lange an sich gepreßt. Dann sagte sie: «Waschen wir jetzt ab und gehn dann wieder ins Bett.» Kleine Mutter.

In einem Schrank fand sie den Morgenmantel einer großen korpulenten Frau und paradierte darin wie ein Mädchen bei einer Modenschau. Er zog seine Hose an. Sie wuschen das Geschirr ab, redeten, lachten miteinander und genossen ihr Glück.

Sie sagte und meinte es ehrlich: «Von dem Tag an, Johnny, an dem wir uns trafen, war ich in dich verliebt. Daddy wird dir helfen ...»

Die vergangenen Zeiten sind dahin. Die auf sie zukommende Zeit steht an der Türschwelle bereit.

Quälend und wild kamen die Schmerzen wieder.

Powers griff im Dunkeln nach der schwarzen, neben dem Bett stehenden Tasche. Er suchte darin nach der Nadel. Licht hier in der Dachkammer würde wie ein Leuchtfeuer von der Stadt aus zu sehn sein. Er verfluchte seine zerschossene Schulter, fühlte sich krank und war wie blind vor Schmerzen. Ungeschickt stach er die Nadel ins Fleisch und suchte stöhnend das Schreien zu unterdrücken, auch das Lachen, das ihn innerlich schüttelte. Scheiße, ich verliere noch den Verstand.

Kniend, den Kopf aufs Bett gelegt, stöhnte er vor Qualen und wartete darauf, daß sich die Schmerzen legten. Das irre Lachen in ihm bestürzte ihn. Die Unklarheit darüber, was es zu bedeuten hätte, beunruhigte ihn. Als Erleichterung eintrat, legte er sich aufs Bett, stöhnend jetzt im Gefühl des Behagens, das in ihm anwuchs. Aber das innere Lachen war nicht totzukriegen. Er horchte.

Es ist nicht in mir, verdammt. Es ist unten. Er ist hier. Und er hat sich irgendsoeine Scheißnutte mitgebracht. Der Revolver, unterm Kissen. Der Arzt hatte doch recht. Die Witwe hat ihn hierhergeschickt. Er bat den Arzt um Verzeihung und ging leise zum Treppenabsatz. Meine Güte, da sind sie in der Küche und waschen ab! Und sie *lacht.*

Ihr Lachen wurde ihm zu Musik in den Ohren. Musik, die ihm die Kehle hinunter in die Brust und in den Unterleib rann. Sein Glied schwoll. Ein schönes Gefühl! Er konnte sich jetzt Zeit lassen. Er wußte, wie's zu machen war. Abwarten, bis sie mit dem Geschirr fertig sind. Er trat auf dem Treppenabsatz etwas zurück und sah nach unten in die Vorhalle. Die kleine Küche ging von der Vorhalle ab, sie mußten da rauskommen und die Vorhalle zu den größeren Zimmern durchqueren. Dann würde er nach unten gehn. Leise. McManus hatte einen Revolver. Aber er wußte, wie er es machen würde.

Sie waren mit dem Abwaschen fertig. Stille trat ein. Dann leises Gelächter. Sie kamen Arm in Arm durch die Vorhalle. Kein Hemd an, meine Güte, und sie in irgendeinem großen blauen Umhang. Er hat's hier schon mit ihr getrieben, und ich hier oben am Schlafen! Die Tür gegenüber von der Küche wurde geschlossen. Er stand eine Weile da und malte es sich aus. Ein schönes Gefühl.

Dann ging er Schritt für Schritt vorsichtig nach unten.

Sie waren nicht in dem großen Wohnzimmer. Keine Stimmen zu hören, keine Geräusche. Er schob den Revolver in die Schlinge und drückte die Klinke mit unheimlicher Geduld nach unten. Ein leiser Schreck durchfuhr ihn – der große Raum hatte drei Türen. Alle waren geschlossen. Hinter der gegenüberliegenden hörte er Stimmen. Leises Lachen. Kitzelt sie hoch, um's dann mit ihr zu treiben.

Tamtaratam, ramtamta, taram.

Wird der staunen, der McManus beim Ficken. Die süße Musik schwoll an; sein Glied wurde steifer.

Was is' besser, Pat. Töten oder Ficken?

Is' beides gleich gut.

Über einen so dicken Teppich war er noch nie gegangen. Er nahm den Revoler aus der Schlinge. Er stand an der Tür. Sie lachten, es war ein leises, kuscheliges Lachen.

Klopfen oder sie aufstoßen? Hatten gute Schlösser, die Türen. Die zur Vorhalle ging auf, als würde sie täglich geölt. Lautlos drehte sie sich in den Angeln. Er schob den Revolver wieder in die Schlinge. Nicht klopfen. McManus hatte einen Revolver. Er hatte ihn sicher in Griffnähe. Er würde ihn noch während es klopfte in Anschlag bringen. War von der Kuschelei sicher wie besoffen. Die Tür öffnen und ihnen zusehen. Wer hörte schon was, wenn eine Frau das Ding liebkoste?

Langsam. Noch langsamer als eben. Die Klinke drehte sich fast unmerklich. Die Tür einen Spalt aufmachen, um die Klinke loslassen zu können. Den Revolver jetzt in die Faust. Sie lachten aneinandergekuschelt. Er schob die Tür auf. Sie öffnete sich langsam, weich, lautlos; weit.

Sie lagen mit herabhängenden Füßen quer über das Bettende. McManus' Hose war bis zu den Knöcheln runtergerutscht. Brendines fülliges Morgengewand war hochgezogen, ihre Schenkel lagen frei, und McManus' Hand war in den sich bauschenden Falten verborgen.

«Wirst du das auch noch mit mir machen, wenn ich fünfzig bin, Johnny?» fragte sie ihn.

«Na, da sind Sie ja, Johnny, da sind Sie ja!» sagte Powers.

Sie schossen hoch, sprangen vom Bett auf die Beine, wie Figuren in einer Chaplin-Burleske. Sie stand erstarrt, entsetzt und verloren in den zu weiten Falten des Morgenmantels da. McManus stand, die Hose auf die Knöchel gerutscht, tölpelhaft und gelähmt neben ihr und starrte seinen Henker an.

«Hab noch nie einen Ständer schneller schlappwerden sehn», sagte Powers.

«Ich habe Sie davon zu unterrichten», sagte er mit alberner Formalität, die ihm gewisse Schwierigkeiten bereitete, «daß Sie, John McManus, von einem ordentlichen Gericht der Irischen Republikanischen Armee rechtmäßig zum Tode verurteilt sind, und daß ich hier bin, dies Urteil zu vollstrecken.» Er sagte das nicht ohne Stolz. Es war ein formeller Akt, eine offizielle Maßnahme im Auftrage einer höheren Stelle. Er war ein Em . . . ein Eminissär.

Der Aufschrei des Mädchens ging ihm auf die Nerven. Er schoß sie ins Gesicht.

Die Kugel warf sie mit abgewinkelten Armen und gespreizten Beinen rückwärts aufs Bett, ihre Füße hingen leblos herab wie bei einer Stoffpuppe.

«Die Witwe hat mir gesagt, hier würd ich Sie find'n, McManus.»

«Barmherziger Gott, nein, nicht du, Kate, nein, nein, nicht du.» Es war wie das Winseln eines geschlagenen Hundes.

Powers schoß ihm ins Herz. Rückwärts sackte er schräg neben Brendine zusammen. Sein Gesicht war von uralten Qualen verzerrt.

Das wäre das.

Powers hob das Hemd des Mädchens hoch und ließ es fallen. «Hautunknochen», sagte er. Er hatte seine Pflicht getan. Laß'n sich hier nicht eher blicken, als bis Sie ihn umgelegt haben, hatten sie gesagt. Und da lag er nun, der Scheißer wie 'n Id'jot mit seiner Hose um die Beine. Wie sollte er auch anders aussehn? War doch nichts andres. «Hat nie richtig zu uns gehört, war nich' der Typ», sagte Powers verächtlich und schrieb damit das Leben eines Menschen ab. Das Mädchen hatte nichts damit zu tun. «Im Krieg kommen oft Leute irgendwo um, wo sie nichts zu suchen ha'm», sagte Clune immer. Das Arschloch.

Was noch?

Er schaute sich im Zimmer um wie eine Hausfrau, die zur Nacht aufräumt. Ach ja, da wäre noch McManus' Revolver. Die Waffen des Feindes vereinnahmen, ist eine militärische Tugend. Unterm Kissen, wo er hätte sein soll'n, war er nicht. Idiot. War nirgends, wo er hätte sein soll'n. Das krieg'n wir schon, krieg'n wir schon, Johnny Boy. Er holte das Klappmesser aus der Tasche und öffnete es mit den Zähnen. Zuerst die Kissen. Er hackte in ihnen mit wachsender Schadenfreude herum. Kein Revolver. Er brauchte gar nicht danach zu suchen. Da war keiner. Da war nur dieser dämliche Id'jot, der seinen Arsch nicht von seinem Ellbogen unterscheiden konnte. Drauflosgehackt, hacka-di hacka-di-hack, und den ganzen Scheißkram zu Kleinholz gemacht. Die Bettdecken, die Matratze, wo die zwei drauf geleg'n ha'm, die Stühle . . . scheißgold'nes Polster ... hacka-dihack ... was in den Schränken? Ritsch-ratsch, ritsch. Als er fertig war, lief ihm der Schweiß von der Stirn. Das würde sie was kosten. Er ging nach oben, um seine Sachen zu holen. Zeit zum Gehn. Taxi zurück nach London. Puff aufsuchen, und da einen draufmachen, so weit ihn die Schulter ließ. Das war's, was er brauchte. Nich' die tote Hautunknochen-Miss da unten, so'n richtigen fetten, geilen Fick ...

Das Licht eines Autoscheinwerfers strich durch die Kammer. Er sah nach unten auf die kiesbedeckte Einfahrt. Polizei. *Polizei?* Immer mehr, ein Wagen nach dem andern, aus denen sie rauskamen.

Er setzte sich und beobachtete sie kaltblütig, Polente, wie Insekten krochen sie da unten rum. Einige mit Gewehren, na schön. Scheinwerfer auch. Stellten sie auf dem Rasen und zwischen den Rosen auf. Woll'n 'ne Schießerei, was?

Plötzlich stutzte er. *Von wem haben sie's erfahren?* Von Kiernan? Von Kiernan nicht. Von Sorahan? Vielleicht. Oder vom Arzt oder seiner schwatzhaften Frau, vielleicht von dieser verfickten Witwe oder von den Bantry-Männern, oder vielleicht ... Dutzende gab's, die ihn verpfiffen haben konnten. *Irgendwer hatte es ihnen gesagt.* Das krieg'n wir schon, krieg'n wir schon – hatte Zeit. Die Witwe war's wahrscheinlich ... die alte Hure.

War schon 'n bißchen spät am Tage, sich auf den Weg zu machen. Aber das würde ihr teuer zu stehn kommen. Sieh mal einer an. Dreißig oder vierzig sind das, würd' ich sagen. Als wär'n hier im Haus zwanzig Mann mit automatischen Gewehren. Hier bin nur ich, sagte er und lächelte auf die Polizisten herab, die hinter den Lichtern Stellung bezogen. Denken, ich seh' sie nicht, sagte er und betrachtete die Scheinwerfer, die auf den unteren Stock gerichtet waren. Scheißzwerge, Zwergpinscher.

Jetzt ist's fällig, fällig ist das Lied für Patrick Powers. Vierzig gegen einen? Ja, so war's. Würden zwanzig sein, wenn sie ihn hier schließlich rausholten. Nicht anders als Big Fellow Collins.

Er stand auf und sagte feierlich: «Dies ist es, wofür ich geboren wurde.»

Aber er mußte es richtig machen. Wie Mike Collins es gemacht hätte. Sich das Dach ansehn. Wo is' die Falltür? Er rannte die Kammern der Dachwohnung ab, machte Licht, tastete an der Decke herum und fand sie über dem Treppenabsatz. Er zog die Klappleiter an der Kette herunter und stieg aufs Dach. Hier auf dem Dach verschanzt, konnte er die Scheißkerle die ganze Nacht in Schach halten ... kleine Nischen, Mulden, in denen er Deckung fand ... die Leiter unten bleiben lassen.

Er lief ins Parterre und holte sich einen langen Besen. Alle Scheißlampen im Haus anmachen. Die Glühbirnen zerdeppern. Langsam arbeitete er sich die Treppe rauf zur Dachwohnung vor. Zerschlug die Birnen. Mußten mit Taschenlampen kommen, wenn sie ihn ausmachen wollten. Lichter waren prächtige Zielscheiben.

Er verzog sich ins Wohnzimmer und sah sich die Vorbereitungen an, die sie zu seiner Vernichtung trafen, als ihm plötzlich ein furchtbarer Gedanke kam. Er hastete in die Dachwohnung hinauf.

Auf der anderen Straßenseite standen keine Wagen. Keine Polizei, die die neugierige Menge zurückhielt. Nur Polizeiwagen unten auf dem Kies. Keine Zuschauer jenseits der Straße auf dem Kricketfeld. Ein Uhr nachts, verdammt. Diese Scheißengländer. *Keine Reporter?*

Wer soll dann die Geschichte erzählen? Polizisten auf Befragen des Leichenbeschauers? «Am 29. August etwa um Mitternacht drang ich ...» Das kann doch nicht wahr sein!

Reporter waren in diesem Krieg unentbehrlich. Mindestens so wichtig wie die Waffenausrüstung sind Reporter. Kein Fernsehen, keine Reporter – und der Scheißkrieg mit seinen anonymen Gefallenen ist nur noch die Hälfte wert.

Er öffnete das Dachfenster und rief: «Wo bleiben eure Scheißreporter?»

Die Polizisten ließen sich in ihren Vorbereitungen nicht stören. Keiner von ihnen, sah er, hob auch nur den Kopf.

«Wo bleibt die verdammte BBC?» schrie er.

Man hätte ebensogut mit 'ner Wagenladung Schimpansen reden können.

Er setzte sich und dachte über diese schändliche englische Taktik nach. Den Revolver überprüfen, fiel ihm ein. Vier Stück im Magazin. Nachladen. Wo sind ...? Großer Gott, er hatte nur vier Patronen. Die übrigen waren in zwei Behältern in der Seitentasche des Arztwagens, der jetzt geparkt vor dessen Haus stand! Vier Patronen! Vier Bullen! Mit Gewehren.

Mit dem Lied war es aus.

Aus dem Lautsprecher draußen hörte er: «Patrick Powers. Wir wissen, daß Sie in dem Haus sind. Sie haben als Waffe einen Revolver. Wir wissen, daß Sie zusätzlich keine Munition haben.»

Da hatte er's. Bei Gott, der Arzt war es gewesen. Er hatte es der Polizei gemeldet. Die hatte sich an die englische Polizei gewendet. Scheißinformanten. Scheißverräter! Sie hatten die Munition gefunden. «Wir glauben nicht, daß er mehr als ein Magazin hat.» Er hörte buchstäblich, wie der feige Schuft das zu ihnen sagte. «Kommen Sie an die Haustür und werfen Sie den Revolver weg. Kommen Sie dann mit erhobenen Händen raus.»

Er schrie aus dem Fenster: «Ich bin Soldat der IRA. Ich komm nicht mit erhobenen Händen raus.»

Gelangweilt rief jemand durch den Lautsprecher: «Kommen Sie von uns aus auf Ihrem Arsch rausgeschliddert, Mann. Aber kommen Sie, daß wir alle noch 'n bißchen Schlaf kriegen.»

Er hörte, wie die Polizisten auf dem Kies und dem Rasen da unten alle lachten.

Macht sich lustig, macht sich lustig, diese Scheißbande, die, und weiß nicht schon jeder irische Schuljunge, daß wir für die Engländer Abschaum und Gesindel sind? Lernen wir das nicht schon in der Schule?

«Komm ja schon, komm ja schon.»

Springen!

Sprung vom Tod ins Leben. Sprung vom Kerker in den

Himmel. Sprung von Ziel zu Ziel, von Fuß zu Fuß. Sprunghaft kam ein anderer Gedanke ihm. Flucht! Sind wir nicht die größten Ausbrecher, die's je gab? Welches Gefängnis konnte uns je halten? Sind wir nicht die wagenden, vorstürmenden, die Jungs, die jeder gern hat? Die Welt sitzt auf dem Rande ihres Stuhls und wartet auf die Nachricht, daß es einer wieder mal geschafft hat und den Engländern weggelaufen ist. Blätter des Ruhms. Der Ruhm des großen Fliehenden.

Macht ein Lied. «Die große Flucht des Patrick Powers.»

Er warf seinen Revolver aus dem Fenster und sah ihm nach, wie er sich in der Luft drehte und unten aufschlug. Ein Schuß löste sich, und die Polizisten stoben auseinander.

«Steckt euch das Ding von mir aus in den Arsch», schrie er. «Ich komm' raus.»

Eine Weile noch. Gedanken schossen in ihm auf, erhoben sich, entschwebten wie auf Adlerflügeln.

Sie banden ihn mit Handschellen an einen glatzköpfigen behäbigen Bobby. Dann kam die Schwarze Marie angefahren. Zwei Polizisten stiegen mit ihm ein.

«Wohin?»

«Nach London.»

«Wormwood Scrubs?»

«Ja.»

«Da bleib ich nicht lange.» Keine Antwort. «Warum nennt man das Ding hier Schwarze Marie?»

«Was weiß ich.»

«Wiss'n Sie, warum die Yankees ihre Polizeiautos Paddy-Wagen nennen? Weil sie damit uns, die Paddies, *uns, uns, uns,* die verdammten Iren abgefahr'n und ins Gefängnis gekarrt haben. Wissen Sie, was wir gemacht haben? *Wir?* Die Paddies? Haben die scheißverdammten Staaten übernommen! Hab'n das verdammte Weiße Haus vereinnahmt. *Kennedy.* Sagt Ihnen das was? Das sind *wir*! Ihr könnt uns unterdrükken, könnt uns den Stiefel auf den Nacken setzen. Wiss'n Sie, was wir tun? Wir fressen euch die scheißverdammten Beine weg.»

Die Bobbies hörten zu oder auch nicht. Er war der einzige,

der redete. Die Reifen quietschten, der Motor surrte laut. Powers steigerte sich noch mehr in Wut.

«Je was von Jimmy Steele gehört, von Paddy Donnelly, Eddie Maguire, Liam Graham, Jimmy O'Hagan? Ja, ihr kennt die Namen. Konntet sie nicht halten, im Crumlin-Gefängnis und in Derry nicht. McActeer? Auch den nicht. Patrick Powers? Den könnt ihr nicht halten! *Könnt uns nicht halten!* Je was von dem gehört, was Jimmy Steele im Gefängnis schrieb? Euer scheißblöder Shakespeare! *Jimmy Steele, das ist der Mann . . .*»

Sein eignes Lied kam ihm in den Kopf, in ganzer Größe, seinen Ruhm verkündend. Er sagte es in Gedanken vor sich hin:

Komm, sing ein Lied für Patrick Powers,
Kein englisches Gefängnis, das ihn hält,
Und als sie ihn zum Kerker schleppten,
Bei Gott, da hat er's ihn' vergällt.

Sag's ihnen, den Hunden, Wort für Wort.

Aber es war ihm entfallen. Eben waren die Worte noch dagewesen, jetzt waren sie fort. Das Gedächtnis ist ein trügerischer Freund.

Sag ihnen, was Jimmy Steele im Crumlin-Gefängnis schrieb.

«Hör'n Sie», sagte er. «Hör'n Sie zu. Das hier hat Jimmy Steele im Crumlin-Gefängnis geschrieben. Hört euch das an, ihr scheißverdammten Engländer, und dann wagt es noch mal, uns in den Staub zu treten. Hört zu . . .

O Heiliges Herz Jesu!
Wir beten heut zu Dir,
Hilf unserem gequälten Land
Auf seinem blutbefleckten Weg.
Um Treue beten wir und Kraft,
Daß wir das Heimatland befrein,
O Heiliges Herz Jesu!
Geh Du auf unser Beten ein.

O Heiliges Herz Jesu!
Sieh auf uns heut herab,
Verleih uns Kraft und Mut,
Mach gegen Deine Feinde
Und Irlands Feind uns kampfbereit,
Wir wissen, Du verläßt uns nicht.
O Heiliges Herz Jesu!
Wir schauen voll Vertrau'n auf Dich.

Er lehnte den Kopf gegen die Wand der Schwarzen Marie. «Sie können mich nicht halten. Ihr schlagt das Heilige Herz Jesu nicht, ihr nicht. Es steht uns bei.»

Geduldig sagte der behäbige Bobby: «War es das Herz Jesu, das die beiden im Haus umgebracht hat, Powers?»

Powers seufzte verzweifelt. «Mein Gott, man kann mit ihnen nicht reden. Man kann mit diesen Scheißengländern nicht reden . . .» Sein Kopf dröhnte.

Er sah McManus vor sich, wie er dastand mit seinem hängenden Schwanz und seinem verzerrten Gesicht, wie ein Id'jot, und die Witwe war bei ihm und der Arzt und seine keifende Frau und Sorahan und der einäugige Clune und Kiernan und Mary Connors in einer Wolke von Zeugen da, und McManus schrie:

«Barmherziger Gott, Kate, nein, nein, nein, nicht du, Kate . . .»

Powers faßte mit der gesunden Hand seinen dröhnenden Schädel. Wild durchzuckte der Schmerz seine Schulter. Die Nerven rissen wie mit Krallen an ihm. Er schrie: «Weg, McManus, weg von mir, geh!»